VOLKMAR BRAUNBEHRENS

Lorettoberg

HINTERGRÜNDIG Freiburg wurde schon oft zum Ruhesitz vermögender Hamburger. Jetzt ist es der bekannte Modeunternehmer Karl Legrand, der seine Firma verkauft und eine der prächtigen Villen am Lorettoberg erstanden hat. Bei der Einweihungsparty drängt sich die ganze Freiburger Prominenz in den noch spärlich möblierten Räumen. Als das Fest zu einer Kokainparty zu werden droht, verlassen die Honoratioren eilig die Villa – aus Angst, in der Zeitung aufzutauchen. Am nächsten Morgen wird Legrand im Garten aufgefunden. Er wurde durch einen Kopfschuss getötet. Wenig später wird im Nachbargarten eine weitere Leiche entdeckt: die des Wirtschaftsanwaltes Otto von Hübner. Spärliche Spuren – und keiner der Gäste hat etwas bemerkt. Die Kripo ist zunächst völlig ratlos, doch Kommissar Grabowski gelingt es – teils im Alleingang –, Schritt für Schritt die Puzzleteile zu einem überraschenden Bild zusammenzufügen …

Volkmar Braunbehrens ist 1941 in Freiburg geboren. Er studierte Literaturwissenschaft, Kunst- und Musikgeschichte. In Berlin und Osnabrück war er als Dozent tätig. 1974 gründete und leitete er die Galerie am Savignyplatz, zugleich war er Mitherausgeber der »Berliner Hefte, Zeitschrift für Kultur und Politik«. Seit 1981 lebt er in Freiburg. In seinen kulturhistorischen Arbeiten hat er sich vor allem mit der Goethezeit beschäftigt. Bekannt geworden ist er mit einer Mozart-Biographie, die mit all den romantischen Legenden und Mythen um Mozart aufräumt und zugleich aus zeitgenössischen Quellen das Wien um 1780 anschaulich macht. Eine weitere Biografie widmet sich Salieri, dem vermeintlichen Rivalen Mozarts.

VOLKMAR BRAUNBEHRENS

Lorettoberg

HINTERGRÜNDIG Freiburg wurde schon oft zum Ruhesitz vermögender Hamburger. Jetzt ist es der bekannte Modeunternehmer Karl Legrand, der seine Firma verkauft und eine der prächtigen Villen am Lorettoberg erstanden hat. Bei der Einweihungsparty drängt sich die ganze Freiburger Prominenz in den noch spärlich möblierten Räumen. Als das Fest zu einer Kokainparty zu werden droht, verlassen die Honoratioren eilig die Villa – aus Angst, in der Zeitung aufzutauchen. Am nächsten Morgen wird Legrand im Garten aufgefunden. Er wurde durch einen Kopfschuss getötet. Wenig später wird im Nachbargarten eine weitere Leiche entdeckt: die des Wirtschaftsanwaltes Otto von Hübner. Spärliche Spuren – und keiner der Gäste hat etwas bemerkt. Die Kripo ist zunächst völlig ratlos, doch Kommissar Grabowski gelingt es – teils im Alleingang –, Schritt für Schritt die Puzzleteile zu einem überraschenden Bild zusammenzufügen …

Volkmar Braunbehrens ist 1941 in Freiburg geboren. Er studierte Literaturwissenschaft, Kunst- und Musikgeschichte. In Berlin und Osnabrück war er als Dozent tätig. 1974 gründete und leitete er die Galerie am Savignyplatz, zugleich war er Mitherausgeber der »Berliner Hefte, Zeitschrift für Kultur und Politik«. Seit 1981 lebt er in Freiburg. In seinen kulturhistorischen Arbeiten hat er sich vor allem mit der Goethezeit beschäftigt. Bekannt geworden ist er mit einer Mozart-Biographie, die mit all den romantischen Legenden und Mythen um Mozart aufräumt und zugleich aus zeitgenössischen Quellen das Wien um 1780 anschaulich macht. Eine weitere Biografie widmet sich Salieri, dem vermeintlichen Rivalen Mozarts.

VOLKMAR BRAUNBEHRENS

Lorettoberg

Kriminalroman

GMEINER *Original*

Besuchen Sie uns im Internet:
www.gmeiner-verlag.de

Im Ehnried 5, 88605 Meßkirch
Telefon 07575/2095-0
info@gmeiner-verlag.de

1. Auflage 2013

Lektorat: Claudia Senghaas, Kirchardt
Herstellung: Mirjam Hecht
Umschlaggestaltung: U.O.R.G. Lutz Eberle, Stuttgart
unter Verwendung des Fotos von: © Val Thoermer – Fotolia.com
Druck: GGP Media GmbH, Pößneck
ISBN 978-3-8392-1417-6

Personen und Handlung sind frei erfunden.
Ähnlichkeiten mit lebenden oder toten Personen
sind rein zufällig und nicht beabsichtigt.

Erster Teil

Anfang April 2008

1.

Eilig hatte er es nicht, das konnte man sehen. Er bewegte sich mit ruhiger Bestimmtheit, als er zu seinem Auto ging, das vor der von Fußweg und Straße etwas eingerückten Garage stand, einem älteren Mercedes-Modell, das bereits ein History-Nummernschild verdient hätte. Er hatte einen federnden Schritt, nicht sportlich, aber gelenkig und sichtlich ohne die Einschränkungen des Alters, denn er mochte schon um die 70 sein. Die aus der Stirn nach hinten frisierten Haare waren noch immer in kräftigem Schwarz grundiert, aber mit etlichen weißen Strähnen durchmischt. Der gleiche Farbkontrast schimmerte aus einem schmalen Oberlippenbart, der das schon faltige, markant längliche Gesicht mit einem starken Querstrich versah und die große, aber schmale Nase damit etwas entwertete, jedoch den lebhaften kleinen Äuglein, die tief und dunkel in ihren Höhlungen lagen, optisch einen festeren Halt in einer wirkungsvollen Gesichtskomposition gab. Groß gewachsen und sehr dünn, ohne im Mindesten kränklich auszusehen, wirkte er wie ein soignierter Herr, der durch seine ganze Erscheinung Distanz und Respekt ausstrahlte, dabei mit freundlicher Aufmerksamkeit und ohne jede Arroganz.

Seine Kleidung war leger, aber überaus gepflegt. Ein helles, leicht knittriges Leinenjackett mit Hornknöpfen, grünen Paspelierungen und aufgesetzten Taschen, wie man es in teuren Salzburger Geschäften finden konnte, abgeleitet von der alpenländischen Tracht und zugleich modisch so verwandelt, dass es mit bäurischem Stil nichts mehr gemein hatte. Dazu eine dunkelgraue, weich fließende, wohlgebügelte Hose und rötlichbraune, elegante Lederschuhe italienischer Provenienz. Zum blauweiß gestreiften Hemd ohne Versteifungen an Kragen und Manschetten trug er eine einfarbige grüne Wollkrawatte, deren Knoten etwas zu voluminös geraten war und den überaus dünnen Hals dadurch noch mehr zur Geltung brachte.

Er legte eine kleine Aktentasche auf die Rückbank des Wagens, eigentlich eher eine schon etwas abgewetzte Kollegmappe ohne Griff aus schwarzem Leder, die man im Arm tragen musste und die nur wenige Blätter aufnehmen konnte, außerdem einen hellen Staubmantel, den man an diesem warmen und hellen Tag vermutlich gar nicht brauchte, und zwängte seine hohe Erscheinung mit geübter Geschmeidigkeit auf den Vordersitz. Über dem Armaturenbrett lagen griffbereit ein paar alte Lederhandschuhe, deren Handinnenfläche aus geflochtenem Baumwollfaden gewirkt war. Erst nachdem er sie sorgfältig übergestreift hatte, ließ er den Motor an, warf einen flüchtigen Blick in den Rückspiegel und fuhr sehr bedächtig los.

Der Kapellenweg war eine nur von Anwohnern frequentierte schmale Gasse, die sich in scharfen Kurven den Berg hinaufschlängelte. Teilweise war sie von hohen Stützmauern aus Sandsteinquadern gesäumt, die sich öfters zu Garageneinbuchtungen zurückzogen, oder von gemauerten Garteneinfriedungen und kunstvoll geschmiedeten Gittern begleitet. Hohes Buschwerk und Pflanzenzäune verwehrten die Sicht auf die Villen oder ließen nur üppige Dachformen mit verspielten Treppentürmen oder Erkerbewehrungen erkennen. Doch zwischen den Dächern bot der ganze Hang einen berauschenden Blick auf die Stadt, die sich in nordöstlicher Richtung wie in eine Kuhle zwischen die umgebenden Berge nistete. Schon vor über hundert Jahren waren hier Landhäuser und Villen in großzügig bemessenen parkartigen Gärten entstanden. Sonst hatte überall der Bedarf an Bauplätzen zur Verkleinerung der Grundstücke und einer Durchmischung mit modernen Wohnbauten geführt, doch hier oben war alles beim Alten geblieben, eine Art Dornröschenberg aus einer vergangenen Zeit. So waren allzu grobe Eingriffe in diese weiträumige Parklandschaft vermieden worden, obschon andere, ebenso recht ansehnliche Stadtteile mancherlei hässliche Verdichtungen hinnehmen mussten. Hier oben wohnten Leute, die nicht leichtfertig ihre Grundstücke an Bauunternehmer und Investoren verkauften. Sei es, weil sie es nicht nötig hatten und ihren Familienbesitz zusammenhielten, oder aber auch, weil sich immer wieder Käufer fanden, die geradezu horrende Preise für ein schlossähnliches Anwesen – oder was man dafür hielt – und das dazugehörende Gelände mit altem Baumbestand zu zahlen bereit waren, um es zu sanieren und zu pflegen. Mochten früher einmal vor allem Fabrikanten und Geschäftsleute ihren verschwenderischen Lebensabend hier genossen haben, so waren es seit einigen Jahrzehnten vor allem Anwälte und Zahnärzte, die an diesem Ort lebten. Und da zumindest die Zahnärzte, wie man weiß, nicht mehr zu den Bestverdienern gehören, wird bald ein neuer Zweig von Einkommensaufsteigern sich hier niederlassen und weiterhin dafür sorgen, dass alles ungeteilt erhalten bleibt, am besten unter Denkmalschutz, schon aus Gründen steuerlicher Absetzbarkeit.

Wenn er in der Stadt zu tun hatte, ging er fast immer zu Fuß. Er war ein begeisterter Spaziergänger, man konnte es seinem elastischen Schritt ansehen. Die Augen weit umherschweifen lassend, entging ihm nichts an den täglichen Veränderungen und Neuigkeiten. Er kannte alle, die hier wohnten oder vorbeigingen, grüßte jovial, blieb auch zu einem kleinen, freundlichen Wort stehen, wenn es sich so ergab. Er mochte das nicht missen. So holte er den Wagen nur aus der Garage, wenn es eine Besprechung an einem Ort gab, der nicht gut zu erreichen war, außerhalb des öffentlichen Nahverkehrs lag. Fernreisen unternahm er ohnehin nur mit der Bundesbahn.

Die Straße war steil und eng. Er fuhr im Schrittempo, bedächtig und vorsichtig. Die Haarnadelkurve war sehr unübersichtlich und oft genug kam es vor, dass gerade dort ein mit den Örtlichkeiten nicht Vertrauter entgegenkam, viel zu schnell die Kurve nahm und man gezwungen war, heftig zu bremsen. Aber jetzt gegen die Mittagszeit war niemand unterwegs, auch der Weg für die Fußgänger, rechts neben der Straße, war menschenleer. Kein Auto parkte unvorschriftsmäßig. Ein heiterer Spätvormittag in träger Ruhe. Weiter unten, wo es geradeaus ging und nicht mehr ganz so steil war, stand ein schwarzes Auto in einer Garagenbucht, gegenüber ein Magnolienbaum, der seine rostbraunen Spitzen über den Zaun bis auf den Gehweg reckte. Vor zwei Wochen war er über Nacht voll aufgeblüht, abends waren die Knospen noch zu und ließen die weißen Blütenblätter erst erahnen, am nächsten Morgen war alles fleischig aufgeplatzt und mischte in das Weiß ein zartes Altrosé, prächtig aufgeplustert und in verschwenderischer Üppigkeit. Und dann hatte es über Ostern einen neuen Wintereinbruch gegeben und der Schnee hatte sich wie ein Leichentuch über die ganze Region gebreitet. Die frühen Blüten hatten diesen jähen Kälteüberfall nicht ausgehalten und waren innerhalb weniger Stunden abgefallen. Als wüster, schmierig-brauner Moder bedeckten ihre Reste den Boden. Jedes Mal, wenn er seitdem vorbeikam, dachte er an dieses vorzeitige Ende allzu früher Pracht.

Plötzlich sah er, schon nahe vor sich, wie der große schwarze Wagen sich aus der Einbuchtung herausbewegte, quer über die Straße zu setzen begann, sehr langsam, aber stetig, ohne auch nur das geringste Ausweichmanöver anzudeuten. Reaktionsschnell erwog er eine Vollbremsung und sah im gleichen Augenblick ein, dass er bei dem abschüssigen Gelände nur in den anderen Wagen hineingeschlittert wäre. In Gefahr und Not bewährt sich der Pilot. Er gab deshalb seinem Gaspedal einen Kick, um durch Beschleunigung und einen ausweichenden Schlenker noch rechtzeitig vorbeizukommen. Fast auf gleicher Augenhöhe sah er in dem fremden Auto zwei Gestalten so unaufgeregt und teilnahmslos, als schliefen sie. Die Gesichter konnte er natürlich nicht erkennen, es waren nur dunkle Schatten. Sein Wagen spurtete nun tatsächlich nach vorn und schon glaubte er, dem geradezu wahnwitzig unachtsamen schwarzen Ungetüm entkommen zu sein, als er einen leichten Schlag hinten links spürte, nicht besonders heftig, aber er genügte, dass seine Hinterachse etwas aus der Spur gedrückt wurde und sein Wagen sich ein wenig neigte, als mache er eine leichte Verbeugung, dann war es schon vorbei.

Er hielt einige Meter weiter unten auf dem Gehweg an und sah in den Rückspiegel. Der schwarze Wagen hinter ihm stand nun schräg mitten auf der Straße, ein drohender Koloss. Niemand rührte sich. Er zog sich seine Handschuhe aus, legte sie auf das Armaturenbrett und stieg aus, ärgerlich, aber beherrscht. Er gehörte nicht zu den Autonarren, die ihr ›heiligs Blechle‹ als das Wichtigste in ihrem Leben ansahen und über der Katastrophe einer geringen Beschädigung schier verzweifelten. Ein Auto war für ihn ein Fortbewegungsmittel, mehr nicht. Sein schon historisches Mercedes-Modell war zwar gut gepflegt, aber nicht als prunkende Antiquität, sondern um ihn möglichst lange benutzen zu können. Er hatte keinerlei Sehnsucht nach einem neuen Wagen, solange es dieser noch anstandslos tat. An einem Sammlerwert hatte er kein Interesse und wenn er darauf angesprochen wurde, ob er dieses Schmuckstück nicht zu einem erheblichen Preis zu veräußern bereit wäre, lachte er nur.

In dem anderen Auto rührte sich niemand. Die beiden Gestalten saßen unbewegt auf ihren Vordersitzen, aus den Augenwinkeln beobachteten sie ihn teilnahmslos. Er warf einen kurzen Blick auf den Schaden, der ihm entstanden war: Das Blech des Radkastens war erheblich eingedrückt, sah aus wie eine zerknüllte Zeitung und berührte fast den Reifen. Dann ging er auf den schwarzen Geländewagen zu, einen mit glitzerndem Frontgitter verzierten kantigen Kasten von martialischem Zuschnitt, fast wie ein Panzerwagen, der offenbar unbeschädigt geblieben war, jedenfalls war nichts anderes zu erkennen. Die beiden Insassen schien dies auch nicht zu interessieren. Sie ließen nicht einmal die Seitenfenster herunter, schauten ihn nur ungerührt an.

»Würden die Herren bitte kurz aussteigen!«

Er war sich nicht einmal sicher, dass sie ihn in ihrem festungsartig verschlossenen Gehäuse gehört hatten, jedenfalls reagierten sie nicht. Er begann nun umständlich und etwas hilflos zu gestikulieren, deutete immer wieder auf sein Fahrzeug, schließlich auch auf das eingedrückte Hinterteil. Sie sahen es wohl und blieben doch steif in ihrer hochbeinigen Panzerkiste sitzen. Er sah sich etwas verlegen um, da aber niemand sonst zu sehen war, beschloss er mit sarkastischer Gelassenheit zu warten. Irgendwann würden die beiden Finsterlinge, denn um solche musste es sich handeln, davon war er inzwischen überzeugt, sich rühren müssen, er hatte Zeit.

Einige Zeit geschah tatsächlich nichts, eine Pattsituation, bei der er sich dennoch sicher war, am Ende der Überlegene zu bleiben. Es dauerte auch gar nicht lange, dass von unten ein kleiner älterer Lieferwagen heraufschnaufte und die Straße von dem noch immer quer stehenden Geländewagen versperrt fand. Er musste anhalten und da sich nichts tat, hupte der Fahrer kurz. Nun schienen es die beiden sich doch anders zu überlegen, jedenfalls stieß der Fahrer des schwarzen Ungetüms energisch zurück, fuhr dann einen heftigen Bogen auf den Gehweg und kam immer noch in einigem Abstand mit scharfem Bremsen hinter dem beschädigten Mercedes zu stehen. Während der Lieferwagen befriedigt weiter den Berg hinauffuhr, stieg der Fahrer des Geländewagens energiegeladen aus, ein schwarz gekleideter Brocken von einem Mann, kraftstrotzend und gefährlich aussehend. Er hatte ein bulliges Gesicht mit Schweinsäuglein, sehr kurz geschorene Haare und trug am Handgelenk eine grobgliedrige schwere Silberkette.

»Dein Auto hat wohl ein kleines Wehwehchen, da musst du Pflaster nehmen.« Das war eine gänzlich unerwartete Bemerkung und dazu in einem Ton, den er nicht einfach hinzunehmen bereit war.

»Oho! Ich habe nicht die Ehre, mit Ihnen bekannt zu sein. Im Übrigen ist dies kein Wehwehchen, sondern etwas mehr als nur eine schmerzhafte Beule. Sie werden mir für den Schaden aufkommen. Ich werde den Wagen abschleppen lassen müssen.«

»Ach, wirklich?«

Während der Schwarze nun tatsächlich unwillig mit ihm mitkam, sah er, wie dessen Beifahrer ausstieg und sich hinten am Heck zu schaffen machte, aber er achtete nicht weiter auf ihn. Stattdessen nestelte er aus dem Brillenfach seines Jacketts eine Visitenkarte, um sie mit seinem Kontrahenten auszutauschen, wobei er auch die Versicherungsdaten notieren wollte. Er streckte ihm die Karte hin, doch der andere ignorierte sie absichtsvoll. Die schwarze Bulldogge stand nun vor dem Hinterrad und lachte breit und zynisch. »Mach dir doch nicht ins Hemd.«

Solche Unverschämtheit konnte er nicht gänzlich überhören, aber allzu sehr mochte er sich mit einem solchen Muskelpaket auch nicht anlegen. So begnügte er sich mit einem zwar marklosen, aber warnend gemeinten überlauten »Na! Na!«, um dann etwas leiser, aber entschieden hinzuzufügen:

»Ihren hilfreichen Ratschlag werde ich natürlich beherzigen. Sie scheinen die hohe Schule der verbalen Entgleisungen mit großem Erfolg absolviert zu haben.«

So viel konternde Eloquenz überstieg nun offenbar doch das Verständnis des Kraftprotzes. Er stieß ein schneidend drohendes »Hei!« aus, um dann eine Probe seiner gänzlich anderen Fähigkeiten abzugeben. Einen Fuß stemmte er gegen den Reifen, mit der rechten, silberbewehrten Hand griff er das eingedrückte Teil, zog heftig daran, um schließlich mit einem scharfen Ruck das Schutzblech nach außen zu biegen, bis es wie ein scharfkantiger Flügel vom Wagen abstand und weit in die Straße ragte. Zunächst hatte es so ausgesehen, als wolle er das Metall nur hilfreich zurechtbiegen, damit der Wagen weiterfahren könne, jetzt allerdings hatte er in gröbster Weise alles verschlimmert und blickte geradezu befriedigt auf sein böses Werk. Das war ein Akt roher Gewalt. Und zudem war in der engen Straße jeder Vorbeifahrende durch das herauskragende Metallteil aufs Äußerste gefährdet, am meisten die Radfahrer. »Das ist wirklich nicht sehr dienlich, was Sie da machen.« Doch der Brutalero lachte nur, rieb sich den Staub von den Händen und zuckte mit den Schultern.

Jetzt war es wirklich an der Zeit, nach der Versicherung zu fragen und die Daten auszutauschen. Wieder streckte er ihm seine Karte entgegen und zog zugleich unmissverständlich einen Schreibstift aus der Tasche. Der Schwarze ging nun ohne besondere Eile und ohne sich weiter umzusehen zu seinem Ungetüm von einem Auto, scheinbar, um die Unterlagen zu holen, der Beifahrer saß bereits wieder an seinem Platz. Doch dann stieg der Muskelprotz ein, ließ sich in den Sitz fallen, rief dabei laut: »Carte blanche!« und knallte die Tür zu. Sofort wurde gestartet und mit einem kurzen Schlenker bog der Roadster auf die Straße und fuhr eilig davon.

Instinktiv hatte er nach dem rabiaten Gebaren bereits damit gerechnet, dass die beiden sich aus dem Staub machen könnten, und war gewappnet, sich das Fabrikat und die Nummer des Autos zu merken, um gleich eine Anzeige zu erstatten. Am besten noch telefonisch, denn er war überzeugt, dass ein so auffälliges Gefährt ziemlich schnell im Stadtgebiet ausfindig zu machen wäre. Doch jetzt, als die beiden scharf an ihm vorbeifuhren, – er glaubte, ein hämisches Grinsen auf dem Gesicht des Beifahrers erkennen zu können –, sah er plötzlich, dass das hintere Nummernschild mit einem geknickten, lose darübergestülpten Pappkarton abgedeckt war, nicht einmal das Stadtkennzeichen war zu erkennen. Auch die Automarke war ihm unbekannt, immerhin erinnerte ihn das Signet an irgendetwas: ein Kreis mit einem horizontalen Querbalken durch die Mitte. Außerdem glaubte er, den Beginn eines Typenschildes gelesen zu haben: ›Pat…‹

Sofort hatte er die Situation erfasst. Die beiden Ganoven hatten es offenbar direkt auf ihn abgesehen. Das Ganze war kein Versehen oder ein Unfall, sondern eine planmäßige Provokation. Das Verstecken des Nummernschildes war so einfach wie wirkungsvoll. Erst hatte der Wagen quer gestanden, da war es nicht zu erkennen gewesen, und er hatte auch noch nicht darauf geachtet. Dann waren sie mit seinem Auto beschäftigt. Und schließlich der Abgang, so überraschend schnell, dass er nur noch hinterherblicken konnte – auf einen Pappdeckel, der bei der nächsten Kurve von allein davonfliegen würde. Oder unten, vor der Einmündung zur Hauptstraße, würden sie ihn einfach wegnehmen und fortwerfen. Das fiele nicht einmal Passanten auf, falls überhaupt gerade welche vorbeikämen. Sauber ausgedacht.

Noch während er betroffen neben seinem demolierten Fahrzeug stand, ratterten diese ersten Überlegungen durch seinen Kopf, nicht sonderlich systematisch, doch auch nicht verwirrt, dafür war er ein zu nüchtern denkender und kaum zu erschütternder Zeitgenosse. Schließlich fiel ihm etwas sehr viel Naheliegenderes ein und er suchte sein Handy aus der inneren Jackentasche. Aus dem anderen Brustfach nahm er ein kleines Adressbuch und schlug es auf.

»Meister Stalf«, er war sich sicher, an der Stimme gleich erkannt zu werden, »ich habe ein kleines Problem an meinem Fahrzeug, oder besser gesagt, es ist ein größeres. Können Sie mich Huckepack nehmen? Sie werden mich nämlich abschleppen müssen. Ein böser Mensch ist mir reingefahren. – Doch, es fährt noch, aber hinten ist ihm ein gefährlicher Flügel gewachsen, der weit heraussteht. – Natürlich, wenn Sie eine große Zange mitbringen. Aber da fällt mir ein: Haben Sie einen Fotoapparat? Man müsste das Auto vielleicht wegen der Versicherung erst fotografieren, im jetzigen Zustand. – Wirklich? Sie sind ein reizender Mensch, ich bin Ihnen sehr verbunden. Der Wagen steht gleich hundert Meter unterhalb meiner Wohnung. – Ja, im Kapellenweg. Wenn Sie gleich kommen, würde ich dort auf Sie warten. Aber es dürfte nicht zu lange dauern. – Ja, ich muss zu einer Sitzung. – Ach, Sie sind wirklich sehr hilfsbereit. Wenn ich Sie nicht hätte … – Großartig. Vielen Dank, sehr liebenswürdig.«

Otto von Hübner, sein Name lässt sich nicht länger verschweigen, lebte als Anwalt schon seit unvordenklichen Zeiten hier oben, allein im Haus mit Frau Ritter, einer weitläufigen Verwandten seiner verstorbenen Frau, die ihm auf diskrete Weise den Haushalt betreute, ohne allzu sehr in seine rüstige Selbstversorgung einzugreifen. Das Frühstück pflegte er sich selbst zu bereiten, mehrmals in der Woche aßen sie gemeinsam zu Mittag, aber stets nach vorheriger Verabredung, denn oftmals ging er auswärts essen. Im Grunde sorgte sie vor allem für seine Wäsche und sah auf Ordnung und Sauberkeit, im Übrigen war es mehr eine Wohngemeinschaft, in der jeder eigenen Interessen nachging, aber gelegentlich sah man beide zusammen im Konzert oder im Theater.

Eine eigene Kanzlei unterhielt er nicht, sein Büro war im Haus. Früher war er einmal Syndikus in einem Betrieb gewesen, hatte dann lange Jahre einen Wirtschaftsverband geleitet und war jetzt, als Pensionär, vor allem beratend tätig für manche großen Stiftungen, Familienbetriebe in ihren Erbauseinandersetzungen, vor allem aber für einige potente Investoren, bei denen sein Rat und seine Erfahrung in Handels- und Gesellschaftsrecht gefragt waren. Es waren dies sehr persönlich zu führende Mandate, bei denen der Schriftverkehr wenig umfänglich, die mündliche Beratung und Anwesenheit bei wichtigen Besprechungen jedoch unerlässlich war. Im Übrigen fand er die Unterstützung einer älteren, erfahrenen Schreibkraft, die ganz in der Nähe wohnte und sich am Ende ihres Arbeitslebens mit solchen freien, aber durchaus gut bezahlten Auftragsarbeiten begnügte.

Eine geregelte Arbeitszeit war mit seiner Beschäftigung nicht verbunden. Er stand zur Verfügung. Und das bedeutete oft mehrtätige Konferenzen auswärts, gelegentlich Besprechungen bis tief in die Nacht, auch lange Telefonate außerhalb jeder Geschäftszeit, sogar sonntags, von den Vorbereitungen in seiner einschlägig bestückten Bibliothek ganz zu schweigen. Mit dem juristischen Alltagsgeschäft hatte er nichts zu tun, eher mit langfristigen Strategien eines Konzernaufbaus, mit Nachfolgeregelungen, häufig auch mit den zugehörigen Fragen des Steuerrechts. Er war bekannt für seine pfiffigen und ungewöhnlichen Ideen, von deren Tragfähigkeit und realistischer Chance er oftmals erst zu überzeugen hatte.

Aber er genoss auch die Vorteile einer sehr freien Gestaltung seiner Lebensweise. Im Grunde war er ein Schöngeist, und Literatur und Kunst, auch Musik interessierten ihn mindestens ebenso wie seine Juristerei. Die persönliche Bekanntschaft mit Künstlern war ihm wichtig, gesellschaftliche Anlässe, bei denen Kunst und Geld zusammengeführt wurden, ließ er kaum aus, seien es Preisverleihungen, Ehrungen, Vernissagen oder Festivals wie Salzburg oder Baden-Baden. Um sich nützlich zu machen, versuchte er immer wieder, Künstler, Geldadel und Investoren dabei miteinander bekannt zu machen. Junge Talente zu fördern, war ihm ein besonderes Anliegen. Aber alles musste in einem festlichen Rahmen stattfinden, darauf legte er Wert. Diskretion und Öffentlichkeit schlossen sich nicht aus, ließen sich sogar nützlich verbinden. Er galt als ein Mäzen, aber sein eigener finanzieller Beitrag war dabei nicht einmal sehr groß. Nur war er in entscheidenden Momenten, wenn ein neues Projekt auszustatten war, immer dabei, gewissermaßen als Gründungsvater und als jemand, der die potentesten Geldgeber ansprechen, mitziehen und motivieren konnte. Den passenden Ton zu finden, Vertrauen zu gewinnen und die richtigen Leute zusammenzuführen – darauf beruhte sein Erfolg. Kein Wunder, dass er umworben war und in diesen Kreisen den besten Ruf genoss. Es wurde ihm gedankt, indem er als Erster zu allen spektakulären Gelegenheiten eingeladen wurde. Überall hielt man seine Anwesenheit für hilfreich und vorteilhaft. Bei längst ausgebuchten Hochglanzereignissen fand man für ihn immer noch einen Platz und natürlich in den vordersten Reihen.

Ein solcher Mensch ging auch mit den unangenehmen Zufällen des Lebens gelassen um. Dass ein geordnetes Leben von viel Unordnung umgeben und begleitet wird, war ihm eine selbstverständliche Einsicht in die menschlichen Unzulänglichkeiten. Nicht, dass ihm das gefiel, aber darum zu wissen, erleichterte ihm, es zu ertragen. Er gehörte zu jenen Schöngeistern, die auch mit der Exzentrik allen Künstlertums vertraut waren, den Abgründen, der Maßlosigkeit. Und insgeheim hatte er seine Bewunderung dafür. Zwar war er für sich selbst zu nüchtern, zu sehr Verstandesmensch und neigte zu keinerlei Exzessen. Schon einen richtigen Wutanfall mit törichten Ausfällen und überschäumenden Verwünschungen hätte er sich selbst nie verziehen. Sein Leben verlief überlegt, durchreflektiert, vorausschauend. Diese Selbstbeherrschung empfand er geradezu als Genuss und wenn er zur Selbstliebe je fähig war, dann gerade darin. Aber dass die meisten Menschen dieses Maß an Selbstkontrolle nicht aufbrachten, von allerlei Leidenschaften durchgeschüttelt wurden ebenso zu ihrem Verderben wie zu ihrem Vergnügen, hätte ihn nie dazu gebracht, sie deswegen zu verachten und sich selbst für etwas Besseres zu halten. Schlimmstenfalls versuchte er, ihnen aus dem Weg zu gehen.

Als er gegen Spätnachmittag mit einem Taxi nach Hause kam und die Stelle passierte, an der einige Stunden vorher der Überfall geschehen war, gingen ihm alle Einzelheiten noch einmal wie ein Film durch den Kopf. Die beiden Schurken hatte er noch nie zuvor in seinem Leben gesehen. Und doch hatten sie es gerade auf ihn abgesehen, daran hatte er keinen Zweifel. Wer auch immer dahinterstand, man wollte ihm wohl eine kleine Demütigung zukommen lassen. Und dies bedeutete, dass sie wohl nur die Handlanger dafür waren. Die Frage war nur, wer solche Auftragsganoven auf ihn hetzte. Darüber würde er nachdenken müssen. Hatte es mit der kleinen Konferenz zu tun, zu der er auf dem Weg gewesen war? Wohl kaum, wer konnte davon wissen? Nicht einmal Frau Ritter hatte er davon verständigt. Er pflegte seine Unabhängigkeit, indem er sie mit beiläufigen Einzelheiten seines Tuns und Lassens verschonte. Es sollte eine Beratung unter vier Augen sein, telefonisch verabredet, mehr nicht. Niemand sonst wusste davon. Oder ging es um etwas gänzlich anderes? Eine indirekte Warnung? Aber wem sollte sie gelten? Er war sich eigentlich ziemlich sicher, keine Feinde zu haben. Aber was waren Feinde? Ein etwas hochtrabendes Wort, so ungestüm ging es bei ihm nicht zu. Sicher, es gab immer Interessenskollisionen, gegensätzliche Auffassungen, Parteinahme.

Dem einen steht Nachbars Baum zu nah an der Grenze und lässt von den überhängenden Ästen auch noch das Laub herabfallen. Der andere will den Baum dennoch nicht beschneiden, weil er auf den Sichtschutz Wert legt. Ein Dritter ergreift Partei: Doch, der Baum muss weg, weil er mir die ganze schöne Aussicht nimmt. Und dann wird auch noch die Baumschutzordnung herangezogen, die das Fällen von Bäumen von einem bestimmten Stammumfang an verbietet. Schließlich mischt sich einer ein, der erst kürzlich hierhergezogen ist und plädiert dafür, die Zäune einzureißen und so eine weiträumige Parklandschaft mit alten Bäumen, aber ohne Eigentumsgrenzen entstehen zu lassen. Schließlich biete diese Gegend eine einmalige Chance für solche Verschönerungen, an denen doch alle teilhaben könnten, die schließlich allen zugute kämen. Na ja, da konnte man nun wirklich verschiedener Meinung sein. Aber es war doch lächerlich zu glauben, dass solche Auseinandersetzungen inzwischen zu handfesten Drohungen oder gar drastischen Attacken führen sollten.

Wem sollte er von diesem – ›Überfall‹ berichten? Es war doch ein Überfall, wie sollte man es anders nennen? Gezielt, brutal, einschüchternd. Sollte er gleich die Polizei einschalten? Aber die würden das für ein Märchen halten. Sicher, ein Unfall mit Fahrerflucht, das ließ sich noch nachvollziehen. Aber Absicht? Bei einem ehrenwerten, hochgeachteten Bürger dieser Stadt? Ohne weitere Indizien oder Zeugen? Das klang doch etwas senil. Aber selbst wenn man ihm diese Geschichte abnehmen würde, in welchem Lichte würde er selbst plötzlich dastehen? Jemand, der offenbar mit Leuten aus der Unterwelt verkehrte und dabei in Scharmützel mit ihnen geriet? Was hatte der denn mit diesem Milieu zu tun? Das ging doch wohl nicht mit rechten Dingen zu? Nein, das war einfach peinlich. Man würde ihn schief ansehen und überdies in Erklärungsnöte bringen. Wie sollte er sich jungen, unerfahrenen Beamten gegenüber verständlich machen? Peinsam, auch nur darüber nachzudenken. Und doch nagte es an ihm. Nicht, dass er selbst sich etwas vorzuwerfen hatte. Er hatte sich keine Blöße gegeben und sich durchaus so verhalten, wie er es von sich selbst erwartete, selbst in der Niederlage überlegen. Und doch ohnmächtig und ratlos. Aber gerade das durfte nicht sein. Er musste die Sache völlig nüchtern betrachten, wie ein Unbeteiligter, die einzelnen Bestandteile aufdröseln und trennen. Eigentlich waren es doch zwei verschiedene Geschehnisse. Das eine: Da hat jemand einen ziemlichen Hass auf mich. Er will ein aggressives Zeichen setzen, mir eine Lektion erteilen, wenngleich ich nicht weiß, wofür. Keine Vorstellung, wer das sein könnte. Vor allem, er will mir nicht selbst an den Karren fahren, um sich nicht zu erkennen zu geben, das war so geplant. Das andere betrifft die Ausführung: Zwei Hallodris bekommen diesen Auftrag zu einer kleinen Demütigung, wahrscheinlich wissen sie nicht einmal, warum und weshalb. Es interessiert sie auch nicht. Wie sie das so erledigen, dass sie heil davonkommen, ist ihre Sache. Vermutlich haben sie ausgekundschaftet, wann mein Wagen vor der Garage steht und ich irgendwann wegfahren werde. Dann brauchten sie nur noch zu warten. Einfache Beobachtung genügte. Schöne Typen, einschüchternd, durchaus clever. Und das alles für ein schnell verdientes Handgeld. Ohne weiter nachzufragen.

Beiden Vorgängen liegt äußerste Präzision zugrunde. Der Auftraggeber ist dabei von ungebremster Leidenschaft motiviert, die beiden Ausführenden jedoch allein vom schnell verdienten Geld. Das ist der einzige, aber entscheidende Unterschied.

Wie aber darauf reagieren? Die beiden Ganoven ausfindig zu machen, könnte Aufgabe der Polizei sein. Es ginge um Unfall mit Fahrerflucht. Nur einen Unfall, denn ein Vorsatz oder gar versuchte Körperverletzung lassen sich nicht nachweisen, obschon sie offensichtlich mitgeplant waren. Aber ohne Zeugen? Und bei der Fahrerflucht würden die beiden wahrscheinlich frech behaupten, sie hätten mir sogar noch geholfen, die Delle wieder geradezubiegen. Selbst dabei käme nicht viel heraus. So gesehen haben die nicht einmal schlechte Arbeit gemacht, abgesehen von ihrem rüpelhaften Auftreten. Geringes Risiko, begrenzter Schaden, ganz nach Anweisung.

Den Drahtzieher ausfindig zu machen, dürfte schwieriger sein. Die beiden Halunken (wenn man sie denn hätte) würden ihren Hintermann auf keinen Fall preisgeben, das gehörte zum Ehrencodex. Und da der sich ja die Hände nicht selbst schmutzig gemacht und insofern keine Spuren hinterlassen hat, bliebe nur die Suche nach einem Motiv.

Allein die Befragung durch die Beamten: ›Haben Sie Feinde?‹ Was sollte er darauf antworten? –

›Nicht, dass ich wüsste.‹

›Könnte es sein, dass aus Ihrer Anwaltstätigkeit irgendeine Gegnerschaft oder Feindseligkeit herrühren könnte? So, wie Sie es schildern, war es doch ein brutaler Angriff, bei dem auch eine Körperverletzung nicht ausgeschlossen werden musste.‹

Man würde also nach seinen Mandanten fragen, ob es zu ihnen irgendwelche Vermutungen gäbe. Aber hier sollte man besser keine Polizei herumschnüffeln lassen. Das fiel nun wirklich unter das Anwaltsgeheimnis. Und an öffentlichem Aufsehen war ihm keineswegs gelegen. Nein, keine Polizei. Es müsste andere Wege geben.

II.

Graber überlegte schon eine ganze Weile, wie er mit dieser Klientin fertig werden sollte. Sie war nicht nur äußerst aufgebracht und redete dauernd dazwischen, sondern sie ließ ihren Sohn, um den es doch eigentlich ging, kaum zu Wort kommen, schon gar nicht, wenn er den eigentlichen Sachverhalt schildern sollte. Ein im Grunde ziemlich harmloser Ladendiebstahl, der von einem Kaufhausdetektiv beobachtet worden war, hatte in einem wüsten Gerangel bei der Aufnahme der Personalien im Büro geendet. Sowohl der Detektiv wie auch der Delinquent hatten erhebliche Blessuren davongetragen und beschuldigten sich nun gegenseitig der Körperverletzung.

Der Sohn, gerade noch minderjährig, von schlaksiger, aber sportlicher Gestalt, grinste vor sich hin, schien die Sache nicht sehr ernst zu nehmen und zeigte eine leicht verächtliche Distanz zu seiner Mutter. Frau Müller, eine kleine, etwas korpulente Beamtenwitwe, drückte schon durch die Art, wie sie sich breit auf ihrem Stuhl vor dem Schreibtisch platzierte und ihren Sohn, der schräg hinter ihr saß, fast verdeckte, deutlich genug aus, wer hier das Sagen haben sollte. Als sie aber schon am Beginn der Schilderung der Vorfälle, auf die es doch ankam, wenn eine Verteidigungsstrategie sinnvoll entwickelt werden sollte, resolut dazwischenfuhr

»Sei still, Bub!« und dann mit einem so plastischen Bericht anhob, als sei sie selbst dabei gewesen, reichte es Graber und er bat sie, draußen zu warten.

Er selbst schloss hinter ihr die Tür, nicht ohne vorher seiner Bürovorsteherin einen sprechenden Blick zuzuwerfen, den sie nur mit einem kaum merklichen Kopfnicken beantwortete. Die Verständigung zwischen Graber und ihr konnte sich in solchen Situationen mit knappsten Zeichen begnügen. Sie waren ein langjährig eingespieltes Team von zwar sehr unterschiedlicher Wesensart, aber beide in dem Ziel vereint, eine recht und schlecht laufende Anwaltspraxis einigermaßen über die Runden zu bringen. Er nannte sie seit jeher Elfi, obschon sie eigentlich Elfriede hieß, aber das klang doch allzu altmodisch. So hatte sich diese Verkürzung längst unter allen ihren Freunden und Bekannten durchgesetzt, obschon sie nichts Elfenhaftes an sich hatte.

Frau Müller maulte wieder los:

»Ihr Chef hat mich nicht einmal ausreden lassen.«

Aber Elfi traf offenbar den richtigen Punkt, als sie antwortete:

»Vor Gericht steht Ihr Sohn allein, da werden Sie ihm kaum helfen können. Und wenn Sie vor dem Richter dazwischenquatschen, werden Sie ohnehin auf den Flur verbannt. Da kann nur noch einer helfen und das ist der Anwalt. Und ich sagen Ihnen, Herr Graber setzt sich für ihn ein, das werden Sie sehen.« Jedenfalls beruhigte sich Frau Müller allmählich und nahm neben dem missmutigen älteren Herrn Platz, der bereits im Wartebereich der kleinen Kanzlei saß. So konnte Elfi sich wieder dem Computer zuwenden, neben sich eine aufgeschlagene Akte, an der anderen Seite das Telefon, hinter sich die Tür zum Büro, links vor sich der Garderobenständer neben dem Eingang und rechts dahinter die Flurerweiterung mit der Sitzecke. Sie hatte alles im Blick.

Der Vormittag war ruhig angelaufen. Graber, der ohnehin meist erst spät in die Praxis kam, hatte um zehn Uhr einen Gerichtstermin gehabt, eine Strafsache, aber da eine Schöffin krank geworden und der Ersatzschöffe so schnell nicht aufzufinden war, wurde die Verhandlung zum Ärger des Richters kurzfristig verschoben. Angemeldet war nur noch Herr Keilholz, der bereits wartete, – eine unangenehme Mietsache, bei der ein Räumungsbefehl beantragt war. Dabei hatte der Hausbesitzer allerdings völlig überzogen. Zwar war der arbeitslose Keilholz bereits sieben Monate im Mietrückstand und hatte weder auf die Mahnungen noch auf die Kündigung reagiert, zugleich hatte er aber Hauswartsaufgaben übernommen, zwar ohne Vertrag, doch stets bezahlt und insofern wohl zufriedenstellend ausgeführt. Mit solchen Dingen sich herumzuschlagen, machte viel Arbeit und meist lief es darauf hinaus, die Räumung noch einmal abzuwenden, also auf irgendeine Art von Vergleich, jedenfalls nichts, an dem etwas zu verdienen war. Eher so etwas wie Sozialarbeit. Aber hätte man Keilholz abwimmeln sollen? Oder auch nur können?

Und mit Herrn Öcalan, dessen Akte Elfi aufgeschlagen hatte, war es nicht viel anders, ein Kurde, bei dessen Namen allein vermutlich schon sämtliche Alarmglocken in der Ausländerbehörde losbimmelten. Er war ständig von der Abschiebung bedroht, nicht einmal eine formelle Duldung hatte er bisher erreicht. Seine einzige Chance bestand darin, dass man der Ausländerbehörde irgendeinen Verfahrensfehler nachweisen konnte, der einen neuen kleinen Aufschub bedeuten konnte. Aber trotz der ökonomischen

Katastrophe, die solche Fälle für die Kanzlei bedeuteten, verschafften sie doch eine tiefe moralische Befriedigung, wenn es gelang, sie von Quartal zu Quartal am Köcheln zu halten. Was nicht endgültig entschieden wurde, war schon ein halber Sieg, bedeutete es doch für die Mandanten, dass wenigstens eine endgültige Niederlage abgewendet wurde, die nur ausweglose Schicksalsschläge zur Folge haben konnte.

Aber darin waren Graber und Elfi sich völlig einig, dass sie dieses Anwaltsbüro nicht allein zum Geldverdienen betrieben, sondern mit dem Anspruch, Leuten zum Recht zu verhelfen, die auf ihre Hilfe angewiesen waren. Nicht weil sie unschuldig wären, sondern weil das Recht immer bedroht ist, sei es von der Bürokratie, einer eigensinnigen Staatsverwaltung, sogar von der Justiz selbst, sei es von der Macht des Geldes. Das Recht aber ist das Zentrum aller demokratischen und sozialen Errungenschaften, ist ihr Garant. Dies war die unausgesprochene politische Philosophie, die sie teilten, ein nicht zu verachtender Rest, der von den Träumen von einer besseren, freieren und gerechteren Welt übrig geblieben war. Sie beide hatten sich schon im Studium kennengelernt, einem Studium, das noch von der Aufbruchsstimmung der 68er-Zeit geprägt war, auch wenn sie der Generation danach angehörten. Damals waren sie einige Zeit eng zusammen gewesen, hatten zwar ihr Lager geteilt, es aber nie bis zu einer gemeinsamen Wohnung gebracht. Schließlich war die Sympathie wärmebeständiger geblieben als die Liebe. Beide hatten sie noch in der Volkszählungskampagne mitgewirkt, aber Elfi war dann andere Wege gegangen, hatte noch vor dem Juraexamen ihr Studium abgebrochen, war nach Frankfurt gezogen, hatte einige Jahre in Galerien gejobbt. Erst Jahre später hatten sie sich zufällig wiedergetroffen, beide nicht gerade vom Erfolg verwöhnt, von Karriere konnte man ohnehin nicht sprechen. Graber hatte es in einigen Kanzleien als Anwalt versucht, sich aber nie wohlgefühlt und manchmal hatte er auch den Eindruck, dass ihm die lukrativeren Fälle immer von den Kollegen weggeschnappt wurden. So hatte er den riskanten Entschluss gefasst, lieber allein im eigenen Büro zu arbeiten. Elfi, ein paar Jahre jünger als Graber, nun Mitte 40, suchte gerade eine Veränderung und hatte sich bereit erklärt, Graber das Büro zu führen. Er hätte keine Bessere dafür finden können.

Frau Müller rutschte unruhig auf ihrem Stühlchen herum, wahrscheinlich wäre sie am liebsten wieder in das Büro gestürmt und hätte das Wort an sich gerissen. Elfi beobachtete sie unauffällig und war zu jeder Schlichtung bereit, als plötzlich das Telefon klingelte. Sie meldete sich mit dem ausgeleierten Sprüchlein, das ihr gedankenlos aus dem Mund flutschte:

»Anwaltspraxis Graber. Sie sprechen mit Elfriede Schamberger. Was kann ich für Sie tun?«

Eine geschmeidige Stimme meldete sich mit überdeutlicher Aussprache:

»H-ü-b-n-e-r. Kann ich Herrn Kollegen Graber sprechen?«

Sie war bei unbekannten Anrufern von größter Aufmerksamkeit und das Wort ›Kollege‹ hatte sie nicht überhört. Sie brauchte nur den Bruchteil einer Sekunde in ihrem Gedächtnis zu kramen, um dann nachzufragen:

»Darf ich fragen, sind Sie Herr *von* Hübner?«

»Ganz recht.«

Es war nicht so, dass ihm der zusätzliche Namensbestandteil unwichtig gewesen wäre, er legte sogar großen Wert darauf, dennoch meldete er sich am Telefon stets nur mit ›Hübner‹, nicht aus falscher Bescheidenheit, sondern sogar gänzlich unbescheiden. Denn im Grunde erwartete er, dass man ihn kannte und ihn sogleich ›vollständig‹ anredete. Kam es einmal vor, aber das war selten genug, dass er in einer ihm fremden Umgebung gezwungen war, sich selbst vorzustellen, pflegte er überdeutlich zu sagen: »Hübner, Otto von Hübner.« Es sollten keine Missverständnisse aufkommen.

»Einen Moment bitte, ich verbinde.«

Doch zunächst drückte sie auf die Unterbrechertaste und meldete sich bei Graber:

»Da ist ein Herr von Hübner in der Leitung.«

»Kenn ich nicht.«

»Vorsicht! Erzähle ich dir später. Wirtschaftsanwalt, ein hohes Tier.« Sie hatte sehr verhalten ins Telefon gesprochen, merkte aber, dass Frau Müller aufmerksam herübergeschaut hatte.

Graber war nicht ganz schlau geworden, was dieser Kollege wirklich von ihm wollte, es schien um einen Verkehrsunfall zu gehen und darum, dass er um die Mittagszeit zufällig in der Stadt sei und in der Kanzlei vorbeischauen könne. Natürlich wollte er keinen Termin vereinbaren (so sind solche Herren, aber das Wartezimmer mögen sie auch nicht, sondern rauschen am liebsten gleich ins Büro durch, ›nur auf ein Wort‹). Andererseits konnte es ein neues Mandat bedeuten, immerhin einen ordentlichen Versicherungsfall, und da soll man sich nicht anstellen. Natürlich hatte er Zeit (und würde notfalls sogar auf ihn warten).

Das musste er aber keineswegs. Gerade nachdem Graber Herrn Öcalan mit aufmunternden Worten verabschiedet hatte, kurz nach halb eins, kam Herr von Hübner ins Büro. Ganz gegen ihre Gewohnheit fragte Elfi weder nach Namen noch nach Begehr, sondern nahm ihm nach der Begrüßung sogleich den Staubmantel ab und öffnete die Tür zum Büro. Verwechslungen waren nicht möglich, ein solcher Besucher hatte sich noch nie in ihre Kanzlei verirrt. Die ganze imposante Erscheinung, groß, würdevoll, dabei aber höchst umgänglich und mit heiterem Strahlen im Gesicht, spiegelte einfach eine andere Liga als das sonstige Publikum. Sie hatte Graber schon zuvor instruiert mit allem, was ihr aus ihrer Frankfurter Galerienzeit erinnerlich war, und das war eigentlich nur vom Hörensagen. Natürlich vorwiegend aus der Museums- und Kunstszene. Und dass er mit wirklich allen führenden Wirtschaftsleuten persönlich bekannt sei. Rechtsanwalt, ja, aber ohne eigene Kanzlei. Was er tatsächlich arbeite und für wen, das wisse niemand. Da müsse schon eine Menge Kohle sein, jedenfalls gelte er als ein großer Kunstmäzen.

Elfi ging vor, Hübner folgte nur zögerlich, weil er sich ungeniert umsehen und einen optischen Eindruck von der Kanzlei gewinnen wollte, dann stellte sie Graber den Gast vor (statt umgekehrt). Sie dachte, dass es so richtig und geboten sei, schließlich kam er als Mandant, und selbst ein sehr bescheidenes Anwaltsbüro müsse auch eine gewisse Selbstsicherheit ausstrahlen. Die unverkennbare Verlegenheit Grabers, die sie sogleich bemerkte, überspielte sie, indem sie dem Besucher einen Kaffee anbot.

»Das ist reizend von Ihnen, vielen Dank, aber so kurz vor dem Mittagessen …«

Die Erzählung Herrn von Hübners von der eindeutig provozierten Beschädigung seines Autos am Vortag war sehr anschaulich durch blumige Ausschmückungen. Insbesondere das vulgäre Benehmen des bulligen Fahrers – »Silberkette und Gefängnishaarschnitt« – schilderte er mit köstlichem Humor. Er zeigte sich dabei keineswegs beunruhigt, nahm es eher als einen Ganovenstreich von Leuten, mit denen er sich eigentlich nicht abzugeben pflege oder gemeinmachen wolle, aber ganz durchgehen lassen könne man so etwas natürlich auch nicht. Graber versuchte, sich die Szene vorzustellen, war sich aber nicht sicher, ob er an seiner Stelle nicht in panische Angst geraten wäre. Aber dann interessierte ihn vor allem, wer dahinterstecken könnte. Wenn es keine persönlichen Feinde gab, wie Herr von Hübner versicherte, müsse man vielleicht an einen terroristischen Hintergrund denken. Indem er es aussprach, erschrak Graber sogleich, dass er selbst ein so abgedroschenes Vorurteil, wie es sich nur die Boulevardpresse ausdenken konnte, ins Gespräch brachte. Er bekam auch sogleich eine Abfuhr:

»Unsinn. Entschuldigen Sie, das halte ich für gänzlich abwegig. Das hieße nur, ein Schreckgespenst an die Wand zu malen.«

Graber lachte etwas gekünstelt auf, um seine Bemerkung selbst damit als Scherz zu entwerten.

»Sie haben völlig recht, diese Art Terrorismus gibt es bei uns zum Glück nicht. Wir leben doch in einer ziemlich friedlichen Ecke und nicht in Moskau.«

Noch so ein pauschales Vorurteil, das ihm da rausgerutscht war. Graber nahm sich vor, sich besser zu kontrollieren.

»Sehen Sie, ich will mich damit nicht weiter ins Gespräch bringen. Und deshalb will ich auch nicht die Polizei einschalten. Wenn die das nämlich richtig ernst nähme, und das müsste sie doch wohl, dann ginge das womöglich los mit verstärkter Bewachung und Personenschutz und ähnlichen Vorstellungen. Dann würde ständig eine Polizeistreife da oben, wo ich wohne, herumspazieren und das ganze Umfeld aufgeschreckt werden. Unter Umständen gäbe es sogar einen Artikel in der Zeitung. Nein, danke. Das möchte ich niemandem von meinen Nachbarn zumuten, mir selbst auch nicht.«

»Sie wohnen am Lorettoberg?«

»Ja, kennen Sie die Gegend?«

»Nein, nicht so genau.«

»Es ist sehr ruhig da oben. Ziemlich alte Villen in großen Grundstücken. Und es wohnen auch hauptsächlich ältere Herrschaften dort, Rentner und Pensionäre. Ein sehr seriöser Umkreis. Im Allgemeinen wenigstens. Mein neuer Nachbar wird sich da hoffentlich gut einfügen.«

»Darf ich fragen, wer das ist?«

»Ach, wie heißt er noch? Fällt mir im Moment nicht ein. Dieser bekannte Hamburger Modeunternehmer. Von dem haben Sie sicher schon gehört. Er hat gerade sein Unternehmen verkauft und will sich jetzt hierher zurückziehen. In der Presse wurde über ihn und seine legendären Feste und Partys immer sehr spektakulär berichtet. Ein richtiger Sonnyboy. Da kam immer die ganze High Society, die Stars und die Sternchen und aufregende Models natürlich und der ganze Regenbogenverein. Aber das wird ja nun vorbei sein. Eine solche Gesellschaft haben wir ja hier gar nicht. Zum Glück.«

»Und so jemand will sich nun hier ansiedeln?«

»Er ist schon da. Ich habe aber wenig von ihm bemerkt, an seinem Haus wurde lange renoviert, eine recht große, alte Villa. Er soll eine umfangreiche Kunstsammlung haben, moderne Kunst. Platz genug wird dort sein. Allein der Eingangsbereich mit einem riesigen Treppenhaus, – da lässt sich einiges unterbringen. Eine schöne Altersresidenz. Wissen Sie, dies ist eine beliebte Gegend. Das beste Wetter von ganz Deutschland, wenigstens das wärmste. Hervorragende Restaurants, gute Weine. Die Nähe zu Frankreich und der Schweiz. Hier haben sich schon immer vermögende Pensionäre gerne zur Ruhe gesetzt. Und um auf unsere Geschichte zurückzukommen: Mir liegt daran, dass es bei uns dort oben so ruhig bleibt. Deshalb möchte ich auch kein großes Aufhebens machen.«

Die Frage blieb freilich im Raum und es dauerte recht lange, bis Graber sie beantwortet bekam, weil er sich nicht traute, sie direkt zu stellen: was er als Anwalt denn nun eigentlich dabei tun könne. Es lief darauf hinaus, die Sache mit der Versicherung zu regeln. Graber wagte nicht einzuwenden, dass dies vermutlich nur bedeute, den Schaden zu melden und bestenfalls einige Nachfragen zu beantworten. Gewiss, ein hochvermögender Wirtschaftsanwalt schlägt sich nicht gerne mit Versicherungen herum, das war Kleinkram, den man andere erledigen ließ. Und so fragte er zunächst nur, wie er denn auf ihn gekommen sei.

»Sie wurden mir von einem Kollegen aus der Anwaltskammer genannt. Ich fragte nach einem jungen, handsamen Anwalt, der auf dem Quivive ist, auch Strafsachen bearbeitet und noch nicht überlastet ist.«

Graber wunderte sich über die Ausdrucksweise. Vor allem das Wort ›handsam‹ überraschte ihn, es konnte nur so etwas wie ›zahm‹ bedeuten. Aber doch sicher nicht gegenüber der Versicherung? Da müsste er allerdings ›auf dem

Quivive‹ sein. Also ›handsam‹ gegenüber Herrn von Hübner? Oder anders gesagt, er solle nach seiner Pfeife tanzen? Und dazu hatte man ausgerechnet ihn empfohlen? Einen Augenblick überlegte er, ob er diesen ohnehin lächerlichen Auftrag nicht ablehnen sollte. Andererseits konnte der Kontakt zu einem offenbar so bekannten und einflussreichen Herrn nur von Nutzen sein. Wofür auch immer, das ließ sich noch nicht absehen. Und so gab er sich ›handsam‹ und wartete ab, was weiter gemeint war.

Mit einiger Umständlichkeit schälte sich heraus, dass er zunächst bei der Straßenverkehrsbehörde herausbekommen solle, – als Strafverteidiger habe man doch gewiss Kontakte dorthin (eine merkwürdige Unterstellung) –, wer hier oder in der näheren Umgebung ein solch ungewöhnliches Fahrzeug fahre. Er selbst kenne sich mit Autofabrikaten nicht aus. Er malte auf einem der leeren Notizzettel, die auf dem Schreibtisch lagen, ein Gebilde, das wie das Zeichen der Londoner U-Bahn aussah, und schrieb ›Pat…‹ dazu. Ob dann ein Strafantrag gestellt werden solle, müsse man sehen, je nachdem. (Was solche Herren sich nur vorstellen, er ist doch kein Detektivbüro.) Graber blickte etwas verlegen auf die ungelenke Zeichnung vor ihm, ließ sich das schwarze Auto noch einmal genauer beschreiben und meinte dann lakonisch:

»Ein Nissan Patrol.«

Der alte Herr sah ihn bewundernd an, lachte vergnügt auf und rief:

»Großartig! Sie kennen sich offenbar bestens in dieser Szene aus. Sie sind der richtige Mann für mich.«

Ob er Graber damit als einen Anwalt solch düsterer Gestalten wie der an seinem Überfall beteiligten identifiziert haben wollte, blieb unklar. Meinte er etwa, unter seinen Klienten könnten diese beiden zu finden sein? Wollte er ihn gar nur ausforschen? Graber wurde zunehmend etwas misstrauisch, worum es eigentlich ging, verscheuchte diese Gedanken aber wieder, als der Ehrfurcht gebietende Kollege unbekümmert fortfuhr, es könne sein, dass er mit der Zeit noch einige Aufträge mehr für ihn habe. Mit Alltagsdingen habe er keinerlei Erfahrung. (Was waren denn juristische Alltagsdinge?) Er brauche einen versierten Allrounder und wolle es gerne mit ihm, Graber, versuchen. (Ein etwas seltsames Mandat, aber, na schön.)

Unter diesen Umständen das Beste war freilich, dass Herr von Hübner erklärte, nun gerne eine Kleinigkeit essen zu wollen, und fragte, ob Graber ihn nicht begleiten wolle. Vielleicht habe er ja auch eine Idee, wo man hier in der Nähe hingehen könne. Graber vermutete, dass dies auf eine Einladung hinausliefe und überlegte kurz, bevor er den Vorschlag machte, die ›Osteria Oporto‹ aufzusuchen. Er war sich sicher, dass dort um diese Zeit vor allem Anwaltskollegen verkehrten. Und mit Herrn von Hübner zusammen dort gesehen zu werden, machte sich sicher nicht schlecht fürs Renommee.

Elfi wollte dem ungewöhnlichen Besucher in den Mantel helfen, aber der nahm ihn ihr dankend aus der Hand und zog ihn sich allein über. Dabei sah er sie so überaus freundlich an, als wollte er sagen, dass er solche Hilfe von einer so reizenden Dame nicht annehmen könne. Graber stand wie ein hilfloser Stoffel daneben. Schließlich verabschiedete er sich sogar noch mit einem feinfühligen Handschlag. So etwas kam in dieser Kanzlei höchst selten vor. Aber Elfi benahm sich dabei, als wäre es eine gewohnte Selbstverständlichkeit. Graber öffnete wenigstens mit komplimentierender Geste die Türe.

*

Noch während man ihre Schritte auf der knarzenden Treppe nach unten hörte, klingelte das Telefon. Elfi erkannte, bevor sie den Hörer abnahm, auf dem Display sogleich die Nummer und flötete los:

»Das ist lieb, dass du anrufst. Gerade, als hättest du deine Augen überall. Eben sind alle gegangen und ich kann Pause machen.«

»Schön für dich. Bei mir ist es wie im Taubenschlag. Ich kann auch nur ganz kurz sprechen. Sehen wir uns heute Abend?«

»Wenn du magst.«

»Ich möchte dich unbedingt sehen. Und vielleicht eine Kleinigkeit kochen. Du weißt, wie mir der Kantinenfraß zum Hals raushängt. Kannst du nicht schnell noch auf dem Markt vorbeigehen und etwas Gemüse besorgen? Was dir gefällt. Alles andere habe ich.«

»Hast du spezielle Wünsche?«

»Nun, irgendetwas für eine kleine Gemüsepfanne, wir werden schon etwas daraus zaubern. Ich möchte spätestens um sechs hier Schluss machen.«

»Wenn nur nicht wieder etwas dazwischenkommt.«

»Heute nicht.«

»Bist du so sicher? Wenn wieder ein Mord passiert?«

»Heute auf keinen Fall. Ich hab das im Gefühl. Heut ist kein Wetter dafür.«

»Dein Wort in Gottes Ohr. Ich komme dann gegen halb sieben. Tschüs, mein Lieber.«

»Ciao, Bella.«

Elfi verstand dies weniger als schmeichelndes Kompliment, sondern als einen Ausdruck stiller Sehnsucht, der auch in ihr sogleich ein unbestimmtes Verlangen weckte. Ein stets präsentes Gefühl der Zugehörigkeit verband sie mit ihrem Freund Wolfgang Grabowski, etwas Selbstverständliches, das zu seiner Festigkeit keiner ständigen Beteuerungen und fortlaufenden Versicherungen durch schöne Worte bedurfte. Aus dem Alter waren sie beide heraus. Jedoch konnte sie – und er wahrscheinlich auch – aus allen gegenseitigen Worten, diesen vielstimmigen Akkorden des Alltags mit seinen Melodien aus Belanglosem und Bedeutungsvollem, stets die Grundstimme heraushören, die Nähe oder Weite ausdrückte, Wunsch oder Widerstreben, Begierde oder Erschöpfung. Dieser basso continuo begleitete sie beide und drückte eine Zugehörigkeit aus, die in ihrem realen Leben keineswegs für jeden sichtbar war. Denn sie lebten nicht zusammen, sondern jeder für sich und demonstrierten auch keine Auftritte als Paar. Das fiel ihnen leicht, denn gemeinsame Freunde hatten sie nicht, im Übrigen entgingen sie damit auch jeglichem Gerede. (Natürlich wusste Graber davon, der Uralt-Freund von Elfi, vor dem sie keinerlei Geheimnisse hatte.) Aber Grabowski schirmte sein Privatleben sorgfältig vor den Kollegen ab, er nannte das seine Berufshygiene. Sie beide genossen, ihren gereiften Jahren entsprechend, in ihrer Zuneigung auch ihre Unabhängigkeit und Selbstständigkeit, weil sie vielleicht ahnten, dass zu große Nähe dem gemeinsamen Band die Spannung genommen hätte. Sie mussten sich immer wieder zusammensuchen, aber darin lag nichts Beunruhigendes, weil sie sich insgeheim sicher waren, sich jederzeit erneut zu entdecken. Und es brauchte nie sehr viel, um aus Sehnsucht

Begierde entstehen zu lassen und den Weg zu finden in ausgiebige Erfüllung und Sättigung.

Sie hatten einen gemeinsamen Abend vor sich, ungestört und ganz für sich selbst, angefangen mit einem leichten Essen, zu dem Elfi vom Markt noch einiges Frisches mitbringen sollte. Von der Herrenstraße bog sie ab, schlenderte auf der Nordseite des Münsters zwischen den Ständen herum. Es war immer noch sehr voll, obwohl einige Händler bereits die Körbe und Gemüsekisten zusammenstapelten, denn pünktlich um zwei Uhr mussten die Karren und Auslagen den Platz räumen, um den Fahrzeugen der Stadtreinigung Platz zu machen. Bei einem Marktstand aus Eichstätten, der immer besonders schönes Gemüse hatte, fand sie einen Bund junger Möhren, ungespritzt, wie bei allen Bauern dieser Kaiserstühler Gemeinde, und jungen Spinat.

Dann fiel ihr ein, vielleicht noch ihre Freundin Monique zu treffen, die um diese Mittagszeit meist im ›Café Wiener‹ saß. Natürlich hieß sie eigentlich Monika, aber das war nun wirklich demodé, zumal wenn man eine Modeboutique besaß. Elfi schlängelte sich durch den lebhaften Fußgängerverkehr am Bertoldsbrunnen, wo offenbar um diese Zeit alle Schüler Freiburgs sich trafen oder zumindest auf ihrem Nachhauseweg umsteigen mussten, lief durchs Martinstor zum Café und sah schon vom Eingang aus ihre Freundin auf ihrem mittäglichen Stammplatz.

»Du siehst wieder toll aus. Der Shawl steht dir super.«

»Finde ich auch. Genau meine Farben.«

»Ist der von euch?«

»Na klar. Ist gerade erst hereingekommen. Du musst einfach mal wieder in den Laden kommen. Wir haben wunderschöne Sachen jetzt. Etwas abgetönt, nicht so laut, mehr dezent, aber ganz tolle Farben. Dinge, die man wirklich tragen kann. Und trotzdem sehr modisch. Würde ich dir gerne zeigen.«

»Ich bin schon lange nicht mehr richtig shoppen gewesen. Hier und da mal ein kleines Teil, aber eigentlich habe ich nichts Richtiges mehr anzuziehen, muss mich mal rundum erneuern, gerade jetzt, wo der Sommer kommt.«

»Das musst du aber bald machen, ist schon ziemlich ausgesucht. Obwohl, deine Größe«, sie schaute etwas abschätzend auf Elfis schmale Figur, »da lässt sich noch etwas finden.«

Beide schauten in die bereitliegenden Karten.

»Ich weiß schon, was ich nehme.«

Elfi zögerte noch, sah dann ihr Gegenüber fragend an.

»Einen Apfelstrudel mit Vanillesoße. Wir haben als Kinder immer Familiensoße dazu gesagt. Habe ich jetzt richtig Lust darauf.«

»Na gut. Nehme ich auch. Und einen Espresso danach.«

»Du, ich muss dir was erzählen. Ganz neu. Du kennst doch Legrand?«

»Nein, wer ist das?«

»Ich bitte dich, Legrand, der Modemacher, den kennt doch jeder.«

»Ach, der? Aber den kennst du doch nicht persönlich?«

»Nein, natürlich nicht. Bis jetzt wenigstens.«

Der Kellner kam vorbei und Elfi fragte, ob der Apfelstrudel warm sei.

Auf sein zerstreutes Nicken hin bestellten beide das Gleiche.

»Was ist nun mit diesem Legrand?«

»Der zieht nach Freiburg, stell dir das vor. Die Firma hat er ja verkauft, die geht jetzt zu …, na, fällt mir gerade nicht ein, das kommt gleich wieder. Also, der zieht nach Freiburg, für ganz, hat eine Villa am Lorettoberg gekauft. Und da gibt es demnächst eine riesige Einweihungsparty. Kommst du mit? Wir könnten zusammen dahin gehen.«

»Aber geht denn das? Ich kenne den doch gar nicht.«

»Das macht doch nichts. Ich nehme dich einfach mit. Da kommt die ganze Freiburger Modeszene hin, sind alle eingeladen. Und sonst werden auch noch eine Menge Leute da sein. Seine Feste in Hamburg sind legendär. Ich bin zwar noch nie dabei gewesen, kann ja meistens hier nicht weg«, sie redete sich jetzt richtig in Fahrt und malte sich aus, was der eigenen Anschauung fehlte, »aber du hast ja sicher schon Bilder davon gesehen, in der ›Bunten‹ und der ›Gala‹ und solchen Zeitschriften. Natürlich Schicki-Micki bis zum geht nicht mehr. Immer viel Prominenz, all die Leute, die seine Sachen tragen, Filmstars, Fernsehen, Krethi und Plethi.«

»Du glaubst doch nicht, dass die nun alle hierher kommen.«

»Warum denn nicht? In Hamburg kamen sie auch immer von weit her, aus Berlin, München, Düsseldorf, teilweise mit dem Privat-Jet. Bei solchen Festen schrecken die vor nichts zurück. Das sind nationale Ereignisse. Sonst wäre ja auch nicht so viel Presse dabei. Die wollen doch alle gesehen und fotografiert werden. Hast du noch nie gehört, was für schicke Kleider die da vorführen? Sündhaft teure Roben, ganz toll gestyltes Outfit, und immer den letzten Schrei. Die neuesten Modelle eben von den großen internationalen Marken, die wollen alle dabei sein, ist halt so ein Showlaufen. Und dann ist es auch Werbung. Das zahlt natürlich die Firma.«

»Könnte ganz interessant sein. Man kennt so etwas schließlich nur von Bildern. Die alle einmal live zu erleben …«

»Und stell dir vor, so etwas bekommen wir jetzt hier in Freiburg. Endlich mal was los hier. Das können wir uns auf keinen Fall entgehen lassen. Also abgemacht? Wir gehen zusammen hin.«

Elfi erkundigte sich etwas zögerlich: »Wann soll denn das sein?«

»Ende April. Wenn ich das richtig in Erinnerung habe, an Walpurgisnacht, also am Abend vor dem 1. Mai. Ist ein Feiertag danach, da können wir prima ausschlafen. Ich möchte mal wieder so richtig abtanzen bis zum Umfallen, die ganze Nacht durchmachen. Das ist schließlich was anderes als Disco. Auf so einem Fest«, sie lachte schrill auf, um gleich danach leise raunend fortzufahren, »da gibt es noch richtige Männer. Die können wirklich tanzen, die Modewelt eben. Hat viel mehr mit Theater und Film zu tun. Nicht diese schrecklichen Bubis von der unteren Etage mit gegeltem Haar, wie im ›Kagan‹, die sich schon super finden, wenn sie nur einmal mit dem Lift ganz nach oben fahren dürfen. Da geh ich auch nicht mehr hin. Aber das hier, das ist wirklich klasse, kannst du gar nicht vergleichen.« Sie holte tief Luft nach so viel Emphase und fügte zerstreut an: »Ich ruf dich noch an und sag dir Bescheid.«

Mittlerweile war der Apfelstrudel gekommen und dampfte vor sich hin.

Elfi, immer noch skeptisch, grübelte: »Und was ziehe ich da an?«

»Da werden wir schon etwas finden. Ich habe mir auch noch nichts überlegt. Wir werden irgendetwas Verrücktes kombinieren. Oder selbst erfinden. Das ist *die* Gelegenheit. Je verrückter, je toller. Auffallen muss man schon, das ist schließlich der Hauptspaß dabei. Und das hier in dem ständig so zurückhaltenden Freiburg. Wo die ganze

Mischpoke immer so auf gediegen mimt. Das muss man mal richtig aufmischen. Komm doch in den nächsten Tagen einfach in den Laden, aber ruf mich sicherheitshalber vorher an. Damit wir nicht dauernd gestört werden. Das wird ein Heidenspaß.«

III.

Elfi stand im Türrahmen zur Küche der kleinen Dreizimmerwohnung und sah ihm beim Gemüseschneiden zu. Geübte Handbewegungen, aber ohne jeden Ehrgeiz, es mit den bekannten Kochstars aus den Fernsehsendungen und ihrer beeindruckenden Fingerfertigkeit aufzunehmen. Auf dem Herd stand bereits eine Pfanne auf mittlerer Flamme, – so nannte man es noch immer, obschon doch so gut wie alle inzwischen einen Elektroherd mit Glaskeramik-Kochzone hatten.

Das heißer werdende Öl breitete sich aus der Mitte aus. Daneben ein kleiner Topf mit Wasser, aus dem bereits die ersten Dampfwölkchen aufstiegen. Er gab anderthalb Tassen Basmati-Reis hinein, dann schob er das Gemüse mit dem Messer vom Holzbrett in die Pfanne, wobei ein gedämpftes Zischen zu hören war.

»Darf ich dir schon einmal etwas einschenken?«

»Was hast du denn Gutes?«

»Hier ist ein angenehmer Munzinger Weißburgunder von Clemens Lang. Trocken und dabei sehr ausgeglichen. Den hast du schon einmal bei mir getrunken.«

»Oh ja, ich erinnere mich. Gerne.«

Während er den Schraubverschluss der Flasche öffnete und zwei Gläser füllte, murmelte er noch:

»In zehn Minuten gibt's was zu essen.«

Doch dann klingelte das Telefon und er drückte seinen Verdruss mit einem ärgerlichen Blick und hilflosem Schulterzucken aus, beschloss aber dennoch dranzugehen.

»Grabowski«, grummelte er mit bewusst unfreundlicher Stimme.

»Lutz, Heilbronn. Tut mir leid, dass ich dich so spät noch anrufe, aber im Dienst habe ich dich nicht mehr erreicht. Wir haben morgen eine Konferenz wegen der ermordeten Kollegin und da kommt ein erfahrener Profiler aus Stuttgart, der noch einmal alles durchsprechen will. Ich habe mir gedacht, dass es gut wäre, wenn du auch dazukommen könntest. Schließlich gibt es bei euch in Freiburg einen Fall mit derselben Täterin.«

»Mein Gott, so kurzfristig? Gibt es denn was Dringendes?«

»Nichts Sensationelles. Aber die neuen Spuren werfen eine Menge Fragen auf. Ich wollte dir wenigstens Bescheid sagen, falls es dir möglich ist. Übrigens kann ich dich beruhigen, wir fangen nicht so früh an, haben das erst auf elf Uhr angesetzt. Wir haben dann unsere laufenden Dinge schon hinter uns.«

»Das klingt schon besser.«

»Ich weiß doch, will es dir mit der Fahrerei auch so angenehm wie möglich machen. Aber wir müssen da endlich ein Stückchen weiterkommen, und euch betrifft es ja auch. Wir haben gerade eine SOKO Zelle eingerichtet, nur zu dieser Frau, die seit 15 Jahren schon in allen möglichen Fällen herumgeistert und immer rätselhafter wird. Besprich es mit deinem Chef. Du brauchst jetzt nicht zuzusagen, aber nützlich wäre es schon, dich dabeizuhaben. Wenn du um neun Uhr losfährst, kommst du immer noch rechtzeitig an. Und noch eins: Wir können anschließend zusammen Mittag essen, im ›Piccolo Mondo‹, wo wir schon einmal waren.«

»Das ist immerhin ein starkes Argument. Ich ruf dich morgen früh an und sag dir Bescheid. Ich denke, es wird gehen.«

»Wusste doch, dass ich mich auf dich verlassen kann. Bis morgen dann, Adale.«

»Ciao, Lutz.«

Elfi sagte nichts und fragte auch nicht. Sie hatte sich Grabowski gegenüber jede Neugierde abgewöhnt, um ihn nicht in Konflikte mit seinen Dienstgeheimnissen zu bringen. Als einem der führenden Beamten der Mordkommission ging einiges über seinen Schreibtisch, das als streng vertraulich einzustufen war und keinesfalls an die Öffentlichkeit kommen durfte. Das war insoweit selbstverständlich. Aber auch ihre Stellung in einem Anwaltsbüro, das auch gelegentlich mit der Verteidigung in Strafsachen befasst war, erforderte eine sorgfältige Diskretion. Allerdings ging es meist nur um Kleinkriminelle, Diebereien, Drogensachen – eher Unspektakuläres. Aber sie war sich, ebenso wie Grabowski, sehr bewusst, dass ihrer beider Hintergrundwissen auch unversehens in eine bedrohliche Konkurrenz geraten konnte. Verteidiger und Ermittlungsbeamte vertreten letztlich meist diametral verschiedene Interessen.

Mit einem gewissen Schaudern erinnerte sie sich an einen Mordfall vor sieben Jahren im Zusammenhang mit dem Raub des Kreuzes von St. Trudpert aus dem Augustinermuseum, in den auch ihre Kanzlei verstrickt war. Es handelte sich zunächst um den spektakulären Diebstahl des zentralen Stückes einer Sonderausstellung, eine der wertvollsten gotischen Goldarbeiten, dazu mit einer Fülle von kostbaren Edelsteinen besetzt, eine Leihgabe aus der Eremitage in Sankt Petersburg. Eine reichlich zwielichtige Person, Frau Wunderlich, an den Namen erinnerte sie sich bestens, obschon es nicht ihr richtiger Name war, wurde mit einer ziemlich obskuren Geschichte Grabers Klientin. (›Unsere‹ Klientin, dachte sie, weil sie sich völlig mit dieser Anwaltspraxis identifizierte.) Und dann wurde klar, dass diese Frau Wunderlich nicht nur an diesem Diebstahl beteiligt war, sondern Graber auch noch in die Hehlerei hineinzuziehen versuchte. Aber das war noch nicht alles. Am Ende kam sogar heraus, dass sie ihren Kumpan umgebracht hatte, um die Beute allein zu verscherbeln. Eine ganz üble Geschichte, besonders weil Frau Wunderlich ihre Klientin war und sich jetzt auch noch als Mörderin herausstellte. Graber hatte das alles selbst herausgefunden. Aber was sollte er damit nun anfangen? Er konnte ja nicht einfach zur Polizei laufen und seine Kenntnisse auspacken, auch wenn er es am liebsten getan hätte. Das wäre Mandantenverrat gewesen, eines der schlimmsten Anwaltsvergehen, das sich denken lässt. Nur Graber und Elfi wussten davon und kannten die Einzelheiten. Und das alles passierte gerade in der Zeit, als Elfi Grabowski kennengelernt hatte, noch ohne zu wissen, dass er bei der Mordkommission war und gerade diese Frau Wunderlich wie die Nadel im Heuhaufen suchte.

Aber Grabowski war unkompliziert. Er hatte ein natürliches Vertrauen zu Elfi. Wie anders hätten sie miteinander umgehen sollen? Er plauderte zum Beispiel ziemlich ungeniert aus dem Präsidium, meist ging es nur um Kollegen und Vorgesetzte. Die eigentliche Arbeit jedoch war allzu sehr Puzzlekram und Detailstöberei, deren Voraussetzungen und Begründungen für einen Außenstehenden viel zu viele Erklärungen nötig gemacht hätten, um irgendetwas zu verstehen. Im Übrigen versuchte er, sein Privatleben vom Dienst so gut es ging zu trennen. Das bedeutete, dass er nur in groben Umrissen von dem erzählte, was ihn gerade beschäftigte. Und schon gar nicht fragte er Elfi nach ihren Klienten aus, das ging ihn weder etwas an, noch wollte er davon wissen. Was aber nicht hieß, dass hier strikte Tabuzonen errichtet waren. Die notwendige Zurückhaltung musste jeder selbst herausfinden, darin waren sie schließlich beide geübt und konnten sich arglos aufeinander verlassen.

Während Grabowski in einer weiteren Pfanne zwei Hähnchenschenkel gebraten hatte, sie schließlich in einer Mischung aus Tomatenmark und Honig mit Rosmarin noch kurz schmurgeln ließ und unterdessen den Reis durch ein Sieb goss, um ihn anschließend zu buttern, hatte Elfi den Tisch gedeckt und nach den Servietten gesucht.

»Zum Glück nicht so früh. Ich hätte keine Lust gehabt, schon morgens um sechs auf die Autobahn zu müssen.«

»Abwimmeln kannst du es nicht?«, fragte sie vorsichtig.

Er richtete bedächtig die Teller an, indem er den Reis aus einer Tasse stülpte, so dass er eine hübsche runde Form bekam, den geröteten Hähnchenschenkel danebenlegte und jeweils zwei volle Löffel aus der dampfenden Gemüsepfanne dazugab. Dann setzten sie sich im Wohnzimmer an den Tisch.

»Abwimmeln will ich gar nicht. Der Fall ist ungewöhnlich interessant, nur mag ich keinen Stress. Dabei kommt nämlich nichts heraus. Ich habe die Devise: In der Ruhe ist die Konzentration und damit bin ich immer ganz gut gefahren. Es geht um eine Frau, der wir schon seit 15 Jahren nachjagen, ohne auch nur eine ungefähre Vorstellung zu haben, wer das sein könnte. In mehrere Mordfälle ist sie verwickelt, in zahlreiche Einbrüche, öfters in Gartenhäuschen und ähnliche Unterschlupfe, mit Autodiebstahl hat sie zu tun, auch mit Drogen, – jedenfalls haben wir eine Spritze gefunden mit Spuren von ihr. Und dennoch bleibt sie ein Phantom. Nichts passt zusammen und dennoch war sie immer in irgendeiner Weise beteiligt, gravierende Fälle, teilweise erschreckende Gewalttaten, die man einer Frau gar nicht zutrauen würde.«

»Wenn ihr das so genau wisst, dann seid ihr doch schon nah dran.« Es war als Frage gemeint.

»Es sind Spuren, die ebenso unspezifisch wie eindeutig sind, vor einigen Jahren hätte man sie noch nicht einmal lesen können. Immer ist es ihre DNA, Speichel, Hautzellen, Haare oder Ähnliches, die dabei gefunden wurden, aber sonst scheinen die Fälle nichts miteinander zu tun zu haben. Die Tatorte reichen von Süddeutschland bis nach Österreich und Frankreich. Bei dem Fall hier in Freiburg ging es um einen Trödelhändler, der erdrosselt wurde. Die Heilbronner Kollegin wurde gezielt erschossen, möglicherweise, weil sie einmal im Drogenmilieu tätig war und deshalb erkannt wurde. Und jetzt fanden sich ihre Spuren in einem Auto von einem Mann, der wegen Mordes an drei Georgiern im Raum Heppenheim in Untersuchungshaft sitzt.

Wir wissen nicht einmal, ob diese weibliche Person dabei als Täterin, Tatbeteiligte oder in einigen Fällen nur zufällig auftaucht. Und da versuchen wir natürlich, ob wir aus den jeweils ziemlich unterschiedlichen Begleitumständen so etwas wie ein Persönlichkeitsbild erstellen können. Bei den meisten Fällen waren wohl mehrere beteiligt, aber nicht immer die gleichen. Also halten wir uns vor allem an diese eine. Sie ist der rote Faden.«

»Und das soll irgendwann zum Erfolg führen?« Sie schaute ihn ungläubig an.

»Natürlich nicht direkt. Manchmal kommt man über einen Umweg besser zum Ziel. Wenn wir uns diese Frau genauer vorstellen können, finden wir vielleicht einen Schlüssel, der uns hilft, in all diesen unaufgeklärten Fällen weiterzukommen. Und am Ende wissen wir dann auch, was wir ihr anlasten müssen, es wird nicht gerade wenig sein.«

»Übrigens, dein Hähnchen schmeckt vorzüglich. Wo hast du nur immer diese guten Rezepte her?«

»Keine Ahnung. Ich koche ja nicht nach Rezept, sondern lasse mich anregen, aus Kochbüchern, in Restaurants. Und wenn mir etwas einleuchtet, improvisiere ich darüber. Aber es freut mich, dass du mit mir so zufrieden bist. Lass uns anstoßen.«

Später, als sie noch am Tisch vor leer gegessenen Tellern saßen, sagte Elfi:

»Wollen wir nicht am Sonntag ein bisschen rausgehen? In den Schwarzwald? Ich hätte Lust, mir mal wieder gründlich die Beine zu vertreten. Ich brauche Bewegung. Und dir würde es auch guttun.«

»Von mir aus gerne, da bin ich immer dabei. Es soll recht warm werden. Ich schau mal in die Karte, vielleicht finden wir etwas, wo man wandern und anschließend gut einkehren kann.«

»Dass du schon wieder ans Essen denken kannst!«

»Darf ich dir noch etwas nachschenken? Wandern und essen. Außerdem weiß ich eines schon jetzt: dass ich am Sonntag wieder Hunger haben werde. Ist das so etwas Besonderes? Täglich wenigstens einmal anständig essen, das ist doch nicht zu viel?«

Dabei musste Grabowski eingefallen sein, dass er für morgen auch die Aussicht auf einen Restaurantbesuch hatte, bei einem Italiener, den er noch in guter Erinnerung hatte. Doch das verschwieg er vorsichtshalber. Aber er war in Gedanken damit wieder in Heilbronn angelangt und sagte mehr vor sich hin:

»Ich glaube, ich werde da hinfahren.«

»Wohin, mein Lieber?«

»Ich dachte an morgen. Nach Heilbronn.«

»Hängt das nicht von deinem Chef ab, was der dazu meint?«

»Wenn ich ihm das plausibel mache und darlege, wie wichtig das ist, dann kann ich auch fahren. Letztlich hängt es also nur von mir ab. Und morgen wird es im Dienst ziemlich unerfreulich werden, da hau ich lieber ab.«

»Habt ihr Knies?«

»Das nicht. Aber vor sechs Wochen hat es eine ziemlich brutale Vergewaltigung gegeben und jetzt ist das Opfer plötzlich verschwunden, wahrscheinlich im Ausland. Das bedeutet, dass die ganzen Ermittlungen abgebrochen werden müssen. Die Kollegen sind deshalb alle sehr aufgebracht.« Eigentlich hatte er davon nichts erzählen wollen. Andererseits brauchte er es auch nicht zu verschweigen. Über Einzelheiten würde er aber bestimmt nichts sagen.

»Schrecklich. Habe ich gar nichts davon gelesen. Stand das in der Zeitung?«

»Ich glaube nicht. Wir würden das auch nicht sehr gerne ausbreiten. Das ist zum Schutz des Opfers besser so. Aber lass uns von anderem reden, das ist zu unerfreulich.«

IV.

Graber saß an dem kleinen Tischchen in seiner Küche, das leer gegessene Müsli-Schälchen hatte er weggeschoben, die Teetasse rechts neben sich, die Kanne in bequemer Reichweite. Er blätterte durch die Zeitung, deren Feuilleton immer dünner und belangloser wurde, während im Lokalteil spaltenlang einer kranken Kastanie nachgeweint wurde, die leider gefällt werden musste. Unter den Todesanzeigen war kein ihm bekannter Name. Er schenkte sich eine weitere Tasse ein und während er den Zucker verrührte, überflog er den politischen Teil. Später auf dem Weg ins Büro nahm er sich meist am Zeitungslädele die FAZ mit, manchmal auch die Süddeutsche.

Er war wohl das, was man einen Morgenmuffel nannte, einer, der den beginnenden Tag erst einmal anblinzelte und sich dann noch einmal auf die andere Seite drehte. Einer, der erst langsam in die Gänge kam und mit einem gewissen Automatismus, der durch nichts gestört werden durfte, ins Bad schlich, später ebenso die Wäsche aus dem Schrank holte und erst mit der ersten Tasse Tee alle Sinne beieinander hatte. Die Zeitungslektüre war sein eigentliches Aufwachen, eine Stunde, in der er gerne allein war, sich sein Leben nicht anders vorstellen konnte.

Ein heiterer Tag, nichts Besonderes stand an, er hatte keine Eile, ins Büro zu kommen. Da fiel ihm etwas ein und er blätterte im Telefonbuch nach einer Adresse. Etwas später holte er sein Fahrrad aus dem Keller, gab den Reifen noch ein paar Stöße aus der Luftpumpe und schwang sich auf den Sattel, die Berggasse hinab, dann auf die Gundelfinger Straße. Nach etwa einem Kilometer bog er links in ein Industriegebiet ab und fand auch gleich die Einfahrt zu einem großen Autohaus. Der Parkplatz, der sich noch weit hinter das Gebäude ausstreckte, war vollgestellt mit Fahrzeugen, in einem Teil wurden vor allem Gebrauchtwagen angeboten, jedem war ein großer Zettel mit den wichtigsten Betriebsdaten hinter die Windschutzscheibe geklemmt, andere Autos waren wohl zur Inspektion oder Reparatur abgestellt. Fast alles waren Nissans. Graber, der sein Fahrrad an den Zaun gelehnt und mit dem Bügelschloss gesichert hatte, schlenderte zwischen den Autos umher, auch einige Geländewagen waren darunter, einen Patrol konnte er jedoch nicht entdecken.

Er ging in den Ausstellungsraum, in dem verschiedene neue Modelle, meist in Silbermetallic, sich dem Betrachter gefällig präsentierten. Im Hintergrund stand ein älteres Pärchen im Mantel mit einem Mann mit offener Lederjacke im Gespräch. Ungestört konnte Graber sich umsehen. Schließlich entdeckte er neben einer ausladenden Yukka-Palme, die ein wohl unvermeidliches Grün-Möbel solcher Ausstellungshallen war, einen Prospektständer, wohlbestückt mit Hochglanzbroschüren, auf denen vor tiefblauem wolkenlosem Himmel sich jeweils ein anderes Automodell im Sonnenlicht zeigte, darunter verschiedene Geländewagen. Er griff sich, was er für richtig hielt. Der Mann mit der Lederjacke eilte an ihm vorbei und sagte dabei:

»Ich komme gleich zu Ihnen, muss nur eben noch eine Kopie machen.«

Graber überlegte, was er eigentlich sagen sollte. Sollte er wirklich als potenzieller Autokäufer auftreten? Würde das nicht zur Folge haben, später mit einer Flut von Anfragen überschüttet zu werden: Haben Sie sich schon entschieden? – Über den Preis können wir selbstverständlich nochmals reden. – Ich habe zurzeit eine besonders günstige Finanzierung im Angebot. Und so weiter. Es war ihm unangenehm, sich nach einem Auto zu erkundigen, das er mit Sicherheit gar nicht kaufen wollte. Aber er brauchte ja seine Adresse nicht herauszurücken. Ich komme dann wieder vorbei, wenn ich mich entschieden habe. Oder vielleicht: Es kommt erst nächstes Jahr infrage, aber ich wollte mich schon einmal vorinformieren. Möglichst sicher auftreten, das verschaffte den größten Respekt. Unbefangen bleiben.

Das Pärchen wurde nun verabschiedet, er hörte noch einige Gesprächsfetzen:

»– schicke Ihnen die Papiere zu. – Selbstverständlich. – So etwa 14 Tage. – Ja, genau, so machen wir's. Einen schönen Tag noch.«

Dann kam der Verkäufer zu ihm, gab ihm die Hand, als seien sie gute Bekannte, warm und fest, und nannte seinen Namen. Er machte in seiner direkten und selbstsicheren Art den Eindruck, der Chef des Hauses zu sein. Graber stellte sich ebenso vor und sagte dann:

»Ich wollte mich gerne nach dem Patrol erkundigen.«

Sein Gegenüber lächelte ihn an, sah auf den Prospekt, den Graber ihm hinhielt, und meinte:

»Das ist aber nicht der Patrol, da haben Sie den Pathfinder.«

»Die sehen so ähnlich aus. Da habe ich wohl das Falsche gegriffen. Oder ist das nur eine Ausstattungsvariante?«

»Der Patrol ist eine ganz andere Klasse. Ich gebe Ihnen das Richtige.« Und er griff zielsicher hinter sich zum Ständer.

»Wissen Sie, die kann man nicht miteinander vergleichen. Der Patrol hat ganz andere Kräfte. Bis dreieinhalb Tonnen Zugkraft. Das ist etwas sehr Spezielles.«

»Man sieht diese Wagen verhältnismäßig selten hier.«

»Ja, das stimmt. Wir haben im Augenblick auch keinen auf dem Hof. Der Patrol wird nicht so häufig verlangt. Das ist ein sehr exklusives Fahrzeug.«

»Und wer kauft so etwas?«

»Das ist eine gute Frage. Ein Teil sind ausgesprochene Rallye-Fahrer. Die machen Trips durch die Wüste, Afrika-Touren in extremem Gelände. Da braucht man eben entsprechende Fahrzeuge. Sonst haben Sie keine Chance. Und dann gibt es natürlich auch Handwerker mit schwerem Gerät, die einen Anhänger haben fürs Gelände. Zum Beispiel ein Steinmetzbetrieb. Die brauchen so schwere Wagen.«

»Was meinen Sie denn, wie viele von diesen Karren hier in der Gegend unterwegs sind? Also nicht nur in Freiburg, sondern im weiteren Umkreis?«

»Ich würde schätzen: so um die 50, 60.«

Es entstand eine kleine Gesprächspause, in der sich beide höflich lächelnd anschauten. Graber fühlte sich irgendwie ertappt, denn er sah weder wie ein Wüstenabenteurer aus noch wie ein Handwerker von etwas robusterem Gewerbe. Er hatte eine schlanke, hochaufgeschossene Gestalt, die nichts Sportliches verriet, zarte Hände mit langen Fingern, und sein Kopf mit der Halbglatze und buschig herabfallendem, leicht angegrautem Haarkranz ließ eher an einen Professor denken als an einen zupackenden Werktätigen.

»Welche Farben werden denn im Allgemeinen bevorzugt?«

»Eindeutig silbermetallic.«

»Und schwarz?«

»Auch. Eigentlich nur silbern und schwarz.«

Graber näherte sich immer mehr seinem eigentlichen Thema. Der Verkäufer war so zurückhaltend und zugleich auskunftsbereit, dass Graber beschloss, ein wenig aus der Deckung zu kommen.

»Ich interessiere mich für einen schwarzen Patrol. Aber ich muss Ihnen das genauer erklären. Ich schreibe nämlich einen Krimi, in dem ein solches Auto vorkommen soll, und dafür brauche ich ein paar Informationen.«

»Ich dachte mir schon, dass Sie keinen kaufen wollen. Das wäre kaum ein Auto, das zu Ihnen passen würde. Aber wenn ich Ihnen trotzdem helfen kann, gerne.«

»Sie können Ihre Kunden einschätzen?«

»Doch ja, die erzählen schließlich auch von sich. Nennen die Motive, warum sie gerade dies und kein anderes Fahrzeug wollen. Man muss nur zuhören.«

»Fahren nicht auch noch andere Leute so ein Auto? Mehr als Statussymbol? Das ist doch ein so robuster und auftrumpfender Wagen, der hat fast etwas Einschüchterndes.«

»Natürlich, ich gebe Ihnen da vollkommen recht. Für mich wäre der auch etwas zu stark. Aber wir haben so einen Kunden. Gestern stand sein Auto noch zur Inspektion hier, da hätte ich es Ihnen zeigen können. Das ist ein ehemaliger Fremdenlegionär, der braucht so ein Auto. Das hat sicher mit seinem Ego zu tun. Der Wagen ist auch entsprechend hochgerüstet, Einstiegsleisten, Frontgitter, Ladekantenschutz, natürlich hat der auch Spezialfelgen, extra breite Reifen, alles vom Feinsten. Der hat noch mehr Fahrzeuge bei sich im Schuppen, alle bestens gepflegt. Der sitzt da drin wie in einem Panzer. Der braucht das, so ist eben sein Selbstbild. Fast ein bisschen gewalttätig, alles zur Seite drängend. Ist schon über 60 und schwelgt wahrscheinlich in Erinnerungen.«

»Und ist der Wagen schwarz?«

»Alles in schwarz, sogar das Frontgitter. Ich sag Ihnen: wie ein Panzer. Das hat der alles so bestellt. Ist natürlich ein Einzelfall. Das ist eben ein Auto für Individualisten. Aber da fällt mir noch ein anderer Kunde ein, eine Frau. Eine ganz kleine, zierliche Person mit blonder Lockenpracht, hochhackigen Schuhen und so weiter, und dann mit einem solchen Auto. Sie sagt, da fühle sie sich richtig wohl und sicher. Das müssten Sie sehen, wenn die in den Wagen hochsteigt und dann hinter dem Lenkrad sitzt. Ein wirklich komisches Bild. So etwas kommt auch vor. Ist auch ein schwarzer Patrol, aber mit Applikationen in gebürstetem Edelstahl, alles silbern glänzend. Wenn ich diese Frau beschreiben soll, die ist natürlich entsprechend extravagant angezogen, sehr elegant, aber wie soll ich sagen? Sie liebt Stoffe im Tigerfellmuster und solche modischen Sachen. Schon komisch.«

»Heißt das, ein Auto für halbseidene Leute?«

»Na ja, es ist eben ein bestimmter Stil. Das sind Angebertypen oder Leute, die ein bestimmtes Image ausstrahlen wollen. Ein Auto ist wie ein Kleid, das muss zu einem passen und soll ja auch etwas ausdrücken. Aber in der Hauptsache, würde ich sagen, sind es Extremsportler und solche, die schwere Anhänger ziehen müssen.«

»Und was kostet das? Ich meine, so voll aufgerüstet, mit allem Drum und Dran?«

»Da gibt es den Dreitürer, der ist kleiner und auch billiger, aber bei dem Fünftürer müssen Sie mit 40.000 Euro rechnen. Und wenn Sie den richtig hochbrezeln mit allen Sonderausrüstungen, können Sie bis zu 20.000 noch dazurechnen.«

»Ein teures Vergnügen.«

»Ist dann aber auch etwas sehr Besonderes.«

»Darf ich mir die Prospekte mitnehmen?«

»Na klar. Warten Sie, ich gebe Ihnen noch die Preisliste. Da ist auch das ganze Zubehör aufgelistet. Und wenn Sie weitere Fragen haben, kommen Sie einfach vorbei.«

Eigentlich hatte Graber nicht besonders viel Neues erfahren und doch fuhr er beschwingt auf seinem Drahtesel zurück. In der Nähe der Endhaltestelle der Straßenbahn stieg er ab, schloss das Fahrrad an ein Straßengeländer und fuhr mit der Tram in die Stadt. Obschon er ziemlich spät in seine Kanzlei kam, saß niemand im Wartebereich. Dorthin ging immer zuerst sein Blick, noch ehe er Elfi begrüßte, die wie immer am Computer arbeitete.

»Wie war denn dein Mittagessen mit Herrn von Hübner, du hast mir noch gar nichts davon berichtet.«

Gestern Nachmittag hatte Graber es tatsächlich etwas eilig gehabt, zu einem Gerichtstermin zu kommen, den er fast vergessen hätte. So hatte er nur schnell seine Papiere und einen mit einem Gummiband zusammengehaltenen Aktenband zusammengerafft und war davongeeilt, zum Glück waren die Wege nicht weit und alles zu Fuß zu erreichen.

»Ein bisschen undurchsichtig. Von sich selbst hat er eigentlich kaum etwas erzählt.« Unter anderem habe er von Grundstücksgeschäften gesprochen, es sei aber unklar geblieben, worum es da ging. Immerhin habe er mehr beiläufig angedeutet, es gäbe auch einiges, bei dem er nicht so in Erscheinung treten wolle und das er mir vielleicht überlassen wolle. Aber darüber müsse man dann genauer reden, wenn es so weit wäre. »Er gab sich ganz als der wohlwollende ältere Kollege. Und da habe ich dann auch nicht weiter gefragt. Drängeln nützt da nicht.«

So erfreulich diese Aussichten für das Büro sein konnten, war Elfi doch auf ganz anderes neugierig, aber sie wartete geduldig seinen Bericht ab, der allerdings wenig konkret war. Diskret habe Hübner mit seiner Kreditkarte bezahlt, ohne ihn förmlich einzuladen, er sei ihm einfach zuvorgekommen. Von den übrigen Gästen habe er keine Notiz genommen, obschon er sicher von einigen erkannt worden sei, er sei ja auch eine auffällige Erscheinung, sehr weltgewandt. Den teuersten Rotwein habe er ausgesucht und gemurmelt: »Höchst erfreulich, den sollten Sie unbedingt auch probieren.« Und dann habe er noch etwas von einem neuen Nachbarn angedeutet, mit dem es hoffentlich keinen Ärger gebe.

»Ach ja? Mit wem denn?«

»Irgendjemand, der sich nebenan eine große Villa gekauft hat, irgend so ein Modeheini.«

»Etwa Legrand?«

»Heißt er so?«

»Tu doch nicht so, als hättest du den Namen noch nie gehört. Natürlich Legrand. Der kommt aus Hamburg. Und nächstens gibt er eine große Einweihungsparty, ich weiß es von Monique. Und weißt du was? Sie nimmt mich dorthin mit. Gerade gestern haben wir davon gesprochen. Sie hat so geschwärmt davon, dass sie mich richtig neugierig gemacht hat. Und was hat Hübner mit Legrand? Oder besser: gegen ihn?«

»Keine Ahnung. Es war wieder nur so eine Andeutung. Jemanden wie Hübner kann man nicht einfach so ausfragen. Da würde er vermutlich nur die Augenbraue etwas anheben und mich anlachen. Und anschließend wäre ich das Mandat los. Das ist ein Mensch mit sehr viel Diskretion. Hübner ist einer von der Sorte, die sich nie groß aufregen, aber mit zweifelsfreier Bestimmtheit ihre Interessen durchsetzen, ganz ohne Lamento, aber immer effektiv. Als Gegner würde ich ihn nicht gerne haben.«

Zweiter Teil

30. April–1. Mai

V.

Da sich mittlerweile am Beginn des Kapellenwegs eine umfangreiche Baustelle befand, hatte man die ganze Verkehrsführung ändern müssen. Allenfalls über die obere Mercystraße konnte man in diese schmale Straße gelangen, die nun zu einer Sackgasse geworden war. Allein die Anwohner kannten sich noch aus, für Ortsfremde waren die steilen und kurvenreichen Gassen ohnehin verwirrend. Selbst Taxifahrer ließen die Fahrgäste unten in der Mercystraße aussteigen und erklärten, es seien nur einige wenige Schritte zu Fuß, näher könnten sie nicht heranfahren. Aber niemand murrte. Es war ein schöner, einigermaßen warmer Abend und alle waren so beschwingt von dem, was sie erwartete, dass solche Umständlichkeiten die Laune nicht verderben konnten.

Elfi und ihre Freundin Monique waren spät dran, die meisten Gäste waren schon da. Am Eingang des in der Dämmerung riesig aussehenden Gebäudes, einer pompösen Hangvilla in einem parkähnlichen Garten, wurden sie von einem schlanken Jüngling im dunklen Anzug mit Krawatte begrüßt, ein energisches, aber nicht unfreundliches Gesicht, die Haare rasiert, vielleicht war es auch eine natürliche Glatze. Er wies sie zur Garderobe und zeigte den Weg in die Halle, den sie anschließend zu nehmen hätten. Der Hausherr werde später die Gäste mit einer kurzen Rede begrüßen. Zwei Garderobenfrauen kümmerten sich um die Mäntel und händigten dafür eine Marke aus, ganz, als wären sie am Eingang eines Theaters.

Elfi trug zu einer schwarzen, weit geschnittenen Hose eine leichte türkisfarbene Jacke mit einem immer wieder hervorblitzenden Innenfutter in Pink und darunter eine weiße Bluse, durchaus elegant und doch gänzlich unspektakulär. Sie hatte eine natürliche Schönheit, von der sie überzeugt genug war, um nicht besonders auffallen zu müssen. Wenig geschminkt, nur die Lippen und ein kleiner Lidstrich, wirkte sie frisch und unbeschwert und niemand wäre auf die Idee gekommen, sich Gedanken über ihr Alter zu machen. Ihre Freundin Monique hingegen hatte sich in eine Robe gezwängt, die sich wie ein breites Band um ihren Körper schlang und sich erst um die Füße verbreiterte. Sie wirkte dadurch größer und schmaler, als sie war, vor allem aber reichlich damenhaft, weil sie aus dem gleichen bräunlich und gelb gemusterten Stoff einen turbanartigen Kopfputz trug, afrikanisch anmutend, dazu grell und kräftig angemalt. Die nackten Unterarme waren mit einem ganzen Bündel blechern scheppernder schmaler Silberreifen bestückt. Sie blickte erhobenen Kopfes triumphierend in die Runde, als sie nun die Halle betraten, den großen zentralen Raum dieses Gebäudes im Landhausstil.

Sogleich wurde Monique umringt von einer Schar Frauen unterschiedlichen Alters, die sie kannten, vermutlich Kundinnen ihrer Boutique.

»Whow!«, hörte Elfi bewundernd und war eigentlich froh, sich bald aus diesem Kreis unauffällig fortstehlen zu können, um sich erst einmal einen kleinen Überblick zu verschaffen. Die Halle mit einer breiten Treppe nach oben war dicht gefüllt, die meisten drängten sich in unterschiedlich großen Gruppierungen, die sich jedoch deutlich voneinander unterschieden. Jüngere Leute, oft sehr bunt und fantasievoll angezogen, teilweise aber auch sehr leger, zeigten sich raumgreifend ausgelassen und unbekümmert. Dann gab es aber auch Ältere im dunklen Anzug mit Krawatte, bieder und ein wenig unsicher umherblickend, die Damen im Kostüm, immer eng neben dem Gatten, so steif, als sei dies ein Empfang beim Rektor der Universität. Unter ihnen konnte man einige Honoratioren der Stadt erkennen. Und es gab natürlich die mit dem großen Auftritt, die zu wissen glaubten, was sie dem großen Modezaren schuldig seien: bei genauerem Hinsehen jedoch manchmal mit geradezu erschreckender Geschmacklosigkeit eingekleidet, wenn auch neuen modischen Trends folgend, jedoch völlig unbekümmert, wie die Körper zu ihrer manchmal ziemlich lückenhaften Umhüllung passten. Tiefe Einblicke führten nicht unbedingt zu vorteilhaften Erkenntnissen. Die dazugehörigen Herren wirkten wie in die Jahre gekommene Gigolos mit geföhnter Frisur, manchmal auch mit Pomade im schwarzsträhnigen Haar. Unter ihren Armani-Anzügen konnte man einen täglich trainierten Bizeps vermuten. Aber es gab auch tadellos stilsicher und mit natürlicher Eleganz auftretende Paare, die mit Charme auffielen statt mit zähnefletschendem Grinsen, gewandet in schmiegsame Stoffe von harmonisch abgestimmten Farben, die zur persönlichen Ausstrahlung passten. Ihnen bedeutete Mode weder Verkleidung in fremde Rollen noch einen Blickfang à tout prix, sondern Ausdruck eigener Individualität. Eigenen Geschmack selbstsicher zu zeigen, war ihnen ebenso ausreichendes wie überzeugendes modisches Programm. Kurzum, es war eine sehr bunte Gesellschaft aus unterschiedlichen Bereichen, die nicht gerade in alltäglichem Kontakt miteinander zu stehen schienen.

Durch dieses Gewühl angeregt plaudernder Menschen bahnten sich jetzt einige junge Männer den Weg, alle im schwarzen Anzug und ähnlich aussehend wie jener am Eingang, glatzköpfig und mit undurchdringlicher Miene, in der

Hand ein volles Tablett mit Sektgläsern, die sie ringsherum anboten. Einige der Gäste nahmen achtlos ein Glas, andere ließen sich erst auffordern und dankten höflich, es gab aber auch welche, die geradezu gierig danach griffen und bedenkenlos dabei ihren Nachbarn anrempelten. Elfi hielt sich am Rande und wartete, bis ein schon fast leeres Servierblech an ihr vorbeigetragen wurde, blickte den Kellner dankend an, der zustimmend zurückblinzelte, und ging mit ihrem Glas weiter, an einer größeren Gruppe blutjunger Schönheiten vorbei, in engen Kleidchen oder Hosenkombinationen, alle etwas zu mager, porzellanartig bemalte Köpfe mit üppigem Haar in kunstvollen Frisuren. Sie schauten streng oder gelangweilt aus, jedenfalls unfroh. Die dazugehörigen jungen Kerle teilweise als Macho oder Latino gestylt, obgleich sie bei näherem Hinsehen eher schmächtig waren, mit einer dunklen Brille, die ihnen auch nicht mehr Respekt verschaffen konnte. Offenbar waren dies alles Models, woher auch immer sie kamen, in Freiburg hatte Elfi solche Modeheftfiguren noch nicht gesehen.

Vom Eingang her drängten noch immer weitere Gäste nach, ein unermüdliches Geschiebe und Gewoge, in dem es bald kaum noch ein Durchkommen gab. Die freundlichen Kellner mühten sich nun nicht mehr, bis in alle Ecken vorzustoßen, sie hielten sich am Rande und wurden dennoch in kürzester Zeit ihre Sektgläser los. Das alles zog sich noch eine Weile hin, doch spürte man eine zunehmende Spannung. Immer wieder sah man einzelne Köpfe, die sich reckten und emporschraubten, um über die bunte Menge hinwegsehen zu können. Sie hielten kurz nach allen Richtungen Ausschau, wobei nicht klar war, was sie eigentlich suchten, und tauchten dann wieder ab und beugten sich ihren Gesprächspartnern zu. Dabei war es für wirkliche Gespräche ohnehin zu laut, es war mehr ein Zuwerfen von kurzen, witzig gemeinten Bemerkungen, ein Spiel um das Punktesammeln auf einer Beliebtheitsskala, belanglos und doch nicht ganz überflüssig, um für diesen Abend eine anerkannte Ausgangsposition zu finden. Männerspiele. Die Frauen beäugten sich kritisch und mit mehrdeutigen Kommentaren, gaben sich wie Freundinnen und vibrierten zugleich innerlich vor Konkurrenz.

Mit einem Male hörte man aus einer Ecke einen Schlagzeugtusch, mehrfach wiederholt, dazwischen eine lebhafte Saxophongirlande, schließlich einen ansteigenden Wirbel einer kleinen Trommel, der in einem kurzen Beckenschlag endete. Ohne dass es zuvor bemerkt worden war, war ER die Treppe heruntergeschritten, der berühmte und legendenumwobene Karl Legrand. Er befand sich nun auf einer der unteren Stufen, leicht erhöht über der Menge und eingefasst von einer Schar steril grinsender Mannequins, die jetzt wie auf ein Kommando mit ausgestrecktem Arm auf ihn deuteten und damit Aufmerksamkeit erbaten. Er stand im Scheinwerferlicht, braungebrannt, der silbern glänzende Wuschelkopf seiner Haare in wirkungsvoller Unordnung. Ein malvenfarbiger Anzug in weich fallendem Schnitt gab ihm etwas Jungenhaftes, zu dem auch das schneeweiße Hemd mit dem offenen breitgerüschten Schillerkragen passte. Das hatte eine lässige Eleganz, die keiner weiteren auffälligen Accessoires bedurfte, weil Legrand schon durch seine Erscheinung, seinen Blick und seine Gestik sich so zu inszenieren wusste, dass er stets der unangefochtene Zentralpunkt jeden Raumes war, den er betrat. Er strahlte mit offenem Mund und weißen Zähnen in die Menge, wobei er gelegentlich plötzlich den rechten Arm vorschießen ließ und auf einen (oder eine?) der vor ihm Stehenden wies und mit dem Blick eine besondere Begrüßung andeutete. Vermutlich hatte er diese Geste von amerikanischen Präsidenten bei ihrem gelegentlichen Bad in der Menge vor einer ihrer Ansprachen abgeschaut. In der Linken hielt er ein schnurloses Mikrofon, das er ein paarmal zum Mund führte, ohne von ihm Gebrauch zu machen, weil er den Applaus, der zögerlich eingesetzt hatte, dann aber immer mehr anschwoll, erst auskosten wollte.

Schließlich hob er zu einer launigen Begrüßungsrede an, bei der er den Eindruck vermittelte, als freue er sich über die Anwesenheit jedes Einzelnen ganz besonders, obschon ihm die Mehrzahl der Gäste vermutlich gar nicht bekannt war. Trotz Mikrofonverstärkung war keineswegs alles zu verstehen, aus seinen Handbewegungen war aber zu entnehmen, dass er am Schluss ebenso auf eine untere Etage wie auf ein oberes Stockwerk aufmerksam machen wollte und einlud, vom ganzen Haus Besitz zu nehmen. Gelegentliches Gelächter derer, die sich etwas näher befanden und auch seine Worte verstanden, ließ erkennen, dass er Stimmung zu machen wusste, spätestens am Ende seiner Rede merkte es jeder, als er nämlich der Musik einen Wink gab und mit deren Einsetzen selbst mit einigen sägenden Tanzbewegungen begann, wobei er »Let's fetz!« ins Mikrofon brüllte. Beifall brandete auf und die Menge geriet in sich kräuselnde Wellen und ein Hin- und Herschwappen wie das Wasser im Hafenbecken.

Die Anordnung war so, dass in einem gewölbten Kellergeschoss ziemlich heiße Musik, vorwiegend Rock, von einer lautstarken Band gedröhnt wurde. Darüber, in der Halle, spielten Saxofon, Piano und Schlagzeug eine etwas gemäßigtere Tanzmusik, nur gelegentlich drangen ein paar heftige Bässe von unten herauf, eigentlich war es nur ein leichtes Vibrieren, das sich in der allgemeinen Fröhlichkeit schnell verlor. In den angrenzenden Gesellschaftsräumen ging es ruhiger zu, Sessel und Stühle standen an den Wänden, einige kleine Beistelltischchen. In einem der hohen Zimmer (mit Holztäfelung, vielleicht früher einmal als Bibliothek benutzt) war ein Buffet aufgebaut, nichts Üppiges, nur Fingerfood, aber doch lobwürdig dekoriert: Platten mit Kanapees für alle erdenklichen Beläge aus Schinken, Garnelen, Früchten, Braten oder Käse in immer neuen Kompositionen, die man sich selbst auf kleine Teller aufladen konnte. Gegenüber eine umfängliche Getränkebar. Und überall die freundlichen glatzköpfigen Burschen in ihren dunklen Anzügen, die aus irgendwelchen hinteren Räumlichkeiten ständig für Nachschub sorgten. Wem es auch hier noch zu laut und gedrängt zuging, konnte sich nach oben zurückziehen, die breite Treppe hoch, wo die Räume kleiner und niedriger waren. Hier gab es überall Sitzgarnituren und Tischchen, auf denen sich bereits Gläser und Weinflaschen befanden, für andere Wünsche standen die hilfsbereiten jungen Männer bereit.

Elfi hatte mit der Zeit eine Menge Bekannte entdeckt und wunderte sich, wen sie hier alles sehen konnte. Wo kamen die ganzen Schönen her? Natürlich hatten viele mit der Mode zu tun, Gesichter, die sie vom Einkaufen kannte, weil sie schon jahrelang am gleichen Ort arbeiteten, bei Breuninger, dem Modehaus Kaiser, einigen kleineren exquisiten Läden. Aber auch Geschäftsleute, Anwälte, Ärzte erkannte sie, Leute, denen sie auf diversen Einladungen schon begegnet war, Künstler, Musiker, regelmäßige Besucher des Konzerthauses oder des Theaters, alle Altersklassen waren vertreten, und fast schien es ihr, als seien es mehr Frauen als

Männer, obwohl man sich da natürlich täuschen konnte. Und sogar die politische Prominenz der Stadt war zu finden, der Oberbürgermeister Salomon mit seiner Frau, die gerade an ihr vorbeitanzten, den Alt-OB Böhme mit seiner Frau hatte sie gesehen, den Bundestagsabgeordneten Gernot Erler, einige Stadträte, Frau Viethen, Attai Keller darunter, Herrn von Kirchbach, Herrn Dallmann, sogar den ehemaligen Rektor der Universität, Prof. Jäger, der kaum einen Tanz auszulassen schien.

Auch sie hatte getanzt, zunächst mit einem alten Bekannten aus Studentenzeiten, inzwischen Anwalt und Wirtschaftsberater, später einmal mit Herrn von Gayling. Immer wieder sah sie den Turban von Monique in der Ferne vorbeiwirbeln, jetzt mit Alexander Heisler in einem fast berührungsfreien, schnellen Getrappel, aber dann war es ihr ein wenig zu warm geworden und sie schlenderte zur Bar. Überall standen Grüppchen beieinander, die sich lieber an Gläsern als an Tanzpartnerinnen festhielten. Wilde Gesprächsfetzen drangen an ihr Ohr, kaum verständlich ohne Zusammenhang:

»… ein Kriminalroman …«

»Es ist doch furchtbar, wie alles skandalisiert werden muss.«

»… handelt von einem Physikprofessor hier.«

»Wer soll das sein? Weiß man das schon?«

»Der Medizinerskandal kommt auch drin vor.«

»Welche Mediziner denn? Der schöne Professor Friedl oder die Doping-Ärzte?«

»Und wie heißt der Autor?«

»Juli Zeh.«

Eine fünfte Stimme mischte sich ein: »Ist das ein Chinese?«

Lachen erklang: »Nei-hein. Juli Zeh wie August Daumen. Eine Dame.«

Elfi ließ sich erst einmal ein Mineralwasser geben, ging dann einige Schritte weiter. Hinter ihr standen nun zwei Frauen, die miteinander tuschelten:

»… so viel Geld habe ich nicht, woher soll ich das denn nehmen? Wir haben so viel im Urlaub ausgegeben …«

»Soll ich dir mal was verraten? Ist gar nicht so schlimm, wie du denkst.«

»Ja, du! Ihr habt da etwas andere Maßstäbe.«

»Nein, hör mir doch mal zu. Ich habe das doch nicht bezahlt, könnte ich mir auch nicht leisten. Ich weiß da eine Adresse in Merzhausen, findest du aber nicht im Telefonbuch, die verleihen Abendroben. Da sind erstklassige Stücke dabei, Designer-Mode, Marken, einfach alles. Es gibt Frauen, die alles nur einmal tragen und dann geben sie es wieder ab, die sind so und haben auch das nötige Kleingeld dafür. Solche Sachen findest du da. Das ist eigentlich ein Laden fürs Theater, die Stuttgarter Oper zum Beispiel arbeitet mit denen. Du musst aber nicht denken, dass du da Kleider findest von Freiburgerinnen, so etwas würden die nie machen. Die haben mehrere Läden noch anderswo und das wird alles schön vertauscht. Das gäbe sonst peinliche Situationen, wenn ich etwas anziehen würde, was Frau Haumichblau schon beim letzten Presseball getragen hat. Was die hier einkaufen, wird nur anderswo wieder angeboten. Und das Schöne ist: Die verleihen auch für zwei, drei Tage. Das kostet dann vielleicht 30, 40 Euro, und alles frisch gereinigt. Die haben ein so großes Lager, da kannst du auch alles andere dazubekommen – passend. Schuhe, Gürtel, Taschen, sogar Hüte. Ich gehe da immer hin, wenn ich einmal etwas Besonderes haben will. Meinst du, ich kaufe das alles? Paaah!«

»Ehrlich? Hätte ich nicht von dir gedacht.«

»Musst du ja nicht weitererzählen. Wenn du willst, gebe ich dir die Adresse. Kaufen kann man natürlich auch, und das ist dann etwas teurer, aber alles second hand. ›La scala‹ heißt der Laden. Ist etwas schwierig zu finden und hat auch keine normalen Öffnungszeiten. Wir könnten zusammen hingehen, wenn du willst.«

»Und das Kleid hier ist von …?«

Elfi war längst in das nächste Gemach weitergegangen, hatte dort eine Bekannte mit ihrem Partner getroffen. Hier war weniger Gedränge, sodass man auch einen Blick auf die Bilder werfen konnte, die überall an den Wänden hingen und von Spotlichtern beleuchtet wurden. Legrand schien eine riesige Sammlung zu haben, denn das ganze Haus hing voll davon. In der großen Halle waren es großformatige abstrakte Farbkompositionen, hier nun gegenständliche Arbeiten, darunter ein Bild von Martin Kasper, das einen leeren Affenkäfig im Zoo zeigte: gekachelte Wände und eine hellschimmernde Stahltür, dazu ein kalter Betonstrich, von der Decke hingen an Seilen große Baumäste als öde Kletterhilfen, der deprimierende Raum wurde von einem Oberlicht fahl erhellt. Die Bilder im nächsten Zimmer waren der Leipziger Schule zuzurechnen, besonders fiel ein Interieur von Susanne Kühn auf, das mit vielen kunstgeschichtlichen Zitaten arrangiert war, selbst Vermeer konnte man erkennen (ein seitliches Fenster mit Lichteinfall).

Im Untergeschoss, zu dem man über eine Treppe neben der Garderobe gelangte, heizte eine Band mit donnerndem Bass die Stimmung an. Unter den Tänzern sah man ekstatisch zuckende Einzelne mit geschlossenen Augen, die ihrem Narzissmus frönten, aber auch Paare, die berührungslose Spiegelfechtereien ausübten, gebückt oder in die Knie gehend, dann wieder sich aufstreckend, immer im gegenseitigen, sich anfeuernden Blick, oder welche, die sich in Figurentänzen übten und dabei Rock'n' Roll-Wendungen und -Drehungen übten. Hier waren vor allem jüngere Gäste oder solche, die ihre Jugendlichkeit unter Beweis stellen wollten. Selbst Dieter Salomon hatte vorbeigeschaut, seine Jacke an die Wand gehängt und im schneeweißen Hemd einige Tänze in den Boden gestampft. Auch Gernot Erler, der alle um einen Kopf überragte, hatte man hier unten gesehen.

In der großen Halle darüber, wo man wenig von dem Lärm des Kellergewölbes hörte, nur gelegentlich das Wummern der Bässe wie ein untergründiger Pulsschlag zu spüren war, wurde ein maßvollerer Swing gepflegt, der auch älteren Herrschaften zum Tanzen angenehm war. Hier war nun mehr Platz, da alles sich in dem weitläufigen Haus verteilt hatte. Auch Legrand hatte sich hier gezeigt, wie immer umringt von einigen Models (oder die es gerne werden wollten), aber auch von einem größeren Kreis von Leuten umgeben, die die Nähe zu diesem Superstar suchten, und natürlich von den Fotografen. An eine richtige Unterhaltung war unter solchen Umständen nicht zu denken, so flogen Scherzworte hin und her, beifälliges Lachen im vertraulichen Einverständnis. Legrand hielt Hof, immer wieder von Blitzlichtern umspielt, was er keineswegs als Störung zu empfinden schien. Er war mit den Usancen der sogenannten Öffentlichkeit vertraut genug, um zu wissen, dass es nicht allein auf sein Konterfei ankam, sondern auch auf die, die sich an seiner Seite zeigen wollten. Auch ihnen zum öffentlichen Bild zu verhelfen, war er sich nicht zu schade. Denn die eigene Prominenz wurde nur beglaubigt, wenn man an der Seite wirklich Prominenter öffentlich in Erscheinung trat.

Doch irgendwann wurde er dieser herausgehobenen Rolle überdrüssig und tauchte unter im Gewoge der unüberschaubaren Gesellschaft. Mal sah man ihn tanzen, dann stand er wieder entspannt unter einer Gruppe, ein gut gelaunter Gastgeber, der jeden willkommen hieß und mit Komplimenten nicht geizte. Mal hier, mal dort, man hatte den Eindruck, dass er gerne mit jedem ins Gespräch gekommen wäre. Gleichwohl vermied er jede Förmlichkeit, die den Eindruck erwecken konnte, er fühle sich nur einer Gastgeberrolle verpflichtet. So bemühte er sich keineswegs darum, Gäste miteinander bekannt zu machen, er wäre damit auch sicher überfordert gewesen, da er von vielen nicht einmal die Namen gekannt hätte. Aber wo er hinzutrat, beförderte er jene zwanglose Stimmung, die es jedem ermöglichte, sich ins Geplauder zu mischen. Wenn es ihm gefiel, fing er mitten im Small Talk an zu tanzen, blinkerte einer Schönen aufmunternd zu und hatte sie schon gewonnen, aber es gelang ihm ebenso, den Tanz wieder zu beenden, seine kurzzeitige Partnerin in die Runde zurückzuführen, ohne dass sie sich verlassen fühlen konnte, und sich einer anderen Traube zuzugesellen.

Das Gewirr der Stimmen, die mal näher, mal entfernter durcheinanderwuselten und sich der Musik als ein farbig brummendes Grundregister hinzumischten, war nur selten zu verstehen, höchstens ein paar Satzfetzen, wenn man sich einem Gegenüber direkt zuwandte. Erhellendes war nicht zu erwarten.

»Ach, Sie sind auch hier?«

»Nun ja, die üblichen Verdächtigen eben.«

Legrand hatte sich inzwischen in die Nebenräume begeben und suchte etwas zu trinken. An der Getränkebar ließ er sich die Rotweinflaschen zeigen und wählte dann einen französischen Wein. Zu dem Pulk von Leuten, die dort mit Gläsern in der Hand herumstanden, sagte er:

»An den badischen Roten muss ich mich erst noch gewöhnen. Der ist mir oft zu fruchtig und ein bisschen direkt.«

Der Galerist Albert Baumgarten, der das hörte und schon längst mit Legrand in Kontakt treten wollte, widersprach heftig und nannte eine Reihe von Winzern der hiesigen Gegend, die tiefgründige und in ihrer Eigenart hervorragende Rotweine kreieren könnten. Da mischte sich Franz Armin Morat, der bekannte Kunstsammler mit dem weißen Rauschebart, ein und meinte zu Legrand, er müsse ihm insofern recht geben, als er unter den Weinen hier an der Bar auch den französischen bevorzuge. Mit den übrigen Umstehenden schloss sich ein kleines Weinseminar an, ohne dass Baumgarten die Gelegenheit fand, das Thema auf die Legrandsche Kunstsammlung zu lenken. Denn Legrand war längst weitergezogen und suchte nach einem Häppchen zu essen.

Mittlerweile kam zum dämpfenden Lärmpegel auch noch der Brodem der Ausdünstungen der eng Beieinanderstehenden.

»Ich muss mich einmal ein bisschen frisch machen.«

»Näschen pudern?«

»Pffh. Kommst du mit?«

Schließlich hatte sich Legrand in das Obergeschoss begeben, wo weitere Gäste auf ihn warteten.

VI.

Dort oben reihten sich eine Reihe von Gemächern aneinander, die wohl alle nur für diesen Abend mit Klubmöbeln ausgestattet waren, Sitzgarnituren der bequemen Art in größerem Kreis arrangiert, jedoch nur ausgeliehen von einer Firma, die für solche Events oder Filmsets die nötige Ausstattung bereithielt. Von persönlichen Möbeln oder Einrichtungsgegenständen war nichts zu sehen, alles nur zweckmäßige Dekoration – mit Ausnahme der Bilder, die zwar sehr verschiedene Kunstrichtungen repräsentierten, aber kaum unter Gesichtspunkten allgemeiner Gefälligkeit ausgewählt waren. Es war ein Teil von Legrands Sammlung, die hier einen neuen Ort gefunden hatte. Und sie zeigte Vorlieben sehr individueller Art, war nicht nach repräsentativen Gesichtspunkten zusammengestellt und orientierte sich auch nicht an den Highlights des Kunstmarktes. Nicht, dass nicht auch einiges darunter gewesen wäre, um das ihn manches Museum zeitgenössischer Kunst beneidet hätte, aber es waren keine hochpreisigen Sensationsbilder darunter, die von den internationalen Auktionshäusern hochgepuscht wurden. Kein Polke, kein Baselitz oder Richter, obschon Legrand sich vielleicht einiges davon hätte leisten können, und was er von der heutigen Preisavantgarde besaß, hatte er sicher schon vor 20, 30 Jahren gekauft. Aber davon war hier nichts zu sehen, wahrscheinlich hingen solche Bilder noch in seiner Hamburger Villa.

In einem der Räume saß eine Runde zusammen, die vorwiegend aus Medizinern bestand, die sich gerade über das letzte Masur-Konzert beim Baden-Badener Festival unterhielten.

»Einfach Weltklasse.«

»Dieser Brahms, geradezu überwältigend.« Beim Gielen-Konzert in Freiburg mit Schreker, Bartok, Berg und Schönberg würde man sicher keinen dieser Begeisterten sehen können.

»Das ist mir einfach zu anstrengend. Nach einer Sectio ist mir nicht nach Schönberg.« Wieherndes Gelächter.

In diesem Moment kam Rolf Böhme herein und wurde respektvoll nachsichtig begrüßt. Man rückte zusammen, ein leerer Sessel wurde herbeigeschoben und bald hatte Böhme einen Zuhörer für sein Lieblingsthema gefunden, wie die Freiburger in der Nazizeit mit den Juden umgegangen waren. Die beiden setzten sich etwas abseits, direkt unter ein Gemälde von Peter Herrmann, aber sie beachteten es nicht. Im sehr schmalen Hochformat sah man vor türkisfarbenem Hintergrund, mit grobem Pinsel gemalt und doch äußerst effektvoll, ein Mädchen im schwarzen Kleid, die Träger verrutscht, mit breitem Grinsen. Der Clou war, dass nur der lachende Mund mit hässlichen Zähnen zu sehen war, schon in der Höhe der Nase war das Bild abgeschnitten, das nur Kleid, Dekolleté und die untere Gesichtshälfte zeigte.

Die anderen waren bald bei Themen aus der letzten Fakultätssitzung angelangt, opferten dies aber bald der sich ausbreitenden Fröhlichkeit. Einer, der vielleicht schon etwas angeschickert war, trällerte vor sich hin: »Pfingsten das liebliche Fest ist gekommen …« und wurde sogleich unterbrochen:

»Pfingsten noch nicht. Wir hatten ja gerade erst Ostern.«

»Aber mir ist so pfingstlich wohl bei diesem – wie nennen wir ihn? Eduard?«

»Legrand heißt er.«

»Ich nenne ihn Eduard.«

»Wovon redet der eigentlich?«

»Von Goethe. Heute ist doch Walpurgisnacht.« Und jetzt stimmten einige in die wiegende Melodie ein: »Wal-purgis-nacht, Wal-purgis-nacht«, die ihnen noch vom letzten Bayreuth-Besuch im Ohr war.

Es dauerte nicht lange, als Dieter Salomon in die Tür schaute, sich aber gleich abwandte, als er seinen Vorgänger im Amt entdeckte, und weiterzog. Dass die beiden sich nicht viel zu sagen hatten – und wenn, dann zu viel zu sagen gehabt hätten –, war allgemein bekannt. Sie gingen sich besser aus dem Weg. Aber unbemerkt blieb es nicht. Ein gutaussehender, verschmitzter jüngerer Mann machte ihm eine lange Nase nach und einige lachten. Vor der Tür kamen jetzt junge Leute vorbei, ein reges Kommen und Gehen. Eine langbeinige Schönheit hatte die Verspottung des Bürgermeisters mitbekommen und erwiderte unwillkürlich mit einer ausgestreckten Hand vor ihrer Nase die Geste, wobei sie den Schalkhaften verführerisch anlächelte. Wenig später standen die beiden im Flur und turtelten miteinander.

Im nächsten Raum hing ein Bild in blau-beigen und rosahautfarbenen Tönen von Alexa Rudolph, das einen Engel im applizierten Kunststoff-Nachthemd zeigte, der nach einem bereits zerfetzten Regenschirm am Himmel griff, ein echter Schirm mit zerstörtem Gestänge war flach auf die Leinwand aufmontiert. Hier saß eine gänzlich andere Gesellschaft und der Oberbürgermeister war hochwillkommen. Es waren Unternehmer, Geschäftsleute, Vertreter der Industrie- und Handelskammer. Man flachste herum und fragte sich, warum denn der Unmüßig nicht da sei, ein allseits bekannter Bauunternehmer und Projektemacher, ob der etwa nicht eingeladen worden sei. Allerlei Spekulationen schlossen sich an, die bald bis zu ausgelassenen Vermutungen gingen. Salomon amüsierte sich köstlich, sagte aber nichts. Mit unbestimmbarem Interesse sah er schließlich auf andere Bilder an der Wand, lauter Original-Plakate von Jörg Immendorff aus der Mitte der 70er-Jahre. ›Sofortiger und bedingungsloser Abzug aller USA- und Marionettentruppen aus Indochina‹, las man da auf rotem Grund und ein ausgestrecktes Bein ragte ins Bild, das einen grünen kleinen Soldaten im Kampfanzug, der wie eine Kakerlake aussah, einfach wegkickte. Und auf einem anderen stand lediglich in gelben Lettern auf rotem Grund: ›Das tun, was zu tun ist.‹

Währenddessen war auf dem Flur ausgelassene Stimmung. Immer mehr standen dort, andere drängten vorbei. »Wo gibt's denn hier was auf die Nase?« Lachen. Kichern. Mit Blicken wurde ein Weg gewiesen ans Ende des Ganges. Ein zartes Mädchen mit ausgehungerter Figur wedelte mit einer Scheckkarte herum und zog die Blicke auf sich. Ein dürres Weib voller Verführung, halb Kind, halb abgebrüht, dessen Faszination ein leeres Versprechen war und doch für Männer den Zauber der Vorhölle versprach. Einer rief aus: »Oh, gun-powder, wo gibt's denn das?«

Man wurde weitergedrängt, zu einem kleinen hinteren Raum, in dem ein buntes Völkchen um einen Glastisch stand und sorgfältig ein kleines Häufchen weißen Mehls zu dünnen Strichen zog.

»Macht doch mal die Tür zu. Hier zieht es ja wie Hechtsuppe.«

»Geht nicht, da wollen noch mehr herein.«

Auf einmal drängte sich ein CDU-Stadtrat an all den Fröhlichen und Ausgelassenen vorbei, als suche er jemanden. Man machte ihm erstaunt, aber bereitwillig Platz, er blickte in jeden der kleineren Räume, sah sich kurz um und eilte weiter, schließlich fand er den Oberbürgermeister, ging auf ihn zu und flüsterte ihm etwas Dringliches ins Ohr. Salomon sah kurz auf, nickte und meinte dann:

»Danke, dass Sie mir das sagen.« Nach einigem Nachdenken fügte er an: »Sagen Sie auch dem OB-Ex Bescheid. Er sollte das gleichfalls wissen.«

Salomon sah sich in der Runde um, stand auf und meinte dann halblaut zu den anderen:

»Das läuft hier etwas aus dem Ruder. Ich werde jetzt gehen.«

Ein etwas betretenes Gemurmel setzte ein, verunsichert, fragend, und Salomon fügte hinzu:

»Ich jedenfalls möchte mich nicht gerne morgen in der Presse mit entsprechenden Fotos wiedersehen. Sie sollten sich das auch überlegen.«

Einige blickten irritiert umher, ein oder zwei lachten unbekümmert auf, schließlich gab einer das erlösende Stichwort:

»Koks.«

Sofort standen einige auf und verließen ebenfalls den Raum. Andere waren so in ihre Gespräche vertieft, dass sie zwar ein wenig Unruhe bemerkt hatten, sich aber nicht weiter darum kümmerten. Bei all dem Gedränge musste man doch froh sein, ein einigermaßen ruhiges Eckchen mit Sitzplätzen gefunden zu haben. Jemand beugte sich herüber und flüsterte:

»Nebenan scheint die Schnupfen-Fraktion zu sitzen. Da kriegt der OB natürlich kalte Füße.«

Schon längst etwas angeheitert, wunderte man sich über so viel Furcht vor Erkältungskrankheiten. Als einer, amüsiert vor sich hinglucksend, die Handkuhle zwischen Daumen und Zeigefinger zur Nase führte und dabei schniefte, hatte das Thema bereits eine neue Wendung bekommen, vollends, als jemand zu bekannter Melodie kollernd lossang:

»Ich schnupfe nicht, und wenn das Herz auch bricht …«

In einem anderen Raum wurde Rolf Böhme von hinten leise angesprochen:

»OB-Ex! Sie sollten das Fest besser jetzt verlassen.«

Böhme drehte sich verärgert um, denn ihn mit der Bezeichnung ›OB-Ex‹ anzusprechen – ein Spitzname, der längst gebräuchlich war –, verstieß gegen jeden Respekt, auf den er großen Wert legte. Als ihm aber einige weitere erklärende Worte zugeflüstert worden waren, grummelte er nur:

»Gut, dass Sie mir das sagen, danke.«

Überall brachen jetzt einzelne Leute auf, anscheinend vor allem die mit höheren politischen Ämtern. In Windeseile musste sich die Nachricht herumgesprochen haben. Einige suchten noch nach ihren Frauen, die etwas überrascht vom plötzlichen Aufbruch waren, aber doch auch gewohnt, ohne Fragen, die im Augenblick vielleicht unangebracht waren, jederzeit höheren Notwendigkeiten zu folgen. Jeder versuchte sich den Anschein zu geben, unauffällig das Fest zu verlassen, doch in der Halle, wo noch immer lebhaft getanzt wurde, kam es fast zu einem Gänsemarsch zwischen den Tanzpaaren hindurch, der nicht ganz unbemerkt blieb. Andererseits ging es auf Mitternacht zu und so schien es keine völlig ungewöhnliche Zeit zu sein, dass die Honoratioren sich auf den Heimweg begaben. An der Garderobe gab es natürlich einigen Andrang, aber jeder behielt sein kleines, ihm zugeflüstertes Geheimnis für sich, warum er schon jetzt davonstrebte.

Was in ihren Köpfen vorging, konnte man sich nur denken, ausgesprochen hätte es sicher keiner: Für die Notabeln gab es nichts Unangenehmeres, als mit den falschen Leuten oder auf einer falschen Party gesehen zu werden. Nicht, dass sie immer ein funktionierendes Gespür für das Richtige und Angemessene hätten und vor Entgleisungen und moralischen Fragwürdigkeiten gefeit wären, aber auf das öffentliche Bild pflegten sie zu achten. Der Schnappschuss, der eine peinliche Situation festhielt und immer wieder gezeigt werden konnte, der sich einprägte und zur Bekräftigung immer wieder herbeizitiert wurde, war unauslöschlich als ewiger Makel. Was nur mit Worten berichtet wird, lässt sich mit Worten auch entkräften, zerreden, umwölken und irgendwann unwirksam machen. Ein Bild hingegen scheint sich zu einem unverfälschbaren Muster einbrennen zu können und ist deshalb so gefürchtet. Auf einem Foto in einer Kokainhöhle festgehalten zu werden, womöglich im Hintergrund mit einem schniefenden Süchtigen, der den Strohhalm zur Nase führte, das konnte noch am selben Tag, an dem es verbreitet wurde, das Amt kosten. Dass man nichts davon bemerkt habe, würde keiner verstehen, dafür würde man noch zusätzlich verhöhnt. Und jeder konnte glauben, man selbst sei ein Kokser und gehöre in die Heilanstalt. Man konnte deshalb annehmen, dass die Flüchtenden dem aufmerksamen Kollegen aus dem Stadtrat, selbst wenn er der falschen Fraktion angehörte, überaus dankbar für seine Warnung waren. Ein besonderes Verdienst bestand ja gerade darin, dass er nicht nur seine Parteifreunde, sondern die ganze politische Kaste vor einem Super-GAU bewahrt hatte, einem Politikersturz quer durch die Reihen, mit unabsehbaren Folgen. ›Gerade noch einmal gut gegangen, danke!‹, musste sich mancher gesagt haben.

Das Fest ging umso fröhlicher und unbeschwerter weiter. Der Getränkenachschub schien unerschöpflich, dafür sorgten die glatzköpfigen jungen Männer in ihren schwarzen Anzügen, die Musik gönnte sich kaum eine Pause und wurde immer aufreizender, sowohl im Keller als auch in der Halle. Kaum einer, der jetzt nicht tanzte oder den Tänzern vom Rande her zusah, die Gesprächsrunden hatten sich nahezu aufgelöst. Völlig Betrunkene gab es nicht, nüchtern war keiner. Alle stimulierten sich in einem Rausch aus motorischen Rhythmen, ekstatischen Bewegungen und Vibrationen, eine Wachheit der Körperreflexe, ein gesteigertes Sein ohne Bewusstheit. Das konnte so weitergehen bis in den frühen Morgen, an Ausdauer würde es nicht mangeln, alle waren aufgeputscht genug, die ganze Nacht durchzuhalten. In den Morgenstunden des 1. Mai würde sich das Fest dann langsam vertröpfeln, einige dösten noch in den Ecken herum oder knutschten, während sich die Brigade der Caterer bereits ans Aufräumen machte, Gläser einsammelte und die Musiker müde ihre Instrumente zusammenpackten.

VII

»Ihr könnt ja oben schon mal anfangen, wir räumen die Bar auf. Mit der Zeit werden die restlichen Gäste sich dann wohl davonmachen. Viele sind es nicht mehr.«

»Hast du die beiden da hinten gesehen, im letzten Raum? Voll in Aktion.«

»Lass gut sein. Wo ist eigentlich der Chef?«

»Wen meinst du denn?«

»Den Chef vom Ganzen, Legrand.«

»Keine Ahnung. Der wird schon lange fort sein. Ich glaube nicht, dass der hier im Hause schläft.«

»Sicher nicht, so, wie es hier aussieht. Komm, lass uns anfangen, dass wir fertig werden.«

Es war schon lange hell, jetzt mochte es etwa acht Uhr sein. Die schwarzen Jacketts und die lästigen Krawatten hatten die glatzköpfigen Jungs längst ausgezogen und wurstelten träge und übermüdet in ihren weißen durchgeschwitzten Hemden herum. Mit großen Geschirrwagen fuhren sie die einzelnen Räume ab, leerten angewidert die abgestandenen, übel riechenden Reste von Gläsern und Tellern in einen Eimer und stapelten das schmutzige Geschirr und die Gläser in grüne Kunststoffkästen. Andere sammelten Papierservietten in einen blauen Plastiksack, räumten die leeren Platten zusammen, die wenigen Kanapees, die noch übrig geblieben waren zwischen Dekorationsfrüchten und Grünzeug, schoben sie auf einer Platte zusammen. Einer ging von Raum zu Raum und riss die Fenster auf, dass endlich der ganze säuerliche und widerwärtige Gestank aus Schweiß und Alkohol und anderen Ingredienzien der längst verendeten Party allmählich abzöge. Auch in den oberen Räumen waren sie in gleicher Weise zugange, einige trugen bereits volle Geschirrkästen in die Halle und türmten sie in einer Ecke aufeinander.

Plötzlich rief einer von oben, der auch dort die Fenster geöffnet hatte, die Treppe herunter:

»Da liegt doch tatsächlich einer im Garten und schläft.«

»Wird seinen Rausch ausschlafen. Das geht uns nichts an.«

Immer wieder fanden sich unvermutet in Nischen und

Winkeln noch halbvolle Gläser und Flaschen, achtlos abgestellt und vergessen.

»Wann werden denn die Sitze und die Tische abgeholt?«

»Weiß nicht. Stapelt das alles erst einmal in einer Ecke zusammen, damit wir ausfegen können, alles andere ist nicht unser Bier. Wir ziehen dann ab.«

Der im Garten Liegende ging ihm nicht aus dem Sinn. Verstohlen sah er immer wieder aus dem Fenster, er lag so eigentümlich da, die eine Hand am Hals, die Füße verdreht, als wenn er gestolpert wäre. Genau war es nicht zu erkennen, weil die Äste eines Baumes teilweise die Sicht versperrten.

Die wenigen Gäste, die noch im Hause waren, darauf aufmerksam zu machen, wäre verlorene Liebesmüh, denn sie waren entweder kaum noch ansprechbar oder so mit sich selbst beschäftigt, dass sie nur abgewunken hätten. So beschloss der junge Mann, selbst nachzusehen. Vielleicht brauchte hier jemand Hilfe. Er ging durch die Veranda auf die Terrasse und die wenigen Steinstufen in den Garten hinunter, dann zwischen den Bäumen einige Schritte den Hang hinauf zu dem Mann im malvenfarbenen Anzug, der noch verdrehter, als es aus dem Fenster ausgesehen hatte, neben dem Weg im noch spärlichen Gras lag. Erst als er vor ihm stand, erkannte er ihn und sah zugleich, dass die Hand, die den Hals umklammerte, ganz blutig war. Er beugte sich zu ihm hinunter, sah die weit aufgerissenen, leblosen Augen, in denen noch das Entsetzen zu lesen war, und wusste sofort, dass er tot war. Zitternd richtete er sich wieder auf und stand da, sah nichts, dachte nichts, fühlte nichts, zweifellos im Schock, es war das erste Mal, dass er einem Toten begegnete.

Er mochte schon eine Weile so dagestanden haben, das

Zeitgefühl hatte er verloren, als drüben vom Haus jemand aus dem Fenster des oberen Stockwerkes rief:

»Hey, was ist denn los? Was machst du denn da? Wir wollen fertig werden.«

Er war nicht in der Lage zu antworten. Stumm und mit hilfloser Geste deutete er auf den vor ihm Liegenden. Es dauerte nicht lange, bis erst einer, dann weitere seiner Kumpels angetröpfelt kamen und schweigend um den Toten standen, der in einer Blutlache lag, die sich unter dem Körper ausgebreitet hatte und im Boden versickert war. Als der Letzte aus ihrer Brigade eintraf, blickte er in die betroffenen Gesichter und stammelte:

»Mann, oh Mann, das ist doch Legrand!«, ein Satz von banaler Nichtigkeit und doch vermochte er es, die Starre zu lösen, um endlich das Naheliegende zu tun.

»Gib mal dein Handy. Wir müssen die Polizei anrufen.«

*

Das Polizeirevier Süd hatte sofort die Kriminalpolizei verständigt, dass ein Toter in einem Garten am Kapellenweg läge, wahrscheinlich Fremdverschulden, und war dann mit zwei Streifenwagen unter Blaulicht losgefahren. Auf die Polizeisirene hatte man verzichtet, weil der kurze Weg ohnehin keine Hauptstraßen berührte und wegen des Feiertages niemand in dieser Villengegend unterwegs war. Noch auf der Strecke gaben sie die wegen der Baustelle geänderte Wegführung durch, die von der Kripo kannten sich sicher hier nicht aus. Von der Kriminalpolizei war ein leitender Beamter mit einem Assistenten losgefahren, mehr konnte man nicht tun, bevor man Übersicht hatte.

Die Polizisten hatten nach einem flüchtigen Blick auf den Toten erst einmal die jungen Männer von der Catering-Firma nach den näheren Umständen befragt, ob sie den Toten kannten, wer ihn entdeckt habe, was sie hier zu tun hätten und Ähnliches. Ein Verhör war es nicht, eher der Versuch, die Zeit zu überbrücken, bis die Kripo käme, und dafür zu sorgen, dass niemand sich entferne. Als Kommissar Hopf endlich eintraf, wurde er kurz instruiert, dass gestern hier ein Fest stattgefunden habe mit fast 200 Gästen und heute Morgen der Hausbesitzer hier gefunden wurde. Hopf beugte sich über den toten Legrand, zog sich einen Gummihandschuh an und löste die Hand vom Hals. Man sah eine große Schusswunde, offenbar war die Halsschlagader zerfetzt. Hopf sagte zu seinem Assistenten:

»Hier darf nichts verändert werden. Ruf die Spurensicherung, volles Programm, das sieht nach Mord aus. Weiträumig absperren.«

Dann ließ er sich ins Haus führen und gleich ins obere Stockwerk. Zwei Polizisten wurden beauftragt, die Personalien sämtlicher noch anwesender Personen aufzunehmen.

»Und Sie haben ihn zuerst gesehen?«

»Ja, hier aus diesem Fenster, rein zufällig.«

»Wie heißen Sie?«

»Hamann.«

Niemandem war etwas Besonderes aufgefallen, keinerlei Streit oder Wortgefecht. Legrand war überall gesehen worden, mal da, mal dort, natürlich nicht lückenlos beobachtet, wann zuletzt, könne man nicht sagen. Er sei herumgelaufen, heiter, umschwärmt, überall der Mittelpunkt. Aber ein solches Fest sei natürlich auch ein großes Durcheinander, man schob und wurde geschoben, überall wurde getanzt, ein ziemlicher Lärm, allein schon wegen der Musik.

Und sie hätten ja auch ihre Arbeit gehabt, seien nie zur Ruhe gekommen, pausenlos im Einsatz mit Nachschub an Essen und Trinken, leere Gläser abräumen, neue Gläser bringen … Wie es halt so zuginge bei so vielen Leuten. Und so anspruchsvollen zumal.

»Herr Hamann, dann erzählen Sie mir zunächst erst einmal, was das für ein Fest war.«

Das erwies sich als gar nicht so einfach. Denn Hopf hatte den Namen Legrand noch nie gehört und konnte sich deshalb auch keine Vorstellungen machen von den Dimensionen, in denen Legrand lebte. Dass das ganze Mobiliar dieses Hauses eigens für diesen Anlass von einer Ausstattungsfirma angeliefert worden war, dass dieser Modekönig noch gar nicht hier lebte, abgesehen von der Renovierung der Villa nur die Bilder hier hatte aufhängen lassen, dass alles andere von einer deutschlandweit tätigen Catering-Firma organisiert worden war, dies zusammengenommen erschien Hopf wie ein riesiger Bluff mindestens eines Mafia-Paten. Aber er kam aus dem Staunen gar nicht mehr heraus, als er hörte, dass die ganze Hautevolee von Freiburg dabei gewesen war, nicht nur bekannte Geschäftsleute, Ärzte, Juristen, Professoren, sondern auch der Oberbürgermeister, Stadträte aller Fraktionen, die halbe politische Prominenz. Sie alle kannten diesen ominösen Legrand und hatten gestern noch mit ihm zusammen gefeiert, nur Hopf hatte den Namen noch nie gehört.

»Einige sind noch im Haus. Unten, in den hinteren Räumen. Ich nehme aber an, dass das keine von den Prominenten sind. Bei einem solchen Fest weiß niemand, wann es zu Ende ist. Wir haben schon mal angefangen aufzuräumen, und so langsam verschwinden dann auch die Letzten.«

Hopf wusste wirklich nicht mehr, was er als Dringendstes zu tun hatte. So ließ er sich von Hamann erst einmal das ganze Haus zeigen. Falls man noch jemanden antreffen würde, müsste man wenigstens die Personalien notieren. Und irgendwoher müsste man die Gästeliste beschaffen, darum sollte sich sein Assistent kümmern. Hoffentlich war die Spurenkommission inzwischen eingetroffen. Er sah in den Garten, aber da waren nur zwei Polizisten, die inzwischen einige Meter um die Leiche herum Absperrbänder angebracht hatten. So ein Quatsch, dachte Hopf, der ganze Garten muss gesperrt werden. Niemand soll da herumlaufen, auch nicht die Polizei. Er schickte gleich jemanden los, dafür zu sorgen. Warum musste er auch ausgerechnet heute Bereitschaftsdienst haben. An einem solchen Feiertag, wo kaum einer im Haus war. Und dann eine solche Geschichte. In der nächsten halben Stunde kämen sicher die ersten Presseleute. Als er länger darüber nachdachte, beschloss er, den Kripochef anzurufen, jetzt gleich, zu Hause oder wo immer er sich finden ließ. Der musste sofort informiert werden. Hopf wollte nun wirklich nicht allein verantworten, was da möglicherweise alles auf ihn zukäme. Und im Übrigen absolute Nachrichtensperre. Keinerlei Auskünfte.

Der Kripochef wurde im Kaiserstuhl gefunden, auf einer Fahrradtour zum Maiausflug mit Freunden. Das war eine schon traditionelle Verabredung, die jedes Jahr stattfand. Start morgens um halb zehn, ein Rundkurs von etwa drei Stunden mit kleinen Pausen, dann um halb eins würde man sich in einem der Landgasthöfe zum ausgedehnten Spargelessen zusammensetzen. Es hätte ihn nicht ungünstiger treffen können. Kurz vor elf klingelte das Handy, gerade nach dem steilen Anstieg hinter Bötzingen auf die Vogelsang-Höhe, er war schon einigermaßen durchgeschwitzt in seinem zünftigen Fahrrad-Dress. Wie sollte er von dort aus zurück ins Amt kommen? Selbst wenn man ihn im Auto abholte, müsste er erst nach Hause gebracht werden, um zu duschen und sich umzuziehen. In Sportkleidung konnte er schließlich nicht den Chef spielen, eine pausenlose Sitzung leiten und anschließend womöglich vor die Presse treten. Und dann auch noch ausgerechnet Hopf, sicher nicht sein stärkstes Pferd im Stall. Da musste man sehen, wen man ihm zur Seite stellen könnte. Nicht ganz einfach, denn einige Kollegen waren wegen des Brückentages ohnehin im vorgezogenen Wochenende, um aufgelaufene Überstunden abzufeiern. Vielleicht Grabowski? Aber der war die ganze Woche auf einem Lehrgang in Münster, fiel also auch aus. Da musste ihm noch etwas einfallen.

Die Spurentruppe, mit einiger Verzögerung eingetroffen, war inzwischen emsig bei der Arbeit. Während noch alle Einzelheiten, ohne die Lage des Toten zu verändern, fotografiert wurden, wurde das ganze Gartengelände nach weiteren Spuren abgesucht, selbst das Projektil hatte man erst nach einiger Zeit gefunden, es steckte in einem Baumstamm, wo man es erst einmal beließ, um es nicht weiter zu beschädigen. Erst gegen Mittag konnte man die Leiche abholen lassen, die Blutlache unter dem Toten fotografieren, später würde man mit der Bildauswertung am Computer beginnen.

VIII.

Frau Ritter waren die morgendlichen Vorgänge auf dem Nachbargrundstück nicht entgangen. Vom nächtlichen Musiklärm hatte sie zwar kaum etwas mitbekommen, ihr Schlafzimmer lag in die andere Richtung. Aber aus dem Küchenfenster hatte sie morgens die Polizei gesehen, nur undeutlich, denn einige Bäume verdeckten die Sicht, zumal der Legrandsche Garten etwas tiefer am Hang lag. Sie ahnte sofort, dass etwas Außergewöhnliches vorgefallen sein musste, weil stundenlang nicht nur Polizei, sondern auch Männer in hellen Overalls sich dort zu schaffen machten. Aber als Gafferin zum Gartenzaun hinunterzugehen, auf diese Idee wäre sie nie gekommen. Man lebte diskret in dieser Gegend, weidete sich nicht an den Peinlichkeiten der Nachbarn. Ohnehin hatte sie Legrand noch nie gesehen, nur von ihm gehört, natürlich auch die monatelange Renovierung der Villa mitbekommen, aber das war auch schon alles. Oder doch nicht ganz. Denn dass sich auch einiger Streit anbahnte um den wahrlich überwuchernden Baumbestand und sich Legrand gerade mit anwaltlichen Schreiben über die Verschattung seines Hauses beklagt und einige Abholzungen verlangt hatte, davon hatte Herr von Hübner ihr ausführlich erzählt. Aber zugleich darüber gelacht, allerdings mehr drohend als freundlich:

»Da wird er nicht mit durchkommen. Wir sind hier nicht an der Elbchaussee, wo man den freien Blick auf den Schiffsverkehr durchsetzen kann. Obwohl, ich weiß gar nicht, wie das dort ist. Hier wird er sich jedenfalls die Zähne ausbeißen, und am Ende gibt es auch noch die städtische Baumsatzung. Da soll er mal was versuchen.«

Herr von Hübner pflegte, zumal wenn er noch bis spät in der Nacht gearbeitet hatte, den Tag langsam zu beginnen. Nicht dass er morgens lange im Bett geblieben wäre, er brauchte nicht viel Schlaf, aber er zog sich dann einen leichten Morgenmantel über den Pyjama, ging kurz ins Bad und bereitete sich erst einmal einen Tee in der Küche und zog sich damit für einige Stunden wieder zurück, nachdem er die Zeitung aus dem Briefkasten gefischt hatte. Diese ungestörten Vormittagsstunden, die sich unterschiedlich lange hinziehen konnten, hatte er sich erst nach dem Tod seiner Frau angewöhnt und Frau Ritter, die ihm den Haushalt führte, hatte sich rücksichtsvoll in dieses Ritual gefügt. Die unausgesprochene Verabredung ging sogar so weit, dass beide sich in diesen Stunden möglichst aus dem Weg gingen, er ließ sich nicht gerne in dieser informellen Kleidung sehen. Auf ein ordentliches Frühstück verzichtete er, deshalb sorgte sie dafür, dass die Keksdose immer gut bestückt war, aus der er sich stattdessen gelegentlich bediente.

Als die Polizei endlich abzog, ging Frau Ritter dann allerdings doch in den Garten, um unauffällig nachzusehen, was denn dort drüben vorgefallen sein könnte. Herrn von Hübner hatte sie diesen Morgen noch nicht gesehen, bei ihm anzuklopfen, wagte sie nicht. Irgendjemand von den Nachbarn anzurufen, um sich zu erkundigen, ob sie etwas wüssten, kam ihr zu aufdringlich vor, als Klatschtante wollte sie nicht ins Gerede kommen. Sie benutzte den Weg, der sich durch das parkartige Gelände schlängelte. Die Bäume, darunter einige sehr dichte Tannen, aber auch eine mächtige Buche, waren in der Tat sehr hoch und breit. Und das ganze Gebüsch müsste wieder einmal gelichtet, die Bäume freigestellt werden. Als sie fast am Zaun angelangt war, sah sie seine Beine, dann Hübner selbst. Er lag ausgestreckt da, in seinem hellen Mantel, die Arme leicht abgewinkelt. Und noch bevor sie näher hinschauen konnte, fiel ihr Blick auf eine Pistole, etwa einen Meter von ihm entfernt, auf dem halbvermoderten Altlaub. Gleich neben dem Auge, dort wo die Schläfe begann, war das Einschussloch.

Ziemlich viele Gedanken auf einmal gingen ihr durch den Kopf, wie ein Wasserfall, der alles mitstürzte, was er erfassen konnte. Nur der Anlass ihres Weges in den Garten war mit einem Male weggestrudelt, sie erinnerte sich nicht mehr. Sie starrte auf das, was sie vor sich sah. Die Pistole hatte sie noch nie gesehen, wusste auch nicht, dass Hübner je eine besessen haben sollte. Eine ziemlich schwere Pistole, die in ihrer schwarzen Glätte matt schimmerte. Das passte nicht zu ihm. Aber was wusste man von einem Menschen wirklich? Wie sie seine Augen sah, die direkt nach oben gerichtet waren, sah sie unwillkürlich zum Himmel, ob auch sie dort oben etwas entdecken könnte. Erst dann sah sie, dass der hintere Schädel geborsten und zertrümmert war, ohne wirklich zu erfassen, was es bedeutete. Der Mantel müsste natürlich gleich in die Reinigung. Hübner sah so leicht aus, fast schwerelos. Aber sie würde es allein nicht schaffen, ihn dort wegzubringen. Mein Gott, er verkühlt sich ja hier im Schatten. Aber er ist doch tot. Kann das sein? Otto, komm zu dir! Aber was sollte denn die Pistole? Du hattest mir nie etwas davon gesagt. Oder ist das gar nicht deine?

Dann schlug sie sich mit der Hand an die Stirn und eilte ins Haus.

Welchen Arzt sollte sie anrufen? An diesem Feiertag war doch sicher keine Praxis besetzt. Und jetzt um die Mittagszeit würde auch unter einer Privatnummer sicher niemand ans Telefon gehen. Sie musste sich erst einmal setzen, gleich neben das Telefon im Hausgang. Nach einem kurzen Moment des Zusammensinkens rückte sie sich gerade zurecht, griff beherzt nach dem Telefonbuch und wählte dann die Nummer des Polizeireviers Süd.

*

Diesmal war Kommissar Hopf fast zur gleichen Zeit wie der Polizeiposten angekommen. Obwohl er gerade dabei war, die wichtigsten erreichbaren Leute zusammenzutrommeln, selbst der Chef musste in wenigen Augenblicken eintreffen, um die hauptsächlichen Aufgaben zu koordinieren, hatte er alles stehen und liegen lassen, um erneut in den Kapellenweg zu eilen. Mit seinem Assistenten war er sofort in den Garten gegangen, Frau Ritter war nicht mitgekommen, ein Polizist blieb im Haus bei ihr. Stumm war Hopf vor der Leiche stehen geblieben, bückte sich nicht einmal nach ihr. Dann fuhr es aus ihm heraus:

»Unglaublich! Warum hat das niemand gesehen? Die rennen den ganzen Vormittag da drüben herum und sehen nicht, dass hier ein weiterer Toter liegt. Und ich kriege das natürlich auf die Mütze. Diese Saftsäcke!«

Sein Adrenalinpegel musste ziemlich angestiegen sein. Der Assistent sagte erst einmal nichts und blickte verlegen um sich. Erst als Hopf sich etwas beruhigter vernehmen ließ:

»Any way!«, wagte der Assistent etwas kleinlaut eine Bemerkung. »Sieht so aus, als könnte Legrand von hier aus erschossen worden sein.«

»Sieht doch ein Blinder mit dem Krückstock«, schwoll Hopf wieder an.

»Aber die von der Spurensicherung werden wohl nochmals kommen müssen.«

Hopf schwieg eine Weile, dann wies er an:

»Ruf sie her. Aber sie sollen sich beeilen.« Nach einer Weile fügte er besänftigend hinzu: »Wenn wir Glück haben, klärt sich das alles wenigstens schnell auf.«

Der Assistent sah so fragend zu Hopf, dass der fortsetzte:

»Wenn der hier Legrand erschossen hat … Sieht ja so aus, als habe er sich danach selbst die Kugel gegeben.«

Hopf wartete, bis die Techniker noch einmal mit ihrem ganzen Equipment eingetroffen waren, und pfiff sie ganz schön an. Eigentlich ging man mit der Spurenkommission, alles hervorragende kriminaltechnische Fachleute, nicht so um. Denn auf sie, die in ihren Labors und Werkstätten ziemlich im Verborgenen arbeiteten, waren die Kriminalbeamten vor allem angewiesen, nicht nur auf die Genauigkeit ihrer Arbeit, sondern auch auf ihre Schnelligkeit und Umsichtigkeit. Mit ihnen gut zu stehen, war eigentlich oberstes Gebot. Aber Hopf ahnte, dass das Donnerwetter des Chefs vor allem auf ihn als dem Verantwortlichen niederkommen würde, und deswegen brauchte er jetzt wenigstens einen Blitzableiter, um seinen erregten Kamm etwas zu kühlen.

»Habt ihr in den Mai gefeiert, oder was ist mit euch los? Das ist doch eine unglaubliche Schluderei, dass den hier niemand gesehen hat.«

Die Kriminaltechniker sahen sich erstaunt und fragend gegenseitig an, dann unterdrückte einer ein Lachen, ein anderer prustete los und eilte mit seinem metallenen Gerätekoffer geschäftig vorbei. Hopf stand im Weg, das merkte er, und trat etwas zur Seite. Giftig sah er ihrem Treiben zu, wusste, dass er eigentlich überflüssig war. Schließlich meinte einer:

»Wer ist denn hier schon alles herumgelaufen? Da sind ziemlich viele Fußspuren.«

Das galt natürlich auch Hopf, obwohl es ziemlich unberechtigt war. Er ging verärgert ins Haus zu Frau Ritter. Einigermaßen unwirsch stellte er ihr die wichtigsten Fragen, aber sehr erhellend waren ihre Antworten nicht. Sie hatte Herrn von Hübner den ganzen Morgen noch nicht gesehen und das war noch nicht einmal ungewöhnlich für die Art ihres Zusammenlebens in diesem großen Haus. Und nachts war ihr auch nichts Ungewöhnliches aufgefallen, selbst von dem Fest da drüben habe sie kaum etwas mitbekommen, es habe sie auch nicht interessiert. Hopf hatte es eilig, er musste unbedingt ins Präsidium fahren, um zu zeigen, dass er alles im Griff hatte. Das war jetzt wichtiger als alles andere. Er würde sich ohnehin auf einiges gefasst machen müssen. Seinen Assistenten ließ er noch hier, falls die Spurenleute ihn brauchten.

Hopf war schon aus dem Haus, als er noch einmal zurückkehrte, klingelte und auf den erstaunten Blick von Frau Ritter fragte:

»Welche Schuhe haben Sie denn angehabt, als Sie in den Garten gingen? Die müssen Sie mir leider mitgeben wegen der Schuhabdrücke.«

Ob man sie wirklich brauchen würde, bezweifelte er, aber er wollte sich mit einer solchen Routineangelegenheit nicht auch noch am Zeug herumflicken lassen.

*

Als Hopf gegen halb drei Uhr ins Präsidium zurückkam, wurde er schon an der Pforte mit undurchdringlichem Gesicht und den Worten empfangen:

»Kommissar Hopf, gleich zum Chef, er wartet schon auf Sie.«

Das konnte er sich denken, als alle auf ihn starrten, schließlich war es ›sein‹ Tatort und er hatte die Spurensicherung geleitet. Aber die anderen Kollegen hatten auch alle nichts gesehen und keiner war auf die Idee gekommen, einen Blick in Nachbars Garten zu werfen. Also gleich zum Chef, vielleicht war es auch gut so, dann bekäme er wenigstens nicht vor versammelter Mannschaft den erwartbaren Rüffel. Aber er war sehr erstaunt, als der Kriminalchef mit besorgter Miene sagte:

»Da sind Sie ja. Sagen Sie mir als Erstes: Was ist mit der Presse? Ist schon jemand aufgetaucht?«

»Nicht, dass ich wüsste. Ich habe keinen gesehen.«

»Das ist gut so. Wir müssen natürlich gleich eine Presseerklärung abgeben, immerhin ist Legrand ein VIP der Extra-Klasse. Das wird einen ziemlichen Wirbel geben. Sie werden mir gleich einen Entwurf schreiben müssen, den ich dann selbst gegenlesen werde. Um das Weitere werde ich mich dann selbst kümmern, ich möchte das alles unter Kontrolle halten. Sie wissen sicher, dass auf dem Fest gestern Abend viele Prominente waren und da muss man aufpassen, dass das nicht zu haufenweise Spekulationen führt. Und jetzt zu Ihrem Bericht. Hat der zweite Todesfall damit zu tun? Sagen Sie mir im Moment nur das Wichtigste, damit ich im Bilde bin, wir gehen dann gleich rüber zur Lage, die Kollegen warten schon.«

Hopf hatte mit allem gerechnet, nur nicht mit dieser ebenso milden wie unerwartet besorgten Reaktion. Von Vorwürfen keine Rede, stattdessen als Wichtigstes die Presse. Ihm konnte es nur recht sein, wenn der Chef das selbst übernehmen wollte, denn es riss sich keiner darum, vor die Presse treten zu müssen. Die stocherten ohnehin immer nur in den Nebensächlichkeiten herum und machten die Pferde scheu. Und dem Chef würde schon etwas einfallen, denn er konnte kein Interesse daran haben, dass die Arbeit seiner Kripo ins Gerede kam.

Nachdem Hopf vorgetragen hatte, was seit heute Morgen vorgefallen war, – das verspätete Auffinden des zweiten Toten wurde nur mit einem allerdings auffälligen Heben der Augenbrauen quittiert –, ging er zur längst wartenden Lage, wie sich die Versammlung der verfügbaren Kräfte der Mordkommission nannte. Wegen des Feiertages waren nur wenige Kollegen gekommen. Der Kripochef jedoch blieb noch in seinem Zimmer und versprach, gleich nachzukommen. Erst wollte er den Oberbürgermeister informieren, denn ihm war klar, dass die Presse, wenn sie erst einmal Wind von dem Tod Legrands bekommen hatte, auch ihm bei erster Gelegenheit unangenehme Fragen stellen würde.

*

Der Oberbürgermeister war völlig konsterniert. Das war verständlich. Legrand war eine in ganz Deutschland bekannte Persönlichkeit, die sich, nach dem überraschenden Verkauf seines Modeimperiums, gerade erst entschlossen hatte, sich in Freiburg niederzulassen. Das war für das Renommee dieser Stadt ein besonderes Ausrufungszeichen und ein großer Gewinn. Für eine Stadt, die vor allem aus der Universität, der Kultur und der Touristik ihr Image bezog, zudem einem liberalen Wohlleben mit hohem Ökobewusstsein einiges Ansehen verdankte, musste die Ermordung eines weltbekannten Neubürgers gewissermaßen am Tage seiner Ankunft eine schockierende Nachricht sein. Das war ein schreiender Widerspruch zu dem Bild heiterer provinzieller Gelassenheit und palavernder Konfliktbewältigung, das war mehr als ein hässlicher Blutfleck. Und dass der Oberbürgermeister am Abend zuvor noch selbst als Gast in Legrands Haus gewesen war, musste die Betroffenheit beträchtlich vergrößern. Aber das war es nicht allein, was den Oberbürgermeister aufwühlte, das spürte der Kripochef sofort. So war er auch nicht überrascht, als er nach einigem betroffenen Schweigen hörte:

»Können Sie mich aufsuchen? Es gibt einige brisante Dinge, die mir gestern aufgefallen sind. Ich muss das dringend mit Ihnen besprechen. Es ist von größter Wichtigkeit. Möglicherweise haben sie auch mit dieser schrecklichen Tat zu tun. Mir wäre es lieb, wenn Sie möglichst schnell kommen könnten, denn ich habe heute Abend einen öffentlichen Termin und es sollte unbedingt noch vorher sein.«

Einer so dringenden Bitte musste der Chef der Kriminalpolizei natürlich sofort nachkommen, zumal auch möglicherweise tatrelevante Dinge zur Sprache kommen sollten. Begreiflicherweise wollte der Oberbürgermeister erst einmal wissen, wie und wann alles passiert sei. Als er hörte, dass es einen zweien Toten gäbe, bei dem man eine Pistole gefunden habe, – übrigens kannte er Herrn von Hübner nicht persönlich, nur dem Namen nach –, entspannten sich seine Züge deutlich und er fragte sofort nach:

»Bedeutet das einen persönlichen Streit zwischen den beiden?« Nur gab es darauf vorläufig keine Antwort.

Aber dann berichtete der Oberbürgermeister, dass das Fest offenbar eine ausgewachsene Kokain-Party gewesen war und das in Anwesenheit der Spitzen der Stadt. Er selbst habe davon zwar nichts bemerkt, sei dann aber zum Glück darauf aufmerksam gemacht worden und habe das Fest natürlich sofort verlassen. Und die anderen Notabeln selbstverständlich auch. Das sei kurz vor Mitternacht gewesen und gebe der Sache möglicherweise eine ganz andere Wendung. Seine größte Sorge sei, dass jetzt sie alle, und zwar Politiker aller Fraktionen, wie er ausdrücklich betonen wolle, und Inhaber der höchsten Ämter in diesem Zusammenhang öffentlich genannt werden könnten. Das müsse auf jeden Fall verhindert werden. Sie alle, dafür verbürge er sich, hätten absolut nichts damit zu tun, seien gewissermaßen in eine Falle gelaufen, seien missbraucht worden. Man müsse sich einmal vorstellen, was das bedeuten würde. Er erwarte, dass die Polizei absolut unmissverständlich jeder Insinuation in dieser Richtung entgegentrete. Die Polizei müsse sich ihrer Verantwortung im höchsten Maße bewusst sein. Der geringste falsche Zungenschlag in diesem Zusammenhang sei gewissermaßen die Einladung zu einer Rufmordkampagne größten Ausmaßes. Natürlich gebe es immer Leute, die auf so etwas nur warteten, die mit der ganzen Stadtverwaltung über Kreuz lägen und sich solche Gelegenheit zur Stimmungsmache nicht entgehen ließen. Das hätte Bedeutung weit über Freiburg hinaus, ob er sich darüber im Klaren sei? Die Presse werde das begierig aufgreifen, vom Politikersumpf reden. Mit solchen Methoden könne man das ganze öffentliche Leben lahmlegen. Die ganze politische Klasse gerate hier in Gefahr – und zwar alle Fraktionen. Und es läge ausschließlich in den Händen der Polizei, wie darüber berichtet werde, vor allem, wenn Rauschgift bei dem Mordfall eine Rolle spiele, was er nicht hoffe. Er werde selbstverständlich jeder Verdächtigung entgegentreten, es habe irgendeiner von den Spitzen der Stadt mit Rauschgift auch nur das Geringste zu tun, aber so weit dürfe es erst gar nicht kommen, dass er zu solchen Erklärungen genötigt sei. Das läge nun ganz allein bei den Ermittlungsbehörden, solche Vermutungen auch schon im Ansatz zu verhindern.

Der Kripochef nutzte eine kleine Pause, um mit einer gewissen Steifheit zu erklären:

»Herr Oberbürgermeister, ich bin mir meiner Verantwortung vollkommen bewusst.«

Dann machte er die Andeutung einer Verbeugung und verließ den Raum.

IX.

Als Grabowski kurz vor 21 Uhr in seine Wohnung im Stühlinger kam, müde von einer langweiligen Fahrt im ungewöhnlich leeren ICE, räumte er zuerst seinen kleinen Rollkoffer aus, hängte den Anzug auf einen Bügel und warf die schmutzige Wäsche in einen Plastikkorb im Bad. Unterdessen stellte er den Fernseher an und ließ die Nachrichten bei n-tv laufen. Der weltweite Überblick über die Veranstaltungen zum 1. Mai interessierte ihn nicht besonders, ohne hinzuhören, konnte er sich schon denken, was bei den zentralen Kundgebungen der Gewerkschaften mit kräftiger Stimme vor halbwegs leeren Plätzen getönt wurde, – dabei war die Beteiligung wieder einmal zurückgegangen. Doch die folgende Nachricht ließ ihn aufhorchen. Nicht nur, weil sie aus Freiburg kam. Der bekannte Modeunternehmer Legrand war heute Morgen im Garten seiner Villa erschossen aufgefunden worden. Über die näheren Umstände war noch nichts bekannt, ein Fremdverschulden könne nicht ausgeschlossen werden. Erste bestürzte Reaktionen, aber nichts Weiteres über die Umstände.

Er hätte natürlich gleich ins Präsidium laufen können, vielleicht erwartete man das auch von ihm. Von seiner Wohnung aus waren es höchstens zehn Minuten, ein Weg, den er jeden Morgen zu Fuß nahm. Er konnte sich denken, wie dort mit nur halber Besetzung jetzt aufgeregt die Arbeit organisiert wurde, er wäre hochwillkommen, obschon er erst morgen früh wieder zum Dienst erwartet wurde. Doch sogleich fiel ihm ein, dass Elfi vorgehabt hatte, zu diesem Hausfest bei Legrand zu gehen. Das sollte doch gestern erst gewesen sein? Und am Morgen danach hatte man Legrand gefunden? Sie gehörte also zu den Letzten, die Legrand lebend gesehen hatten? Was mochte sich dort abgespielt haben? Er musste erst mit ihr sprechen, jetzt gleich. Von ihr konnte er vielleicht mehr erfahren als von seinen Kollegen. Er würde sich vorher nicht bei ihnen blicken lassen. Er wollte nicht als ein gänzlich Unwissender bei ihnen erscheinen, einer, der erst einmal nur herumstand und fragen musste, bloß weil er einige Tage auf einem Lehrgang war und deshalb nichts mitbekommen hatte.

Elfi war gut gelaunt, wie eigentlich immer, und wollte ihn am Telefon gleich ausquetschen, wie es in Münster war, was er denn Neues gelernt habe, wie er die Abende verbracht habe unter lauter unbekannten Kollegen. Sie plauderte in völliger Unbefangenheit los, freute sich über seine Rückkehr und war gar nicht zu bremsen. Offenbar wusste sie noch nichts von Legrands Tod. Sie war erst spät in der Nacht nach Hause gekommen, ihre Freundin Monique hatte sie aus den Augen verloren, wer weiß, an wem die hängengeblieben war. Und dann hatte sie lange in den Tag hineingeschlafen und nur herumgetrödelt. Grabowski wollte ihren Redefluss nicht mit aufregenden Nachrichten unterbrechen und fragte nur, ob er noch gleich bei ihr vorbeikommen könne, was ihr dann höchst willkommen war.

Sie empfing ihn im Negligé und einem leichten Morgenmantel darüber und hatte in der Zwischenzeit ein paar kleine Käsehappen und saure Gürkchen gerichtet. Aus dem Flur sah er, dass im Schlafzimmer die Nachttischlampe brannte und das Bett einladend aufgeschlagen war. Sie war offensichtlich auf einen gemütlichen Abend eingestellt. Stattdessen saßen sie lange in der Küche, betroffen und ratlos. Elfi hatte den ganzen Tag kein Radio eingeschaltet und erst jetzt erfahren, was in ihrer unmittelbaren Nähe und doch von ihr unbemerkt geschehen war. Sie war schockiert und zugleich stand ihr der Abend in allen Details wieder deutlich vor Augen. Sie musste Grabowski alles von diesem Fest erzählen, das Interieur des Hauses beschreiben, Legrands Auftreten, das Verhalten der Gäste, auch des Personals, die ausgelassene Stimmung. Natürlich zählte sie auf, wer alles dabei war, soweit sie die Leute wenigstens dem Namen nach kannte. Und auch der Gänsemarsch der Honoratioren um Mitternacht kam vor, ein Abgang von großer Komik, über den schon auf der Party viel gelacht worden war. Dass in irgendeinem Hinterzimmer auch gekokst wurde, war schließlich nicht so ungewöhnlich, aber diese gespielte Entrüstung war doch reichlich albern. Wahrscheinlich hatte der eine oder andere, der hier den Moralapostel spielte, in kleinerer und etwas verschwiegenerer Runde selbst schon geschnupft.

Und Legrand selbst? Sie hatte ihn mal da, mal dort gesehen, eher selten, immer umringt von Menschen, ein höflicher Gastgeber, wann zuletzt, wusste sie nicht zu sagen, aber sicher nach Mitternacht. Er wirkte unangestrengt, ausgeglichen, soweit man das als Fremder beurteilen konnte. Nirgends lag Streit in der Luft. Irgendwann saßen überall die üblichen Klüngel beieinander, abgesehen von denen, die unentwegt tanzten. Als Elfi gegen halb drei aufbrach, war wohl ein Drittel der Gäste noch da. Obwohl sie das nur schwer abschätzen könne, andererseits sei ein ganzer Schwung um diese Zeit aufgebrochen. Keiner habe gewusst, was sich im Garten abgespielt habe, alle seien völlig unbeschwert, dann aber auch müde gewesen. Wie lange das Fest noch gegangen sei, wisse sie nicht, sie habe den ganzen Tag noch mit niemandem gesprochen, nicht einmal am Telefon.

Grabowski hörte einfach zu, er hatte nicht viel zu fragen. Er wollte möglichst viel von dem ganzen Ambiente mitbekommen, der Atmosphäre einer Gesellschaft, die ihm wenig vertraut war, und je länger er Elfi zuhörte und in ihre Schilderungen eintauchte, bedauerte er, nicht dabei gewesen zu sein. Natürlich aus kriminalistischem Ehrgeiz, denn er nahm an, dass er vielleicht Beobachtungen gemacht hätte, die den Tod Legrands schnell aufklären würden. Oder war das ein klassischer Fall von Selbstüberschätzung? Aber auch, weil er den Eindruck hatte, dass an diesem Abend verschiedene Welten zusammengekommen waren, die ihm ebenso unbekannt waren, wie sie ihn auch neugierig machten. Zum einen war hier offenbar die ganze bessere Gesellschaft von Freiburg versammelt, die Tonangebenden, die Einflussreichen, dieses heimliche Netzwerk von Leuten, die eine Stadt mindestens ebenso regierten wie die, die an den Schalthebeln der Verwaltung und der Ämter saßen. Und zum anderen die Glamourwelt, die Schicken und die Reichen, von denen man sonst hier so wenig zu sehen bekam, die Models, die Schönen, die sich endlich einmal gestylt und herausgeputzt zeigen konnten. Wann gab es das schon? Und er konnte sich Elfi vorstellen, die doch eigentlich gar nicht dazugehörte, weder zu den einen noch zu den anderen, aber so genau beobachtet hatte. Je mehr sie davon erzählte, umso mehr bewunderte er, wie sie geschmeidig an diesem exotischen Korallenriff herumgeschwommen war inmitten dieses glitzernden Biotops von farbenprächtig auftrumpfenden Buntbarschen, langarmigen Sternchen und tropisch gezeichneten Falterfischen.

So wurde es spät, wenigstens zu spät, um noch zu seinen Kollegen zu fahren, sich gewissermaßen zurückzumelden mit der unweigerlichen Folge, dass er sofort in die Arbeit einbezogen worden wäre und sich die restliche Nacht noch hätte um die Ohren schlagen müssen. Elfi hatte ihn in ihren Bann gezogen und diese Bande waren stark genug, nicht einmal ein schlechtes Gewissen aufkommen zu lassen. Erwartet wurde er noch nicht und er würde morgen frisch und ausgeruht an die Arbeit gehen und vielleicht sogar besser vorbereitet als manche Kollegen. Elfi hatte ihm Eindrücke verschafft, die viele umständliche Befragungen ersetzen konnten. Mehr Rechtfertigung brauchte er nicht, um jeden Zweifel abzutun. Er sah sie voller Zärtlichkeit an, legte seinen Arm um sie und spürte eine innere Wärme, der er sich einfach hingab. In ihren Armen würde er die Nacht verbringen und das war gut so.

Dritter Teil

X.

Freitag, 2. Mai

Die Zeitungen, vor allem auch die überregionalen, brachten überall schon auf der ersten Seite den mysteriösen oder rätselhaften Tod von Legrand, hatten aber so spät erst davon erfahren, dass die Zeit nur noch für einen eiligen Aufmacher reichte und es zu spät war, ihn mit spektakulären Inhalten zu füllen. Wegen des Feiertages waren offenbar auch die Sensationsreporter nicht mehr rechtzeitig nach Freiburg gekommen, so mussten sich die Redaktionen mit eilig zusammengeschusterten Hintergrundberichten zur Person begnügen, die sich nur auf die eigenen Archive stützen konnten. Sie waren mit ›Ein Leben für die Mode‹ überschrieben oder ›Er war einer der Größten‹, mehr oder weniger ausführliche Erfolgsstorys, die nicht verdecken konnten, dass man über das Privatleben Legrands kaum etwas wusste. Von den legendären Festen war zwar die Rede, von Showbizz, Stars und Sternchen, von seinen Modevorführungen, an deren Laufsteg die internationale Prominenz in der ersten Reihe saß, auch von seinem ausgeprägten Geschäftssinn. Aber private Eskapaden, Skandälchen und Ähnliches waren nie bekannt geworden, keine Frauengeschichten, nicht einmal die persönlichen Freunde, sofern es sie gab, konnte man erwähnen. Für Klatschreporter ein schwieriger, weil völlig unergiebiger Fall, es blieb nichts anderes übrig, als ›auf einer Glatze Locken zu drehen‹, wie sich ein frustrierter Boulevardschreiber ausdrückte.

Der Einzige, der sich darüber freuen konnte, war der Leiter der Kriminalpolizei, genau genommen war es sogar sein Erfolg, denn er selbst hatte erst kurz vor Redaktionsschluss eine knappe Presseveröffentlichung herausgegeben, um, so gut es ging, erst einmal Ruhe zu bekommen. Er hatte sogar die Pressestelle seiner Behörde durch einen automatischen Anrufbeantworter ausgeschaltet, an einem so wichtigen Feiertag schien ihm dies ausnahmsweise entschuldbar. Diejenigen Journalisten, denen es dennoch gelang, telefonisch bis in die Dienststellen vorzudringen, landeten bei einem Assistenten, der zwar nichts wusste, aber immerhin eloquent vertrösten konnte. Was den Kripochef noch mehr befriedigte, war sein Coup, den Tod Otto von Hübners ohne Namensnennung als einen vermutlich tragischen Suizid mitzuteilen, – übrigens noch vor der Bekanntgabe des Falles Legrand –, sodass nur die Lokalzeitung darüber eine kurze Meldung brachte, aber niemand einen möglichen Zusammenhang dieser beiden Ereignisse auch nur vermuten konnte.

Auch Grabowski, der früh während eines kleinen Frühstücks bei Elfi die ›Badische Zeitung‹ durchgeblättert hatte, blieb ahnungslos, bis er ins Präsidium kam und von seinem Kollegen Hopf kurz über die Ereignisse informiert wurde. Für Nachfragen blieb nicht viel Zeit, als er schon zum Chef gerufen wurde. Im ganzen Haus herrschte nervöse Betriebsamkeit, man merkte es an den angespannten Gesichtern, alle rannten mit höchstens flüchtig gemurmeltem Gruß aneinander vorbei, hatten es eilig oder stürmten, ohne anzuklopfen, in eines der Büros.

»Grabowski, gut, dass wenigstens Sie da sind. Die Hälfte hat Urlaub und ist nicht erreichbar. Und gerade jetzt muss uns diese Geschichte passieren. Sie wissen wohl schon alles.«

»Alles nicht, dann wären wir schon weiter.« Der Chef hob die Augenbraue, es war wie eine Warnung vor überflüssigen Worten. Deshalb fügte Grabowski sehr sachlich hinzu: »Hopf hat mir berichtet.«

»Dann wissen Sie wohl auch, dass die Todesfälle Legrand und Hübner wahrscheinlich miteinander zusammenhängen. Wir wollen das, so lange es geht, für uns behalten. Ich möchte mit Ihnen ganz offen reden, aber das alles bleibt bitte unter uns. Sie sind mein bester Mann und ich muss mich absolut auf Sie verlassen können.« Grabowski nickte mit dem Kopf, er wollte seinen Chef nicht unterbrechen. »Dafür gibt es nämlich zwei Gründe. Der erste ist ermittlungstaktischer Art, dazu brauche ich Ihnen nicht viel zu sagen. Wir wollen niemandem vorzeitige Hinweise geben. Der zweite Grund hängt damit zusammen, dass es vermutlich etwas Kompetenzgerangel geben wird. Legrand ist Hamburger, dort kennt man ihn, dort ist sein bisheriges Umfeld. Obwohl er gerade hierherziehen wollte oder auch schon umgezogen ist, das weiß ich nicht, ist er für uns ein völlig unbeschriebenes Blatt, wir tun uns sehr viel schwerer mit ihm als die Hamburger Kollegen. Wir müssen also mit den Hamburgern zusammenarbeiten, das steht für mich außer Frage. Und das alles unter einem täglichen Druck der gesamtdeutschen Presse, mit der wir sonst selten etwas zu tun haben. Auch damit haben die Hamburger viel mehr Erfahrung. Es läuft darauf hinaus, dass wir eine Sonderkommission Legrand bilden. Gleich kommt der Landespolizeichef und wir werden zusammen mit ihm dies beraten. Bis jetzt hat Kollege Hopf die ersten Ermittlungen geleitet, das ergab sich aus dem Dienstplan, aber er ist damit auf Dauer völlig überfordert. Wir müssen ihm sofort Entlastung bieten. Ich brauche Sie dafür, denn Sie haben die nötige Erfahrung und Umsicht. Schon bei der ersten Spurensuche ist ein Lapsus passiert, der nie hätte vorkommen dürfen. Ich will das jetzt nicht aufbauschen, schon gar nicht in der Öffentlichkeit, letztlich fällt es nämlich auf uns alle zurück. Und deshalb möchte ich Sie bitten, in der SOKO Legrand in führender Position mitzuarbeiten. Die Details können wir erst heute Mittag festlegen.

Aber vor allem: Sie müssen sich ab jetzt hauptsächlich mit Hübner beschäftigen, ich wüsste keinen anderen dafür. Was da auf uns zukommt, lässt sich nicht abschätzen, aber Hübner war ein hoher Wirtschaftsanwalt und das erfordert ein ganz besonderes Fingerspitzengefühl. Wenn einer in diesem Umfeld zu plump oder nicht absolut vertrauenswürdig auftritt, dann kommen wir nur schwer weiter. Hier ist ebenso viel Diskretion wie Standfestigkeit vonnöten. Noch eins: Sie merken aus meinen Worten, dass ich diesem ganzen Fall eine besonders große Bedeutung beimesse. Aber nicht wegen der Öffentlichkeit, obwohl die uns ziemlich im Nacken sitzen und sehr unbequem sein wird. Sondern weil ich befürchte, dass dies ein langwieriger und komplizierter Fall wird. Ich kann mir nicht vorstellen, dass es hier nur um einen persönlichen Streit geht. Das waren schließlich beides kultivierte Persönlichkeiten. Da steckt möglicherweise mehr dahinter und das heißt: Dinge, die hier mit uns in Freiburg vielleicht gar nichts zu tun haben, sich ganz anderswo abspielen, eher in Hamburg als hier. Auch darauf müssen wir gefasst, darauf müssen wir vorbereitet sein. Sie haben mein volles Vertrauen und bekommen jede Unterstützung, die Sie brauchen. Und Sie können mich jederzeit direkt ansprechen, wenn es Probleme gibt, auch unter vier Augen, wenn es nötig ist. Ich meine das so, wie ich es sage, es ist nicht nur eine Formel. Alles Weitere später, ich muss gleich mit dem Landespolizeichef sprechen. Haben Sie noch Fragen?«

Grabowski hatte sehr aufmerksam zugehört, ihm war nichts entgangen. Das alles klang wie ein Befehl zu einem Sondereinsatz. Was war denn hier anders als sonst? Kapitalverbrechen aufzuklären war doch ihr tägliches Geschäft, deshalb gehörte er ja zur Mordkommission. Als ob er nicht wüsste, was zu tun war. Eine SOKO zu leiten war für ihn auch nichts Neues. Dass man bei einem Prominenten wie Legrand noch etwas mehr als sonst die Pressemeute am Hals hatte, nun gut, das musste man aushalten. Aber der Kripochef schien unter besonderem Druck zu stehen, und das machte Grabowski misstrauisch genug, sodass er zu fragen wagte:

»Halten Sie es denn für möglich, dass uns der Fall Legrand irgendwann streitig gemacht und entzogen wird, wenn sich herausstellt, dass … zum Beispiel die Hamburger Drogenmafia dahintersteckt? Befürchten Sie das?«

Der Kripochef schaute ihn höchst erstaunt an. Vielleicht war er es nicht gewohnt, so direkt von seinen Beamten auf Schwachpunkte angesprochen zu werden. Oder er fühlte sich durchschaut bei einem Gedanken, den er doch gerade zu verbergen gesucht hatte. Grabowski fuhr unbekümmert fort:

»Wenn ich das richtig sehe, ist die Sache mit Hübner jedenfalls unsere. Und was auch immer geschieht, dies bleibt unser ureigener Fall, das müssen wir aufklären, das können nur wir, wie auch immer es mit Legrand weitergeht oder die beiden Fälle miteinander verbunden sind. Habe ich Sie da richtig verstanden?«

Der Kripochef löste sich aus seiner Erstarrung und nickte zustimmend.

»Und deshalb soll ich mich auf den Fall Hübner konzentrieren?«

Grabowski hatte das mehr vor sich hin gesagt, fuhr dann aber fort und wandte sich dabei direkt an seinen Vorgesetzten:

»Dann wäre es aber besser, wenn ich nicht die Leitung der SOKO übernehmen müsste. Ich will mich, weiß Gott, nicht drücken. Aber Leitung bedeutet, in jeder Weise die Fäden in der Hand zu halten, zu koordinieren, zu delegieren, vor allem den Überblick zu haben. Ich müsste dann wohl auch gegenüber der Presse verantwortlich sein. Und das hieße wohl, vor allem mich mit Legrand zu beschäftigen. Darauf läuft es unweigerlich hinaus. Und dann wird man auch die Arbeit mit den Hamburger Kollegen koordinieren müssen. Wer weiß, was da auf uns zukommt. Da bleibt nicht viel Zeit für anderes. Für den Fall Hübner wäre aber eine gewisse Unabhängigkeit von anderen Arbeiten unbedingt wichtig. Gerade, wenn dies eine heikle Aufgabe ist, was ich noch nicht beurteilen kann, müsste ich dafür freie Hand haben. Natürlich im Rahmen der SOKO. Aber bestenfalls als stellvertretender Leiter. Es ist einfach die Frage, welchen Vorrang meine Arbeit haben soll.«

Das Telefon klingelte und der Kripochef nahm den Hörer ab. Nach einem kleinen Augenblick erwiderte er:

»Gut, ich komme sofort herunter.« Dann lächelte er Grabowski zu und sagte:

»Sie haben mich offenbar gut verstanden. Ich werde mir diesen Einwand überlegen, wir reden später darüber.«

XI.

Kommissar Tritschler hatte vorerst die Ermittlungen um Legrand übernommen, ein besonnener und auch unter den Kollegen hoch geschätzter älterer Kriminaler, der schon manchen komplizierten Fall erfolgreich durchgestanden hatte. Selbstbewusst, aber uneitel, streng, aber nicht nachtragend, kein besonders origineller Kopf, aber jemand, der organisieren konnte, ohne seine Leute zu überfordern. Hopf war froh, die Hauptverantwortung los zu sein und ins zweite Glied zurücktreten zu können, ein Platz, an dem er sich sichtlich wohler fühlte.

Zunächst musste sich Tritschler einen ersten Überblick verschaffen und zugleich die dringendsten Aufgaben festlegen, im Grunde Routine, bis sich konkrete Schritte festlegen ließen. Die Gerüchte, dass der verhängnisvolle Abend in der Villa von Legrand zu einer Kokainparty ausgeartet sei, gaben immerhin einen ersten Ansatz für den Hintergrund der Tat, wenngleich man natürlich auch in andere Richtungen ermitteln musste. In der Villa waren schon gestern die Aufräumarbeiten unterbrochen worden. Vor allem der ganze Müll, der in blauen Plastiksäcken gestapelt war, musste auf Spuren untersucht werden. Gleichwohl würde dies vorläufig eine sehr unspezifische Spurensuche bleiben müssen, man konnte schließlich nicht wissen, auf was man außer Drogen noch alles stieß. Die Caterer mussten noch einmal ausführlich befragt werden, denn sie, die alle Räume den ganzen Abend am besten im Blick gehabt hatten, mit allen Gästen in Kontakt gekommen waren und schon wegen ihrer Arbeit bis zum Ende einigermaßen nüchtern bleiben mussten, sie waren sicher die besten Beobachter für irgendwelche Auffälligkeiten. Aber auch eine Gästeliste war zusammenzustellen, denn unter diesen Anwesenden des Abends würden ebenfalls Befragungen notwendig werden. Tritschler hatte eine Menge zu organisieren. Bis morgen würden allerdings auch die ersten Obduktionsbefunde vorliegen und weiteren Aufschluss bringen.

Erst heute früh hatte Tritschler erfahren, wo Legrand bis jetzt bei seinen Freiburg-Aufenthalten zu nächtigen pflegte. Er hätte es sich auch denken können: Er bewohnte ein Appartement im Turmhaus, das zum Colombi-Hotel gehörte. Dort war inzwischen Hopf mit einigen Kollegen, die zuvor gebeten worden waren, sich einigermaßen unauffällig und zurückhaltend in diesem Hotel der Extraklasse zu verhalten.

*

Grabowski war unterdessen zu Frau Ritter gefahren und wollte bei der Gelegenheit auch das Hübnersche Grundstück ins Auge nehmen. Sie hatte ihm einen Tee angeboten, obwohl ihm Kaffee lieber gewesen wäre, und er hatte schon deshalb dankend angenommen, weil er um eine möglichst angenehme Atmosphäre bemüht war. In der Tat hatte Frau Ritter sich zwar nicht beschwert, aber doch eine Bemerkung über den nervösen und strengen Ton des gestrigen Ermittlers gemacht. Grabowski kommentierte das nicht, dachte aber, dass Hopf gelegentlich etwas unsensibel sein konnte. Er nahm sich vor, Frau Ritter viel Zeit zu lassen. Umso eher würde sie ihm weiterhelfen. Während sie in der Küche den Tee aufbrühte, sah er sich in dem Salon um, in den sie ihn hineingeführt hatte. Ein außergewöhnlich gepflegtes Ambiente mit Biedermeier-Möbeln, alles in hellen Hölzern, mehrere sehr geschmackvolle Teppiche mit dunklen Blautönen, leuchtendem Rot, aber auch hellem Grün und auberginenfarben. An den Wänden viele Bilder, wenige ältere in kleinen, einfachen Rahmen, vor allem aber moderne. Er meinte, einige expressionistische Aquarelle ausmachen zu können, aber er war natürlich kein Fachmann, dazwischen hing ein großes abstraktes Gemälde in glühenden, ungebrochenen Farben von großer Suggestionskraft. Frau Ritter brachte den Tee in einem einfachen, aber dünnwandigen weißen Porzellangeschirr. Zweifellos, dies alles hatte Stil.

»Sehen Sie, wir haben einen schrecklichen Beruf. Nicht nur, weil wir es immer mit scheußlichen Dingen zu tun haben, die mit unendlichem Leid verbunden sind, sondern auch, weil wir selbst bedeutende und bewundernswerte Menschen fast nie im Leben kennenlernen, vielmehr erst, wenn sie gewaltsam zu Tode gekommen sind. Und dann müssen wir den Angehörigen auch noch unangenehme Fragen stellen, obwohl sie eigentlich von Trauer und manchmal auch Wut und Verbitterung erfüllt sind.«

Grabowski machte eine kleine Pause und fuhr dann fort:

»Herr von Hübner muss ein großer Kunstkenner gewesen sein. Das sind wirklich wunderschöne Bilder hier. Vor allem das große da drüben, herrliche Farben, geradezu explosiv, und zugleich hat es etwas Heiteres, Freundliches.«

»Das ist ein Sam Francis.« Frau Ritter sagte es eher beiläufig.

Grabowski hatte den Namen noch nie gehört, wollte aber auch nicht fragen, deshalb sah er in Ruhe auf das Gemälde und meinte dann:

»Wie gerne würde ich öfters in Kunstausstellungen oder Museen gehen, aber ich komme eigentlich nie dazu. Selbst nach Basel schaffe ich es ganz selten, meist nur beruflich, und dann bleibt keine Zeit.«

Grabowski meinte, was er sagte, und wirkte dadurch als der ehrliche und vertrauenswürdige Kerl, der er wirklich war. So ging es noch eine Weile, ganz ohne innere Anspannung, und gerade das war es, was Grabowski wollte.

Frau Ritter war es, die schließlich das Thema auf Hübners Tod lenkte.

»Ehrlich gesagt, verstehe ich es nicht und glaube es auch nicht, dass er sich selbst erschossen haben soll. Ich habe die ganze Nacht darüber gegrübelt. Es passt in gar keiner Weise zu ihm. Er war ein durch und durch gelassener und unaufgeregter Mensch. Seine ganze Wesensart war heiter, unerschütterlich, er war das, was man einen souveränen Menschen nennen kann. Alles andere als ein Feigling, ich meine: kein Feigling vor dem Leben. Sondern ein Mensch voller Zuspruch, der auch andere immer aufgerichtet und ihnen geholfen hat, weil er überzeugt war, dass es für alles einen Ausweg gibt. Und den zu finden, war geradezu seine Leidenschaft. Ich denke oft daran, wie er vor einigen Jahren seine Frau verloren hat, ein langer und schmerzvoller Kampf gegen den Krebs. Sie war meine Kusine, ich habe damals schon hier gewohnt, um ihr beizustehen. Ein qualvoller Weg, und er hat alles mit ansehen müssen. Aber er hat nie resigniert. Gerade in den letzten Wochen hat er ihr so sehr geholfen, obwohl er doch wusste, wie es um sie stand. Er hat es ihr so leicht zu machen versucht, wie es nur ging. Und die Zeit danach … Er hat wirklich sehr um sie getrauert, aber er hat auch immer gesagt, dass man sich von der Trauer nie überwältigen lassen darf. Nein, ein solcher Mensch bringt sich nicht um.«

»Wahrscheinlich haben Sie recht. Aber umso mehr ist

es unsere Aufgabe herauszufinden, wie er zu Tode gekommen ist. Wissen Sie denn, ob er eine Pistole besessen hat?«

»Davon weiß ich nichts, ich halte es aber für undenkbar. Das passte überhaupt nicht zu ihm. Er war ein Mann des Wortes und sehr furchtlos. Er hätte jeden Einbrecher mit Worten verjagt.«

»Ich darf also annehmen, dass Herr von Hübner auch kein Jäger war?«

»Natürlich nicht. Er hat auch nie an einer Jagdveranstaltung teilgenommen, obschon er öfters dazu eingeladen wurde. Unter Wirtschaftsleuten gibt es ja viele Jäger. Aber das ganze Halali und ›Strecke blasen‹ und ›Trophäen brechen‹ waren ihm höchst fremd. Darüber hat er sich oft lustig gemacht. Ich weiß es, weil es in unserer Familie auch Jäger gibt. Aber diese ganze Mentalität war ihm sehr fremd, er war den schönen Künsten zugetan, der Musik, der Literatur.«

»Ich nehme an, dass es auch keinen Abschiedsbrief gibt.«

»Nein, natürlich nicht. Ich habe keinen gefunden.«

Grabowski nahm die Chance wahr, die in ihren Worten lag:

»So, wie Sie ihn schildern, werden wir wohl auch keinen finden. Aber, wenn ich Sie darum bitten darf, möchte ich mich doch auch selbst überzeugen. Hat er denn noch viel gearbeitet? Er war doch nicht mehr der Jüngste.«

»Arbeit war sein Leben, sein Hobby, wenn Sie so wollen. Er konnte gar nicht anders. Natürlich war er nicht mehr in der Pflicht seines Berufslebens. Aber als Wirtschaftsanwalt war er immer noch tätig. Das meiste waren alte, freundschaftliche Verbindungen, die er nicht aufgeben wollte, eine Beratertätigkeit, auch für Stiftungen hat er gearbeitet. Er hatte enorm viele Kontakte und da versagt man sich nicht, wenn man gefragt wird.«

»Gab es denn auch Konflikte oder Streit?«

»Nicht, dass ich wüsste. Ich verstehe nicht viel vom Anwaltsberuf. Er trat nicht in Prozessen auf, vor Gericht oder so. Er war doch eher so etwas wie ein Schlichter, jemand, der Streit vermeiden half, der um Interessenausgleich bemüht war. Auch in der Wirtschaft gibt es viele schwierige Persönlichkeiten, da geht es eher um Konfliktvermeidung. Es ging um Verträge, um Familienfirmen und den Übergang an die Erben, solche Dinge. Firmenkonstruktionen mit Tochtergesellschaften und die ganzen Steuerfragen, die damit zusammenhängen. Er hatte viele Erfahrungen damit.«

Nach etwa zwei Stunden eines Gesprächs, das mehr eine Tour d'horizon war als ein Verhör, bei dem Grabowski sich gleichwohl eine Menge Eindrücke verschafft hatte, bat er, einen Blick in Hübners Arbeitszimmer werfen zu dürfen. Frau Ritter begleitete ihn und sagte auffordernd:

»Sehen Sie sich ruhig um, ich habe hier nichts angefasst, weil ich mich in seinen Sachen nicht auskenne. Aber Sie werden bemerken, er war sehr ordentlich und zum Glück gar kein großer Aktenmensch. Diese Mappen auf seinem Schreibtisch, das waren wohl die Dinge, mit denen er sich in letzter Zeit beschäftigt hat. Und hier hinten in den Wandschränken sind noch alte Ordner und Akten. Das ist alles.«

»Wo würde er denn einen Abschiedsbrief, wenn es einen gäbe, hingelegt haben?«

»Ich nehme an, auf den Schreibtisch. Oder in eine der Schubladen. Aber Sie werden wirklich keinen finden. Ich lasse Sie jetzt allein, Sie können mich jederzeit rufen, ich bin unten.«

»Noch eine Frage, Frau Ritter, wo hatte Herr von Hübner denn seinen Computer stehen?«

»Er hatte gar keinen, nur diesen Laptop, den Sie sicher gesehen haben, hier drüben. Er benutzte ihn nur selten. In dieser Hinsicht war er wohl ein etwas altmodischer Mensch. Früher hatte er ein großes Büro mit Vorzimmerdame, Sekretärin und so weiter. Da brauchte er das nicht. Seitdem er hier zu Hause arbeitete, spielte sich das meiste am Telefon ab, und wenn er etwas Größeres zu schreiben hatte, diktierte er es Frau Bock und ließ es von ihr fertigstellen. Wissen Sie, Erfahrung und Gedächtnis – das waren seine wichtigsten Arbeitswerkzeuge.«

»Und wo finde ich Frau Bock, falls ich sie benötige?« Auf jeden Fall, dachte er, werde ich sie ausfragen, wenn es unumgänglich ist, sogar in einem strengen Verhör. Denn, was er hier in diesem Arbeitszimmer auf den ersten Blick sehen konnte, war so spärlich wenig, dass er annehmen musste, dass es noch ein richtiges Büro mit Aktenschränken, Ablage und Archivierung gab. Dies konnte nicht alles sein.

»Ich schreibe Ihnen hier die Telefonnummer auf. Sie können sie, glaube ich, jederzeit anrufen, nur eine kleine Mittagspause bis etwa 15 Uhr ist ihr sehr heilig, da sollte man sie nicht stören. Sie ist schon eine ältere Dame. Sie wohnt nicht weit von hier, unten in der Silberbachstraße.«

Dann ließ ihn Frau Ritter allein. Grabowski war sehr erleichtert, so hatte er es sich gewünscht. Natürlich würde er jetzt nicht alle Papiere durchsehen können, ihm kam es auf einen ersten Überblick an, womit sich Hübner beschäftigt hatte. Er hätte auch gar nicht präzise angeben können, wonach er suchte, er verließ sich in solchen Fällen ganz auf seine Intuition und sein Gedächtnis, das ihn später wie eine

Magnetnadel etwas Wesentliches herausfischen ließ, dessen Bedeutung er jetzt noch nicht erfassen konnte.

Nur den Laptop und den Terminkalender nahm Grabowski mit, und Frau Ritter hatte nichts dagegen einzuwenden. Dann ging er noch in den Garten, bat Frau Ritter aber darum, ihn nicht zu begleiten, er wolle sie nicht damit belasten. Sie kam auch tatsächlich nicht mit, sondern verabschiedete sich an der Haustür von ihm. Selbstverständlich könne er sie jederzeit wieder aufsuchen und wenn es neue Erkenntnisse gebe, bäte sie sehr um seinen Anruf.

Grabowski war mit sich sehr zufrieden. Er war sich sicher, dass er noch einige Male hierher zurückkommen müsse, doch fürs Erste hatte er eine gute Schneise geschlagen. Aber dann fiel ihm auf, dass mit keinem Wort Legrand erwähnt worden war. Sonderbar. Ein Mordfall im Nachbargarten in der gleichen Nacht. Hatte Frau Ritter, die doch einen recht aufgeräumten Eindruck machte, davon etwa noch nichts gehört? Was hatte das zu bedeuten? Oder hatte sie bewusst dieses Thema nicht angeschnitten? Aber warum? Er selbst hatte wohlweislich nicht danach gefragt. Er wollte vor allem sie reden lassen, selbst so wenig wie möglich beitragen, ihr nichts vorgeben. Wusste sie mehr, als sie gesagt hatte? Einen Suizid stellte sie selbst in Abrede, wer aber dann auf Hübner geschossen haben könnte, dazu hatte sie geschwiegen. Noch heute Mittag würden ohnehin die Nachbarn befragt werden müssen, ob sie in der Nacht irgendetwas gehört hätten. Zwei nächtliche Schüsse konnten in einer solchen Gegend doch nicht unbemerkt geblieben sein. Nach Hübner und Frau Ritter würde man sich bei dieser Gelegenheit auch erkundigen müssen. Was hatten die beiden überhaupt für ein Verhältnis zueinander? Und wie standen sie zu Legrand?

Die Stelle, wo Hübner gelegen hatte, konnte er schnell finden, von der Spurensicherung war noch ein Absperrband um die Bäume geschlungen und die Lage des Toten mit einem gelb leuchtenden Spraystrich am Boden markiert. Etwa zwei Meter entfernt war ein kleiner Kreis gezeichnet, dort hatte wohl die Pistole gelegen. Im Übrigen war der ganze Erdboden ziemlich vertrampelt, wahrscheinlich auch wegen der Suche nach der Geschosshülse. Die hatte offenbar dort drüben gelegen, wo ein weiterer kleiner Kreis markiert war. Zwischen den Bäumen konnte man gut die Villa Legrands erkennen, die etwa 40 Meter entfernt lag. Etwa zehn Meter davor und in direkter Sichtachse war ein weiteres Plastikband an Metallstäben um eine Stelle im dortigen Garten gespannt, wo offenbar Legrand gelegen hatte. Von hier bis dort also etwa 30 Meter. Sicher war die genaue Lage einschließlich der Bäume bereits vermessen und in einen Situationsplan eingezeichnet, den er im großen Besprechungszimmer bereits vorfinden würde. Er musste sich erst einmal mit der Spurenauswertung vertraut machen.

Bevor Grabowski zur Lagebesprechung ging, rief er noch schnell bei Elfi an, um ihr zu sagen, dass er wohl das ganze Wochenende im Einsatz sein werde. Sie könne sich sicher denken, dass der Teufel los sei. Dass er die SOKO Legrand leiten müsse, habe er wahrscheinlich von sich abwenden können, aber er müsse sich ganz auf Hübner konzentrieren.

»Wie bitte? Hübner? Was hat der denn damit zu tun?«

Elfi wusste tatsächlich noch nichts von Hübners Tod. Die Zeitungsmeldung über den vermutlichen Suizid, die ohne Namensnennung erfolgt war, hatte sie nicht weiter beachtet. Grabowski berichtete nur kurz und ohne Einzelheiten. Dass es um die gleiche Zeit auf dem Nachbargrundstück geschehen sein müsse. Ob Suizid oder ein weiteres Tötungsdelikt, könne man noch nicht sagen. Aber es sei augenscheinlich, dass beide Tötungen miteinander zu tun hätten. Woher sie denn Hübner kenne?

»Er war unser Mandant. Es ging allerdings nur um einen Verkehrsunfall.«

Grabowski hatte es eilig und musste auflegen.

XII.

Samstag, 3. Mai

Am nächsten Tag, Samstag den 3. Mai, brachte die BILD-Zeitung eine halbseitige Überschrift auf der Titelseite: ›ES WAR MORD‹. Der dazugehörende Artikel, fortgesetzt auf Seite drei, war dürftig und behauptete, der Mörder Legrands müsse aus dem persönlichen Umfeld stammen. Die Kripo habe einige interessante und vielversprechende Spuren gefunden, über die sie aus ermittlungstaktischen Gründen aber noch nichts sagen könne. Noch heute werde eine Sonderkommission zur Aufklärung dieses aufsehenerregenden Verbrechens gebildet. Von einem zweiten Toten kein Wort.

Der Bericht der ›Badischen Zeitung‹ enthielt kaum mehr Informationen, war aber mit einer kleinen Fotoreportage zu der Hauseinweihung angereichert, lauter gut aufgelegt dreinblickende Stadtprominente, mal tanzend, mal im lockeren Gespräch mit Legrand. Die Bildunterschriften mussten etwas gequält diese inzwischen unangebrachte gute

Laune auffangen: ›Wenige Stunden vor dem abscheulichen Verbrechen‹ und ›Aus Fröhlichkeit wurde Entsetzen‹. Vom verfrühten Abgang der Honoratioren und den Gründen dafür natürlich kein Wort. Als Monopolblatt der Region goss man kein Öl ins Feuer und hielt den kritischen Journalismus im Zaum.

*

Der Einrichtung der Sonderkommission Legrand waren den ganzen Morgen Gespräche zu ihrer Besetzung vorangegangen, administrative Abklärungen über die Räumlichkeiten, Ausstattungen, Telefonleitungen und Ähnliches, aber der Polizeipräsident hatte alles im Griff. Mit dem Hamburger Behördenchef hatte er schon gestern Kontakt aufgenommen und um zwei Verbindungsleute gebeten, die heute bereits um kurz nach zwölf mit dem ICE in Freiburg eingetroffen waren. In Gegenwart des Landespolizeidirektors und der beiden Hamburger Kollegen gab er um 14 Uhr vor versammelter Mannschaft die Leitung der SOKO durch Hauptkommissar Tritschler bekannt sowie die vorläufige Besetzung mit etwa 40 Personen. Die beiden Hamburger Kollegen Nissen und Petersen würden die dortige Außenstelle leiten, die zunächst mit zehn Kriminalisten angegeben wurde. Anschließend referierte Hauptkommissar Tritschler über die Ausgangslage und die dringendsten Aufgaben, wie sie sich im Augenblick darstellten.

Man könne davon ausgehen, dass auf Legrand ein gezielter Anschlag verübt worden sei. Da Legrand im öffentlichen Rampenlicht gestanden habe und ein bedeutendes Wirtschaftsimperium repräsentierte, könne die Tat ebenso mit dessen Geschäftsinteressen im Zusammenhang stehen wie natürlich auch im privaten Bereich motiviert sein. Über das Privatleben Legrands wisse man bisher allerdings sehr wenig, selbst das Gerücht, er sei schwul gewesen, könne noch nicht beurteilt werden. Welche Rolle das Kokain gespielt habe, müsse abgeklärt werden, ein Drogenhintergrund sei nicht auszuschließen, könne sich aber auch als bedeutungslos erweisen. Legrand habe ein, soweit bekannt, ziemlich skandalfreies Leben geführt. Da der Verkauf seiner Firma sehr umstritten gewesen sei und erhebliche Irritation in der ganzen Modebranche ausgelöst habe, auch nicht bekannt sei, welche weiteren Absichten und wirtschaftlichen Interessen Legrand gehabt habe, zumal er jetzt über sehr viel freies Kapital verfügen konnte, werde man einiges auch zu diesen Vorgängen rekonstruieren müssen. Dabei wären vor allem die Hamburger Kollegen hilfreich. Außerdem werde man sich mit den Erbregelungen beschäftigen und danach fragen müssen, wer aus Legrands Tod Nutzen ziehen könne. Bisher gebe es keine konkreten Anhaltspunkte, sodass die Ermittlungen in alle Richtungen erfolgen müssten.

Völlig unklar sei bis jetzt, in welcher Weise der Tod Hübners mit dem Mordfall Legrand in Verbindung stehe. Ort und Zeitpunkt beider Ereignisse sprächen für einen ursächlichen Zusammenhang. Als Wirtschaftsanwalt, der mit bedeutenden Firmen in engem Kontakt gestanden habe, hätten Legrand und Hübner sich zumindest auf gleicher gesellschaftlicher Ebene bewegt, ob auch in verbundenen Branchen, wisse man noch nicht. Ob es Interessenskonflikte oder gemeinsame Verstrickungen gegeben habe, müsse geprüft werden, beides sei denkbar. Natürlich werde man auch bei Hübner die Drogenfrage abzuklären haben. Wenn Hübner Suizid begangen hätte, was sicher sehr schnell ermittelt werden könne, so habe er möglicherweise zuvor Legrand umgebracht. Hingegen sei im Falle eines Doppelmordes an Legrand und Hübner der erste Ansatz, welche Gemeinsamkeiten es gäbe, die beide in der gleichen Nacht zu Opfern werden ließen.

Die vorläufigen Obduktionsergebnisse waren gerade erst gekommen und wurden in der Lagebesprechung ausführlich diskutiert. Danach konnte man für beide Toten einen Todeszeitpunkt in der Nacht auf den 1. Mai zwischen etwa ein und drei Uhr in der Frühe angeben. Nähere Eingrenzungen waren noch nicht möglich. Ausdrücklich wurde darauf hingewiesen, dass deshalb beide Todesfälle zeitlich auch bis zu zwei Stunden auseinanderliegen konnten.

Legrand hatte einen Halsstreifschuss aus horizontaler Position erlitten mit einem um 15 Grad nach unten fallenden Schusskanal, durch den die Halsschlagader zerfetzt wurde. Offenbar hatte er noch die linke Hand zum Hals geführt und sich dabei weggedreht, war aber dann im Schock gestürzt und sehr schnell verblutet. Der Schusskanal war, verletzungsbedingt, nicht gut zu erkennen, da das Geschoss aber in einem Baum hinter ihm und in Richtung des Hauses stecken geblieben war, konnte es geborgen und eindeutig zuerkannt werden.

Bei Hübner ergab sich ein diffuseres Bild. Der Schuss war an der rechten Seite etwa zwei Zentimeter neben dem rechten Auge von schräg vorn in die Schläfe eingedrungen, mit ovaler Defektbildung, Schürfsaum und Kontusionsring ebenfalls oval, und am Hinterkopf halblinks ausgetreten, wobei der hintere Schädelbereich zerborsten und zertrümmert war. An der rechten Hand wurden deutliche Schmauchspuren im Bereich des Hautwinkels zwischen

Daumen und Zeigerfinger festgestellt. Im Bereich des Einschussloches am Kopf konnte kein Schmauch festgestellt werden, auch kein Backspatter. Nach dem Befund wurde eine längere Ergebnisauswertung angefügt, die auf Folgendes hinauslief: Das Fehlen pathognomonischer Zeichen deute darauf hin, dass es sich nicht um einen aufgesetzten oder relativen Nahschuss handeln könne, wie er für Suizide typisch ist. Ebenso ungewöhnlich für einen Suizid sei der horizontale Schusskanal. Ein Schuss mit ausgestrecktem Arm auf den eigenen Kopf, Schussentfernung höchstens 80 Zentimeter, könne zwar theoretisch nicht ausgeschlossen werden und würde zumindest die fehlenden Spuren im Bereich des Einschussloches erklären, wäre aber abnormal. Die aus dem Schusskanal zu bestimmende größtmögliche Schussentfernung betrage etwa fünf Meter. Dass die Waffe nicht in der Hand lag, sondern etwa 120 Zentimeter neben dem Toten, sei unauffällig, denn selbst bei etwa 70 Prozent aller Schusswaffen-Suizide falle die Waffe aus der Hand. Weitere Präzisierungen würden später erfolgen.

Die Waffenuntersuchung hatte ergeben, dass es sich um eine Beretta 92 FS der älteren Art handelte, also kein Brigadier-Modell, die in der US-Armee, bei den italienischen Streitkräften und der französischen Gendarmerie Nationale eingeführt und auf dem europäischen Markt sehr häufig anzutreffen war. Das 15er-Magazin war noch mit zwölf Patronen bestückt, die Munition vom Kaliber 9 x 19 mm NATO, ein VM-Geschoss der Firma Ruag-Ammotec. Im Falle Hübner konnte die Patrone, die im hinteren Bereich des Gartens gefunden wurde, eindeutig dieser Waffe zugeordnet werden. Im Fall Legrand konnte das Geschoss nur deformiert geborgen werden, es handelte sich aber um das gleiche Kaliber und Serienfabrikat wie bei Hübner.

Im Computer waren längst die exakten topografischen Vermessungen eingegeben, sodass die Schussrichtungen genau simuliert werden konnten. Mit einem Bildprogramm konnten sogar die Standorte der Personen und die möglichen Bewegungsabläufe dargestellt werden. Legrand war eindeutig aus dem Hübnerschen Garten erschossen worden. Dafür ergab sich ein Handlungsoval von etwa sechs Metern in Schussrichtung und zwei Metern Trichterbreite, das sich aus der Sichtlage durch die Bäume, dem Schusswinkel und der anzunehmenden Schussentfernung ergab. Hübner lag etwa drei Meter seitlich von diesem Tatbereich, was der Annahme nicht widersprach, dass er Legrand erschossen haben könnte.

Zum Abschluss wurden die nächsten konkreten Schritte festgelegt. Vor allem mussten die Befragungen in der Nachbarschaft, bei den Teilnehmern des Festes, dem Servicepersonal vordringlich durchgeführt werden, um zunächst einmal die genauen Abläufe in der Nacht zum 1. Mai rekonstruieren zu können. Sodann wurde eine kleine Arbeitsgruppe bestimmt, die sich mit den geschäftlichen und finanziellen Interessen Legrands vertraut machen, insbesondere nach möglichen Tatmotiven aus diesem Bereich forschen solle. In gleicher Weise müsse man die Person Hübners durchleuchten.

Die Sitzung im großen Besprechungsraum löste sich auf und alle zerstreuten sich in die verschiedenen Dienstzimmer und Arbeitsbereiche. Im ersten Stock standen einige noch mit Tritschler beisammen und diskutierten fort, aber der disziplinierende Druck einer geregelten Sitzung war fortgefallen, bei der jeder darauf achten musste, was und wie er zu formulieren hatte. Unter Kollegen, die man schon lange kannte, brauchte man nicht mehr auf die Hierarchien des Hauses Rücksicht zu nehmen und konnte auch einmal riskieren, ins Ungenaue drauflos zu schwätzen.

»Wie ich vermutet habe. Erst hat er auf Legrand geschossen und dann die Pistole gegen sich selbst gerichtet. Wenn wir jetzt noch das Motiv finden, sind wir schnell aus dem Schneider«, sagte Hopf.

»Wer?«

»Hübner natürlich.«

»Vorsicht!«, mahnte Tritschler, »wir gehen im Moment zwar davon aus, dass es zu einer zeitlichen Begegnung der beiden gekommen ist. Aber diese Voraussetzung ist noch völlig ungeklärt. Wir wissen weder genau, wann Legrand sein Fest verlassen hat, und auch nicht, warum, noch, wann Hübner in seinem Garten herumspaziert ist. Das kann zwar, muss aber durchaus nicht zum gleichen Zeitpunkt gewesen sein.«

»Aber offenbar sind doch beide durch Hübners Waffe erledigt worden.«

»Es ist zumindest wahrscheinlich«, schaltete sich Grabowski ein, »aber mehr wissen wir noch nicht. Und bei Hübner bleibt noch offen, ob es Homizid oder Suizid war.«

»Homizid? Was soll das denn sein?«

Im Hintergrund witzelte einer:

»Der war doch erst auf dem Lehrgang. Da reden die so.«

»Ruhe!«, fuhr Tritschler scharf dazwischen.

»Ich meine Fremdtötung oder Selbsttötung.«

»Da ist was dran«, warf ein anderer ein. »Wenn das ein Suizid war, dann müsste der lange dafür geübt haben. Solche Verrenkungen und dann noch so genau treffen, das gibt's gar nicht. Jedenfalls traue ich einem so alten Mann das nicht ohne Weiteres zu. Hatte der überhaupt Schießerfahrung?«

»Muss auch noch ausgeforscht werden.«

»Und was jetzt weiter?«

»Wir müssen sämtliche Befragungen weiterführen«, sagte Trischler, »das Übliche: die Tatzeitpunkte eingrenzen, den ganzen Hintergrund abklären, nach möglichen Motiven forschen.« Und an Hopf gewandt: »Was hast du denn in Legrands Appartement gefunden?«

»Kokain natürlich. Aber nur sechs Briefchen, also nur für den Hausgebrauch. Ein Dealer war er anscheinend nicht.«

»Ausgezeichnet. Also ist die Frage, woher er den Stoff hatte. Des Weiteren woher der Stoff auf der Party stammte.«

*

Zur gleichen Zeit saßen Elfi und Graber im ›Café Schmidt‹ im ersten Stock vor dem großen Fenster zur Bertholdstraße und unterhielten sich leise über die Neuigkeiten. Graber hatte den ganzen Morgen in der Kanzlei gesessen, jetzt gönnte er sich schon das zweite Kännchen Schokolade und aß dazu Butter-Streuselkuchen. Beide waren sich völlig einig in ihrer Ratlosigkeit, was in jener Nacht geschehen sein könnte. Legrand hatte offenbar das Fest unbemerkt verlassen, um im Garten Luft zu schnappen, und war dabei von seinem Mörder überrascht worden. Hatte der bereits auf ihn gewartet? Und was tat Hübner, ebenso nachts, in seinem Garten, gleich angrenzend? Das sah fast aus wie ein Stelldichein. Aber Hübner als Pistolenschütze? Eigentlich undenkbar. Und als Selbstmörder? So viel sie auch hin und her erwogen, alles passte nicht. Hübner schien weder cholerisch gewesen zu sein noch depressiv, sicher aber war er völlig unaggressiv, soweit es um reale Gewalt ging. Verbale Überlegenheit hatte er gewiss und er würde sie sogar genossen haben, stolz darauf gewesen sein. Aber schon der Besitz einer Waffe widersprach seiner ganzen Art. Vermutlich hatte er nie in seinem Leben eine Pistole in der Hand gehabt. Und so jemand soll auf andere oder sich selbst gezielt schießen? Und dabei auch noch präzise treffen? Alles, nur das nicht, darin waren sich beide einig.

*

Grabowski hatte inzwischen den Hübnerschen Terminkalender durchgesehen, der nur spärlich mit Eintragungen ausgefüllt war, meist waren nur Orte angegeben mit mehrtägigen Anstreichungen, wie etwa Salzburg, Frankfurt, Weimar, Luzern, mehrmals Berlin. Hamburg kam nach erster Durchsicht gar nicht vor. Einstweilen konnte Grabowski wenig damit anfangen. Dennoch fuhr er noch einmal an diesem Tag zu Frau Ritter, um sie um das Adressbuch von Hübner zu bitten und bei dieser Gelegenheit genauer nach seinen täglichen Gewohnheiten zu fragen. Was hatte Hübner nachts in seinem Garten zu suchen? Einen Hund, den er vielleicht so spät noch ausführen musste, besaß er offensichtlich nicht. Wann hatte Frau Ritter ihn abends zuletzt gesehen? Konnte es sein, dass Hübner von der Musik in der Villa gestört wurde und deshalb in den Garten ging? Sich vielleicht aufgeregt hatte über nächtliche Ruhestörung? Darüber hinaus wollte er wissen, ob Hübner und Legrand sich jemals schon begegnet, vielleicht beruflich schon einmal in Kontakt gekommen waren. Und sehr vorsichtig – aber wie, ohne ihre Empörung zu provozieren? – würde er auch nach Kokaingebrauch fragen müssen. Vielleicht war dies ja der Schlüssel zu allem.

XIII.

Montag, 5. Mai

Graber kam wie meist erst gegen zehn Uhr in sein Büro, begrüßte Elfi mit einer flüchtigen Umarmung und blickte dabei schon an ihr vorbei in jenen hinteren Bereich der großen Eingangsdiele, der das Wartezimmer andeutete. Die Stühle um ein kleines Tischchen, auf dem einige ausgefranste Zeitschriften wie die ›ADAC-Motorwelt‹ und einige ältere Nummern des ›Spiegel‹ lagen, standen verlassen und ordentlich da, alles sah sehr aufgeräumt aus, selbst an der Theke, die Elfis Arbeitsbereich darstellte mit dem Computer, einem Terminkalender, einem kleinen Ständer für Schreibwerkzeuge, lag nichts herum, keine aufgeschlagenen Akten, keine Papiere, an denen gearbeitet wurde, nur eine Kaffeetasse ließ kleine kräuselnde Rauchringe aufsteigen. Er hatte all das mit einem Blick erfasst und nicht einmal mit dem geringsten Mienenspiel kommentiert. Auch Elfi gab sich unbekümmert oder verstand es zumindest, über einen nicht sehr vielversprechenden Wochenbeginn keine allzu großen Sorgen aufkommen zu lassen.

»Möchtest du auch einen Kaffee?«

»Gerne. Immer. Hat jemand angerufen?«

»Ja. Du wirst lachen, ein Herr von Hübner.«

»Wie? Kehren etwa die Geister zurück?«

»Die Stimme klang jedenfalls sehr anders, etwas genervt. Er wollte gleich vorbeikommen.«

»Und was ist das für ein Hübner? Was er wollte, hat er nicht gesagt?«

»Natürlich nicht.«

Jetzt erst zog Graber seine dunkle Outdoorjacke aus und hängte sie in dem kleinen Abstellraum, in dem auch die Andeutung einer Teeküche untergebracht war, an einen Haken. Stattdessen zog er ein leichtes Jackett an, um seinen Klienten oder Besuchern nicht allzu formlos gegenüberzutreten. Elfi hatte ihm inzwischen Kaffee eingeschenkt.

»Findest du nicht auch, wir sollten mal wieder ein paar Blümchen besorgen? Es sieht hier alles ein bisschen arg grau und trostlos aus.«

»Gute Idee, ich kann nachher noch kurz auf den Markt gehen.«

Man hörte die Treppe knarzen. Graber trank schnell seinen Kaffee und zog sich in sein Büro zurück. Stufe um Stufe lauter werdend, ächzte das Holz im Treppenhaus dieses alten Hauses, schließlich öffnete sich ohne vorheriges Klopfen die Tür und ein nicht sehr großer, kräftig gebauter Mann von etwa Mitte 30 in einer Wildlederjacke trat herein, in der Hand eine dicke Aktentasche. Das Auffälligste waren jedoch sein kräftiger Schnauzbart, der die ganze Oberlippe bedeckte, und ein durchdringender Blick aus buschig bekrönten dunklen Augen. Noch ehe Elfi etwas sagen konnte, fragte er etwas unsicher:

»Wo geht's denn zur Anwaltskanzlei?«

»Das ist schon richtig hier.«

Er sah sich etwas erstaunt um, als habe er ein gänzlich anderes Entrée erwartet, schüttelte etwas indigniert den Kopf und erklärte:

»Ich habe vorhin angerufen. Von Hübner ist mein Name.«

»Oh ja, ich erinnere mich. Ich melde Sie gleich an. Wenn Sie eben Platz nehmen wollen.«

Doch Graber kam bereits aus seinem Büro, stellte sich

kurz vor und fragte gleich, ob Herr von Hübner einen Kaffee wolle. Der zögerte einen Moment und bejahte dann.

Graber beeilte sich zu sagen, er sei doch sicher ein Verwandter des so unglücklich zu Tode gekommenen Herrn von Hübner und er wolle ihm sein herzliches Beileid ausdrücken. Innerlich war er stolz, dass ihm dies noch rechtzeitig eingefallen war. Herr von Hübner dankte und erklärte, er sei ein Neffe, aber immerhin der nächste Verwandte und müsse sich nun um die ganzen Formalitäten und die Nachlassangelegenheiten kümmern. Er wohne auf dem Lande im Schwäbischen, habe dort ein Gut zu verwalten und sei mit den Dingen hier nicht sehr vertraut. Er habe kein sehr enges Verhältnis zu seinem Onkel gehabt, stünde aber natürlich in der familiären Pflicht. Nachdem Elfi auf einem kleinen Tablett zwei Tassen Kaffee gebracht hatte, fuhr er fort:

»Es kommt jetzt einiges auf mich zu. Bisher ist noch nicht einmal die Leiche freigegeben, ich erwarte das aber noch im Laufe dieses Tages. Deshalb konnte ich auch noch keine Todesanzeigen aufgeben, in denen doch Zeit und Ort des Begräbnisses genannt werden müssen. Es ist nicht einfach mit den Herren von der Kripo.« Er schaute Graber fragend an, als erwarte er dessen Zustimmung. »Ich hoffe, dass wir wenigstens das Adressbuch wieder zurückbekommen, denn ohne das sind wir ziemlich aufgeschmissen. Ich weiß nicht, wofür das so wichtig ist, notfalls können sie sich ja eine Kopie machen. Oder uns wenigstens eine Kopie geben. Das ist doch eine arge Rücksichtslosigkeit.« Man sah ihm an, dass ihn dies alles ziemlich aufregte.

Graber erkundigte sich, ob die Kripo denn schon irgendetwas zu den genauen Todesumständen herausgefunden habe.

»Noch gar nichts. Uns haben sie jedenfalls noch nichts gesagt. Dabei ist doch klar, dass mein Onkel erschossen wurde. Ein Mord, nichts anderes. Was das mit dem anderen Toten zu tun haben soll, sehe ich nicht. Frau Ritter sagt jedenfalls, dass mein Onkel und dieser andere sich überhaupt nicht gekannt, noch nie gesehen hätten. Der war doch erst dabei, in dieses Haus einzuziehen, da hat es noch nicht einmal den fälligen Nachbarschaftsbesuch gegeben. Nun ja, die Nachbarn waren alle eingeladen zu diesem Fest. Aber von denen ist keiner da hingegangen. Begeistert waren sie nämlich nicht. Sie befürchteten, dass es in Zukunft öfters ziemlich laut zugehen werde in dieser Villa. Der passte doch irgendwie nicht in diese ruhige Gegend. Das war ein Fremdkörper, der hatte einen völlig anderen Stil, großkotzig, neureich, der musste doch geradezu Ganoven und Verbrecher anziehen. Und so ist es ja auch gekommen. Aber was hatte mein Onkel denn damit zu tun? Gar nichts. Er ist ein Zufallsopfer, wie es jeden anderen unter den Nachbarn auch hätte treffen können. Abgesehen hatten sie es auf diesen Modeschöpfer, und wahrscheinlich ist mein Onkel denen nur zufällig in die Quere gekommen. Vielleicht hat er in der Nacht etwas gehört und ist deshalb nach draußen gegangen. So etwa muss es gewesen sein. Anders kann ich es mir nicht denken. Aber die Kripo stellt jetzt auch bei uns alles auf den Kopf. Vermutlich verdächtigen sie sogar meinen Onkel. Ich bitte Sie!«

Er hatte sich so erregt, dass er vor Entrüstung einen ganz roten Kopf bekam.

Nach einigen Augenblicken, in denen sich beide schweigend angesehen hatten, kam er auf das eigentliche Anliegen seines Besuches zu sprechen.

»Frau Ritter sagte mir, Sie seien der Anwalt meines Onkels gewesen.«

Graber horchte auf. Daran hatte er noch gar nicht gedacht, ein förmliches Mandat hatte er schließlich nie erhalten. Vorsichtig antwortete er:

»Ich hatte gelegentlich von Ihrem Onkel Aufträge bekommen, insofern trifft das zu.«

»Dann hat das also seine Richtigkeit.« Er machte einen deutlich erleichterten Eindruck und griff zu seiner Aktentasche, aus der er mehrere große Kuverts zog und auf den Tisch legte.

»Es sind nämlich in den letzten Tagen mit der Post mehrere Schreiben an meinen Onkel angekommen, das letzte erst heute Morgen, die offenbar dringend erledigt werden müssen. Gleich in zwei Fällen geht es um Notariatsdinge, einmal in Leipzig, einmal in Magdeburg, da steht sogar bereits ein Notartermin an. Soweit ich sehe, geht es um Immobilientransaktionen, wobei mein Onkel als Handlungsbevollmächtigter irgendwelcher Firmen genannt wird. Ich bin ganz außerstande zu beurteilen, wie mit diesen Sachen umgegangen werden muss. Ich kann sie schließlich nicht mit ›Adressat unbekannt‹ zurückschicken, denn es geht um Dinge, die mein Onkel anwaltlich im Namen von diesen Firmen zu erledigen hatte. Das ist unter Umständen mit Rechtsfolgen verbunden, möglicherweise mit Nachteilen für die Auftraggeber. Kurzum, ich möchte Sie als den Anwalt meines Onkels bitten, sich darum zu kümmern und das entsprechend Richtige zu veranlassen.«

Graber schien einen Moment sehr nachdenklich. Er hatte keine Ahnung, um was es sich da handeln könnte, sah aber sofort ein, dass der Neffe mit diesen Papieren in jedem Falle überfordert sein müsse. Aber in wessen Auftrag konnte er hier tätig werden?

»Sie sind, wenn ich es richtig verstanden habe, der nächste Angehörige?«

»Selbstverständlich, ja.«

»Dann wird es das Beste sein, wenn Sie mir eine vorläufige und begrenzte Handlungsvollmacht unterschreiben, dass ich diese laufenden Geschäfte verwalten und erledigen soll, bis ein Erbe festgestellt oder eine Testamentsvollstreckung eingerichtet ist. Denn das Mandat Ihres Onkels ist mit seinem Tod jedenfalls erloschen.«

Graber war sehr erleichtert, dass der Neffe sofort zustimmte. Dann fiel ihm ein, dass er überhaupt nicht wusste, wie diese Schreiben, die in ihren Umschlägen vor ihm auf dem Tisch lagen, zu beantworten seien, dazu musste er doch wenigstens einen ungefähren Einblick in die Vorgänge bekommen.

»Ihr Onkel wird dazu doch sicher noch Aktenordner in seinem Arbeitszimmer haben. Die müsste ich allerdings einsehen dürfen, sonst kann ich kaum tätig werden.«

»Oh ja. Hierzu gehören zwei Mappen, die in dem großen Stapel auf seinem Schreibtisch lagen. Das ist alles. Ich habe sie gleich mitgebracht.« Mit einem nur angedeuteten Grinsen griff er zu seiner Tasche und legte die beiden Mappen auf den Tisch. »Ich habe mir diese Papiere nur flüchtig angesehen, aber immerhin so viel verstanden, dass sie mit der beruflichen Tätigkeit meines Onkels zu tun haben. Und ich denke, das geht die Kriminalpolizei nun wirklich nichts an. Das muss nicht herumliegen, falls die nochmals ins Haus kommen. Sie werden sich doch darum kümmern? Frau Ritter ist ebenfalls unterrichtet.«

Nachdem der Neffe gegangen war, vertiefte sich Graber in das ganze Konvolut von Papieren, das er ihm dagelassen hatte. Je länger er sich damit beschäftigte, desto ratloser wurde er. Es ging um den bereits abgeschlossenen Verkauf eines großen Gewerbegebietes bei Leipzig und den Kauf einer Industriebrache bei Magdeburg, für den der Notartermin vorgeschlagen und die Benennung eines Handlungsbevollmächtigten seitens des Käufers erbeten wurde. Irgendwie schienen beide Geschäfte in einem Zusammenhang zu stehen, denn mehrfach tauchten die gleichen Firmennamen auf. Allerdings handelte es sich bei den Beteiligten um ein ganzes Geflecht von Firmen und Tochtergesellschaften, die teilweise in den Niederlanden, teilweise auf den Bahamas und sogar auf den Cayman-Inseln angesiedelt waren, und wem dabei was gehörte, war auf den ersten Blick nicht zu erkennen. Offenbar hatte Herr von Hübner die juristischen Pfade in diesem unwegsamen Gelände gebahnt. Der einzige Personenname, der in diesen Schriftstücken auftauchte, war der eines gewissen Giovanni Morelli und an einer Stelle auch Hübners Name als sein Bevollmächtigter.

*

An diesem Morgen bekam Tritschler einen Anruf aus Hamburg vom Kollegen Petersen, der gestern mit dem Marketingchef von Legrands Firma gesprochen hatte.

»Sie kriegen das Ganze natürlich noch schriftlich, aber vorab will ich schon einmal kurz berichten, das war nämlich starker Tobak, wie der geredet hat. Alles habe ich auch nicht verstanden, muss mich erst noch schlaumachen bei unseren Wirtschaftsfachleuten, aber da ist jedenfalls ein Ansatz, dem wir weiter nachgehen müssen. Da muss es kräftig geknirscht haben in seiner Firma.«

»Ich dachte, die hätte er schon lange verkauft.«

»Ja, sicher. Das ist längst über die Bühne gegangen. Aber offenbar nicht ganz reibungslos. Einen Abzocker hat er ihn genannt.«

»Wen? Legrand?«

»Klar. Da wird sicher auch ein Neidkomplex dabei sein, Legrand hat immerhin einige Hundert Millionen für die Firma bekommen. Unsere Leute stellen gerade ein Dossier über das alles zusammen. Jetzt geht es nur um das, was der Marketingchef geäußert hat. Der hat immerhin jahrelang mit Legrand zusammengearbeitet, gemeinsam haben sie die Firma groß gemacht. Er war neben dem Produktionsleiter der wichtigste Mann. Legrand als Chef und die beiden anderen Leute für Marketing und Produktion zuständig. Diese drei bildeten den Vorstand der Firma. Das war ein ziemlich schlanker Verein, ohne aufgeblähte Verwaltung und tausend Abteilungs- und Bereichsleiter. Eine sehr vertrauensvolle Zusammenarbeit. Ob die drei auch miteinander befreundet waren, kann ich nicht sagen. Aber, ob es das in der Wirtschaft überhaupt gibt?«

»Vermutlich nicht. Ist auch nicht wichtig, denn letztlich schweißt der Erfolg zusammen.«

»Sollte man denken. Zumal die drei auch wirklich Erfolg gehabt haben. Bei einer Modefirma, das habe ich jetzt verstanden, kommt es nicht nur darauf an, schöne Kollektionen zu entwerfen, sondern auch, wo und wie das alles produziert wird und vor allem, wie es an den Mann gebracht wird.«

»An die Frau. Es ging doch nur um Damenmode.«

»Das meine ich nicht. Wie es verkauft wird, in welchen Läden, mit welcher Werbung. Also der ganze Return.«

»Was ist denn das?«

»Der Rückfluss, Verkaufserfolg. Letztlich der Gewinn. Und bei der Firma Legrand war es so, dass alles gestimmt hat – Produkt, Herstellung und Vertrieb. Das heißt aber auch, dass alle drei hervorragende Arbeit geleistet haben. Und eines Tages hat Legrand einfach Kasse gemacht, hinter dem Rücken der anderen beiden. Seinen Anteil an der Firma, und das waren mehr als drei Viertel, kurzerhand verkauft, weil er keine Lust mehr hatte oder wegen des großen Reibachs. Die wirklichen Gründe kennen wir noch nicht.«

Petersen machte eine Pause, um die Wirkung seiner Worte abzuwarten, er war offenbar überzeugt, etwas ganz Sensationelles herausgefunden zu haben. Aber die ganze Ungeheuerlichkeit eines solchen Vorgehens konnte Tritschler noch nicht erfassen, ihm war diese Welt von Firmenverkäufen, zumal wenn es um Summen in der Größenordnung von bis zu einer halben Milliarde Euro ging, reichlich fremd und unvorstellbar. Eigentlich wartete er noch auf irgendeine Pointe in dem Bericht, den Augenblick, wo es Peng machte, den großen Blitzschlag. Petersen mochte das gespürt haben, denn er fuhr fort und näherte sich dabei immer mehr den Worten und Formulierungen des Marketingleiters:

»Hinter dem Rücken der beiden anderen, die nichts davon bemerkt haben. Und eines Tages lud Legrand sie zu einer Vorstandsbesprechung ins ›Seven Seas‹ am Süllberg über der Elbe ein. Das ist ein ganz exklusiver Schuppen in Hamburg. War aber nichts Besonderes für die, da waren die öfters, schließlich wohnte Legrand gleich um die Ecke. Und gleich nach dem Amuse gueule eröffnete er den beiden anderen, dass er verkauft habe. Ob denen dann noch der Loup de mèr mit Gambaravioli und Cury-Auberginenkaviar geschmeckt hat, wage ich zu bezweifeln.«

»Was ist das denn?«

»War nur der Fischgang. Danach – oder davor? – gab es geräucherte Bresse-Taube mit Sauce Périgourdine und Wildkräutersalat. Habe ich mir gemerkt. Ich wäre nämlich schon mit einem anständigen Labskaus zufrieden gewesen. Jedenfalls stand es am anderen Tag bereits in der Zeitung.«

»Was? Das Menu?«

»Natürlich nicht. Der Verkauf der Firma. War nichts mehr zu machen.«

»Und wie haben die beiden anderen reagiert?«

»Ich habe nur mit dem einen gesprochen, aber dessen Gesicht war noch immer ziemlich lang und mit schweren Magenfalten, obwohl das nun schon einige Monate her ist. ›Wenn Legrand unbedingt aussteigen wollte‹, hat er gesagt, ›dann hätte er die Firma auch uns übergeben können. Ein sogenannter Manager-buy-out. Wir hätten den ganzen Laden sofort übernommen, wenn wir es nur gewusst hätten. Aber genau das hat er nicht gewollt, weil er es uns nicht zugetraut hat. Und weil er möglichst viel Geld machen wollte. Nur das. Wir haben jahrelang für ihn geschuftet und dann: Knall auf Fall fertig.‹ Der saß mir mit hochrotem Kopf gegenüber und hat sich immer noch mächtig aufgeregt. Natürlich war er auch seinen Job los, der neue Eigentümer hatte keine Verwendung mehr für ihn. Das alles so von eben auf gerade, binnen eines Tages. Unter solchen Wirtschaftskapitänen geht es nicht gerade zimperlich zu.«

Tritschler hatte genau zugehört und versuchte, sich die Szene vorzustellen. All das kam ihm vor wie ein mächtiges Donnergrollen, doch in einiger Ferne. Es mochte sein, dass dies alles für die Herren etwas plötzlich kam, wenn er jedoch an die Abfindungen dachte, die in solchen Fällen gezahlt wurden und die vielleicht eine Höhe hatten wie die Einkünfte seines ganzen Berufslebens, dann musste er sich fragen: Wo war das Problem?

»Doch dann«, fuhr der Kollege Petersen fort, »fiel noch ein Satz, der mich stutzig machte und, so wie er ausgesprochen wurde, war er wie der plötzliche Angelhaken im Maul. Wir sprachen über den Mord an Legrand und welche Motive es dafür geben könnte. Aber der war so voll Galle, dass er mit einem Male sagte: ›Geschieht ihm ganz recht, so wie der sich verhalten hat.‹ Das war wörtlich seine Äußerung.«

Sollte das nun der große Blitzschlag gewesen sein? Tritschler war irgendwie enttäuscht. Er hatte etwas anderes erwartet, ohne es näher eingrenzen zu können. Wenn er selbst bei der Befragung dabei gewesen wäre, hätte er bei einer solchen Bemerkung sicherlich die Dramatik gespürt, sie wäre vielleicht als schreiende Ungerechtigkeit rübergekommen, sogar als maßlose Verhöhnung des Opfers. Aber Petersens Bericht ließ ihn einigermaßen kalt. Im Grunde besagten doch solche Äußerungen nicht viel. Nach einer heftigen Enttäuschung drückte sich manchmal einer etwas zügellos und schadenfroh aus, dergleichen durfte man nicht auf die Goldwaage legen. Und doch wollte er den Kollegen Petersen, schon um jede Besserwisserei zu vermeiden, nicht enttäuschen und murmelte scheinbar betroffen:

»Ungeheuerlich.«

Man werde am Ball bleiben und die ganzen Hintergründe des Verkaufs der Firma aufklären, das sei sicherlich ein interessanter Ansatzpunkt. Tritschler konnte dem nur zustimmen, auch wenn er das einstweilen nicht ganz so optimistisch sah.

*

Grabowski hatte inzwischen den ganzen Laptop von Hübner durchgeforstet, in der Tat war er offenbar nur selten benutzt worden. Nur ein paar wenige Geschäftsbriefe waren zu finden, meist nur formale Anschreiben mit umfangreichen E-Mail-Anhängen, die er dann unter dem Namen der betroffenen Firma abgespeichert hatte: Quartalsberichte, Gutachten, Protokolle von Sitzungen, auch einige juristische Stellungnahmen und Ausarbeitungen. Weniges nur von ihm selbst Geschriebenes war abgespeichert. Kurze Antwortbriefe mit Kommentaren, meist endeten sie mit Terminvorschlägen zu irgendwelchen Besprechungen. Ein ganz anderer Bereich waren Programmankündigungen von Festivals, Ausstellungskalender, Termineinladungen und Rundmails von irgendwelchen Kunstfreunden oder Fördervereinen – Nachrichten, die im Einzelnen durchzusehen sich kaum lohnen würde. Man konnte den Eindruck bekommen, dass Hübner zwar glänzend vernetzt war, aber die wirkliche Bedeutung seiner Persönlichkeit war zumindest aus diesen Ordnern nicht zu erkennen. Vermutlich lag Frau Ritter richtig, dass er vor allem mit Hilfe des Telefons seinen Einfluss ausübte. Ein Strippenzieher, der alles im Kopf hatte und möglichst wenig schriftlich hinterließ, dachte Grabowski. Und dann konkretisierte sich das Bild von einem, der auswendig dirigierte, den Blick in die vielen Seiten einer schriftlichen Partitur nicht mehr brauchte, weil er sie so genau erarbeitet und verstanden hatte, dass selbst die widersprüchlichsten Einzelheiten sich der Logik eines Gesamtzusammenhanges unterordnen ließen und dadurch unvergesslich wurden. Ein aufgeräumter Mensch, der nie die Übersicht verlor, schon dies konnte ihm Gehör und Vertrauen sichern, auch Einfluss.

Aber offenbar hatte er sich nie in den Vordergrund gedrängt, keine namhaften Posten erstrebt, die Bühne für große Auftritte nicht gesucht, möglicherweise sogar gemieden, weil all dies vielleicht nicht seinem Naturell entsprach. Wenn er sich dennoch durchgesetzt hatte in einer Gesellschaft der Großmächtigen und sein Wort Gewicht hatte, so beruhte dies wohl vor allem auf einer unbezweifelbaren Kompetenz seines Urteils, aber auch auf einer allseitigen Verbindlichkeit seines Auftretens. Er musste über sehr viel Charme verfügt und diesen auch sehr gekonnt eingesetzt haben. Durch die Anerkennung, die er in seinen Kreisen genoss, hatte er auch eine gewisse Macht, aber sie beruhte nicht zuletzt darauf, dass er sie niemals vorkehrte. Von dem, dachte Grabowski, hätte man sicher noch manches lernen können.

Das Adressbuch war voll der bekanntesten Namen aus der Wirtschaft, große Kanzleien und Wirtschaftsberater kamen vor, auch einige namhafte Politiker, die wenigsten von all diesen aus dem südbadischen Raum oder gar aus Freiburg. Auch eine Fülle von kulturellen Institutionen waren vertreten, Museen, Veranstalter, Theater und Opernhäuser, daneben auch zahlreiche Fördereinrichtungen und Freundeskreise, aber diesen Namen zuzuordnende Dateien waren auf dem Computer nicht zu finden. Ein Assistent hatte das ganze Wochenende die Namen durchgegoogelt oder aus einschlägigen Handbüchern recherchiert. Nur auf Legrand war man nirgends gestoßen, nicht einmal auf sein Branchenumfeld. Und bisher war man auch auf keinen Namen gestoßen, der in irgendeiner Weise hellhörig werden ließ.

*

Ein Besuch in der Silberbachstraße konnte sicher weiterhelfen. Frau Bock war eine kleine, drahtige Person von Mitte

60, die in ihrer hübsch eingerichteten sonnigen Wohnung ihr Rentnerdasein mit Schreibarbeiten für einige ältere Herrschaften aufbesserte, zumeist emeritierte Professoren, die ihre Gutachten nicht selbst in eine ansprechende Form bringen konnten. Von denen gab es einige hier im Holbeinviertel. So war auch Hübner auf Grund nachbarschaftlicher Empfehlungen auf sie aufmerksam geworden. Sie hatte zwar gelegentlich für Hübner Texte geschrieben, aber kaum etwas für ihn abgelegt oder archiviert. Grabowski ließ sich die Arbeitsweise genau erklären. Meist hatte er diktiert, im Raum auf- und abgehend, dabei hochkonzentriert, und sie hatte alles gleich in die Tastatur getippt. Er sah gelegentlich auf den Bildschirm, wenn etwas zu verbessern oder einzufügen war, und gab ihr entsprechende Anweisungen. Oder er dachte einen Moment nach und sagte dann: ›Können wir noch einmal zurückgehen? Den Absatz dort oben möchte ich noch etwas anders formulieren.‹ Und so entstanden seine meist sehr anspruchsvollen Schriftsätze und juristischen Ausarbeitungen, die er sich dann zwei- oder dreimal ausdrucken ließ und gleich mitnahm. Gespeichert habe sie kaum etwas und das Wenige sei alles in der Datei ›v. Hübner‹ zu finden.

»Ob Sie das mitnehmen können? Meinen Computer auf keinen Fall. Das ist mein Arbeitsmittel, das gebe ich nicht aus der Hand. Niemals. Aber diese Datei? An sich ist da nichts sehr Geheimnisvolles drin. Ich weiß ja nicht, wie das mit dem Datenschutz ist. Eigentlich sind es persönliche Akten von Herrn von Hübner. Andererseits, Sie sind ja von der Kriminalpolizei – und brauchen das nur für die Ermittlungen?«

»Ausschließlich. Sonst können wir überhaupt nichts damit anfangen. Wir müssen sein ganzes Umfeld absuchen, denn – ehrlich gesagt – dieser ganze Mordfall ist uns bisher ein Rätsel. Es geht uns nur darum, Anhaltspunkte zu finden.«

»Da werden Sie allerdings kaum etwas entdecken.«

»Das glaube ich Ihnen gerne. Aber wir müssen uns schon selbst überzeugen. Nur Ihre Auskunft ist uns zu wenig. Und ich möchte nicht gerne …«

»Ich verstehe schon. Aber meinen Computer gebe ich unter keinen Umständen her. Sonst wäre meine ganze übrige Arbeit lahmgelegt. Ich muss mir schließlich noch etwas Geld dazuverdienen, sonst komme ich nicht aus. Also, ich könnte Ihnen die Hübner-Datei ausdrucken, hier, jetzt. Das sind ja nur ein paar Seiten, höchstens 50. Sie können dabeistehen und zusehen. Aber mehr geht nicht. Meinetwegen können Sie auch mit mir alle anderen Dateinamen durchgehen, damit Sie sehen, dass wirklich alles und richtig nur unter ›v. Hübner‹ abgespeichert und nirgends sonst versteckt ist. Auf meinem Computer gibt es schließlich nichts Geheimnisvolles. Das meiste sind doch wissenschaftliche Arbeiten, die ich für einige ältere Professoren in Form bringe, Aufsätze für Zeitschriften und solche Dinge mit ellenlangen Fußnoten und Anmerkungen. Die haben doch keine Sekretärin mehr, wenn sie emeritiert sind, da helfe ich eben ein wenig aus. Ich zeige Ihnen das gern. Aber das Gerät wegschleppen, das geht nicht, auf keinen Fall. Das wäre also mein Angebot.«

Grabowski ließ sich darauf ein, schließlich würde man immer noch eine Beschlagnahme des ganzen Computers durchsetzen können, wenn es sich als nötig herausstellte. Dafür bräuchte er ohnehin einen Beschluss, den er erst erwirken müsste. Jetzt gleich hätte er immerhin einen Spatzen in der Hand, der ihm nicht mehr entfliegen würde.

Und eine Datei, die nicht mehr verändert werden könnte, das war vielleicht das Wichtigste.

*

Unterdessen rief Graber bei Frau Ritter an, hatte jedoch gleich den Neffen am Telefon.

»Ist Ihnen ein Herr Morelli bekannt? Ich habe den Namen in den Akten gefunden, die Sie mir freundlicherweise überlassen haben. Leider steht keine Adresse oder Telefonnummer dabei. Giovanni Morelli.«

»Nein, kenne ich natürlich nicht. Und das Adressbuch liegt immer noch bei der Kripo. Aber ich frage einmal Frau Ritter, einen Moment, bitte.«

Graber hörte, wie laut durchs Haus gerufen wurde: »Ilse!«, dann ein unverständliches Gemurmel, schließlich wurde der Hörer wieder aufgenommen:

»Ja? Hier ist Frau Ritter. Sie sind der Anwalt, der vor einiger Zeit für Herrn von Hübner tätig geworden ist?«

»Ja, Graber ist mein Name. Das war damals die Sache mit dem Auto. Nun war heute Morgen der jüngere Herr von Hübner …«

»Ja, ich weiß schon. Und Sie wollen wissen, wer Herr Morelli ist? Die Adresse habe ich auch nicht, aber so viel kann ich Ihnen dazu sagen: Der hat ein Restaurant südlich von Lahr an der B 3, es muss zwischen Herbolzheim und Lahr sein, Sie können es gar nicht verfehlen. Es heißt ›Da Giovanni‹. Herr von Hübner hat ihm ein wenig geholfen. Vor vielen Jahren hatte der einmal ein Lokal an der Kaiser-Joseph-Straße, wo Herr von Hübner vom Büro aus immer zum Essen gegangen ist, mittags. Und von daher gab es eine gewisse Sympathie mit diesem Italiener und seiner Familie. Der Kontakt ist bis jetzt geblieben. Aber mehr weiß ich auch nicht.«

*

Von der Silberbachstraße aus war Grabowski gleich auf den Lorettoberg hinaufgefahren zu Frau Ritter. Der Neffe öffnete die Tür und fragte mit ziemlich abweisendem Ton:

»Sie wünschen?«

»Grabowski ist mein Name, ich komme von der Kriminalpolizei.«

»O ja. Dann sagen Sie erst einmal, wann endlich der Tote zur Beerdigung freigegeben wird. Wir warten nun schon seit vier Tagen darauf. Es ist doch eine Ungeheuerlichkeit, wie hier mit den Angehörigen umgegangen wird. Absolut unverständlich. Wir können keine Anzeigen aufgeben, niemanden informieren, das Adressbuch haben Sie uns auch weggenommen. Und noch nicht einmal eine Erklärung gibt es dafür.«

Grabowski war äußerst überrascht über diesen frostigen Empfang. Er hatte gedacht, mit Frau Ritter ein freundliches und zweckdienlich entspanntes Verhältnis aufgebaut zu haben und mit Leichtigkeit an alles heranzukommen, was für seine Arbeit relevant sein konnte. Nun stellte sich plötzlich ein Fremder in den Weg, offenbar ein Verwandter, und überschüttete ihn erst einmal mit Vorwürfen. Inzwischen war auch Frau Ritter von hinten herangetreten, drängte sich dann etwas an dem Neffen vorbei und sagte:

»Nun kommen Sie erst einmal herein. Wir sollten das nicht an der Haustür verhandeln. Darf ich vorstellen: Das ist Herr von Hübner, der Neffe des Verstorbenen, der so freundlich war, gleich herzukommen und mir bei all den

Aufgaben beizustehen, die jetzt auf mich und die Familie zukommen.«

Im Wohnzimmer wurde der Ton dann etwas freundlicher, aber auch Frau Ritter zeigte sich trotz aller Entschuldigungen Grabowskis von entschiedener Seite:

»Ich habe Sie bisher mit allen Auskünften und Wünschen bereitwillig unterstützt. Aber leider hat das überhaupt nichts genützt, weder scheinen Ihre Ermittlungen voranzukommen noch haben Sie viel Verständnis für unsere Lage. Ich möchte Sie ernsthaft bitten, jetzt endlich die Freigabe zu klären.«

»Frau Ritter, das liegt nun wirklich nicht an mir. Ich bin auch davon abhängig, wann die Obduktion und die Untersuchungen endgültig abgeschlossen sind.«

Grabowski war etwas unschlüssig, was er sagen sollte, hatte aber das Gefühl, die Kripo verteidigen zu müssen. Gleichwohl wollte er den guten Faden, den er zu Frau Ritter gefunden hatte, auf keinen Fall gefährden.

»Ich habe wirklich vollstes Verständnis für Sie, aber die Frage, ob hier ein Suizid völlig ausgeschlossen werden kann, ist eben auch von rechtsmedizinischer Seite her abschließend zu klären.«

»Ist das der Grund?«, mischte sich der Neffe ein. »Ich dachte, das sei längst erwiesen. Er hat doch noch nicht einmal eine Waffe besessen.«

»Aber es wurden seine Fingerabdrücke auf der Pistole gefunden. Und dafür müssen wir nach einer Erklärung suchen.«

Dieses Argument war ein dünner Strohhalm, der sich sogleich als allzu brüchig erwies, als der Neffe energisch widersprach:

»Wenn Sie bereits Fingerabdrücke gefunden haben, dann müsste doch diese Untersuchung längst abgeschlossen sein.

Was wollen Sie denn noch an dem Toten finden? Nein, ich möchte Sie bitten, dass Sie jetzt bei Ihren Kollegen fragen, wann die Freigabe erfolgt. Jetzt gleich. Hier steht ein Telefon.«

Der Neffe schaute finster unter seinen buschigen Augenbrauen hervor und mit einer Entschlossenheit, an der nicht zu zweifeln war. Grabowski empfand die Situation ausgesprochen ungemütlich, zumal er eigentlich gekommen war, um sich noch einmal in Hübners Arbeitszimmer umzusehen. Schließlich gab er klein bei, zog sein Handy aus der Tasche und wanderte in die gegenüberliegende Ecke des Raumes. Doch Frau Ritter und der Neffe zogen sich taktvoll in die Küche zurück, in anderen Häusern hätte er mit so viel Diskretion nicht rechnen dürfen. Gerade deshalb wusste er es zu schätzen, denn er musste auf die Kollegen ziemlich einreden und ihnen klarmachen, dass seine Ermittlungen erheblich beeinträchtigt würden. Wenn es keine wirklich dringenden Gründe mehr gebe, müsse die Leiche jetzt freigegeben werden. Schließlich wurde ihm verbindlich die Zusage für morgen früh gegeben, er könne das den Angehörigen mitteilen, sie könnten insoweit schon jetzt alles veranlassen. Auch er ärgerte sich manchmal über die bürokratischen Umständlichkeiten, von denen selbst seine Dienststelle nicht frei war.

Nach einigem begütigenden Palaver führte ihn Frau Ritter endlich in das Arbeitszimmer, in dem auf den ersten Blick alles unverändert aussah. Dennoch hatte er ein ungutes Gefühl, das er sich nicht erklären konnte. Oder lag es daran, dass Frau Ritter ihn diesmal nicht verließ, sondern genau beobachtete? Er prüfte zunächst die wenigen Aktenordner und achtete darauf, ob auch das enthalten war, was der Beschriftung entsprach. Durchlesen konnte er sie jetzt nicht, aber immerhin war das eine Plausibilitätskontrolle, außerdem notierte er die Aufschriften und in Stichworten, worum es ging, soweit das im Überblick möglich war. Dann nahm er sich die Mappen auf dem Schreibtisch vor, um mit ihnen in ähnlicher Weise zu verfahren. Bei seinem ersten Besuch hatte er sie nicht durchgezählt, aber irgendwie kam ihm der Stapel um eine Spur kleiner vor. Er fragte in möglichst beiläufigem Ton:

»Ist das alles unverändert seit Herrn von Hübners Tod?«

»Sie waren doch selbst schon einmal hier.«

»Ja, natürlich.«

»Und seitdem war ich gar nicht mehr in diesem Arbeitszimmer. Das Einzige, das uns wichtig gewesen wäre, haben Sie ja mitgenommen, nämlich das Adressbuch.«

Er war unüberhörbar, der wiederholte Vorwurf. Schließlich nahm er sich auch noch den Stapel mit unerledigter Post vor und notierte die wichtigsten Absender. Es war nichts dabei, das ihn besonders stutzig gemacht hätte.

Nachdem er seine Arbeit abgeschlossen hatte, bedankte er sich mit ausgesuchten Worten bei Frau Ritter und entschuldigte sich noch einmal für die vielen Unbequemlichkeiten.

»Da fällt mir noch etwas ein, das ich Sie fragen wollte. Wie kommt es, dass Sie in der fraglichen Nacht gar nichts davon bemerkt haben, dass Herr von Hübner noch einmal in den Garten gegangen ist?«

»Das war nichts Ungewöhnliches. Er hat oft bis spät in die Nacht gearbeitet und ist dann noch auf die Terrasse herausgetreten, um etwas frische Luft zu schnappen. Darauf habe ich nie geachtet.«

»Und von den Schüssen haben Sie auch nichts gehört? Es waren immerhin mindestens zwei Schüsse, die nicht unmittelbar hintereinander erfolgt sein müssen. Dazwischen könnte es eine kürzere oder längere Pause gegeben haben.«

»Mein Schlafzimmer liegt dort hinten und geht zum oberen Kapellenweg hinaus. Das ist genau die entgegengesetzte Richtung. Da hört man nichts vom Garten.«

Grabowski bestand darauf, sich die Lage des Schlafzimmers anschauen zu dürfen. Bereitwillig zeigte sie es ihm, ein großes Zimmer, wohnlich eingerichtet, das Bett in einer Ecke an der Wand spielte darin die geringste Rolle. Das Fenster zum Vorgarten, der das Haus von der Straße trennte, war ein großes Kastenfenster mit doppelten Fensterflügeln. Dass er sich das zeigen ließ, war mehr eine Demonstration seiner Unnachsichtigkeit, als dass er sich davon viel versprochen hätte. Wer hätte beweisen können, dass sie in jener Nacht bei offenem Fenster geschlafen hätte? Und selbst für den Fall hätte man noch Schussproben im Garten veranstalten müssen, um zu prüfen, was man in diesem Raum davon hören konnte und ob Frau Ritter davon wach geworden sein müsste. Wer wusste schon, ob sie überhaupt hier in diesem Raum gewesen war und hier auch geschlafen hatte.

Und in diesem Moment fragte er sich, ob er sie denn verdächtigte. In einem theoretischen Sinne musste man sie wohl verdächtig nennen, solange der Fall nicht geklärt war. Aber war ihr eine solche Tat auch zuzutrauen? Müsste sie dann nicht auch Legrand mit der gleichen Pistole erschossen haben? Sie war zweifellos eine Frau, die sich selbst unter genauer Kontrolle hatte. Aber war sie dafür auch kaltblütig genug? Abgesehen von der Frage nach einem Motiv. Ich glaube es nicht, dachte er, ich sehe nichts davon, aber das ist nur ein Gefühl. Doch immerhin ein Gefühl, solange wir nichts wissen. Ich darf das nicht gänzlich aus dem Auge verlieren. Es war ein sehr kurzer Augenblick, in dem er diesen Überlegungen Raum gab, aber sie brannten sich bei ihm ein. Der kriminalistische Leitsatz, dass man nichts ausschließen dürfe, hatte wieder einmal die Oberhand behalten.

Er war froh, dass der Neffe sich nicht mehr blicken ließ. Er machte nur Unannehmlichkeiten und konnte nichts beitragen, was ihm weiterhelfen konnte. Bei Frau Ritter bedankte er sich nochmals sehr freundlich für ihre Hilfsbereitschaft. Selbstverständlich werde er sich sofort bei ihr melden, wenn er nennenswerte Ergebnisse seiner Ermittlungen mitteilen könne. Doch trotz alledem hatte er das Gefühl, dass sie ihn zwar höflich, aber sehr frostig verabschiedete. Schließlich fügte sie noch an:

»Übrigens, meine Schuhe, die Ihr Kollege mitgenommen hat – bekomme ich die wieder?«

Er versprach, sich sofort darum zu kümmern. Zwar wusste er nicht genau, worum es dabei ging, aber es konnte sich ja nur um die Abdrücke handeln, die ihre Schuhe im Garten hinterlassen hatten. Wahrscheinlich war das längst überprüft.

*

Eine vollständige Gästeliste hatte man noch immer nicht beisammen, denn die Leiterin von Legrands Hamburger Büro war in Urlaub gefahren und kam erst in einer Woche wieder zurück. Eine Liste der ersten Einladungen, die herausgegangen waren, fand sich zwar, sie enthielt vor allem die wichtigsten Honoratioren der Stadt, Vertreter der einschlägigen Modehäuser und persönliche Freunde, aber im Laufe der Vorbereitungen waren immer mehr Einladungen dazugekommen, oft auf Grund von Hinweisen und Empfehlungen, diese waren nicht mehr notiert worden. Wer dann tatsächlich an dem Fest teilgenommen hatte, war gar nicht erfasst worden. Von den Nachbarn zum Beispiel, die alle eingeladen worden waren, war offenbar kaum einer gekommen. Bei den Befragungen der Gäste hatte man deshalb jeden aufgefordert, die Namen all derer aufzuzählen, die ihm bekannt waren. Man hoffte auf diese Weise im Laufe der Zeit möglichst alle Anwesenden zu ermitteln.

Tritschler, der diesem Plan zugestimmt hatte, gab sich jedoch keinen Illusionen hin. Einen Unbekannten würde man auf diese Weise kaum ausfindig machen und schon gar nicht den Mörder. Andererseits war die Frage nach den Anwesenden auch ein klarer Auftrag an die Ermittler von der Kripo, die schon übers Wochenende zu allen habhaften Adressen ausgeschwärmt waren. Er würde sie anhalten, bei jeder Befragung möglichst viele genannte Festgäste einzeln durchzusprechen und jedes ungewöhnliche oder aus dem Rahmen fallende Verhalten zu notieren. Mit pauschalen Fragen wie etwa: ›Haben Sie irgendetwas Auffälliges bei der Party bemerkt?‹, käme man schließlich nicht weiter. Ein gewitzter Spottvogel würde mit Recht sagen: ›Alles war auffällig.‹ Da musste man schon ins Einzelne gehen und nachhaken: ›Wen haben Sie wann und wo gesehen und mit wem hat er gesprochen? Wo hat er sich wann aufgehalten?‹ Immerhin konnte jemand Legrand in den Garten gelockt haben, wo der Mörder auf ihn wartete. Und zwar oben in Hübners Grundstück, denn von dort aus war Legrand erschossen worden. So viel stand immerhin fest. Und deshalb ging Tritschler jetzt davon aus, dass es ein geplanter Mord war, kein eskalierter Streit, bei dem der Kontrahent dann plötzlich die Pistole zog. Wie das alles mit dem Tod von Hübner zusammenhängen konnte, blieb weiterhin die große Frage. Bisher konnte man noch nicht einmal die zeitlichen Abläufe rekonstruieren. Der Tod von Hübner konnte früher oder später geschehen sein, der einzige Bezugspunkt war, dass beide mit der gleichen Waffe erschossen worden waren und diese Pistole oben im Garten in der Nähe des toten Hübner lag.

Bis dahin hatten alle Befragungen so gut wie nichts ergeben. Jedenfalls keinen Anhaltspunkt, der unmittelbar weiterverfolgt werden musste. Auch das Kokain war vorläufig eine blinde Spur. Gewiss, es war geschnupft worden und man hatte inzwischen sogar einige Namen von Leuten, die daran beteiligt gewesen sein sollten. Aber nichts Genaues. In dem hinteren Zimmer des oberen Stockwerks sollte sich das abgespielt haben und einige wurden genannt, die dort oder in der Nähe gesehen wurden. Von Legrand, in dessen Hotelzimmer man immerhin auch einige Kokainbriefchen gefunden hatte, war aber nicht die Rede gewesen. War er überhaupt dort nach oben in das lasterhafte Hinterstübchen gegangen? Auch dazu gab es keine positive Aussage. Wie überhaupt Legrand bei den Befragungen kaum vorgekommen war. Man hatte ihn da und dort gesehen, animiert und animierend, meist umringt von vielen Leuten, aber kaum einer wusste mehr von ihm zu sagen. Er war der Mittelpunkt des ganzen Festes und zugleich unauffällig und kaum beobachtet. Tritschler überflog sämtliche Berichte, wie sie eingingen, und war einigermaßen ratlos.

Er konnte sich Legrand einfach nicht vorstellen. Offenbar war er ein leutseliger, umgänglicher und keineswegs besonders angeberischer Kerl, auch wenn er sich in Szene zu setzen wusste, wo es ihm nötig erschien. Andererseits schwerreich und ein wenig zimperlicher Geschäftsmann. Daneben, nach allem, was man hörte, ein besessener Kunstsammler. Und von seinem Privatleben hatte Tritschler auch nicht die geringste Vorstellung. All das fügte sich nicht zu einem stimmigen Bild, obgleich er auch nicht sagen konnte, dass diese verschiedenen Facetten nicht zusammenpassten, offenkundig widersprüchlich wären. Es blieben einfach zu viele Leerstellen, die er nicht zusammenmodellieren konnte. Deshalb traf es sich sehr gut, dass ein junger Kollege, der noch nicht lange bei ihnen war, sich aber durch Eifer und Gründlichkeit hervorgetan hatte, Tritschler auf eine Frau aufmerksam machte, von der er bei einer Befragung gehört habe, dass sie Legrand aus Hamburg gut kenne, vielleicht auch zu seinem Freundeskreis gehöre. Sie lebe hier in Freiburg und sei auch auf dem Fest gewesen. Ihren Namen habe er notiert, auch gleich die Adresse herausgesucht, eine Frau Quadflieg.

Wenn Trischler nicht gerade darüber nachgedacht hätte, wie fremd ihm Legrand geblieben war, trotz allem, was er bereits über ihn wusste, hätte er den jungen Kollegen beauftragt, diese Frau auch noch auf seine Liste zu nehmen und so wie alle anderen Gäste dieses Abends routinemäßig zu befragen. Aber er hatte längst seine gelinden Zweifel, ob bei diesem Fragen-Puzzle nach irgendetwas Auffälligem bei diesem Fest viel herauskommen würde. Die meisten kannten diesen Legrand, dessen Fest sie bevölkerten, nicht einmal persönlich, waren nur wegen ihrer Branchenzugehörigkeit eingeladen, alte Kunden oder deren Angestellte, die hiesige Modeszene eben, abgesehen von der städtischen Prominenz, die ohnehin unergiebig blieb, sobald ein junger Kriminalassistent aufkreuzte. Aber diese Frau, wenn sie wirklich eine persönliche Bekannte Legrands war, konnte vielleicht mit Einzelheiten über sein privates Umfeld, seine Gewohnheiten etwas beitragen. Man müsste mit ihr ein

Hintergrundgespräch über seine Eigentümlichkeiten führen, seine Freunde, seine Interessen. Dazu konnte er allerdings keinen Anfänger brauchen, das musste jemand mit sehr viel Sensibilität und Einfühlungsgabe machen, einer der plaudern konnte und einen gewissen Charme hatte und damit Schleusen öffnen konnte. Bloß keine Verhörsituation mit Fragenkatalog und Notizbuch, das wäre in dem Fall völlig daneben. Hier ging es nicht um beweiskräftige Aussagen, sondern eher um so etwas wie ein Psychogramm, wie vorläufig auch immer. Bestenfalls käme dabei eine Art Ideenkorb für das weitere Vorgehen zustande. Nicht mehr und nicht weniger, einen Versuch war es wert. Dafür kam eigentlich nur einer infrage, auch wenn der im Augenblick ganz andere Aufgaben hatte und mit ihnen auch völlig ausgelastet war. Aber das ging nicht anders, es musste sein.

Tritschler ging gleich hinüber zu Grabowski, der eben erst vom Kapellenweg zurückgekommen war. Sein Büro lag schräg gegenüber und fiel schon dadurch auf, dass die Tür meist geschlossen war, während viele andere Kollegen bei offenen Türen arbeiteten, sodass sie alles mitbekamen, was auf dem Gang passierte oder geredet wurde. Grabowski hingegen brauchte Ruhe und Konzentration, nicht Umtriebigkeit. Sie kannten sich lange genug, dass Tritschler mit den Eigenarten, aber auch Vorzügen seines Kollegen bestens vertraut war. Grabowski stand im Ruf einer Bedächtigkeit, die allerdings keineswegs mit Behäbigkeit oder gar Phlegma verwechselt werden durfte. ›Eile mit Weile‹, war einer der Sprüche, mit denen er zu unpassenden Gelegenheiten seinen Kollegen auf die Nerven ging. Aber Tritschler hatte längst begriffen, dass dies nicht gleichbedeutend war mit ›Immer langsam voran‹. Es war vielmehr so zu verstehen, dass Eile besonders viel Umsichtigkeit und abwägende Planung erforderte, um Umwege und Sackgassen zu vermeiden, die letztlich nur Zeit und Energie vergeudeten. Grabowski war ein Feind jeder Hektik, weil er sie für ineffizient, zeitraubend und kontraproduktiv hielt. Damit hatte er sicher recht, aber im Eifer des Gefechtes war solche Weisheit manchmal schwer vermittelbar und erregte dann den größten Unwillen. Tritschler wusste aber auch, dass Grabowski keineswegs störrisch war, wenn ihm etwas einleuchtete, und dass er sich auf ihn verlassen konnte, auf seine Erfahrung, seine Fantasie und seine Gründlichkeit.

All dies brachte Tritschler dazu, nicht gleich mit der Tür ins Haus zu fallen und sein gewiss dringendes Anliegen vorzubringen, sondern Grabowski erst einmal von dem unerfreulichen Besuch im Hause Hübner berichten zu lassen.

»Die haben mich doch tatsächlich dazu gezwungen, bei der Gerichtsmedizin anzurufen, dass die Leiche endlich freigegeben werden soll, wegen der Beerdigung.«

»Und? Was hast du gemacht?«

»Hab natürlich angerufen. Kein Problem damit, macht mir nichts aus. Mir ist das Wichtigste, dass ich den guten Kontakt zu Frau Ritter nicht verliere. Wenn die anfängt zu mauern, dann wird es schwierig. Bisher hat sie mich bereitwillig an alles herangelassen und das soll unbedingt so bleiben. Ich kann schließlich nicht sein ganzes Arbeitszimmer beschlagnahmen. Bisher habe ich noch nichts gefunden in seinen Papieren, aber Hübner hat so wenig archiviert, dass ich noch nicht verstanden habe, womit der beschäftigt war und für wen er gearbeitet hat. Dabei bin ich eigentlich überzeugt davon, dass der Mord an Hübner etwas mit seiner Tätigkeit als Anwalt zu tun haben muss. Frau Ritter weiß dazu zwar nichts, aber trotzdem brauche ich sie noch als Türöffner, entweder zu seinem Arbeitszimmer oder sonst irgendwohin. Das weiß ich selbst noch nicht. Mit ihr darf ich es mir nicht verderben. Morgen früh können sie die Leiche haben, wenn wir keine weiteren Untersuchungen brauchen. Die Schmauchspuren an der Hand sind erfasst und sonst brauchen wir nichts mehr von der Gerichtsmedizin, wenn dir nicht noch etwas einfällt.«

»Ich denke, wir können die Leiche freigeben. Ich rufe gleich an und gebe Bescheid. Aber da ist noch etwas anderes, was ich mit dir bereden wollte ...«

»Zuvor noch eins, das mir eingefallen ist. In dem Magazin fehlten drei Patronen. Wir haben aber nur zwei gefunden. Ist denn richtig nachgesucht worden, ob es vielleicht irgendwo noch eine dritte Patrone gibt? Natürlich muss das Magazin nicht voll gewesen sein, aber irgendwie ist das doch unbefriedigend.«

»Meinst du, es gäbe irgendwo noch eine dritte Leiche?«

»Ich meine gar nichts, nur will ich sicher sein, dass wir nichts übersehen haben.«

»Und was sollen wir tun?«

»Zumindest mit einem Metalldetektor das ganze Gelände noch einmal absuchen. Die von der Spurensicherung waren wohl ohnehin in Feiertagslaune, war wohl nicht ihr bester Tag. Da sollen die ruhig noch einmal nacharbeiten.«

Tritschler machte ein unglückliches Gesicht, aber es leuchtete ihm ein, dass man die Frage nach der dritten Patrone nicht einfach auf sich beruhen lassen könne.

»Ich muss jetzt unbedingt Hübners Adressbuch kopieren und es dann noch bei Frau Ritter vorbeibringen. Sonst habe ich wirklich verschissen bei ihr und vor allem bei diesem komischen Neffen.«

»Ja, richtig. Aber kopieren kann es doch der Kurt, denn ich muss unbedingt noch etwas anderes mit dir besprechen, was mir ziemlich auf den Nägeln brennt. Es geht um eine Frau, die mit Legrand befreundet war …«

XIV.

Dienstag, 6. Mai

»Wie ist denn das Wetter bei euch in Freiburg?«

»Ah, Kollege Petersen …«

Tritschler war gerade erst in sein Büro gekommen, als schon das Telefon läutete. In Hamburg war man offenbar morgens etwas früher auf den Beinen, denn Petersen machte einen sehr munteren Eindruck, als habe der noch junge Tag ihm schon einige Erfolgserlebnisse beschert. Tritschler gab nicht ohne provinziellen Stolz die klimatischen Vorzüge seiner Heimatregion weiter:

»Den ganzen Tag Sonne, fast schon zu warm, immer um die 25 Grad. Und es soll sogar noch heißer werden, als wären wir schon im Hochsommer.«

»Und windstill dabei?«

»Kaum ein Lüftchen.«

»Das wäre nichts für mich. Ich brauche Seeluft, immer 'ne lütte Brise überm Deich.«

Sie plauderten noch ein Weilchen, bevor Petersen auf sein eigentliches Anliegen zu sprechen kam. Sie hätten jetzt ein erstes Dossier zusammengestellt über die Vorgänge beim

Verkauf der Firma von Legrand. Das könne dann laufend nach Bedarf weiter ausgebaut werden. Da seien ziemlich viele Artikel aus der Wirtschaftspresse dabei, Kommentare und so weiter, aber auch die Auszüge aus dem Handelsregister und was über die Entwicklung der Firma in Erfahrung zu bringen gewesen sei. Die Bilanzen seien nur in Umrissen bekannt, weil die Firma nicht publizitätspflichtig gewesen sei. Aber einiges hätten sie schon gefunden. Er könne Tritschler das alles auf seinen Rechner schicken, das sei zur Orientierung der einfachste und schnellste Weg. Jetzt gleich per E-Mail.

»Und dann habe ich inzwischen auch den Bericht fertig über das Gespräch mit dem ehemaligen Vertriebschef von Legrand. Und einen weiteren über den Produktionsleiter. Das Gespräch war allerdings nicht sehr ergiebig. Mir ist auch sehr schnell klar geworden, warum: Der ist nämlich vom neuen Eigentümer übernommen worden und arbeitet nach wie vor in der gleichen Position. Und das heißt dann wohl auch, dass zumindest er keine alten Rechnungen mit Legrand offen hatte. Vielleicht hatte er deswegen nicht so viel zu plaudern.«

»Sie waren ja mordsmäßig fleißig. Alle Achtung.«

»Bei Mordfällen immer. Im Übrigen stammt das Dossier nicht von mir, sondern von der Wirtschaftsabteilung hier. Wir haben da ein paar tüchtige Leute. Ich werde den Dank, wenn es einer gewesen sein sollte, gleich weitergeben.«

»Und ob. Ich bitte darum. Obwohl ich es erst einmal lesen muss …«

»Ich habe aber noch etwas: die Büroleiterin von Legrand ist vorzeitig aus dem Urlaub zurückgekommen. Sie war ziemlich geschockt, als sie die Geschichte gehört hat, und hat sich sofort nach einem Rückflug erkundigt. Gestern hat sie sich bei uns gemeldet, in zwei Stunden werde ich sie treffen und wir gehen dann gemeinsam in das Büro Legrand. Vielleicht sollten Sie an einen kleinen Ausflug zu uns denken.«

»Na klar komme ich. Das ist doch die wichtigste Person für uns. Niemand weiß mehr. Aber, Petersen, sorgen Sie dafür, dass nichts in diesem Büro verändert wird, nichts verschwindet. Lassen Sie sich alles zeigen und schauen Sie, was für uns von Belang sein könnte. Aber lassen Sie sie nicht allein, den Schlüssel dürfen nur Sie haben. Notfalls versiegeln. Sie werden das schon richtig machen, ich verlasse mich auf Sie. Heute ist Dienstag, ich denke, dass ich am Donnerstag in Hamburg sein kann. Aber ich rufe Sie noch an. Oder … warten Sie, Sie rufen mich heute Nachmittag an, wenn Sie die Frau gesehen haben, und berichten mir.«

»Das Büro haben wir bereits versiegelt, schon am Samstag. Wir wussten ja nicht, ob sonst noch jemand da herein kann. Das war das Erste, was ich gestern Frau Bente gefragt habe, so heißt die Büroleiterin: wer da noch einen Schlüssel habe. Und das mit der Putzkolonne habe ich über den Hausmeister geregelt, die gehen da auch nicht mehr rein. Wir haben das alles im Griff.«

»Ausgezeichnet. Petersen, Sie sind ein umsichtiger Mann. Ich danke Ihnen.«

»Wir sind ja auch nicht von gestern. Aber eins noch, Herr Tritschler, wenn Sie nach Hamburg kommen. Denken Sie daran, dass es hier nicht so warm ist. Wir haben zwar zurzeit kein Schmuddelwetter, aber auf einen kleinen Regenschauer müssen Sie immer gefasst sein. Un ’n büschen Brise.«

»Danke, Herr Petersen, vielen Dank. Und rufen Sie mich bitte an. Ade.«

»Tschüüs.«

Also nach Hamburg. Es musste wohl sein, da kam er nicht drumherum. Diese Frau Bente musste er schon selbst ausfragen, das konnte er nicht allein den Hamburgern überlassen. Und auch das Büro würde er sich ansehen. Er griff hinter sich ins Regal und suchte nach den ›Städteverbindungen‹. Mit dem Zug waren es fast sechs Stunden, eine elend lange Fahrerei. Aber mit dem Flieger käme er auch nicht unter fünf Stunden weg. Zum Flughafen, einchecken, zwei Stunden in der Luft und dann vom Flughafen bis in die City, so viel schneller war das auch nicht. Und dabei gab es auch oft noch Verspätungen. Er mochte das Fliegen nicht, irgendwie war es ihm immer unwohl dabei. Andere rissen sich darum, fanden das chic, kamen sich dabei wichtig vor, als richtige Businessmen in der weiten Welt. Im Zug würde er wenigstens arbeiten können, auf der Rückfahrt bereits den ganzen Bericht in den Laptop tippen. Wenn er morgens kurz vor halb sieben losführe und abends um halb sieben aus Hamburg wieder weg, blieben ihm sechs Stunden am Ort. Das müsste reichen, wenn Petersen alles richtig vorbereitete.

Er hatte sich die Abfahrtszeiten auf den Zettel geschrieben, der vor ihm lag. Sonst stand nur noch ein Wort darauf: Bente. Irgendwie kam ihm dieser Name bekannt vor. Bente – wo hatte er den schon einmal gehört? Er lehnte sich zurück und schloss die Augen. Je mehr er sich zu erinnern versuchte, umso mehr verrutschte sein Gedächtnis. Aber er war sich ganz sicher, dass …

Schließlich verbrachte er die meiste Zeit des Vormittags, soweit er nicht durch das Telefon gestört wurde, damit, das Dossier durchzuarbeiten, das ihm Petersen gemailt hatte. Legrand hatte in etwa 20 Jahren in der Modebranche einen beispiellosen Erfolg gehabt. Zunächst hatte er nur in zwei oder drei Hamburger Boutiquen seine extravaganten und auffälligen Kleider verkauft, doch schon bald gab es sie auch in München, Düsseldorf und Köln. Der Preis, den er dafür zu zahlen hatte, war wohl, dass er neben seiner ausgefallenen Abendgarderobe nun auch alltagstauglichere Stücke anbieten musste, Kollektionen, die nicht nur von Medienstars bei spektakulären öffentlichen Galarevuen vorgeführt werden konnten, sondern die auch für ein breiteres modebewusstes Publikum zuträglich waren. Immer sehr fantasievoll und bunt, aber auch kleidsam und elegant. Schließlich wurden in der eigenen Werkstatt nur noch die Kollektionen entworfen und die Muster für die ausgelagerte Produktion vorbereitet. Und natürlich war dieser Werkstatt sein eigenes Atelier angegliedert, in dem er seiner Fantasie freien Lauf lassen konnte und Entwürfe und Modelle kreierte, ein Künstleratelier, in dem er ebenso mit dem Zeichenstift experimentieren konnte wie mit Stoffen und Materialien.

Verblüffend war sein ausgeprägter Geschäftssinn. Er hatte es immer verstanden, seinen Betrieb schlank und kostenbewusst zu halten. Auf eigene Läden in sündhaft teuren Einkaufsstraßen hatte er verzichtet, die Modehäuser, die seine Arbeiten verkaufen durften, waren sorgfältig ausgewählt und mit individuellen Verträgen über die Art der Präsentation gebunden.

Natürlich gab es auch Konkurrenzschutzklauseln, die dafür sorgten, dass nur wenige Anbieter in einer Region seine Produkte verkaufen konnten. Solche Verträge waren ihm offenbar leichtgefallen, da sein Ziel nie nur das möglichst schnelle Umsatzwachstum war. Dafür hätte er zu viele Kompromisse machen müssen. Seine Kreationen sollten durchaus eine gewisse Exklusivität behalten.

Aber der Zugang zu den großen Modehäusern bedeutete trotzdem eine immense Ausdehnung des Geschäftes, und so hatte Legrand schon frühzeitig die hiesige Fabrikation aufgegeben und vor allem in der Türkei arbeiten lassen. Nach anfänglichen Schwierigkeiten hatte er in der Nähe von Izmir einen sehr zuverlässigen Betrieb gefunden, der schon lange für einen anderen Modehersteller, der jetzt insolvent geworden war, gearbeitet hatte. So standen gut ausgebildete Arbeitskräfte und freie Produktionskapazität zur Verfügung. Legrand hatte sich schließlich an diesem Betrieb sogar zur Hälfte beteiligt, um mit frischem Geld und besseren Nähmaschinen die Qualität steigern zu können. Dass in Izmir darüber hinaus Textilingenieure ausgebildet wurden, ließ diese Gegend ohnehin zum Standort hochwertiger Textilproduktion werden. Auch Hugo Boss hatte sich dort angesiedelt, freilich in ganz anderen Größenordnungen – diese Firma ließ allein 15.000 Herrenanzüge pro Woche dort herstellen.

Tritschler erinnerte sich, wie er bei Breuninger an einem Morgen einen neuen Anzug erstanden hatte – ja, zufällig war der auch von Boss – und wie er ganz allein im ersten Stock die verschiedenen Modelle durchgefächert hatte, bis schließlich ein Verkäufer kam und ihm bei der Auswahl und der richtigen Größe half. Eine ganze Stunde hatte das gedauert und kein anderer Kunde war in dieser Zeit aufgetaucht. So oft in seinem Leben kaufte man auch keinen Anzug. Und allein Boss produzierte 15.000 Anzüge pro Woche? In einer Fabrik? Und dazu noch weitere 60.000 Kleidungsstücke – nur von Boss – in einer Woche am selben Ort? Tritschler, der auf all diese Zahlen durch das offenbar sorgfältig recherchierte Dossier über Legrand gestoßen war, konnte sich nichts darunter vorstellen. Bei Legrand ging es ja auch ausschließlich um Damenmode. Mode war für ihn das, was er im Schaufenster sah und von dem er sich bestenfalls vorstellte, ob es seiner Frau gefallen würde. Schnitte, die allenfalls in verschiedenen Größen und wenigen Exemplaren angefertigt wurden. Aber an solche Dimensionen der Massenfertigung hatte er noch nie gedacht. Da ging es ja nur noch um Fließband und Output? Vorn wurden die Stoffballen eingefüttert, hinten wurden im Minutentakt die Kleidungsstücke ausgespuckt. Legrand wurde ihm immer rätselhafter, selbst wenn dessen Firma um einiges kleiner als die von Boss gewesen war.

Selbst bei der Werbung hatte Legrand in ungewöhnlichem Maße auf Effizienz geachtet. Natürlich gab es Modezeitschriften, in denen vertreten zu sein unumgänglich war. Und dort wurde auch geklotzt, auf Hochglanz und im eigenen, unverwechselbaren Stil. Aber die Mediendaten, die Verbreitung, die Zielgruppen wurden genau analysiert, die Vergleichskosten bei anderen Werbeträgern mit ihren Daten laufend überprüft und Sonderkonditionen aus spitzfindigsten Gründen ausgehandelt. Den Werbemanager, den er dafür angestellt hatte, bezahlte er mit einem Spitzengehalt, aber er bekam dafür eine Kostenreduktion, die ihm ein Mehrfaches einbrachte. All dies ergab zwar eine bemerkenswerte Story, wie man ein Modeimperium aufbaute, aber Trischler fand nichts, das ihn elektrisieren konnte. Was sollte all dies mit einem Mord zu tun haben?

Schließlich der Verkauf der Firma im vorigen November an eine Investorengruppe. Genaue Zahlen gab es nicht, in der Wirtschaftspresse waren allerdings von Fachleuten einige Daten zusammengestellt worden, die vermutlich nicht weit von den Realien entfernt waren. Es sollten etwa 650 Millionen gezahlt worden sein. Dabei sei davon auszugehen, dass dieser Preis etwa dem Achtfachen des Betriebsergebnisses entsprochen habe. Sowohl der Vertriebschef als auch der Produktionsleiter seien mit jeweils zehn Prozent an der Firma beteiligt gewesen. Demnach habe Legrand etwas über 500 Millionen bekommen. Man vermutete, dass der Produktionsbetrieb in der Türkei inzwischen zu 100 Prozent der Firma Legrand gehörte. Ob weitere Betriebsstätten, Immobilien etc. im Besitz der Firma waren, konnte nicht festgestellt werden. Legrand selbst hatte alle weiteren Auskünfte verweigert.

Irgendwie verständlich, dachte Tritschler. Wer Kasse machte, verschwand besser durch die Hintertür, statt auch noch mit den Geldscheinen herumzuwedeln. Und Legrand selbst schien ohnehin nicht gerne an der Rampe gestanden zu haben. Die lautstarke Boulevardpresse hatte an ihm wenig Vergnügen und es irgendwann auch wohl aufgegeben, ihm nachzuspionieren. Für die Wirtschaftspresse schien er ebenso unergiebig gewesen zu sein – ein erfolgreiches Unternehmen, aber unspektakulär. Nur der Verkauf seiner Firma war eine Überraschung, aber aus Sicht der Investoren wiederum durchaus verständlich. Die endlosen Kommentare zu diesem Thema, deren Tenor sich im Wesentlichen ständig wiederholte, überflog Tritschler, einzig einen kleinen Bericht las er etwas genauer, weil er wenigstens ein paar Hintergründe andeutete: Der erstaunlich hohe Preis für diese Firma rechne sich für die Investoren durchaus. Denn wenn man vom Wert des Labels und möglichen Synergieeffekten absehe, so ergebe sich bei einem Kauf teilweise über Kredite noch immer eine Rendite von mindestens 15 Prozent. Daraus folge, dass auch eine Übernahme durch die beiden Minderbeteiligten wenigstens kalkulatorisch durchaus im Bereich des Möglichen gelegen habe.

Legrand habe ihnen aber offenbar nicht zugetraut, einen adäquaten Nachfolger als Kreativdirektor zu finden, um die Selbstständigkeit zu erhalten, und deshalb habe er die Weiterführung des Labels im Rahmen einer Integration in einen größeren Modekonzern durch eine Investorengruppe bevorzugt. Dass der Produktionschef von den neuen Eigentümern in gleicher Funktion übernommen wurde, stellte man als klugen Schachzug dar, zumal dessen Verdienste um das Unternehmen überaus hoch geschätzt wurden. Der ehemals für den Vertrieb zuständige Vorstand wurde nicht weiter erwähnt, über neue Aufgaben für ihn fanden sich auch keine anderen Pressemitteilungen.

Fürs Erste hatte Tritschler genug erfahren und, wenn er es genau bedachte, vor allem, dass aus diesem ganzen Dossier kaum irgendein Anhalt zu finden war, der den Mord an Legrand aufklären könnte. Jedenfalls nichts, das ihn veranlassen konnte, an einer bestimmten Stelle die Suche zu intensivieren. Es war ein riesiger Heuhaufen und durchaus ungewiss, ob darin irgendeine Nadel verloren gegangen war, geschweige denn, wo man anfangen sollte zu stöbern. Natürlich würde er dies alles jetzt einigen Kollegen zu lesen geben, die jede offene Frage gewissenhaft notieren und dafür auch all das durcharbeiten würden, was er jetzt nur überflogen hatte. Tritschler hielt sich durchaus nicht für unfehlbar, aber er hatte seine Erfahrungen und meist gaben sie seinem vorläufigen Urteil recht.

XV.

Na, wunderbar, da kann ich sogar zu Fuß hingehen, zehn Minuten etwa, dachte er, als er auf den Zettel blickte, den Tritschler ihm gegeben hatte. Mehr Überredungskünste bedurfte es nicht und die nachgeschobene Bemerkung, er solle nicht vergessen, sich nach Hübner zu erkundigen, war wohl nur als höchst überflüssiger Motivationsanreiz gedacht. Wenigstens ein paar Schritte zu laufen, statt immer nur im Büro herumzusitzen oder im Auto umherzukutschieren, war ihm ein Grundbedürfnis, das er selten genug befriedigen konnte. Wann immer es ging, nutzte er immerhin das Wochenende zu einer längeren Wanderung und hatte in Elfi eine bereitwillige Partnerin dazu gefunden. Die ganze letzte Woche hatte er auf dem Lehrgang abgesessen, eingerahmt von stundenlangen Eisenbahnfahrten, und seitdem war er ständig im Auto umhergehetzt, wenn er nicht im Büro oder bei langen Besprechungen festgehalten wurde. Es ging ihm nicht so sehr um die frische Luft als um die Bewegung, das zügige Laufen und ein freischweifendes Nachdenken dabei. Ohne Konzentration, vielmehr angeregt durch die Eindrücke der Straßen und Wege, der Menschen, an denen man vorbeilief, der Atmosphäre eines Stadtteiles, sich auf ein Ziel vorzubereiten oder danach das Gehörte und Gesehene nachwirken zu lassen, seinen Inhalten und Bestandteilen gewissermaßen noch einmal nachzuschmecken, und das alles im Rhythmus des Gehens und damit auch der körperlichen Aneignung. Dies schien ihm eine ebenso angenehme wie nützliche Tätigkeit und keineswegs Zeitverschwendung. Wenn er das nur seinen Kollegen auch begreiflich machen könnte, die immer in

Anspannung und Eile waren, denen die Ungeduld aus allen Poren schwitzte und die vor lauter Nervosität oftmals erstaunlich unergiebig herumwuselten.

Am Telefon sagte er, sie habe Legrand gut gekannt, wie er gehört habe, und ob er sich deshalb mit ihr ein wenig unterhalten dürfe. Nein, kein Verhör, er versuche nur, sich vorzustellen, was das für ein Mensch gewesen sei. Für ihn als einfachen Kripobeamten sei das eine fremde Welt, in der Legrand gelebt habe, das könne sie sich sicherlich ausmalen, und er wolle nicht einfach glauben, was die Boulevardpresse alles schriebe. Ob sie ihm helfen könne, sich ein zutreffenderes Bild zu machen von diesen Verhältnissen, seinem Freundeskreis, seinen Interessen. Im Grunde wisse er nicht einmal, wonach er sie befragen solle, er hätte nichts Konkretes in der Hand, aber er könne sich denken, dass ein Gespräch gerade mit ihr sehr nützlich für ihn sein könne.

Grabowski hatte ohne Umschweife genau das wiederholt, was ihm Tritschler als Auftrag gegeben hatte, schließlich wollte er sich mehr mit Hübner beschäftigen und sich nicht mit anderem verzetteln. Aber er wollte auch nicht stur erscheinen. Allerdings schien ihm eine telefonische Ankündigung nützlicher als überfallartig vor der Tür zu stehen. Und sie sollte schon vorher wissen, worum es ging. Seiner Erfahrung nach war es ohnehin das Beste, seinen Gesprächspartnern aufrichtig und geradeheraus zu begegnen, ihnen sogar eigene Schwächen einzugestehen. Meist wurde solche Vertrauenswürdigkeit durch Offenheit und größere Auskunftsfreude belohnt. Gerade die Kripo sollte möglichst wenig einschüchternd wirken, das war sein Grundsatz, mit dem er sich von manchen seiner Kollegen unterschied. Sie hatte auch völlig unbefangen darauf geantwortet, sie könne einiges erzählen, wenn er wolle, dürfe er gleich jetzt bei ihr vorbeikommen, sie sei zu Hause und habe Zeit.

Das Hinterhaus hatte er bald gefunden. Nachdem er geklingelt hatte, ging gleich der Türdrücker, ohne dass er die Gelegenheit bekam, seinen Namen in die Sprechmuschel zu sagen. Im ersten Stock war die Wohnungstür nur angelehnt.

»Immer hereinspaziert, es ist alles offen«, hörte er, ohne jemanden zu sehen. Er trat in ein nicht sehr großes, helles Loft, in dessen Mitte ein riesiger, schwerer Tisch stand, an der Längswand Bücherregale, sonst einige halbhohe Kleinmöbel, auf denen Zeichenstifte, Scheren, Lineal und Ähnliches lagen, im Hintergrund ein kleiner Schreibtisch mit einer modernen Schwenklampe und eine Couch, die mit einem schwarz-weiß gemusterten Stoff überdeckt war.

»Schön, dass Sie gleich gekommen sind.« Vor ihm stand eine schlanke, groß gewachsene Frau um die 50 mit blondgrauem Kurzhaarschnitt. Sie trug einen leichten dunklen Pullover und Jeans, unprätentiös, ohne Schmuck und mit einem burschikosen Habitus. Die Augenpartie im schmalen Gesicht kam ihm bekannt vor, aber er wusste nicht, an wen sie ihn erinnerte. Sie gab ihm die Hand und noch bevor er sich vorstellen konnte, was offenbar überflüssig war, fragte sie ihn, ob er ein Glas Rotwein trinken wolle oder lieber Kaffee.

»Wenn Sie mich so fragen, dann lieber Kaffee. Für Wein ist es noch ein bisschen zu früh.«

»Wie Sie wollen.« Und schon machte sie sich neben dem Eingang in einer kleinen Küchennische an der Kaffeemaschine zu schaffen. Während er sich noch umsah und den Werkstattcharakter dieser Wohnung zu erfassen suchte, hörte er sie aus dem Hintergrund:

»Ein Jammer, dass er tot ist! Es wird lang dauern, bis man begreift, was man an ihm verloren hat.«

Nach einiger Zeit kam sie mit zwei hohen, dampfenden Kaffeebechern, stellte Zucker und Milchkännchen dazu und forderte ihn auf:

»Setzen Sie sich doch. Und dann müssen Sie sich selbst bedienen, dafür steht alles da.«

Sie kam ihm etwas salopp vor, aber gerade das erleichterte vielleicht das Gespräch.

»Was war denn so außergewöhnlich an Legrand? Entschuldigen Sie, ich frage ganz dumm und direkt, weil …«

»Ist schon o.k. Wie soll ich sagen?« Sie überlegte kurz, dann führte sie aus: »In erster Linie war er Künstler. Ja, vor allem Künstler, und das übersieht man leicht, wenn man ihn nur als Geschäftsmann erlebt hat. In den ganzen letzten Jahren hat das Geschäftliche, seine Firma, das Label eine immer größere Rolle gespielt, dieser Erfolg, das war der reinste Wahnsinn, der hat echt verdient, wirklich Kohle gemacht, da konnte man schon neidisch werden, also ich hätte auch gerne etwas davon abgehabt, muss ich schon sagen. Der hatte mehr, als er brauchte. Und jetzt, nach dem Verkauf, das ist ein Batzen Geld, huijuijui, schon einiges mehr, als ich mir vorstellen kann, ich kenne ja nur die Summe, die in der Zeitung stand, weiß nicht, ob das stimmt, ist ja auch egal … Irgendwie obszön. Was würden Sie mit einem solchen Haufen machen? Können Sie sich das vorstellen?«

Sie hatte einen sprudelnden Redefluss. Grabowski grinste sie an, sagte aber nichts, er wollte sie nicht unterbrechen.

»Und wenn Sie ihn gefragt hätten: ›Was machst du denn jetzt mit dem ganzen Geld?‹, wissen Sie, was er dann gesagt hätte? ›Scheiße.‹ Das wäre seine Antwort gewesen. Denn im Grunde hat es ihn überhaupt nicht interessiert. Klingt seltsam, aber das können Sie mir trotzdem glauben. Ich habe ihn natürlich nicht gefragt, der hätte mich nur komisch angeguckt. Er hätte höchstens gesagt: ›Fängst du jetzt auch schon damit an?‹ Das wäre irgendwie ein Bruch gewesen. So etwas war nie Thema bei uns. Ich kenne ihn«, sie seufzte, »kannte ihn ja schon seit ewigen Zeiten. Aber eins muss ich auch sagen: Wenn einer von uns, ich meine seine Freunde, in Not gekommen wäre, er hätte sofort geholfen, nicht nur mit Geld, auch sonst. Das war nicht Großzügigkeit von einem, der es nun mal hat und dem es nichts ausmacht, sondern echte Freundschaft. Den Kumpeltyp hat er nie abgelegt. Der war nicht … verdorben, ich weiß nicht, wie ich es anders nennen soll.« Sie dachte nach und rührte absichtslos in ihrem Becher.

»Und deshalb verstehe ich auch nicht, was da eigentlich passiert ist. Es muss ein Verrückter gewesen sein, anders kann ich es mir nicht vorstellen. Legrand hatte keine Feinde oder wie man das nennt. Natürlich gibt es immer neidische Leute, die es nicht ertragen können, dass einer mehr hat, anders ist, erfolgreich, glücksverwöhnt. Und das setzt auch allerhand Fantasien frei, wilde Spekulationen, Fantastereien, auch perverse Gelüste und nackte Gier. Es klingt schließlich alles wie im Märchen, irgendwie unwirklich. Nur, was soll einer davon haben? Bei einem Raubüberfall, da denkt man an die dicke Brieftasche, und wenn man sie dann hat, zieht man damit ab, das wäre immerhin ein Treffer. Aber bei Legrand? Da kommt doch niemand dran, das liegt doch auf der Bank oder sonst wo, ich kann mir denken, dass der nicht einmal eine Brieftasche bei sich getragen hat, das war ihm viel zu unbequem, beult nur die Taschen aus. Nein, das ist alles sinnlos. Ätzend. Stechend. Schreiend.«

»Sie kannten ihn schon lange? Wo haben Sie sich denn kennengelernt?«

»Das war in den 70er-Jahren in Hamburg, auf der Fachhochschule für Gestaltung. Er hat dort Textil studiert, Mode-, Kostüm- und Produktdesign. Richtig ordentlich studiert mit Diplom und so, obwohl er nebenher gearbeitet hat. Oder nebenher studiert, wie man es nimmt. Er war auch ein paar Jahre älter als ich, ein ganz anderes Kaliber.«

Grabowski schaute sie fragend an, ohne etwas zu sagen.

»Sie wissen wohl gar nichts von ihm? Da muss ich viel früher anfangen. Er war nämlich ein Besatzerkind, wie man das nannte, direkt nach dem Krieg, in den ersten Jahren, kam das öfters vor. Seine Mutter, sie kam aus Hessen, hatte sich mit einem Neger eingelassen, – darf man ja nicht sagen, einem US-Soldaten, ein Farbiger war das, schwarz –, der ist dann bald danach wieder abgedüst. Als Kind war er wohl so ein richtiger Sarotti-Mohr, Kräusellocken und diese tollen dunklen Augen, später hat man ihm das kaum noch angesehen, da wurde er immer heller, weißer, aber eine blendende Erscheinung und ein tolles Temperament. Naja, als Kind muss er es nicht leicht gehabt haben, das war schon ein Makel. Aber die Mutter, eine ganz einfache Frau, die hat zu ihm gestanden. Er ist auch aufs Gymnasium gekommen, das war schon ungewöhnlich. Und hat sogar studieren können, er war immer sehr ehrgeizig, ich glaube, er war bei der Studienstiftung, also Jura abgeschlossen und dann in einem großen Betrieb, oder frei für diesen Betrieb gearbeitet, jedenfalls ging er dann auf die Fachhochschule. Das war immer sein größter Wunsch, das andere war nur zum Geldverdienen.«

»Und so ist er Modedesigner geworden?«

»Textilkünstler. Kostümbildner. Das war er vor allem. Wissen Sie, Legrand war nicht die gleiche Liga wie Lagerfeld, Joop, Jil Sander oder Boss oder wie sie alle heißen. Das sind internationale Modefirmen, die für den großen Markt arbeiten, das ist nur Business und Konkurrenz und großer Handel. Ein bisschen ist er da auch reingerutscht, vor allem in den letzten Jahren, aber mehr als Außenseiter, so groß wollte er es nie haben, weil er auch noch andere Interessen hatte. Solche Leute hat es in der Mode auch immer gegeben, denken Sie nur an Willy Bogner, der Sportler war und auch noch Filmer. Erinnern Sie sich noch an den Bond-Film im Schnee, wo der Bogner mit seinen Jungs diese Skikunststücke gemacht hat? Ich komme jetzt gerade nicht auf den Titel, das war Artistik pur, alles große Könner, diese Dinge waren dem Bogner mindestens ebenso wichtig wie die Mode. Und so war es auch bei Legrand. Er hat sich immer in erster Linie als Künstler verstanden. Natürlich hat er das dann auch vermarktet und einen Riesenerfolg damit gehabt.

Ich glaube, ihm ging es um das Einkleiden und Verkleiden, die Bilder, die daraus entstehen. Ganz wie auf der Bühne, die Rollen, die Menschen einnehmen und ausdrücken durch die Kleidung, in die sie ihre Körper tauchen. Die Mode war für ihn ein kulturelles Vexierspiel. Ihm ging es nicht nur darum, eine einzelne Frau anzukleiden, sonst hätte er sich mit einer kleinen Modeschneiderei begnügen können. Er wollte mit seinen Modearbeiten durchaus auch das Straßenbild prägen, den öffentlichen Raum gestalten. Insofern war die Ausweitung zu einer großen und einflussreichen Modefirma sogar konsequent und er hatte diese Entwicklung auch bewusst vorangetrieben. Aber die geschäftliche Seite davon, den finanziellen Erfolg und wie man ihn voranbringen konnte, die Einzelheiten des Vertriebs und des Marktes waren für ihn zwar notwendige, aber doch eher lästige Begleiterscheinungen. – Trinken Sie noch einen Kaffee? Ich kann nochmals aufsetzen.«

»Für mich nicht, danke. Sie erzählen so wunderschön, ich möchte Ihnen gerne noch etwas zuhören, wenn Sie Zeit haben.«

»Das alles hat vermutlich wenig mit Ihrer Arbeit zu tun, aber wenn es Sie interessiert, will ich Ihnen gerne über seine Vorführungen berichten. Für ihn waren das nicht Modeshows, obwohl da natürlich die Einkäufer in der ersten Reihe saßen und es auch um Verkauf ging. Es fing schon damit an, dass er nicht die üblichen Models hatte, diese blassen Modepüppchen von irgendeiner anderen Galaxie, von denen man den Eindruck hat, dass man sich mit ihnen nicht zehn Minuten über ein vernünftiges Thema unterhalten könnte. Bei ihm waren es eher Antitypen, wenigstens im Verhältnis zum sonst Üblichen, keine internationalen Modestars, auch nicht diese blutjungen Kicherlieschen, sondern selbstbewusste Frauen, die etwas anderes ausstrahlten als nur Blasiertheit, ich würde sagen: eher Schauspielerinnen, die Individualität verkörperten, die schon als Person etwas darstellten. Und nur solche Frauen wollte er ausstatten, nicht farblose Kleiderständer, sondern Persönlichkeiten. Und deshalb waren seine Vorführungen auch eher so etwas wie eine Inszenierung, bei der er die Models in jeweils eigenen, gut einstudierten Rollen auftreten ließ und jede der Frauen etwas von dem präsentierte, was sie außer der Mode besonders gut konnte, richtiges Theater.

Oder es ging um Bewegungsbilder. Einmal zum Beispiel kamen einige Mädchen Rad schlagend über den Steg und dabei gingen die Kleider auf zu einer runden, sich drehenden Scheibe, die reinste Farborgie in diesem Kreisel. Von den Mädchen sah man gar nichts mehr, sie verschwanden in diesem Textilrad, was über die Bühne rollte. Er hatte die Anregung wahrscheinlich von Rebecca Horn mit ihrem Pfau auf der Kasseler Documenta. Oder vielleicht dachte er auch an Farbenmusik. Er liebte nämlich Skrjabin. Aber das müssen Sie nicht wissen, es fällt mir nur gerade ein. Das war wie ein Tanztheater. Oft gab es auch kleine Szenen zwischen zwei oder drei Models, deren Kleider sich verwandeln konnten wie in verschiedene Aggregatzustände. Ich erinnere mich an ein langes, dunkelgraues Gewand aus fallenden Zotteln, bei denen gelegentlich in der Bewegung das helle und leuchtend farbige Innenfutter dieser Stoffstreifen aufblitzte. Da fing eines der Mädchen an, sich zu schütteln, und mit einem Male stand sie in gelben, roten, grünen Flammen, breit aufgeplustert und drohend, das war schon sehr beeindruckend, hatte etwas von tierischer Balz. Die ist ja auch nicht nur Liebreiz und Verführung, sondern zugleich Abschreckung und Gewalt. Durch die Schüttelbewegung kehrten die Innenseiten der Streifen nach außen und bewirkten diese Verwandlung. Ich weiß nicht, ob Sie sich das vorstellen können. Solche Sachen liebte Legrand. Nur keine Männerkollektionen. ›Dazu fällt mir nichts ein‹, sagte er, ›dieses Jahr ein schmales Revers, nächstes Jahr ein breites. Mal ein, mal zwei, mal drei Knöpfe, enge Beine, weite Beine, Aufschlag oder nicht.‹ Diese Art von Abwechslung, nur um den Markt munter zu halten, das ödete ihn an.«

»Jetzt verstehe ich, was Sie mit Künstler meinten.«

»Ja, und deshalb hat er den Laden auch verkauft. Er merkte, dass, – je größer die Firma wurde –, er gezwungen war, die Marktmechanismen zu bedienen. Er musste zu festgelegten Zeiten neue Kollektionen bieten, musste auf die Zahlen achten, die Sachen mussten sich gut verkaufen, zu viele Leute hingen davon ab, Flops konnte er sich nicht leisten. Das ging eine Weile, er war ungewöhnlich erfolgreich, aber er kam sich immer mehr als der Sklave dieses Erfolges vor, wie Harald Schmidt, der jeden Abend auf der Bühne stand und für das Millionenpublikum vor der Glotze täglich neue Witze produzieren musste. Das wird dann irgendwann einmal schal und dann kommt der Überdruss, da muss man rechtzeitig aufhören. Er hat verkauft, weil er anderes machen wollte. Theater zum Beispiel. Er bereitete sich auf eine Zeit vor, wo endlich der Müll wieder von der Bühne verschwindet und der ganze Trash aufhört. Wenn das Theater wieder zu staunenswerten, märchenhaften, opulenten Bildern findet, da wollte er dabei sein. Er hat es mir selbst erzählt, nachdem er die ›Orestie‹ in Berlin gesehen hatte, von sechs oder acht Stunden auf anderthalb Stunden eingedampft, ich glaube, das war die Regie von Thalheimer, der ganze Text zusammengestrichen, weil der Regisseur damit nichts anfangen konnte oder ihn überflüssig fand, und auf der Bühne nur noch der Farbeimer mit Theaterblut, womit die Schauspieler sich gegenseitig einschmieren mussten. ›Das hört bald auf, das langweilt die Leute, da geht keiner mehr hin‹, hat er mir gesagt, ›und dann wird es ein Theater geben, das den Text in Bilder umsetzt, die ihnen nicht mehr aus dem Kopf gehen, – den ganzen Text natürlich, das ist schließlich die Herausforderung –, in Bildern von fantastischem Ausmaß, größtem Einfallsreichtum, ein Gaukelspiel, wie es die moderne Welt sonst nirgends zu bieten hat. Da möchte ich dabei sein‹, hat er gesagt, ›und mich jetzt schon darauf vorbereiten, denn das kommt ganz bald.‹ Sonst wären die Leute nicht mehr länger bereit, die vielen Subventionen fürs Theater zu zahlen, dann ginge der ganze Theaterbetrieb, wie wir ihn jetzt noch haben, kaputt.«

»Ein interessanter Gedanke. Aber hätten Sie ihm auch zugetraut, mit dieser neuen Aufgabe fertig zu werden?«

»Unbedingt. Wer sonst? Das war sein eigentliches Gebiet als Künstler, er war durch und durch ein Theatermensch, das ist schließlich mit der Mode eng verwandt, zwei Seiten der gleichen Medaille.«

»Er hätte sich sein eigenes Theater kaufen können, das Geld dazu hatte er. Können Sie sich das vorstellen?«

»So dachte der nicht. Das war nicht der große Zampano, der alles, was ihm in den Sinn kommt, gleich kaufen und besitzen will und alle nach seiner Pfeife tanzen lässt. Im Grunde war er ein sehr bescheidener Mensch, – geblieben, muss ich sagen, denn es hätte auch anders sein können, die Mittel hatte er.«

»Immerhin hatte er zwei Häuser, eins an der Elbchaussee und dies hier am Lorettoberg. Und dann die große Bildersammlung, die wird doch einiges wert sein.«

»Er hat die Bilder gekauft, die ihn interessierten, da ging es nicht um Werte. Es waren vor allem junge Künstler, die großen Namen spielten keine Rolle. Ich möchte mal so sagen: Er sammelte Gleichgesinnte, die die Welt mit ähnlichen Augen sahen wie er, Künstler, mit denen er sich in einer Art Dialog befand. Er kannte sie nicht alle persönlich, aber er ging auf Ausstellungen, Vernissagen, auch in ganz kleine Galerien oder Kunstvereine, hatte viele Kontakte, und er war ein spontaner Mensch, der sich begeistern konnte. Natürlich konnte er es sich auch leisten, aber es waren alles persönliche Entscheidungen, er hatte keine Berater, die ihm etwas aufschwätzten und sagten: ›Das musst du haben!‹, oder: ›Das und das wird ganz sicher im Wert steigen, da musst du zugreifen!‹

Er hat sich keine Sammlung zusammengestellt nach

irgendwelchen obskuren Vorstellungen, sondern die Bilder haben sich bei ihm angesammelt, das ist etwas völlig anderes. Er hat viele Bilder, die nicht erstklassig sind, nach Marktgesichtspunkten sogar die meisten, aber, und das ist das Wichtigste: Er hätte bei jedem Werk sagen können, warum es ihn interessiert hat. Das sind nicht die schlechtesten Entscheidungen. Mit seinen Käufen hat er viele junge Künstler unterstützt, für die das viel bedeutet hat, aber nie war das allein der Grund für seine Ankäufe. Also: der Wert seiner Sammlung – das ist ein weites Feld. Manche Museen würden darüber die Nase rümpfen, ich persönlich würde sagen: Ihr Wert besteht gerade darin, wie sie zustande gekommen ist. Und nochmals zur Bescheidenheit: Natürlich konnte er sich alles leisten, was er wollte. Aber er hat nie geprasst oder nur aus Laune und Tollerei das Geld zum Fenster herausgeschmissen, im Gegenteil, so etwas hat ihn furchtbar aufgeregt, das ging ihm gegen den Strich. Aber bequem und angenehm wollte er es schon haben. Warum soll einer im billigsten Hotel absteigen, wenn er sich ein besseres leisten kann? Darüber braucht man nicht zu richten. Wichtiger ist, dass er großzügig war und nie jemanden schäbig behandelt hat. Zwar konnte er rechnen und ich nehme an, dass er bei seinen Geschäften ein höchst genauer Rechner war, aber er wusste auch, wo es unanständig gewesen wäre runterzuhandeln. Wissen Sie, seine Herkunft, und das waren wirklich ärmliche Verhältnisse, die hat er nie vergessen.«

»Aber ein Theater hätte er sich doch kaufen können, darauf will ich noch einmal zurückkommen.«

»Können ja, hätte er aber nie gemacht. Stellen Sie sich einmal vor, was das für eine Zusammenarbeit gewesen wäre, wenn alle von ihm abhängig gewesen wären und keiner es riskiert hätte, ihm zu widersprechen. Eine künstlerisch befriedigende Arbeit wäre so nie zustande gekommen. Das ist unrealistisch.«

»So, wie Sie ihn schildern, muss Legrand ein Mensch ohne Fehl und Tadel gewesen sein. Nicht, dass ich Ihnen nicht glaube, aber …«

»Überhaupt nicht, der hatte seine Macken wie jeder andere. Aber er hatte immerhin zwei Eigenschaften, die ihn davor bewahrt haben, ein ganz gewöhnlicher, letztlich uninteressanter Mensch zu werden.«

»Und die wären?«

»Erstens war er zur Selbstkritik fähig, hielt sich nicht für unfehlbar oder den Größten. Und das machte zum Beispiel seine Eitelkeit, die er auch hatte, erträglich. Und das andere war, dass ihn das viele Geld nicht verdorben hat. Das ist immerhin viel, wenn man so weich gebettet ist.«

»Leuchtet mir ein. Aber etwas bleibt, was ich mir nicht erklären kann.«

»Ich weiß schon, was Sie meinen. Und das kann ich mir auch nicht erklären und ich hoffe, dass Sie eine Antwort darauf finden. Wer hat ihn umgebracht? Und vor allem, warum?«

»Wir arbeiten daran.«

»Und?«

»Bis jetzt haben wir noch nichts Greifbares. Die Pistole ist eine Allerweltswaffe, wie sie zu Hunderten unterwegs sind, kommt meist aus Armeebeständen, das gibt bisher gar nichts her. Und dann haben wir natürlich die ganzen Gäste von dem Fest geprüft und befragt, aber auch da ist niemandem etwas aufgefallen.«

»Bei mir waren Sie aber noch nicht.«

Grabowski lachte: »Ich bin doch deswegen da. Aber es stimmt, über den Donnerstag haben wir noch gar nicht gesprochen. Was hatten Sie denn für einen Eindruck von Legrand an diesem Abend?«

»Ich habe nicht so ausführlich mit ihm geredet, er war dauernd von so vielen Leuten umlagert, ich kannte die wenigsten, bin selbst noch nicht lange hier in Freiburg. Er sagte mir, dass es mit seinem Umzug noch ein paar Wochen dauern würde und das Haus in Hamburg würde er erst später aufgeben, er müsse sich erst einmal einleben. Aber er freue sich, es sei der richtige Schritt zum richtigen Zeitpunkt gewesen. Er habe unglaubliche Lust, wieder kreativ zu werden, habe eine Unmenge von Ideen, da habe sich viel angestaut. Wenn Sie mich fragen, machte er einen sehr entspannten Eindruck, irgendwie befreit und zugleich voller Energie. Man konnte die Aufbruchsstimmung deutlich spüren. Im Übrigen war ich nicht sehr lange auf dem Fest, weil ich nachmittags erst mit dem Zug aus Hamburg gekommen war. Mir war es einfach ein bisschen zu voll und zu laut dort.«

»Wann sind Sie denn gegangen?«

»Weiß ich nicht mehr genau, wird so um Mitternacht gewesen sein. Da gab es so einen kleinen Aufbruch, dem ich mich unauffällig angeschlossen habe. Der OB war dabei, einige ältere Herrschaften, die offenbar auch nicht so in Partylaune waren.«

»Ach, in diese Gruppe sind Sie gerutscht? Die sind alle etwas verärgert abgezogen, als sie bemerkt haben, dass oben in den Zimmern gekokst wurde.«

»Also das wäre für mich kein Grund gewesen, ich war nur schlichtweg müde. Das finde ich nun wirklich etwas übertrieben, da wird doch überall geschnupft heutzutage oder die haben ihren Joint dabei, mein Gott, wen regt denn das noch auf? In Hamburg war das gang und gäbe.«

»Scheint so, denn bei Legrand im Hotelzimmer wurden auch einige Briefchen gefunden. Könnte das eine Rolle gespielt haben?«

»Sie meinen…? Ach, woher denn. Bei harten Sachen, Heroin oder so, wäre es wohl etwas anders, das könnte einen anderen Hintergrund haben, aber doch nicht bei diesem Partystoff. Wollen Sie etwa dieser Spur nachgehen?«

»Wir verfolgen natürlich alle Spuren, aber sonderlich ernst nehme ich das nicht, ganz unter uns gesagt.«

Grabowski überlegte kurz, wie er ein neues Thema anschlagen könnte, und sagte dann ziemlich beiläufig:

»Kennen Sie einen Herrn von Hübner?«

»Nein, muss ich den kennen?«

»Hätte ja sein können, er ist ein Nachbar von Legrand.«

»War der auch bei dem Fest?«

»Das wohl nicht, aber er wurde …«, Grabowski wartete, bis er ihre volle Aufmerksamkeit fand, »… in der gleichen Nacht erschossen aufgefunden. Auf seinem eigenen Grundstück, gleich neben dem von Legrand. Und offenbar mit der gleichen Pistole.«

Sie saß mit einem Male ganz aufrecht da und sah ihn mit großen Augen an. Der Schreck war ihr sichtbar in die Glieder gefahren, die burschikose Lässigkeit mit einem Male verflogen. Es war offensichtlich, dass sie von dieser Ausweitung noch nichts wusste.

Grabowski erzählte ihr kurz das Wichtigste davon, ohne in Einzelheiten zu gehen. Eigentlich hätte es längst in der Zeitung stehen können, aber die Presse hatte den Zusammenhang anscheinend immer noch nicht begriffen. Ob sie ihm wirklich zuhörte oder mit ihren Gedanken eine gänzlich andere Richtung einschlug, konnte er nicht feststellen. Sie saß ihm steif gegenüber mit konzentriertem Blick, aber er hatte das Gefühl, dass sie nicht ihn ansah, sondern durch ihn hindurch auf etwas Fernliegendes, Imaginäres schaute. Als er zum Ende gekommen war, sah sie eine Weile zum Fenster hinaus und sagte dann zusammenhanglos und unvermittelt:

»Er lebte in verschiedenen Welten gleichzeitig und das muss ihn innerlich zerrissen haben.«

»Wie meinen Sie das?«

»Seine Freunde kamen kaum noch an ihn ran.«

»Sie meinen Legrand?«

»Ja. Er hat irgendwann eine kleine, faszinierende Echse gefunden, die er hochgepäppelt und gefüttert hat. Er war ganz vernarrt in dieses Tier. Am Ende war es ein ausgewachsenes Reptil, das ihn gefressen hat.«

»Und welche Rolle könnte Hübner dabei gespielt haben?«

»Ich weiß nicht, wer dieser Hübner war, zu seinen Freunden gehörte er jedenfalls nicht. Wahrscheinlich zählte er auch zu diesem Imperium, das von Legrands Futtertrögen lebte. Als er die Fütterung eingestellt hat, war er selbst dran.«

»Das ist aber nur eine Vermutung von Ihnen, oder?«

»Nur so kann ich es mir vorstellen.«

»Das mit den Futtertrögen ist eine schöne Idee, nur Hübner haben wir dort allerdings noch nicht finden können. Legrand kommt in seinem Adressbuch nicht vor. Was noch nichts heißen muss, aber bisher können wir keine Verbindung zwischen den beiden finden.«

Sie schwieg. Auch Grabowski war in ein tiefes, aber richtungsloses Nachdenken versunken und spielte dabei mit dem Löffel seiner Kaffeetasse. Nach einer langen Weile tauchte er aus tiefen Gedanken wieder auf.

»Irgendwie bin ich ratlos. Natürlich gehen die Untersuchungen weiter. Wir Kriminalisten haben ein ziemlich umfangreiches Arsenal von Fragen und Methoden, die wir in einem solchen Fall abarbeiten. Und irgendwann findet sich auch irgendein kleiner Punkt, der bisher nicht genügend beachtet wurde und plötzlich zu leuchten anfängt und eine neue Richtung zeigt. Natürlich sind wir Optimisten, sonst könnten wir gar nicht arbeiten. Irgendwann wird fast jeder Fall geklärt. Aber im Augenblick, das sage ich Ihnen ganz offen, treten wir auf der Stelle. Was wir jetzt machen, ist die übliche Routine. Aber wir haben noch nichts gefunden, von dem man sagen könnte, dies oder jenes könnte einen lohnenden Weg zeigen. Das Glühwürmchen leuchtet einfach nicht.«

»Aber Sie stehen doch erst am Anfang.«

»Sicher. Wir haben noch eine Menge zu tun. Und wir werden auch fündig werden. Aber im Augenblick staksen wir noch im Nebel. Das mit dem Kokain – muss uns das hellhörig machen? Hat er etwa Ärger mit seinem Dealer bekommen? Keine Anzeichen dafür, trotzdem werden wir das weiterverfolgen. Wir lassen nichts aus, aber einstweilen verspreche ich mir wenig davon. Dann gibt es das Gerücht, er sei schwul gewesen. Na schön, und wenn schon. Auch da müsste noch etwas dazukommen, bevor das Signallämpchen aufleuchtet.«

»Legrand war nicht schwul.«

»Wissen Sie das? Sind Sie sich da so sicher?«

»Nein, natürlich nicht. Aber das wird doch allen in der Modebranche nachgesagt, dass sie schwul seien. Das ist doch kalter Kaffee.«

»Verstehen Sie mich nicht falsch, mir ist das völlig egal, ob er schwul war oder nicht. Mich interessiert nur, ob da etwas gewesen sein könnte, das mit seinem Tod zusammenhängen könnte.«

»Ich weiß schon, was Sie meinen. Legrand hatte viele Freundinnen und Freunde, aber keine langdauernden Partnerschaften. Da gab es keine festen Bindungen. Weder in die eine noch in die andere Richtung.«

»Was soll das heißen? War er etwa …?«

»Ob er bi war? Weiß ich nicht. Das ganze Thema spielte bei ihm jedenfalls keine sehr große Rolle. Ich habe nie gehört, dass es irgendwelche persönlichen Konflikte bei ihm gab.«

»Sehen Sie, das meine ich gerade: Es fehlt irgendwie das Konfliktpotenzial bei ihm. Alles kommt mir so reibungslos vor. Als Mensch und Künstler mag er unter erheblichen Spannungen gestanden haben, so habe ich Sie verstanden, aber das hatte er allein mit sich selbst abzumachen. Das war nichts, in das auch andere involviert waren. Sehe ich das richtig?«

»Einerseits. Aber denken Sie an die Futtertröge. Auch ein so friedlicher und liebenswerter Mensch, wie Legrand es war, stellte in den Augen manch anderer eine ungeheure Provokation dar. Er mochte so normal und unauffällig gelebt haben wie jeder von uns, aber er war es nicht. Auch ich habe nicht daran denken dürfen, was der auf der Kante hatte, sonst hätte ich gar nicht mehr mit ihm reden können. So etwas gefährdet jede Freundschaft, davon kann man sich nicht so leicht frei machen.«

»Meinten Sie das mit der kleinen Echse, die er zum ausgewachsenen Reptil gefüttert hat?«

»Ich meinte keine Person damit. Ich kenne niemanden, dem ich zutrauen würde, ihn umgebracht zu haben. Aber da sind die Umstände und Gegebenheiten, die durch ihn geschaffen wurden. Man könnte auch von einem System reden, aber ich bin keine Marxistin. Jedenfalls ging es tödlich aus und das kränkt mich ganz besonders, weil ich weiß, dass ihn dieses System überhaupt nicht interessiert hat und er gerade dabei war, sich als Künstler wiederzuentdecken.«

»Das System oder anders gesagt Firma, Geschäft und alles, was damit zusammenhängt, sind also der Bereich, der ihm zum Verhängnis wurde?«

»Sind der Teich, in dem er seine Reptilien gefüttert hat, ein Biotop, in dem er anscheinend seine Feinde selbst gezüchtet hat. Wahrscheinlich war er einfach zu blauäugig.«

Grabowski mochte ihr nicht widersprechen, obwohl er das nicht sehr logisch fand. Schließlich hatte Legrand sich schon vor einigen Monaten von diesem angeblich so gefährlichen Reservat getrennt. Aber es war nicht an ihm, seine Gesprächspartnerin von irgendetwas zu überzeugen und sei es auch nur, dass all dies auf pure Spekulation hinauslief. Mehr konnte sie ihm nicht bieten, aber zumindest darin musste er ihr recht geben, dass man dort suchen müsse, wo sich Legrand in Gefahr begeben hatte. So konnte sich Grabowski nach einem langen Gespräch von ihr mit dem Eindruck verabschieden, vieles und Wesentliches zur Persönlichkeit Legrands erfahren zu haben, und er hinterließ bei ihr das Gefühl, sie habe der weiteren Ermittlungsarbeit den vielleicht entscheidenden Dreh in die richtige Richtung gegeben.

XVI.

Auf der Bundesstraße war der übliche Feierabendverkehr und Graber ließ sich als ein folgsames Glied in der Schlange mitziehen. Gelegentlich gab es einige Idioten, die zu überholen versuchten, es manchmal auch schafften und damit zwei oder drei Wagen weiter vorn sich wieder einfädelten. Aber mehr als ein oder zwei Minuten würden sie niemals herausholen, wie weit auch immer ihr Weg noch war. Wahrscheinlich war es auch nur eine Art Sport, doch Graber hatte für dergleichen Spielchen wenig übrig, abgesehen davon, dass sein Yaris auch kaum das geeignete Fahrzeug war, um mitzuhalten. Es war eine wenig abwechslungsreiche Strecke, links ebene Felder, rechts ein Hügelland, das dann bald in die Höhenlagen des Schwarzwaldes überging, wenig ansprechend besiedelt. Einmal gab es einen Kreisverkehr um eine kleine Insel, auf der erhöht ein blumengeschmücktes Grubenwägelchen stand, an dem noch die gekreuzten Hämmer des Bergbausymbols zu erkennen waren, offensichtlich gab es in dieser Gegend einmal Erzgruben. Irgendwann kam ein Schild, das auf das ›Ristorante Da Giovanni‹ hinwies, noch 200 Meter.

Das Haus, ein Neubau, passte nicht in die Gegend, war auf seltsame Weise ein Fremdkörper. Zwar hatte der Architekt sicher die örtlichen Bauvorschriften eingehalten, die Traufhöhe, den Dachneigungswinkel beachtet, aber die großen Fenster des Erdgeschosses, das um einen flachen Anbau verbreitert war, passten nicht zu den kleinteiligen Fachwerksegmenten des Obergeschosses. Es fehlte der organische Zusammenhalt: unten weiträumig, hell, modern, wozu auch ein fast greller kaltweißer Putz gehörte, oben die schwarzbraunen Holzständer, die in grober Weise kleine, weiße Flächen kartierten und mit zwischen die Balken gepressten dunklen Fenstern wechselten. Der Parkplatz, vom Haus durch eine Hecke getrennt, war mit kalkweißem Splitt dicht belegt und jeder Schritt weich und knirschend gebettet. Vor dem Haus reckten sich einige weiße Steinplastiken, antiken Figuren nachempfunden oder nachbarocker Kitsch, dazwischen große Pflanzentöpfe mit Buchsbaumgewächsen, die akkurat zu geometrischen Figuren zurechtgeschnitten waren. Offenbar war hier bewusst ein Stilmix angelegt worden, der Antike mit Moderne, Italien mit dem Schwarzwald, den herrschaftlichen Park mit dem gemütlichen Dorf verbinden sollte, aber all das nur in dekorativen Anspielungen, eine Art Möchte-gern-Verschnitt.

Auf dem Parkplatz standen einige Autos, anscheinend war das Lokal schon in der frühen Abendstunde gut besucht. Durch eine automatisch sich öffnende Schiebetür trat man ein in einen hellen Gastraum mit weiß gedeckten Tischen, Besteck, Gläser und weiße Servietten bereits ansprechend dekoriert. Man kam an einer großen Vitrine mit Antipasti vorbei, verlockenden Platten mit dunkelgrünem Spinat, gegrillten Auberginen, Artischocken, gefüllten Tomaten, Schinken, verschiedenen Salamis, in Öl eingelegten Sardinen und rosa schimmernde Crevetten. Etwa die Hälfte der Tische war besetzt. Ein Kellner mit weißen Hemd und schwarzer Hose hielt sich diskret beobachtend in einiger Entfernung, bis Graber sich einen Platz ausgesucht hatte. Er hatte eine stille Ecke gewählt, wo er einen guten Überblick über das ganze Lokal hatte. Der Kellner brachte ihm eine Speisekarte von riesigem Format, freilich im Innern sehr großzügig bedruckt, doch die Preise waren nicht so furchteinflößend, wie er sich zunächst vorgestellt hatte. Er hatte bald gewählt, Pasta mit Meeresfrüchten und ein Glas Verdicchio, das er auch als Autofahrer glaubte, sich leisten zu können.

Erst nach dem Essen fragte er den Kellner nach Herrn Morelli, ob er ihn kurz sprechen könne. Der Kellner zuckte etwas zusammen, sah erst ihn beunruhigt an, dann blickte er etwas hilflos in Richtung der Theke, schließlich bat er, auf seinen Kollegen zu warten. Später stand er im Hintergrund mit zwei anderen Kellnern beisammen, sie redeten leise miteinander, blickten immer wieder zu Graber, schließlich kam er wieder und sagte, der Patrone werde gleich kommen.

Es dauerte geraume Zeit, bis Graber sah, dass an der Theke ein weiterer Mann mittleren Alters im legeren Jackett aufkreuzte, auf den die drei Kellner leise einredeten und dabei immer wieder unauffällig auf Graber deuteten. Er war von kleinem Wuchs und schmaler Gestalt und war dennoch zweifellos eine Respektsperson. Schließlich kam er an seinen Tisch und fragte mit gedämpfter Stimme:

»Was kann ich für Sie tun?«

»Ich suche Herrn Morelli. Er ist doch der Besitzer dieses Lokals?«

»Waren Sie nicht zufrieden mit dem Essen?«

»O doch, vorzüglich. Aber ich suche Herrn Morelli persönlich.«

»Das Restaurant hat den Besitzer gewechselt. Leider.«

»So ganz plötzlich? Erstaunlich. Und Sie sind der neue Wirt? Wie ist das denn gekommen?«

»Herr Morelli hat Probleme bekommen. Es lief nicht mehr so gut.«

»Und Sie haben es wieder in Schwung gebracht? Es sieht doch gut besucht aus.«

»Grazie. Ich gebe mir große Mühe und bin zufrieden.«

»Und wo ist Morelli geblieben?«

»Ich weiß es nicht, er ist weggezogen. Mit der ganzen Familie.«

»Aber Sie müssen ihn doch gekannt haben.«

»Ja, natürlich. Ich bin schon lange hier, seit Anfang. Ich war hier der Chefkellner. Und jetzt habe ich meine Chance.«

»Ich wünsche Ihnen jedenfalls viel Erfolg. Wenn Sie schon so lange da sind, dann kennen Sie vielleicht Herrn von Hübner.«

Das Gesicht des Wirtes hellte sich etwas auf.

»O ja, ein guter Freund von Giovanni, hat ihm viel geholfen. Ein feiner Cavaliere. «

Das war so arglos geredet, dass Graber annahm, der neue Wirt habe offensichtlich noch nichts vom Tod Hübners gehört. Dabei war in der heutigen ›Badischen Zeitung‹ eine großformatige Todesanzeige erschienen, in der der Neffe, Nicolaus von Hübner, und Ilse Ritter im Namen der Familie ›tief betroffen‹ den ›plötzlichen und unerklärlichen Tod‹ Otto von Hübners mitteilten. Die Beerdigung im engsten Familienkreis war für Freitag angekündigt. Aber der Patrone las offenbar keine Zeitung. Graber, der unschlüssig gewesen war, wie er den Wirt zum Reden bringen sollte, sah plötzlich seine Chance darin, sich als Mitarbeiter von Hübner auszugeben. Die offenkundige Sympathie für den einen konnte vielleicht auf ihn als den anderen abfärben. Freilich sollte man nicht gleich vom Tod reden, das würde nur misstrauisch machen. Der neue Wirt war schließlich der Einzige, von dem er erfahren konnte, wo Morelli zu finden war. Andererseits wusste Graber von Morelli so gut wie nichts, auch nicht von Hübners Verbindungen zu diesem Italiener.

»Setzen Sie sich doch einen Moment zu mir. Ich bin der Assistent von Herrn von Hübner. Graber ist mein Name, Rechtsanwalt Graber.« Und mit diesen Worten reichte er dem Wirt die Hand, der sich, noch etwas widerstrebend, tatsächlich gegenübersetzte.

»Ich heiße Paolo.«

»Es ist schön bei Ihnen und das Essen war auch vorzüglich.«

»Grazie.«

»Und gefunden habe ich es auch gleich. Wollen Sie den alten Namen denn beibehalten?«

»Ich möchte dem Ristorante gerne meinen Namen geben, aber es ist alles sehr schnell gegangen und überall läuft noch die Werbung für ›Da Giovanni‹. Man darf die Gäste nicht verunsichern, wir haben viele Stammgäste. Aber nächstes Jahr kommt der neue Name. Dann wird es ›Da Paolo‹ heißen.«

Es war ein vorsichtiges Herantasten, aber nicht ganz erfolglos. Denn es stellte sich heraus, dass es eine Insolvenzübernahme war und Paolo deshalb relativ billig an dieses Restaurant gekommen war, wahrscheinlich waren die Gläubiger froh, so schnell einen Nachfolger gefunden und damit wenigstens einen Teil ihrer Verluste gerettet zu haben.

»Aber wundern muss ich mich doch, denn Morelli kann so ganz arm nicht gewesen sein.«

»Der ganze Umbau, die Küche, die Außenanlagen, das hat alles Giovanni bezahlt. Das war sehr teuer. Er hat große Schulden gehabt bei der Bank.«

»Und Sie haben das alles übernommen?«

»Von der Bank gekauft. Das wurde alles neu bewertet, ist ja schon einige Jahre alt. Die waren froh, dass ich sofort weitergemacht habe. Wenn das noch länger leer gestanden hätte, wäre es schwierig geworden. Sind die Gäste einmal weg, dauert es lange, bis man sie wieder gefunden hat. Das Haus steht nicht mitten im Ort, sondern allein an der Bundesstraße. Die Gäste kommen von weit her. Ich habe der Bank gesagt: sofort oder gar nicht. Und mit dem Preis und dem Kredit müsst ihr mir entgegenkommen. So ist das gelaufen.«

»Und Herr von Hübner?«

»Mit dem habe ich nichts zu tun. Er ist ein Freund von Giovanni. Ich weiß nicht, was die miteinander gehabt haben. Wenn der avvocato kam, hat er nie hier gegessen. Er ist immer mit Giovanni weggefahren. Meistens nach Reichenbach. Die wollten nicht hier miteinander reden. Hier hören zu viele Leute zu.«

»Wo ist denn Reichenbach?«

»Kennen Sie nicht? Den ›Adler‹ in Reichenbach? Ist östlich von Lahr, ein sehr guter Gasthof, ein Sternelokal, eine halbe Stunde von hier. Da sind die immer hingefahren, ich weiß es, weil Giovanni mir vertraut hat. Ich hätte ihn dort anrufen können, wenn hier etwas Wichtiges gewesen wäre. Und Hübner hat dort oft auch übernachtet, wenn es spät geworden war. Er fährt nicht gerne Auto, wenn es dunkel ist, ist ja schon ein alter Mann, aber ein sehr feiner cavaliere.«

»Aber sagen Sie: Sie wissen nicht, wo Herr Morelli hingegangen ist?«

»Nein, weiß ich nicht. Vielleicht ins Ausland. Vielleicht nach Italien. Er ist mit der ganzen Familie weg. Hat er Herrn von Hübner nichts gesagt?«

»Herr von Hübner …« Graber zögerte, aber es fiel ihm kein Grund ein, warum er es noch verschweigen sollte. »Herr von Hübner lebt nicht mehr, er ist ermordet worden.«

»Mamma mia!«, flüsterte Paolo. Die Bestürzung, das tiefe Erschrecken im Gesicht des Italieners war nicht gespielt, man konnte geradezu Angst in seinen Augen lesen. Er schaute entgeistert und blass auf sein Gegenüber, die wildesten Gedanken mochten ihm durch den Kopf wirbeln, aber er gab nichts davon preis. Er fragte auch nicht weiter. Dann versteinerte sich sein Gesicht.

»Erschossen«, fügte Graber noch an. Paolo nickte mechanisch und fast abwehrend, als wolle er damit andeuten, dass er nichts weiter zu wissen wünschte.

Eine Weile saßen sie sich gegenüber, schweigend, dann nahm Paolo Grabers Hand, drückte sie, nicht sonderlich fest wie zur Bekräftigung einer Freundschaft, sondern eher matt wie ein laues Beileid. Dabei sah er ihm müde in die Augen, als wollte er sagen: Es musste so kommen. Dann erhob er sich und ging, nicht zu den Kellnern, die weit hinten in der Ecke beieinanderstanden mit verschränkten Armen und lauernd, als warteten sie, dass sie nur irgendetwas von dem Gespräch mitbekommen könnten, sondern durch eine schmale Tür, hinter der vielleicht sein Büro lag.

XVII.

Mittwoch, 7. Mai

Nachdem er die Zeitungen durchgeblättert hatte, ging Grabowski gleich gegenüber zum Büro von Tritschler, der über einem Berg von Papieren brütete. Er wartete, bis Tritschler aufblickte und sagte dann:

»Hast du dir einmal die Todesanzeigen angesehen?«

»Irgendetwas, das uns interessieren müsste?«

»Nicht direkt. Aber auffällig ist es schon. Gestern war die der Familie von Hübner in der ›Badischen‹, ziemlich groß. Heute ist die ganze FAZ voll. Acht Anzeigen allein für Hübner.«

Tritschler schien nicht sehr beeindruckt zu sein.

»Die Beerdigung ›im engsten Familienkreis‹ am Freitag war nur gestern erwähnt, heute nirgends mehr, offenbar wollen die das wirklich sehr kleinhalten. Ich werde aber trotzdem hingehen und mir das anschauen, kann nicht schaden. Aber allein acht Anzeigen heute, das muss wirklich ein großes Tier gewesen sein. Da sind Wirtschaftsverbände dabei, drei Stiftungen, der Freundeskreis der Berliner Nationalgalerie, ein Kuratorium für die Förderung junger Künstler. Der muss überall mitgemischt haben. Morgen erscheinen vielleicht noch mehr Anzeigen, da gibt es sicher noch Nachzügler. Das Auffälligste ist aber das, was nicht in der Zeitung steht.«

»Und das wäre?«

»Ich finde keine Anzeigen für Legrand. Bis auf eine von seinen persönlichen Freunden, heute in der FAZ. Sonst keine einzige.«

»Seltsam, wirklich erstaunlich. Dabei sind die Zeitungen doch überall voll von Berichten über ihn und seinen rätselhaften Tod. Das müsste doch jeden, der mit ihm zu tun hatte, mobilisiert haben.«

»Aber offenbar hat es nicht sehr viel Trauer ausgelöst, nicht einmal geheuchelte. Bis auf ein paar Freunde.«

»Wie viele sind es denn?«

»Insgesamt 38 Namen, ziemlich klein gedruckt, keine sehr große Anzeige, die scheinen nicht so viel Geld zu haben. Soweit ich die Namen schon einmal gehört habe, scheinen das vor allem Künstler zu sein, Schauspieler, Maler und so.«

»Immerhin 38. Und dann wird es noch einige geben, die so schnell nicht erreichbar waren. Demnach hatte er einen recht großen Freundeskreis.«

»Aber sonst ist nichts erschienen, nicht einmal eine Anzeige von der Familie.«

»Wer da zur Familie gehört? Ich weiß nur von seiner Mutter, die muss schon uralt sein, lebt in einem Altersheim.«

»Aber da kommt auch nichts aus der Wirtschaft, kein Wort, nicht einmal von seiner ehemaligen Firma. Die hätten doch wenigstens eine Anzeige aufgeben können. Er hat die Marke immerhin aufgebaut und groß herausgebracht. Aber anscheinend wollen die nichts mehr von ihm wissen. Oder es hat ihnen sonst wie die Sprache verschlagen.« Grabowski verstummte und schien nachdenklich.

»Wenn wir das alles verstehen würden, wären wir schon viel weiter. Trinkst du auch einen Kaffee?«

Tritschler stand auf, um an den Kaffeeautomaten zu gehen, der am Ende des Flures in einer Nische stand. Grabowski nickte und murmelte:

»Für mich schwarz.«

Nachdem er den Kaffee in zwei Plastikbechern hereingebracht hatte, nahm Grabowski den Gesprächsfaden noch einmal auf:

»Dieser Legrand scheint ein Mensch mit vielen Gesichtern gewesen zu sein, einerseits ein schillernder Modezar mit dem ganzen Glamour dieser Szene. So hat er sich wohl auch auf diesem Fest gezeigt, immer im Scheinwerferlicht und als großer Zampano. Ein Stimmungsmacher, der richtig Zunder gab. Und immer von Models umgeben, die ihn anhimmelten. Wahrscheinlich ist das üblich bei solchen Events. In Hamburg hat er viele solcher Partys gegeben, das war in allen Illustrierten und Magazinen abgebildet, und immer mit diesen ganzen Showbizz-Leuten und Adabeis. Für mein Gefühl ziemlich unsympathisch und angeberisch. Aber vermutlich gehört das einfach zu dieser Branche. Immer etwas schrill und laut, so wie die Werbung. Aber diese frühere Bekannte von ihm, zu der du mich hingeschickt hast, hat mir noch ganz anderes erzählt. Erstens von seiner Herkunft, ganz einfache Verhältnisse, Besatzerkind und so weiter. Zweitens war er Jurist und eine Zeit lang als solcher auch tätig. Drittens hat sie gesagt, er habe sich eigentlich als Künstler verstanden und den ganzen Laden nur deshalb verkauft, weil er wieder als Künstler arbeiten wollte. Ihm sei die ganze Firma zu groß geworden, er sei gewissermaßen ein Opfer seines eigenen Erfolges geworden, und das habe ihn richtig aufgefressen. Wie so ein Zauberlehrling, der die Besen nicht mehr loswird, die er einmal in Gang gesetzt hat. Und deshalb habe er die Reißleine gezogen und sich von allem getrennt.«

»Also ein neues Leben beginnen wollen? Mit dieser Ausstattung ist das kein Kunststück. Ich weiß ja nicht, ob die Zahlen stimmen, die in der Presse genannt werden, aber es sollen ein paar Hundert Millionen gewesen sein.«

»Den Reichtum hat auch sie obszön genannt. Aber sie hat ihn vor allem als Mensch beschrieben, was er gedacht hat, was ihn interessiert hat, diese Dinge. Und demnach muss er ein richtig sympathischer Kerl gewesen sein. Klingt jetzt komisch. Aber ich hatte den Eindruck, dass sie ein ziemlich nüchternes Urteil hat. Das war nicht so dahergeredet, aus Bewunderung oder zu großer Nähe, so eng stand sie mit Legrand nicht.«

»Und wie soll das zusammenpassen?«

»Darüber habe ich auch nachgedacht. Ich lege es mir so zurecht, dass er als Geschäftsmann genau wusste, was zu tun ist. Erfolg kommt schließlich nicht von allein. Als ausgebildeter Jurist ließ er sich nicht über den Tisch ziehen. Vielleicht war er auch ein kühler Rechner, der knallhart kalkulieren konnte, wenn es sein musste. Das wäre die eine Seite. Aber dass einer andererseits sagt: Das ist nicht alles im Leben, es gibt Dinge, die ich noch lieber tue, ist ja nicht völlig unverständlich.«

»Natürlich nicht. Aber da muss es auch noch einiges dazwischen gegeben haben, unerfreuliche Dinge. Sonst wäre er nicht umgebracht worden.«

»Von Feinden hat sie jedenfalls nichts gewusst, in der Hinsicht war das Gespräch unergiebig.«

In diesem Moment läutete Tritschlers Telefon. Auf dem Display konnte er gleich erkennen, dass es eine Hausleitung war. Es meldete sich ein Kollege von der Spurensicherung und sagte, er habe das dritte Geschoss gefunden, das aus der Pistole abgefeuert worden sei, die bei Hübners Leiche gelegen habe. Tritschler wunderte sich über diese zweifellos richtige, aber doch etwas umständliche Formulierung und erkannte dabei sogleich Bruno Stäblein, einen knochentrockenen Kollegen, der aber ein ausgezeichneter

Kriminaltechniker war. Er selbst hätte vielleicht von der Hübner-Pistole gesprochen und jeder hätte gewusst, was gemeint war. Aber Bruno Stäblein ließ solche Ungenauigkeiten nicht zu. Ob er mündlichen Bericht geben solle? Dann könne er jetzt gleich heraufkommen. Der schriftliche Bericht liege frühestens gegen Nachmittag vor.

»Versteht sich. Nein, kommen Sie gleich. Ich bin in meinem Büro.«

Grabowski nahm an, dass Tritschler sich wichtigeren Aufgaben zuwenden müsse, und wandte sich zum Gehen. Doch Tritschler forderte ihn auf zu bleiben.

»Das wird dich auch interessieren. Es war Stäblein von der Technik, der die dritte Patrone untersucht hat.«

»Ach, hat man die gefunden?«

»Das war doch deine Idee, du hast darauf bestanden, dass wir danach noch einmal suchen sollten, weil in dem Magazin drei Kugeln fehlten. Und diese dritte wurde im Erdboden von Hübners Garten gefunden. Hätte ich dir schon gestern Abend sagen können, aber du warst nicht im Haus. Mehr weiß ich auch noch nicht.«

»Ihr kennt euch?«

Nach der Begrüßung sagte Grabowski, halb zu Tritschler gewandt:

»Doch, ja. Habe gelegentlich schon mit Kollegen Stäblein zu tun gehabt.« Und dann: »Gell, Bruno, erinnerst du dich noch an den Fall?«

»Lass mal, das ist lange her.«

Bruno Stäblein mochte nicht die großen Worte und Weitschweifigkeiten. Er hatte seinen Laptop dabei und wollte gleich zur Sache kommen.

»Die Fundsituation habe ich schematisch dargestellt, die

können wir uns gleich ansehen. Das Geschoss entspricht in allen Merkmalen den übrigen Patronen des Magazins der Waffe, die neben dem toten Hübner gefunden wurde.«

Er gab seinem Laptop allerlei Eingabebefehle, bis das gewünschte Bild erschien, zunächst ein Foto der Leiche Hübners, weiträumig aufgenommen. Seitlich von Hübner war deutlich die Pistole zu erkennen, die ihm aus der Hand gefallen zu sein schien. Die folgenden Aufnahmen wiederholten dieses Bild, dem nun mit Markern der Fundort der dritten Patrone, das Einschussloch im Boden und der Einschusswinkel grafisch hinzugefügt waren.

»Wenn man aus diesem Winkel die Flugbahn des Geschosses rekonstruiert und außerdem die vermutliche Schussentfernung, dann ergibt sich der im folgenden Bild dargestellte maximale Bereich für das Mündungsfeuer der Pistole.«

Grabowski und Tritschler starrten verblüfft auf die Aufnahme des toten Hübners, der in grafischer Darstellung nun ein äußerst schmaler Handlungsraum hinzugefügt war: Der infrage kommende Bereich begann exakt bei der Leiche Hübners und endete bereits 50 Zentimeter hinter ihm. Als Stäblein diese Aufnahme rotieren ließ, um den Einschusswinkel in den Boden grafisch darüber zu legen, wurde deutlich, dass der Schuss aus einer Höhe von 80 Zentimetern bis höchstens einem Meter über dem Erdboden abgegeben worden sein musste.

Grabowski fragte als Erster: »Wenn ich das richtig verstehe, bedeutet dies, dass aus der Hüfte geschossen wurde?«

»Kann man sagen. Oder aus einer gebückten Haltung, fast schon in der Hocke.«

»Und außerdem in eine Richtung, die fast im rechten Winkel zu der Schussbahn verläuft, mit der Legrand von eben diesem Platz aus getroffen wurde?«

»Genau.«

»Und wen oder was sollte dieser Schuss treffen?«

»Diese Frage kann ich natürlich nicht beantworten. Aber immerhin so viel, dass wir kein denkbares Objekt in dieser Schussrichtung ausmachen konnten. Übrigens fanden sich in diesem Teil des Gartens auch keinerlei Fußspuren. Es scheint also auch niemand dort vorbeigelaufen zu sein.«

»Vielleicht ein Igel?«

Diese etwas sarkastische Bemerkung von Grabowski quittierte Stäblein nur mit einem Hochziehen der rechten Augenbraue.

Jetzt schaltete Tritschler sich ein:

»Also ein Fehlschuss?«

»Kann man so nicht sagen. Es war dort kein Objekt, das etwa verfehlt oder nicht getroffen wurde.«

»Ja, was denn sonst?« Man spürte eine gewisse Ungeduld bei Tritschler.

»Ich kann nur sagen, was wir gefunden haben. Übrigens habe ich die Patrone dabei, aber sie hat keine weiteren Besonderheiten.«

Stäblein zog kommentarlos eine kleine Plastiktüte aus seiner Jackentasche und legte sie auf den Tisch. Alle schauten sich ratlos an, die Patrone blieb unbeachtet.

Nach einer ganzen Weile sagte Grabowski:

»Ich habe da noch eine Frage. Du hast doch sicher auch die Waffe untersucht. Gab es irgendwelchen Schmauch oder sonstige Spuren am Mündungskopf?«

Tritschler schaute etwas irritiert, weil er die Frage nicht verstand, zuerst auf Grabowski, dann auf Stäblein.

»Ich habe nichts bemerkt.«

Grabowski verfiel in Nachdenken, bevor er nachsetzte:

»Könnte das bedeuten – wenigstens theoretisch, dass auf der Waffe ein Schalldämpfer aufgesetzt war?«

»Eindeutig lässt sich das nicht sagen, wir müssten dafür noch einige Schussversuche anstellen. Ob das zu klaren Ergebnissen führt, weiß ich nicht. Ich vermute Nein, aber einen Versuch wäre es wert. Insofern kann man nur sagen: Theoretisch wäre es möglich. Andererseits gibt es an der Waffe keinerlei Fingerabdrücke außer denen von Hübner. Und da wir einen Schalldämpfer nicht gefunden haben, müsste ihn irgendwer entfernt haben, ohne dabei Spuren zu hinterlassen, also ohne weitere Fingerabdrücke zum Beispiel.«

Die Frage schien ins Leere zu laufen, aber Grabowski machte nicht den Eindruck, besonders enttäuscht zu sein. Er sah zum Fenster hinaus auf den Hof, wo einige Autos ordentlich aufgereiht herumstanden und zwei uniformierte Polizisten in einen lebhaften Wortwechsel verstrickt schienen. Da die Fenster geschlossen waren, hörte man kein Wort. Grabowski beobachtete die Szene interessenlos, vielleicht auch nur, um sich abzulenken und konzentrierter seinen Gedanken nachhängen zu können. Nach einiger Zeit drehte er sich langsam um und musterte Stäblein, der geduldig auf weitere Fragen wartete.

»Sag mal, Bruno, was mich verdammt interessieren würde: Könnt ihr eigentlich bei einer Pistole, aus der ein ganzes Magazin verfeuert wurde, die Reihenfolge der Geschosse rekonstruieren? Kann man das an den Geschossmänteln erkennen?«

»Im Allgemeinen nicht. In besonderen Fällen mag es vorkommen, dass man Merkmale findet, die eine solche Ordnung ermöglichen. Aber eher selten. Also zum Beispiel, wenn es eine Deformation am Lauf der Waffe gibt, die sich am Geschoss abbildet. Aber bei einer normalen, gut gepflegten Waffe lässt sich dazu nichts sagen.«

»Und war diese Beretta eine gut gepflegte Waffe?«

»Zweifellos. Diese FS 92 ist zwar ein älteres Modell, aber das hat nichts zu sagen. Sie war in einem sehr guten Zustand. Aber ich werde die Frage, ob es da eine signifikante Modifikation an den drei Patronen gibt, noch einmal prüfen. Ich muss die nur noch einmal unters Mikroskop legen. Wenn da irgendeine Auffälligkeit wäre, würde ich mich sofort melden.«

Stäblein sah fragend auf Grabowski und auf Tritschler und als er keine Reaktion bemerkte, klappte er seinen Laptop zu und meinte:

»Dann, bis zum nächsten Mal.«

Mit einem Male schien sich Tritschler zu besinnen, dass er als Leiter der SOKO Legrand auch gewisse Vorgesetztenpflichten hatte, zumal Kollegen gegenüber, mit denen er eher selten in Kontakt kam. Deshalb bedankte er sich bei Stäblein ausdrücklich für diese präzise Darstellung, die für die Aufklärung dieses Falles von erheblicher Bedeutung sei. Als Stäblein die Plastiktüte mit der Patrone wieder an sich genommen und den Raum verlassen hatte, musste Grabowski über die plötzliche Chefattitüde grinsen, sagte aber nichts. Er mochte Tritschler, der sich bemühte, ein guter Chef zu sein, vor allem, weil er eigentlich nichts weniger war, nur ein angenehmer Kollege.

»Vielleicht sollten wir auch noch prüfen, ob Hübner regelmäßig ein Sportcenter aufgesucht oder einen Fitness-Club besucht hat.«

»Wie meinst du das?«, fragte Tritschler.

»Ich versuche mir nur vorzustellen, was ihn, der angeblich nie ein Schießeisen in der Hand gehabt hat, dazu befähigt haben könnte, aus einer solchen Position – Hüfte oder Hocke – einerseits ziellos in den Boden zu schießen, andererseits präzise Legrand auf einige Entfernung zu treffen und schließlich sich selbst seinen Kopf zu zertrümmern.«

»Klingt ein bisschen unlogisch. Wenigstens so, wie du es zusammenfasst.«

»Vielleicht war er ja ein Bewunderer von Wildwestfilmen und hat heimlich geübt.«

»Ich weiß nicht, worauf du hinauswillst.«

»Mir kommt das alles etwas zu seltsam vor. Einen Selbstmord von Hübner können wir praktisch ausschließen. Er war so nicht durchführbar. Diesen Schuss in den Boden kann eigentlich Hübner auch nicht abgegeben haben. Und der Schuss auf Legrand – in der Dunkelheit der Nacht –, der war für einen ungeübten Schützen wohl ein etwas zu präziser Treffer.«

»Du meinst, Hübner habe überhaupt nicht geschossen? Aber wie kommen dann die Fingerabdrücke von ihm auf die Pistole? Und dann noch die Schmauchspuren an seiner Hand.«

»Das alles ist inszeniert. Der Mörder von Legrand hat auch Hübner erschossen und einen Selbstmord von ihm vorgetäuscht. Dem toten Hübner wurde die Waffe in die Hand gedrückt, dann abgedrückt. Das ist dieser merkwürdig flache Schuss in den Boden. Dabei gab es den Schmauch an seiner Hand, und dann wurde die Waffe so neben die Leiche gelegt, als sei sie ihm aus der Hand gefallen.«

»Hm. Es würde manches erklären. Aber wieso gibt es dann keine weiteren Fingerabdrücke? Der Mörder müsste sehr sorgfältig und planvoll gearbeitet haben. Eine vollkommen saubere Waffe, wahrscheinlich Lederhandschuhe. Das kann alles so gewesen sein. Aber warum bringt er Hübner und Legrand um, was haben die beiden miteinander zu tun, dass sie beide Opfer werden? Was haben Legrand und Hübner um die gleiche Zeit nachts in ihren Gärten zu tun? Woher weiß der Mörder, dass er die beiden in dieser Nacht, ausgerechnet in dieser, treffen kann? Dein Scharfsinn in Ehren, aber wir sind damit noch kein Fitzelchen weitergekommen. Genau genommen stehen wir ganz am Anfang.«

»Das sehe ich nicht so. Wenn meine These stimmt, und alles spricht dafür, dann haben wir einen genauen Tatablauf, wissen auch, dass der Täter ein Dritter war, einer, der sich sehr genau vorbereitet hat. Da wurde nichts dem Zufall überlassen. Die Waffe ist zwar ein weit verbreiteter Typ, aber keine, die du im Laden kaufen kannst. Die ist Ganovenspielzeug, kannst du überall bekommen. Vielleicht wurde die sogar schon irgendwann einmal benutzt.«

»Das ist doch Einmaleins. Und nützt im Augenblick gar nichts. Ich weiß immer noch nicht, worauf du hinauswillst.«

»Ganz einfach. Wir suchen im Augenblick vor allem, wer ein Motiv gehabt haben könnte, sowohl Hübner als auch Legrand umzubringen. Eine klassische Aufgabe. Aber dieses Motiv des Täters haben wir vielleicht schon. Nämlich nichts anderes als ein Auftragsmord. Das würde bedeuten, dass wir zumindest wissen, wo wir den Täter suchen müssen.«

»Und wo?«

»Unter Profis. Das war ein Berufskiller.«

»Aber wer soll den Auftrag gegeben haben? Und warum?«

»Das weiß ich auch nicht. Du fragst, was man jetzt noch nicht beantworten kann. Wer war zuerst, das Ei oder die Henne? Da kann ich nur sagen: Wenn ich ein Ei finde, überlege ich, wo die Henne dazu ist. Wenn ich eine Henne finde, gucke ich, ob sie ein Ei gelegt hat. Alles andere ist Spitzfindigkeit. Gehen wir also von dem aus, was wir haben, dann kommen wir auch zu dem anderen.«

»Lassen wir das, das bringt uns jetzt auch nicht weiter. Aber noch etwas ganz anderes: Morgen bin ich nicht da, du musst mich vertreten, wenn irgendetwas los ist. Ich muss nach Hamburg und sehe mir das Büro von Legrand an. Ich komme aber in der Nacht wieder zurück. Der Chef weiß auch Bescheid.«

»Wie willst du denn das in einem Tag schaffen? Nimmst du etwa den Flieger?«

»Komm, du willst mich nur auf den Arm nehmen. Ich nehme die Bahn und wenn es keine Verspätungen gibt, weil wieder irgendein Selbstmörder auf den Gleisen liegt, bin ich mit dem letzten Zug wieder zurück.«

»Von mir aus kannst du auch erst am Samstag kommen, ich lass hier nichts anbrennen. Du kennst ja meine Meinung: Mit Hetzen bist du unter den Letzten. Lass dich von Petersen doch wenigstens in ein gutes Fischrestaurant führen. Da erfährst du Sachen, die er dir sonst nie erzählen würde. Du musst den Kollegen auch einmal Zeit zum Plaudern geben.«

Tritschler antwortete darauf nicht, sah Grabowski nur streng an. Der zuckte klein beigebend nur mit der Schulter.

»Ich rede nicht vom Vergnügungsdampfer, nur von einem bescheidenen Arbeitsessen.«

XVIII.

Donnerstag, 8. Mai

Obwohl er spät dran war, wollte er noch einen kleinen Reiseproviant einkaufen. Am Bäckerei-Kiosk standen viele Kunden. Vorn wurden Brötchen auf einem heißen Blech aus dem Backautomaten geholt, die Verkäuferin musste dazu Isolierhandschuhe anziehen. Eine andere Verkäuferin schnitt eine Scheibe warmen Leberkäse ab, legte sie zuerst auf die Waage und dann zwischen zwei Brötchenhälften, bevor sie umständlich eine Tüte damit füllte. Es ging und ging nicht weiter. Endlich kam eine weitere Bedienung, doch jetzt wollte jemand mit einem großen Schein bezahlen. Die Wartenden, die vermutlich alle noch den Zug erreichen wollten, wurden auf eine harte Probe gestellt. Doch mit einem Male löste sich der Stau und Tritschler konnte noch gerade rechtzeitig seine zwei Butterbrezeln und die Flasche kalten Kakao in Empfang nehmen und bezahlen, als auch schon der ICE einfuhr.

Als er einsteigen wollte, bemerkte er Schorsch Tröndle, einen alten Kollegen aus längst vergangenen Zeiten, der mit einer großen Reisetasche eben die Stufen zum Waggon hochklettern wollte.

»Gib mir die Tasche, ich bring sie dir in den Wagen.«

»Ach, so eine Überraschung! Vielen Dank. Fährst du in die gleiche Richtung?«

Es traf sich, dass Tröndle zwar eine Platzreservierung hatte, neben ihm aber noch ein Platz frei blieb, so konnten sie beieinander sitzen. Schon seit bald 15 Jahren war Tröndle Pensionist, aber er hatte immer den Kontakt zu seinen jüngeren Kollegen gehalten, die noch im Dienst waren, und lebhaften Anteil genommen an allem, was geschah. Ein Kriminaler hört nie auf, an alte Fälle zu denken, die er einmal bearbeiten musste, an die ungelösten vor allem, aber selbst die neuen Ereignisse interessieren ihn noch immer brennend und er verfolgt alles, was er darüber erfahren kann. Dass Tröndle auf dem Weg nach Köln war zu seiner Tochter und dem Enkel, der schon Abitur machte, war bald abgehakt. Bis Mannheim hatten sie die gleiche Strecke, anderthalb Stunden, und es gab genug zu bereden.

»Ihr habt jetzt ziemlich viel um die Ohren? Ich nehme an, du hast mit dem Lorettoberg zu tun. Hab noch gar nicht viel davon gehört.«

»Ja, und deshalb muss ich nach Hamburg, mich dort einmal umsehen. Ich will mir Legrands Büro angucken und mit den dortigen Kollegen reden. Wir tappen noch immer ziemlich im Dunklen.«

Und dann erzählte Tritschler von der Arbeit, den Kollegen, die Tröndle noch kannte, in groben Umrissen von Legrand und Hübner, und Tröndle hörte mit großer Aufmerksamkeit zu. Ab und zu machte er seine Bemerkungen und stellte Fragen nach diesem und jenem. Irgendwann fiel auch der Name Bente und Tritschler sagte beiläufig, irgendwie käme ihm der bekannt vor, aber ihm wolle partout nicht einfallen, woher.

Tröndle meinte, er habe auch einen Bente gekannt, aber der könne nichts damit zu tun haben.

»Und wer war das?«

»Na, der Kalla, so haben sie ihn immer genannt. War beim FFC, ein Mittelfeld-Spieler. Der hat die Tore geschossen. Hat immer das Trikot mit der Nummer zehn gehabt. Denk dir, das muss 1968 oder ’69 gewesen sein, da hat der FFC nur um ein Tor den Aufstieg in die Bundesliga verpasst, so war Bente. Das war ja lange vor deiner Zeit, wirst du dich gar nicht mehr erinnern. Solange der beim FFC war und später beim SC Freiburg, ging es immer aufwärts. Später war er Trainer beim Sportclub und da hat er dann den Aufstieg in die Zweite Bundesliga geschafft. Ich sage dir, es hat zwei wichtige Leute beim Freiburger Fußball gegeben, nur zwei, und der eine war Bente. Als Spieler und Torschütze – und später als Trainer, bis 1984.«

»Und wer war der andere?«

»Finke natürlich. Ich war immer ein großer Finke-Anhänger und kann nicht verstehen, warum sie ihn nicht mehr wollten. Was der geleistet hat.«

Tritschler wollte das Finke-Thema, das noch immer für Aufregung sorgte, möglichst nicht vertiefen und fragte deshalb nach:

»Aber was war denn mit Bente?«

»Der ist bei einem Verkehrsunfall ums Leben gekommen, ein ganz tragischer Fall, der war erst Anfang 40.«

Eine Weile schwiegen sie sich nachdenklich an. Dann sagte Tröndle noch:

»Aber mit deinem Fall hat der natürlich nichts zu tun. Ist nur der einzige Bente, den ich kenne.«

*

Kurz hinter Hannover kündigte sich Tritschler mit seinem Handy bei Petersen an. Am liebsten würde er sich gleich in Legrands Büro mit ihm treffen. Doch Petersen hatte anders disponiert: Zuerst wolle er Tritschler seinem Chef vorstellen, das gehöre sich so, um 13.30 Uhr könnten sie dann in dieses Büro fahren, wo auch Frau Bente hinkomme. Aber damit war Tritschler gar nicht einverstanden, ohne es so deutlich sagen zu wollen. Er führte hier die Untersuchung an und würde sich von den Hamburgern nicht herumdirigieren lassen. Freundlich, aber bestimmt antwortete er:

»Ausgezeichnet, dann können wir uns dieses Büro zunächst allein ansehen, bevor die Dame dazukommt. Das ist ganz in meinem Sinne. Im Übrigen: Erst die Arbeit, dann der Chef. Sonst haben wir ihm ja nichts zu erzählen. Das wird ihm auch einleuchten.«

Etwas knurrig entgegnete Petersen nur, er werde ihn am Bahnhof abholen, er stehe an der Treppe zur oberen Galerie.

Sie fuhren die Ost-West-Straße entlang und fanden ein Parkhaus in der Nähe vom Rödingsmarkt. Von dort waren es nur ein paar Schritte zu einem großen Bürohaus. Petersen kannte sich aus, führte direkt zum Lift, in die oberste Etage und steuerte auf eine Tür zu, an der es zwar eine Klingel gab, aber kein Firmen- oder Namensschild. Dafür klebte ein Papierstreifen über dem Schloss mit der Aufschrift ›amtlich versiegelt‹ und einigen weiteren Angaben. Er riss das Siegel herunter und schloss auf.

Gleich am Eingang gab es links eine Nische mit einer Garderobe und zwei kleinen Türen, offenbar WCs, auf der rechten Seite eine kleine Teeküche. Das eigentliche Büro bestand aus drei unterschiedlich großen Räumen mit hellen Fenstern mit Blick über einige Häuser hinweg auf das jenseitige Elbufer bei Steinwerder. Zunächst ein geräumiges Zimmer, das offenbar der Arbeitsplatz von Frau Bente war. Ein dominierender Schreibtisch mit weißer Platte, auf dem ein großer Computerbildschirm stand, davor die Tastatur, seitlich eine Lampe mit einem weit ausschwingenden Arm, alles in einem sehr modernen und teuren Design. Ebenso der schwarzlederne Schreibtischstuhl. Rechts und links neben der Fensterfront waren die Wände mit weißen deckenhohen Wandschränken ausgefüllt. Außerdem gab es noch eine bequeme Sitzecke mit zwei kleinen Sesselchen und einem kleinen Teetisch. An der einzigen freien Wand, dem Fenster gegenüber, hing ein übergroßes Bild mit einer grellbunten halbabstrakten Landschaft, dessen Format mehr als ein großes Bett ausmachte. Das alles wirkte freundlich, hell und großzügig.

Ein weiterer kleinerer Raum diente anscheinend vor allem als Archiv. Dort befanden sich hohe Holzgestelle, unten mit Archivkästen vollgestellt, weiter oben mit Aktenordnern, auch Büchern, Katalogen und Stoffmustersammlungen, an einer freien Stelle waren Umzugskisten übereinandergestapelt, offenbar wurden hier nur selten benutzte Sachen gelagert. In einer Ecke standen mehrere Bilder an die Wand gelehnt, man sah nur die Rückseiten mit ihren Keilrahmen und der rohen Leinwand.

Der beeindruckendste Raum mit einer Länge von fast zwölf Metern, offenbar das Arbeitszimmer von Legrand, fiel zum einen dadurch auf, dass die Wände geradezu übersät waren mit Bildern in verschiedensten Formaten und Stilrichtungen, auch mehrfach übereinander gehängt. Außerdem standen mehrere Skulpturen herum, teilweise auf Sockeln, aber auch Kleinplastiken. Zum anderen gab es hier mehrere geräumige Arbeitsplatten auf einfachen Holzböcken, teilweise belegt mit Bücherhaufen und Kunstzeitschriften, auf einem der Tische lag eine aufwendige Kamera mit ihrem Zubehör. Aber auch auf dem Boden türmten sich Bücherstapel, Kunstbände und Mappen. Eine Vielzahl von Aktenordnern reihte sich ordentlich aneinander, griffbereit auf dem

Fußboden, merkwürdigerweise gab es keine Regale dafür. Dazwischen befand sich ein stilvolles Biedermeier-Kanapee, mit gelbem Samtstoff überzogen, der Rahmen in hellem Kirschholz. Ein paar Stühle standen herum, außerdem noch ein lederbezogener Drehsessel mit hoher Lehne. Vor der Fensterfront mit weitem Ausblick über den Hafenbereich war eine große freie Arbeitsfläche, auf der ein Stapel großformatiger Papiere lag, und mehrere Becher mit Zeichenstiften aller Art standen am Rand.

Das alles vermittelte eher das Bild eines Ateliers oder einer Gelehrtenstube, jedenfalls wies nichts auf einen Geschäftsmann hin. Aber als das verstand sich Legrand auch nicht. Hier hinten war offenbar ein ganz persönlicher Bereich, dieser machte nicht den Eindruck, als wären hier Besucher willkommen. Er präsentierte sich nicht sehr einladend, gleichwohl konnte man nicht von Unordnung sprechen. Wahrscheinlich hatten all die Dinge hier sogar eine sorgfältige Ordnung, in der sich freilich nur Legrand zurechtfinden musste. Die ganze Suite schien streng geteilt: vorn ein freundliches Büro, das abschirmend die laufenden Aufgaben zu organisieren und zu erledigen hatte, hier hinten ein Ort des Rückzuges, des Nachdenkens und Entwerfens, wenngleich dies sicher nicht das eigentliche Atelier Legrands war, sondern nur ein ausgelagerter Ableger.

Tritschler sah sich ausführlich um und, nachdem er die Bilder flüchtig betrachtet hatte, blätterte er auch in dem ein oder anderen Buch oder Kunstband, um zu sehen, womit sich Legrand beschäftigt hatte. Aber ein zentrales Thema ließ sich nicht finden, zu weitläufig schienen seine Interessen zu sein. Keineswegs ging es da vor allem um Mode, Kostüm- oder Textilkunde, sondern die ganze Kunstgeschichte war vertreten, von Pompeji bis zum Jugendstil, viele Kataloge moderner Kunst, Belletristik in schön gestalteten Pressedrucken, zum Beispiel alle Bände der Raamin-Presse, auch Gedichtbände waren zu finden, einen großen Teil nahm moderne Architektur ein in prachtvollen Fotobänden. Sodann Bände über Dekoration und Möbel. Aber auch Kino, Filmgeschichte und Theater waren vertreten. Daneben fand er großformatige Fotoschachteln, Zeichnungen und Entwurfsmappen, die durchzublättern er sich keine Mühe machte. In der Fülle fehlte ihm einstweilen die Neugier fürs Detail.

Petersen war bald wieder nach vorn gegangen und öffnete alle Türen zu den silberweiß glänzenden Wandschränken, die voller Aktenordner waren, und las die Beschriftungen auf den schmalen Rücken der Ordner. Hier schien alles bestens aufgeräumt und aufgehoben. Jahresabschlüsse, Bilanzen, Verträge, Geschäftskorrespondenz nach Firmen geordnet, Hausverwaltung, Versicherungen, Steuerakten – nichts Auffälliges konnte er ausfindig machen und klappte die Schranktüren wieder zu. Er trat ans Fenster und betrachtete das Panorama der Werften und Kräne, das gleich hinter den Bürobauten zum Vorschein kam und sich gegen den Himmel in klarer Zeichnung abhob. Wonach sie eigentlich suchen sollten, war ihm nicht klar. Dies war nur ein persönliches Büro, mit der Firma Legrand hatte es offenbar wenig zu tun. Vermutlich waren alle Firmenunterlagen beim Verkauf dem neuen Eigentümer überlassen worden, wie sollte es auch anders sein, der Betrieb wurde ja weitergeführt. Andererseits würde der Mörder Legrands kaum je in dieses persönliche Büro seine Schritte gelenkt und etwa bei der Sekretärin seine Visitenkarte hinterlassen haben. Vermutlich gab es hier gar keine Besucher, höchstens den

Steuerberater oder den ein oder anderen Lieferanten, der etwas abzugeben hatte, Bücherpakete zum Beispiel oder kleinere Kunstsendungen, all das Zeug, das dort hinten in unübersichtlichen Stapeln sich türmte und bald kein Durchkommen mehr ließ. Zum Ersticken. In der Masse und Überfülle wurde alles zum Entsorgungsproblem, zum Müll. Petersen war dies alles sehr fremd, auf die Bilder und Skulpturen hatte er keinen Blick verschwendet, ganz im Gegensatz zu Tritschler.

»Schon beeindruckend, was?«

»Meinen Sie den Blick auf den Hafen? Da müsste man schon ein paar Blocks weiter vorn residieren.«

»Das auch. Aber wofür der sich alles interessiert hat. Haben Sie die Bücher einmal angeschaut?«

»Ist nicht so mein Ding. Ist eine ziemliche Rumpelkammer da hinten.«

»Das kann man so nicht sagen. Sieht nach einer wertvollen Bibliothek aus. Und die viele Kunst an den Wänden. Auch in Freiburg hängt alles voll. Das muss ein bedeutender Sammler gewesen sein.«

»Na und? Finden Sie die schön, diese Bilder?«

»Ich verstehe nicht so viel davon. Aber die müssen einen ungeheuren Wert haben.«

»Das vielleicht. Vielleicht aber auch nicht.«

»Wie meinen Sie das?«

»Mir ist nur aufgefallen, dass der Täter sich offenbar für die Bilder gar nicht interessiert hat. Kein Einbruch oder so etwas. Auch in seiner Villa in Blankenese hat nie etwas in der Art stattgefunden, obwohl dort auch alle Wände vollhängen, hat doch niemand weiter interessiert. Oder die Sachen sind eben nicht so viel wert. Aber immerhin haben wir damit schon ein naheliegendes Motiv weniger. Mit den Drogen hat sich auch nichts ergeben. Legrand hat zwar ’n büschen gesnieft« – die Aussprache ließ Tritschler grinsen –, »aber das tun viele. Mehr haben wir dazu aber nicht gefunden. Kann man also auch abhaken. Schwulenszene ist auch nicht, soweit wir bisher herausgefunden haben.«

»Und Frau Bente war in Urlaub, soviel ich weiß, obwohl wir das noch nicht nachgeprüft haben. Dem müsstet übrigens ihr hier in Hamburg nachgehen. Dann haben Sie noch etwas zum Abhaken.«

Die Ironie in Tritschlers Worten war nicht zu überhören. Aber er lenkte sogleich wieder ein und fügte ganz ernsthaft an:

»Mich interessiert vor allem, warum Legrand in Freiburg umgebracht wurde und nicht in Hamburg. Denn das könnte der entscheidende Punkt sein, der uns zum Täter führt. Hier war sein Umfeld, hier hat er Jahrzehnte gelebt, hier hatte er Freunde und vielleicht auch Feinde. Hier konnte man ihn jederzeit treffen. Jedoch in Freiburg kannte er kaum jemanden persönlich, richtig umgezogen war er noch nicht, trotz seiner Einweihungsparty war er in Freiburg noch gar nicht angekommen. Und wann er dort zum ersten Male auftauchen würde, konnte eigentlich nur einer aus dem engeren Umfeld wissen. In der Zeitung stand schließlich nichts davon.«

»Da haben Sie recht. Wie man es auch dreht und wendet, in Hamburg hatte es jeder Täter leichter, als ihm an einen unbekannten Ort zu folgen.«

»Ja, vor allem, wenn man bedenkt, dass diese Tat unter sehr risikoreichen Umständen erfolgte. Bedenken Sie: Ein Fest mit annähernd 200 Leuten in einer fremden Umgebung, da hätte es leicht Spuren, Zeugen oder auch nur Beobachtungen geben können, die uns sofort zum Täter geführt hätten. Und dieses Risiko ist der Täter vielleicht sogar bewusst eingegangen.«

»Auf dieser Party scheinen ja nur Schlafmützen gewesen zu sein.« Petersen wollte offenbar Tritschler eine kleine Boshaftigkeit an die verschlafene Provinz zurückzahlen.

»Eins zu null für Sie. Aber ich könnte mir denken, dass der Täter sogar bewusst diesen Ort gewählt hat. Ein Signal, dass Legrand in Freiburg nicht ankommen sollte.«

In diesem Moment klingelte es und Petersen sagte spontan: »Frau Bente«, bevor er zur Tür ging, um zu öffnen.

Sie trug ein graues Kostüm mit weißem Blusenkragen, der Rock weit geschnitten und mit eleganten Falten, eine groß gewachsene, sportlich aussehende Frau. Sie machte einen selbstbewussten Eindruck, als sie auf Tritschler zu trat und ihn mit einem kräftigen Händedruck begrüßte. Bevor sie etwas sagen konnte, kam er ihr zuvor:

»Es muss für Sie ein schwerer Schock gewesen sein, als Sie davon gehört haben. Sie waren in Ihrer Position eine enge Vertraute von Legrand und ich möchte Ihnen meine herzliche Anteilnahme ausdrücken.«

Petersen blickte bei diesen Worten erstaunt auf, aber Frau Bente konnte das nicht sehen, da sie seitlich vor ihm stand. Sie sagte »Danke« und drückte noch einmal Tritschlers Hand, die immer noch die ihre umschlossen hielt. Tritschler ließ sich von Petersen nicht beirren.

»Nach Ihrem Urlaub darf ich gar nicht fragen, davon ist Ihnen nichts geblieben. Ich bin Ihnen jedenfalls sehr dankbar, dass Sie da sind und wir miteinander sprechen können.«

»Es war schrecklich – und es ist schrecklich. Ich kann es noch immer nicht fassen. Ich hätte nicht fahren sollen.

Er selbst hatte mir angeboten, ob ich in Freiburg bei dieser Hauseinweihung nicht dabei sein wollte.«

»Sie hätten nichts verhindern können. So war es sicher besser, das nicht aus der Nähe erleben zu müssen.«

»Wahrscheinlich. Aber man macht sich seine Gedanken. Dieses Hätte geht mir einfach nicht aus dem Kopf. Wollen wir uns nicht setzen? Ich könnte Ihnen einen Kaffee servieren, wenn Ihnen das recht ist.«

Sie machte einen sehr beherrschten Eindruck und gab sich als Hausherrin, die wusste, wie man Gäste zu behandeln hatte. Sie rückte das kleine Tischchen zurecht, stellte die Sesselchen dazu und schob auch den großen Drehstuhl heran, bevor sie mit einladender Geste bat, Platz zu nehmen. Dann verschwand sie in der Teeküche. Petersen hatte dies alles mit Argwohn beobachtet, er fühlte sich nicht wohl in seiner Haut. Er war es gewohnt, sachlich seine Fragen zu stellen und selbstverständlich das Gespräch zu bestimmen. Das Menscheln war nicht seine Sache, er war schließlich kein Seelsorger, sondern Kriminaler. Wie Tritschler auf sie einging, sogar seine Anteilnahme ausdrückte, obwohl sie nichts anderes war als eine einfache Angestellte Legrands, empfand er als Schmus, an dem er sich nicht beteiligen würde. Schließlich brachte sie auf einem echt silbernen Tablett das Geschirr und ein stilvolles silbernes Empireservice mit einer Kaffeekanne, Zuckerdose und Milchkännchen. Petersen staunte und hatte zugleich das Gefühl, dass hier etwas Unrechtes geschehe, indem sie das wertvolle Service des Toten benutzte, das ihr nicht zustand. Fast empfand er dies als eine Aneignung fremden Gutes.

Sie hatten sich noch nicht gesetzt und Tritschler wies nun den bequemen Drehstuhl Frau Bente als den ihrigen zu, aber sie lehnte ab und deutete an, dass er Tritschler gebühre, der sich jedoch ebenso zierte. Schließlich endete dies Geplänkel damit, dass Petersen auf diesem mächtigen Möbelstück Platz nehmen musste und die beiden anderen auf den kleinen Sesselchen zu sitzen kamen. Petersens Unwohlsein wurde dadurch nur noch gesteigert. Es hatte zur Folge, dass er an der weiteren Unterhaltung sich fast nur noch als stummer Zuhörer beteiligte.

»Dies hier war doch sicher nicht Legrands Büro, als er noch die Firma hatte?«

»Nein, was denken Sie! Die Firmenzentrale mussten wir doch Hals über Kopf räumen, dies Kapitel war sehr plötzlich zu Ende. Und Legrand brauchte ein persönliches Büro, in seinem Privathaus wollte er das nicht haben. So sind wir kurzerhand hier eingezogen.« Das ›wir‹ kam ihr sehr selbstverständlich über die Lippen. »Mit all den persönlichen Dingen, die er aus der Firma mitnehmen musste. Das Arbeitszimmer Legrands hier hinten entspricht so ungefähr seinem ehemaligen Chefzimmer, dort sah es so ähnlich aus.«

»Sie haben also schon in der Firma für Legrand gearbeitet?«

»Ich war seine Chefsekretärin. Natürlich von der Firma angestellt und bezahlt. Als dort die neuen Leiter kamen, brachten die ihr eigenes Personal mit. Das ist auch verständlich, eine Chefsekretärin hat schließlich ein besonderes Vertrauensverhältnis, das ist nicht ohne Weiteres übertragbar. Ich wurde dann entlassen, bekam eine anständige Abfindung, dafür hat Legrand noch gesorgt. Er war immer sehr großzügig mit seinen Leuten. Und als er dann diese Räume anmietete, fragte er mich, ob ich sein persönliches Büro führen wolle. So bin ich, wenn auch mit anderen Aufgaben, bei ihm geblieben.«

»Dann kannten Sie ihn schon sehr lange?«

»Zwölf Jahre war ich bei ihm, zwölf intensive Jahre. Er war für mich weit mehr als nur der Chef. Durch ihn und seine – wie soll ich sagen? – Freundschaft bin ich mit so vielem in Berührung gekommen, das mir zuvor ganz fremd gewesen war. Er hat mir neue Welten geöffnet.«

»Ich kann gut verstehen, dass dieser plötzliche Tod Sie sehr erschüttert hat. Dass Sie Ihren Urlaub sofort abgebrochen haben …«

»Ich musste sofort zurück. Ich konnte doch nicht am Strand von Gran Canaria bleiben nur mit dieser zufällig aufgeschnappten RTL-Meldung. Mehr konnte ich dort gar nicht erfahren, wusste nicht einmal, was eigentlich passiert war, die ganzen Umstände, die mir immer noch ein Rätsel sind. Und dann musste ich erst einmal einen freien Platz in einem Flieger finden. Aber ich habe mich inzwischen einigermaßen gefangen.«

Und dann schilderte sie ausführlich ihre Arbeit für einen Menschen, der sich selbst durchaus als Unternehmer verstand, damit aber etwas gänzlich anderes meinte als einen gewöhnlichen Firmenchef oder Geschäftsmann. Ihn interessierte vor allem der kreative Bereich, alles andere hatte er nur insoweit bearbeitet, wie es unumgänglich war. Dafür waren andere zuständig. Natürlich war er über alles in der Firma informiert und wollte es auch wissen, wollte aber nicht bei allem und jedem persönlich in Erscheinung treten müssen. Legrand delegierte gerne und vertrauensvoll, schließlich hatte er sich dafür geeignete und verlässliche Mitarbeiter ausgesucht. Aber wenn es darauf ankam, konnte er auch selbst sehr tatkräftig und willensstark auftreten, er wusste schließlich, was er wollte. Mit allzu vielen Details gab er sich nicht gerne ab, aber die Richtung gab er vor, unmissverständlich und resolut. Er war zwar der von niemandem bezweifelte Chef des Unternehmens, aber nur ungern trat er als solcher auf. ›Der Karren muss laufen und jeder muss wissen, was er zu tun hat‹, war seine Devise. Unsichere Leute, die immer erst fünfmal nachfragen und sich rückversichern müssen, konnte er nicht brauchen. Er wollte sich schließlich den Kopf freihalten für seine eigentlichen Aufgaben und die bestanden im Entwurf seiner Kollektionen. Der ganze Laden drumherum, die Zentrale drüben in der Ost-West-Straße mit all den Angestellten war für ihn nur notwendiges Übel und er ließ sich dort nur blicken, wenn es unerlässlich war. Auch dieses Gebäude war als Bestandteil der Firma an den neuen Eigentümer übergegangen.

Frau Bente schilderte freimütig, wie das alles organisiert, wer für was verantwortlich war. Sie selbst hatte oft genug zwischen der Zentrale und Legrands Wohnung pendeln müssen, um Details zu besprechen, Unterschriften einzuholen oder an wichtigen Besprechungen teilzunehmen, die dort im kleinsten Kreis stattfanden. Gewiss, ein aufreibendes Leben, nicht immer mit pünktlichem Arbeitsschluss, aber dennoch großzügig ausgerichtet, soweit es die Überstunden betraf. Sie konnte sich nicht beklagen, denn Legrand nahm durchaus Rücksicht auf persönliche Bedürfnisse. Im Übrigen sei sie auf Modemessen und ähnlichen Reisen meist dabei gewesen, auch zu vielen privaten Festen Legrands eingeladen worden. Im Laufe der Jahre sei ein sehr persönliches und vertrautes Verhältnis zu Legrand entstanden. Sie habe sich mit ihm geduzt, das sei von ihm ausgegangen, aber, wie sie doch betonen wolle, sie habe keine intime Beziehung zu ihm gehabt. Zu keiner Zeit, es sei immer unmissverständlich geblieben. Sie habe ihren eigenen Freundeskreis.

»Dann haben Sie sicher von dem geplanten Verkauf der Firma frühzeitig erfahren.«

»Nein, ich war davon ebenso überrascht wie alle anderen. Aber ich habe das sehr schnell verstanden. Er hatte immer schon andere Interessen und die Firma hatte eine Größe bekommen, die ihm zu wenig Luft zum Atmen ließ. Im Grunde verstand er sich vor allem als Künstler, nicht als Unternehmer, diesen Widerspruch gab es immer. Und als er die Möglichkeit dazu sah, hat er sich entschieden. Ganz allein.«

»So ganz unbemerkt?«

»Ich hätte natürlich einen Verdacht haben können. Oft musste ich ihm nämlich Unterlagen kopieren, auch aus zurückliegenden Jahren, Bilanzen, Verträge. Ich habe mir nicht viel dabei gedacht, weil er nicht so häufig in die Zentrale kam und diese Dinge vielleicht nur griffbereit zu Hause haben wollte. Mir schien das einleuchtend. In Wirklichkeit brauchte er sie wohl für die Käufer, die sich schließlich ein genaueres Bild von der Firma machen wollten.«

»Und wie lief das dann ab?«

»Sehr schnell. Die ganzen Verträge hatte er anscheinend sorgfältig vorbereitet, er hatte schließlich eine juristische Ausbildung, wir wurden damit erst konfrontiert, als die Sache klar war. Da ging es nur noch um die Details, um die ganze Übergabe vorzubereiten.«

»Wie muss ich mir das vorstellen? Gab es dann eines Tages eine Betriebsversammlung, auf der es hieß: Morgen ist Schluss?«

»So kann man das nicht sagen. Es war ja nicht Schluss, sondern es kam nur ein neuer Eigentümer. Aber mit der Betriebsversammlung? Das war im Prinzip so, wie Sie sagen. Mir hat er das ein paar Tage vor den beiden anderen

Vorständen gebeichtet, – so war sein Ausdruck dafür –, und natürlich streng vertraulich. Die beiden anderen, die Mitgesellschafter waren, wenn auch mit sehr geringeren Anteilen, wurden ebenso überrascht davon. Und eine Woche später hat es dann der übrige Betrieb erfahren. Aber es wurden so gut wie alle übernommen, es läuft doch alles weiter, da muss eher noch zusätzliches Personal eingestellt werden. Im Übrigen hatte das Legrand auch so ausgehandelt. Nur unter den leitenden Angestellten wurden einige wenige ausgetauscht, aber da gab es auch Abfindungen, und der Vertriebschef, Herr Markowsky, ist auch nicht mehr dabei. Bei dem ist der Fall nicht so gut gelaufen. Er war auch Mitbeteiligter, wurde aber trotzdem ausgebootet. Sein Anteil wurde ihm mit Aktien der neuen Eigentümer abgekauft, für ihn selbst hatte man keine Verwendung mehr. Finanziell ist er zwar gut weggekommen, aber er ist trotzdem verbittert.«

»Worüber beklagt er sich denn?«

»Er hätte gerne den ganzen Betrieb übernommen, aber Legrand wollte das nicht. Er sagte mir: Das ist ein ausgezeichneter Vertriebschef und ohne ihn wären wir heute nicht so weit. Aber einigermaßen vertretbare Kollektionen würde der nicht zustande bringen, mit den besten Leuten nicht. Da sind Entscheidungen zu treffen, die ihn überfordern würden, der kreative Bereich ist einfach nicht sein Metier.«

»Muss man ein solches Urteil einfach so hinnehmen? Er gehörte doch sogar zum Vorstand? Konnte Legrand das allein bestimmen?«

»Niemand konnte das besser beurteilen als Legrand. Er hatte das Label entwickelt und stand mit seinem Namen dafür. Und außerdem hat Legrand nur seinen eigenen Anteil an der Firma verkauft, das war sein gutes Recht.«

»Fühlte sich Markowsky da nicht etwas unfair behandelt? Seinen Job war er los, einen Einfluss auf die Firma hatte er nicht mehr, sein Anteil war nur noch Geld wert, aber in der Branche hatte er nichts mehr zu sagen. Und all dies von heute auf morgen, ohne Vorankündigung.«

»Auch er ist in dieser Firma ein vermögender Mann geworden, insofern braucht er kein Mitleid. Aber er war plötzlich draußen, damit hatte er nicht gerechnet. Und er hatte auch keinerlei Verständnis für diese Entscheidung.«

»Das heißt wohl, es ist zum großen Krach gekommen?«

»Ich weiß darüber nicht viel, nur das, was Legrand mir angedeutet hat. Zu der Betriebsversammlung ist Markowsky jedenfalls nicht erschienen.«

»Legrand hat Ihnen immerhin etwas angedeutet?«

»Die Süllberg-Eröffnung …«

»Haben die beiden etwa Schach miteinander gespielt?«

Frau Bente lachte laut los: »Nein, nein, das war kein Schachspiel, das war schon so etwas wie eine Kapitulationsverhandlung. In dem Restaurant am Süllberg, ›Seven Seas‹ heißt das, weiß auch nicht, warum. Am nächsten Tag in der Firma gab es noch einmal eine lautstarke Auseinandersetzung. Mir ist noch in Erinnerung, wie Legrand ziemlich verächtlich Markowsky hinwarf: ›Deine Gier widert mich an.‹ Und Markowsky brüllte zurück: ›Du Schuft!‹ Das alles war sehr unangenehm.«

»Nach all dem muss man wohl annehmen, dass Legrand zu diesem ehemaligen Vorstandskollegen keinerlei Kontakt mehr hatte, nachdem die beiden früher engstens zusammengearbeitet hatten.«

»Das war immer nur eine berufliche Beziehung. In der Firma ergänzten sich beide bestens, jeder mit seinem Bereich. Aber sonst, mentalitätsmäßig, waren das völlig verschiedene Welten. Legrand war ein Kunstmäzen, Markowsky ein Autonarr, er sammelt Oldtimer, mehr brauche ich nicht zu sagen. Und nach dem Verkauf der Firma war das Tischtuch zwischen beiden zerschnitten. Das war übrigens ein Ausspruch von Markowsky. ›Du hast das Tischtuch zwischen uns zerschnitten‹, sagte er zu Legrand. Wahrscheinlich haben sie sich seitdem nie wieder gesehen.«

Petersen, der zuvor etwas teilnahmslos zugehört hatte, war mit einem Male sehr aufmerksam, wurde von Frau Bente aber nicht weiter beachtet. Ruhig und konzentriert hatte sie berichtet, nur Tritschler zugewandt und seine Fragen ohne Umschweife und Ausschmückungen beantwortend. Jetzt wollte sie noch einmal Kaffee nachschenken, doch die kleine silberne Kanne war leer. Auf ihre Frage hin hatten beide den Wunsch nach einem weiteren Kaffee. Sie verschwand kurz in der Teeküche. Petersen tuschelte sogleich mit einem gewissen Übereifer Tritschler zu:

»Das mit Markowsky hatte ich Ihnen ja schon in meinem ersten Bericht angedeutet. Den müssen wir uns unbedingt noch einmal vorknöpfen.«

Tritschler schaute ungerührt auf Petersen, schien mit seinen Gedanken ganz woanders und fragte nach einer längeren Pause:

»Haben Sie denn schon herausgefunden, wo er sich am 1. Mai befunden hat?«

Petersen schüttelte den Kopf und meinte zerknirscht:

»Dem werden wir sofort nachgehen.«

»Tun Sie das«, antwortete Tritschler ohne Nachdruck. »Und bei der Gelegenheit prüfen Sie doch gleich, ob Frau Bente tatsächlich auf Gran Canaria war und mit wem.«

Petersen schaute erstaunt auf, er hatte offenbar nicht damit gerechnet, dass dieser Auftrag ernst gemeint war. Tritschler lehnte sich zurück, um besser nachdenken zu können.

Als sie wieder zurückkam und den Kaffee eingeschenkt hatte, fragte Tritschler unvermittelt:

»Woher kommt eigentlich der Name Bente? Hat das irgendeine Bedeutung?«

»Keine Ahnung. Meine Familie stammt aus dem Land Kehdingen, das ist nordwestlich von Hamburg. Vielleicht hat das etwas mit dem Bent zu tun, eine plattdeutsche Bezeichnung für Binsengras, aus dem man Körbe und ähnliche Sachen geflochten hat. Aber wie kommen Sie darauf?«

»Man lernt immer dazu. Mich haben Namen und ihre Bedeutung schon immer interessiert.«

»Wo Sie mich darauf bringen, muss ich Sie dann auch fragen: Was ist denn ein Tritschler? Klingt wie eine Berufsbezeichnung.«

»Jetzt haben Sie mich aber erwischt. Na, ist meine eigene Schuld, das muss ich jetzt aushalten. Das kommt aus dem Süden, dem Alemannischen und Bayrischen. Ein Tritschler ist ein Schwätzer.«

Petersen griente in sich hinein. Man merkte Tritschler eine gewisse Verlegenheit an. Er hatte sich selbst aus dem Konzept gebracht.

Obwohl er noch einige Fragen hatte, die er allerdings nicht so direkt stellen wollte, fing er nach einer kleinen Pause ganz beiläufig an:

»Wissen Sie denn schon, wie es weitergehen soll? Was werden Sie jetzt machen?«

»Ich glaube, da kommt eine Menge Arbeit auf mich zu.

Das alles muss doch abgewickelt und aufgelöst werden. Es ist niemand anderes da, der wenigstens ein bisschen damit Bescheid weiß.«

»Meinen Sie dies Büro hier?«

»Das ist das Wenigste. Es kennt sich niemand sonst mit seinen Sachen aus. Da werden viele Dinge bürokratisch abgewickelt werden müssen. Ich weiß nicht, ob Sie über Legrands Verhältnisse einigermaßen informiert sind. Ich sehe jedoch keinen Grund, Ihnen das zu verschweigen. Er hatte diese große Kunstsammlung. Und dann das ganze Vermögen, das aus dem Verkauf der Firma entstanden ist. Das Haus in Blankenese, auch das Haus in Freiburg.«

»Dafür wird es sicher Erben geben.«

»Das wurde bereits vorbereitet, er hat längst mit einem Anwalt über Stiftungsmodelle gesprochen, in seiner Wohnung muss es dazu auch einen Ordner geben. Und doch befindet sich das alles noch in einem Anfangsstadium. Da ist noch nichts entschieden.«

»Das ist natürlich bedauerlich. Aber es wird wohl ein Testament geben.«

»Nicht, dass ich wüsste, er begann erst, diese Dinge zu regeln. Und damit fangen die Schwierigkeiten an. Legrand hatte keine Geschwister. Überhaupt ist mir von Verwandten nichts bekannt, denn seine Mutter ist seinerzeit von der Familie verstoßen worden, als sie dieses Kind bekam, Karl Legrand. Sein Vater war ein unbekannter farbiger Besatzungssoldat, das war bald nach dem Krieg, ein Amerikaner, der sich aus dem Staub gemacht hat. Mein Gott, soll ich Ihnen wirklich das alles erzählen?«

»Wenn es wichtig ist?«

»Nein, nein, im Moment führt das alles zu weit. Es wird natürlich irgendwann zur Sprache kommen, aber für

Sie hat es wohl keine Bedeutung. Nur so viel: Legrands Mutter lebt noch, in einem Altersheim in Hessen. Er hat immer für sie gesorgt, sie ist dort wirklich gut untergebracht, mit allen Annehmlichkeiten. Aber sie ist eine alte, kränkliche Frau, zwar nicht dement, aber doch sehr eingeschränkt, hinfällig eben. Eine Frau, die aus ganz einfachen Verhältnissen stammt. Und vermutlich ist sie jetzt völlig überfordert, mit all dem umzugehen. Ich will sie morgen besuchen, die Fahrkarte habe ich schon besorgt. Es ist niemand da, der sich um sie kümmert. Stellen Sie sich diese alte Frau vor, die mit diesem schrecklichen Ereignis konfrontiert wird. Ihr Sohn ermordet. Niemand kann ihr das erklären. Niemand spricht mit ihr. Da sind nur ein paar alte Mitbewohner um sie herum, mit denen sie kaum Kontakt hat, alle jenseits von Gut und Böse, wie das eben so ist in einem Heim, selbst wenn es zu den besseren gehört. Und nun dies.«

»Sie kennen seine Mutter?«

»Ich habe sie ein paar Mal besucht mit Legrand, wenn er in Frankfurt war. Er hat mich mitgenommen, weil er das einfacher fand. Kurze Besuche nur zum Kaffeetrinken, zu mehr war keine Zeit. Und sie hat sich gefreut, dachte vielleicht, ich sei Legrands Freundin. Wen hätte er auch sonst mitnehmen sollen zu dieser einfachen Frau. Seine Freunde waren doch alles Künstler, Exoten, für sie unverständliche Leute, sie hätten auch gar nicht die Geduld gehabt für einen solchen Besuch.«

»Ich finde es bewundernswert, dass Sie das auf sich nehmen wollen, dahin zu fahren.«

»Es ist sonst niemand da. Aber darüber wollte ich gar nicht sprechen. Nur so viel: Sie ist vermutlich die einzige Erbin.«

»Wenn es kein Testament gibt, wird das wohl nach der gesetzlichen Erbfolge so sein.«

»Sie verstehen wohl nicht, was das bedeutet. Diese alte, bestens versorgte Frau ohne jeden weiteren Anhang erbt plötzlich nicht nur Häuser und eine riesige Kunstsammlung, sondern auch noch einige Hundert Millionen Euro. Als Bankguthaben. Die ist doch völlig überfordert damit. Selbst wenn man ihr einen tüchtigen Anwalt besorgt, weiß sie nicht einmal, was sie mit dem eigentlich besprechen soll. Sie wird das alles gar nicht erfassen können. Sie muss plötzlich Entscheidungen treffen über Sachen, die ihr völlig unvorstellbar sind. Dann drängen sich mit einem Male Berater auf, von denen sie nicht weiß, ob die sie nur abzocken wollen. Sie hat keinerlei Erfahrung mit diesen Dingen. Und schliesslich müsste sie selbst, die nie etwas besessen hat, ein Testament machen für dieses Riesenvermögen, das sie nie gesehen hat, nicht begreifen kann. Wem soll sie das weitervererben? Verstehen Sie, da bahnt sich eine Katastrophe an.«

»Und was wollen Sie in dieser Situation tun?«

»Gar nichts. Nur ihre Hand streicheln, um sie zu beruhigen. Mehr kann ich nicht für sie tun. Sie tut mir einfach leid.«

»Wer hat denn die Beerdigung von Legrand organisiert?«

»Auch das muss ich mit ihr besprechen, da ist noch nichts geschehen. Die Leiche ist erst vor zwei Tagen freigegeben worden. Ich werde ihr vorschlagen, ihn in aller Stille in dem kleinen Ort bei ihr beizusetzen, dann kann sie wenigstens sein Grab aufsuchen. Darum werde ich mich wohl auch kümmern müssen.«

Tritschler schaute sie fragend an, aber sie hatte nichts hinzuzufügen. Ratlosigkeit breitete sich aus. Petersen wäre am liebsten gegangen, dies alles ging ihn nichts an, sich mit herrenlosem Vermögen in dieser Größenordnung zu beschäftigen, gehörte nicht zu seinen Aufgaben. Er konnte noch nicht einmal Mitleid aufbringen mit dieser alten, einsamen Frau irgendwo in einem hessischen Dorf. Frau Bente dachte an ihre Reise, den morgigen Tag, versuchte, sich die alte Frau vorzustellen. Würde sie überhaupt wiedererkannt werden? Sollte sie sie umarmen bei der Begrüßung? Und Tritschler versuchte, sich zu konzentrieren und sich darauf zu besinnen, warum er eigentlich hier war.

»Gibt es wirklich keinerlei Verwandte? Auch entfernterer Art?«

Frau Bente sah auf, dachte eine Weile nach und sagte:

»Legrand hatte nur seine Mutter. Mehr weiß ich nicht.« Dann fügte sie noch hinzu: »Ich bin übrigens gestern beim Nachlassgericht gewesen und habe versucht, denen die Situation zu erklären. Nach langem Hin und Her wollten die wenigstens eine Nachlasspflegschaft, so heißt das, glaube ich, einrichten. Legrand hatte einen sehr guten Anwalt hier, er wird das wohl übernehmen. Jemand muss doch zuständig sein.«

In diesem Augenblick hörte man Petersens Handy mit einem leisen Brummton. Umständlich nestelte er es aus seiner Tasche und ging dabei in die Richtung der Teeküche. Tritschler und Frau Bente verfielen in Schweigen. Nachdem Petersen sich leise gemeldet hatte, hörte er einen Augenblick zu und sagte dann:

»Heute nicht mehr. Verstanden.«

Dann kehrte er an den kleinen Teetisch zurück. Tritschler sagte:

»Ich glaube, wir können dies hier jetzt abbrechen, wenn Sie«, dabei schaute er zu Frau Bente, »damit einverstanden sind. Sie werden sich auf Ihre Reise vorbereiten wollen.« Frau Bente nickte. »Ich möchte Ihnen sehr danken für Ihre Umsichtigkeit und die Hilfsbereitschaft. Ich muss Ihnen gestehen, dass ich über das Ausmaß der Probleme mir noch gar keine Gedanken gemacht hatte. Wir haben auch andere Aufgaben.«

Sie sah zu ihm auf. »Haben Sie denn schon irgendetwas gefunden, das …?«

Tritschler machte eine kleine unwillkürliche Handbewegung, die schwer zu deuten war.

»Wir arbeiten daran. Und früher oder später, da bin ich mir sicher, werden wir das auch aufklären. Aber jetzt kann ich Ihnen noch nichts dazu sagen. Sie werden das verstehen. Es ist Puzzle-Arbeit. Aber ich möchte Sie noch bitten, mir die Adresse von der alten Dame aufzuschreiben. Wenn Sie das haben, auch das Geburtsdatum. Sie brauchen keine Sorge zu haben, dass ich sie aufsuchen will. Ich glaube auch nicht, dass sie uns helfen könnte. Aber wir sollten wenigstens wissen, wo die einzige Angehörige lebt.«

*

Auf dem Weg zum Parkhaus teilte Petersen mit, dass sein Chef zu einer Besprechung musste und Tritschler nicht empfangen könne. Vorhin habe seine Sekretärin übers Handy angerufen.

»Ausgezeichnet, dann haben wir noch etwas Zeit. Mein Zug geht erst um halb sieben.« Tritschler war deutlich anzumerken, dass er darüber keineswegs unglücklich war. »Dann lassen Sie uns doch nach Blankenese fahren, ich möchte mir gerne diese Villa von Legrand noch ansehen. Wenigstens von außen, wenn wir da nicht hereinkommen können. Oder haben Sie einen Schlüssel?«

»Nein, natürlich nicht. Aber da wohnt noch ein älteres Hausmeisterpaar. Wenn wir Glück haben, öffnen die uns die Tür. Wollen Sie denn nicht wenigstens erst eine Kleinigkeit essen? Ich wüsste ein gutes Fischrestaurant in Sankt Pauli, nicht weit von hier. Da gibt es Maischolle satt.«

»Doch, gerne. Dann beeilen wir uns eben mit Blankenese und fahren auf dem Rückweg dort vorbei. Arbeit geht leider vor. Die Maischollen werden uns inzwischen nicht davonschwimmen.«

Inzwischen waren sie vor dem Parkhaus angekommen und Tritschler sagte, er müsse kurz noch telefonieren, Petersen solle inzwischen den Wagen holen. Das gab ihm einige Minuten Zeit, Grabowski anzurufen. Einzelheiten könne er ihm jetzt nicht mitteilen, das habe Zeit bis morgen, aber er habe einen wichtigen Auftrag an ihn. Er solle sich einen zuverlässigen Kollegen schnappen, der herausfinden sollte, ob die Mutter von Legrand noch Geschwister gehabt habe und ob es davon Abkömmlinge gebe. Über ihren Geburtsort, wahrscheinlich irgendwo im Hessischen, und das dortige Bürgermeisteramt müsse das irgendwie zu finden sein. Nein, er wisse, dass das nicht in ein paar Stunden zu schaffen sei, aber der Kollege solle jetzt gleich herumtelefonieren, solange die Ämter noch besetzt seien. Morgen sei schon Freitag, vielleicht könnte er noch vor dem Wochenende etwas ausfindig machen. Auf die Schnelle sei das nicht leicht, aber einen Versuch wert.

XIX.

Freitag, 9. Mai

Tritschler kam ziemlich unausgeschlafen und leicht verspätet in sein Büro, schon unten an der Pforte hatte man seinen knurrigen Morgengruß bemerkt.

Oben standen Grabowski und einige weitere Kollegen im Flur, brummig grüßend ging er an ihnen vorbei, während aus seinem Zimmer bereits das Telefon schepperte. Lass es klingeln, dachte er, ich bin erst in zwei Minuten gelandet.

Erst nach eins in der Nacht war er zu Hause angelangt, müde von der langen Fahrt. Im Zug hatte er zunächst noch ein Gedächtnisprotokoll seines Hamburger Aufenthaltes in den Laptop getippt, später nur noch gedöst. Nach Karlsruhe war er tatsächlich fest eingenickert. Die Lautsprecherdurchsage ›Unser nächster Halt ist …‹ war aus weiter Ferne an sein Ohr gedrungen, unbewusst hatte er diese Stimme noch weggeschoben, das Wort ›Freiburg‹ gab dann das unwiderstehliche Signal des Unabwendbaren und mit einem schmerzhaften Ruck war er wieder präsent gewesen. Als er endlich in seiner Wohnung angekommen war und sich ins Bett gelegt hatte, konnte er nur mühsam einschlafen, obwohl er völlig übermüdet war.

Es war Grabowski, der für Tritschlers Müdigkeit nicht nur einen Blick, sondern auch ein schonsames Rezept hatte, indem er zu den herumstehenden Kollegen sagte: »Lasst uns mal eine Zeit lang in Ruhe«, und zu Tritschler, »ich hole uns jetzt einen Kaffee und dann setzen wir uns zu mir rüber, da werden wir nicht dauernd gestört.« Zu allem Überfluss hatte Grabowski auch noch zwei Butterbrezeln, die er auf dem Weg beim Bäcker erstanden hatte und nun kollegial zu teilen bereit war. Als Tritschler solche Fürsorglichkeit auch noch mit seiner Standardfloskel »Ausgezeichnet« lobte, wusste Grabowski, dass es ihm schon besser ging.

»Hat sich dein Ausflug nach Hamburg denn gelohnt?«

»Ich denke schon. Sonst hätte ich dich gestern auch nicht angerufen. Als diese Frau Bente mir nämlich das ganze Desaster mit Legrands Erbe geschildert hat, – und du weißt ja ungefähr, was in diesem Pott alles drin ist, abgesehen von den Häusern und seiner Kunstsammlung, deren Wert noch niemand beurteilen kann –, da fiel mir ein, dass wir diese Erben mal unter die Lupe nehmen sollten.«

»Wer bekommt denn das Ganze?«

»Du wirst es nicht fassen. Da wahrscheinlich kein Testament existiert, fällt alles an die 83-jährige Mutter von Legrand, die schon jenseits von Gut und Böse ist.«

»À la bonheur! Aber nach ihr wird es doch weitere Verwandtschaft geben.«

»Und die will ich mir genauer ansehen.«

»So ganz verstehe ich noch nicht, was du dir davon versprichst. Denkst du, die Erben könnten etwas mit dem Mord an Legrand zu tun haben? Dann hätten sie auch noch die Mutter umbringen müssen, das hätte ihnen außerdem deren Erbschaftssteuer erspart. Und das dürfte noch einmal einen ziemlichen Batzen zusätzlich ausmachen. «

»Hm, vielleicht. Aber das scheint mir alles ein bisschen zu kompliziert. Ob diese Verwandtschaft überhaupt weiß, dass die Mutter noch lebt, ist nicht einmal sicher, denn da scheint seit Legrands Geburt keinerlei Kontakt mehr bestanden zu haben. Die wurde doch damals als Amiflittchen und Negerhure beschimpft und aus dem Haus gejagt. Hast du doch selbst von dieser Frau …«

»… Quadflieg«, fiel ihm Grabowski ins Wort.

»… gehört und Frau Bente hat das auch noch einmal bestätigt. Das war damals so mit den Mädchen, die sich mit amerikanischen Soldaten einließen. Sie ist dann nach Frankfurt gegangen und hat dort den Jungen aufgezogen. Mehr weiß ich darüber auch nicht. Wen hast du übrigens auf diese Nachforschungen angesetzt?«

»Mittermaier. Von dem weiß ich nämlich, dass er selbst Ahnenforschung betreibt, nur für sich. Der hat mir einmal erzählt, wie man dazu heute im Internet herumsurfen kann und über die Mormonen in Utah an die ganzen alten Verwandtschaftsreihen herankommt. Die Mormonen werten sogar die ganzen Kirchenbücher aus und stellen das ins Netz, für jedermann zugänglich. So weit zurück wirst du das zwar nicht brauchen, aber ich dachte, wenn Mittermaier Erfahrung hat und Spaß an solchen Sachen, dann wird er auch am besten wissen, über welche Ämter und Meldebehörden er an diese Geschichte herankommt.«

»Wusste ich gar nicht, dass der ein Sippenforscher ist. Egal. Ich habe das Dossier gelesen, das die Hamburger mir über Legrand zusammengestellt haben. Übrigens, Petersen war eine ziemliche Pfeife. Das Wichtigste war ihm, mich seinem Chef vorzustellen, so richtig offiziell im Amtszimmer, fehlte nur noch, dass wir dabei unsere Vereinswimpel austauschen sollten. Das habe ich ihm aber so durcheinandergebracht, dass der Termin ins Wasser fiel. Aber seine Hausaufgaben? Kannst du vergessen. Er sollte das Alibi vom Vertriebsleiter für den 30. April beschaffen. Fehlanzeige. Er sollte diese Frau Bente überprüfen, ob überhaupt und mit wem gegebenenfalls die zu der fraglichen Zeit in Gran Canaria war. Fehlanzeige. Ich glaube zwar nicht, dass Frau Bente für uns wichtig wird, aber er hätte das abchecken müssen, das war seine Aufgabe. Wo war ich stehen geblieben? Ach so, bei dem Dossier. Du musst entschuldigen, ich bin noch etwas müde. In dem Dossier gibt es einen Zeitungsbericht über Legrand, der im Zusammenhang mit dem Verkauf der Firma erschienen war, also schon vor einem halben Jahr oder so. Der Artikel liegt drüben in meinem Büro. Und da ist ein Interview mit Legrand dabei, wo er gefragt wird, was er mit dem Verkaufserlös vorhabe. Und er antwortete, dass er einen großen Teil davon zusammen mit seiner Kunstsammlung in eine Stiftung einbringen wolle, die demnächst gegründet werden solle. Daran bin ich auch in Hamburg erinnert worden. Das könnte, wenn die möglichen Erben das gelesen haben, – es ist immerhin in einer großen überregionalen Tageszeitung erschienen –, jemanden auf die Idee gebracht haben, Legrand zuvorzukommen. Bevor er das in die Stiftung einbringen konnte. Denn dann wäre es für die Erben verloren gewesen.«

»Fuchs, willst du die Gans mir stehlen, komm ich mit dem Schießgewehr?«

»So ungefähr. Das wollte ich jedenfalls nicht auslassen, nachdem wir bisher – mal ehrlich unter uns gesagt – immer noch völlig auf der Stelle treten.«

»Trinkst du noch einen Kaffee? Was mit der Bürotante war, will ich nämlich auch noch hören.«

»Ja, bring mir einen Kaffee mit. Sie war übrigens seine Chefsekretärin und scheint ein ziemlich vertrautes Verhältnis zu Legrand gehabt zu haben.«

*

Viel später, als Tritschler wieder in sein Büro zurückkam, rief er Mittermaier zu sich und fragte, ob er schon etwas herausgefunden habe.

»Viel ist es nicht, eigentlich sogar nichts. Diese Margarete Legrand wohnt in einem Altersheim in Bad Nauheim, seit etwa sieben Jahren. Und vom dortigen Einwohnermeldeamt habe ich erfahren, dass sie aus Frankfurt am Main dorthin gekommen ist. Übrigens, wussten Sie, dass sie am selben Tag Geburtstag hatte wie ihr Sohn? Sie ist am 28. Februar 1925 in Breslau geboren. Und er 1948 in Frankfurt. Sie war also 23 und eine ledige Mutter. Aber wie und wann sie nach Frankfurt gekommen ist, dazu finde ich nichts. 1948 ist sie dort eingetragen. Wenn sie in Breslau geboren ist, dann muss es wohl eine Flüchtlingsfamilie gewesen sein. Aber der Name macht mich stutzig. Legrand klingt nach Hugenotten, das ist für Breslau eigentlich ganz untypisch.«

»Mann, Mittermaier, spannen Sie mich doch nicht so auf die Folter. Breslau ist mir doch scheißegal! Entschuldigung. Ich will nur wissen, ob es noch Geschwister gab und Nachkommen daraus. Und meinetwegen auch Onkels und Tanten und deren Nachkommen.«

»Und dafür braucht man ihre Eltern. Das Einfachste wäre, sie selbst zu fragen, sie wird es doch wissen, oder ist sie schon so meschugge?«

»Weiß ich nicht, aber jedenfalls will ich sie nicht über ihre Verwandtschaft ausquetschen, überhaupt nicht verhören, dafür gibt es keinen Anlass.«

»Dann muss ich mir etwas anderes ausdenken. Aber es dauert etwas länger. Mit diesen Flüchtlingsfamilien.«

»Weiß schon, aber dir wird schon etwas einfallen.«

Danach telefonierte er mit Petersen und bemühte sich, den Eindruck aufkommen zu lassen, dass die Hamburg-Visite dank Petersens umsichtiger Vorbereitung und Betreuung nicht nur ein schöner Erfolg, sondern auch eine höchst angenehme Erfahrung gewesen sei. Dass die Zeit für das Fischrestaurant nicht mehr gereicht habe, sei allerdings ein Schönheitsfehler gewesen, den es beim nächsten Mal unbedingt wieder gutzumachen gelte. Und dann wolle er auch seinen Chef kennenlernen, den er höflich zu grüßen bäte. Wilhelm Busch hätte dies ›Snacken un Snurren‹ genannt, aber Tritschler meinte, dass man gutes Wetter auch ein bisschen herbeireden müsse. Etwas ernster ließ er einfließen, und insgeheim handelte es sich dabei um den eigentlichen Anlass seines Anrufes, dass Petersen doch schnellstmöglich das Alibi von Markowsky überprüfen solle.

XX.

Freitag, 9. Mai

Petersen machte sich gleich mittags auf den Weg in die Lüneburger Heide. Den wortkargen und etwas scheuen Kollegen Nissen hatte er mitgenommen, eine große Hilfe würde er nicht sein, aber die würde er auch nicht brauchen. Der hatte den Autoatlas vor sich auf den Knien und achtete darauf, dass Petersen in Harburg rechtzeitig auf die Bremer Straße fand, um das oft verstopfte Maschener Kreuz zu umfahren und direkt über die Autobahn auf das Buchholzer Dreieck zu stoßen. Die nächste Ausfahrt müssten sie dann raus und über die B 3 nach Kakenstorf. Dort irgendwo nach links müsste das Anwesen von Markowsky zu finden sein, eine dünn besiedelte Gegend zwar, aber irgendwen würden sie schon finden, der ihnen weiterhelfen würde.

»Eigentlich hätten die längst einen Navigator anschaffen können, aber bis das seinen Behördenweg gegangen ist.«

»Hm.« Mehr war Nissen nicht zu entlocken.

»Bist du mal mit so einem Dings gefahren? Da findest du jede Hausnummer in ganz Europa.«

»Nee. Brauch ich nicht.«

»Kennst du dich so gut aus?«

»In Hamburg? Kloor.«

Obwohl Petersen auf der Bundesstraße in seinem Dienst-Golf ein zügiges Tempo fuhr, wurde er von einem schnittigen Porsche Targa überholt, der gleich wieder elegant einscherte und kaum viel schneller vor ihnen her rollte. So einer musste vorneweg brausen, immer freie Sicht, schon aus Prinzip, einen Vordermann hielt der nicht aus, dachte Petersen und im gleichen Augenblick fiel ihm ein: Das konnte nur Markowsky sein. Wer sonst in dieser abgelegenen Gegend fuhr ein solches Auto? Dem brauchte er nur noch hinterher zu juckeln. So sicher er sich war, kam ihm zugleich der Gedanke, dass er sich noch gar nicht überlegt hatte, wie er ihm gegenübertreten sollte. Die aufbrausende Art von Markowsky hatte er schon kennengelernt, obwohl sie nicht ihm gegolten hatte. Über Legrand hatte er losgelegt, seinen langjährigen Geschäftspartner, als sei der mindestens mit seiner Frau durchgebrannt. Und das ein paar Tage, nachdem Legrand ermordet worden war. Nicht die geringste Mäßigung nach einem solchen Ereignis. Und jetzt sollte er diesen Choleriker auch noch nach seinem Alibi befragen? Er sah kurz auf Nissen, als erwarte er von ihm Schutz und Deckung, aber der saß wie ein Hänfling in seinem Sitz, immer noch die Karte auf seinem Schoß und auf die Straße starrend. Mehr als ein Zeuge würde er nicht sein. Ihm wäre es lieber gewesen, allein gefahren zu sein, aber es gab klare Anweisungen, immer zu zweit aufzutreten. Wer da auf wen aufpassen sollte, war nicht unterscheidbar. Nissen würde auch Zeuge sein, wenn Petersen sich nicht korrekt verhalten würde, ein feiger Verteidiger ebenso wie ein feiger Ankläger.

Der Wagen vor ihnen bog nun nach links auf eine schmale Straße ein und Petersen folgte ihm in einigem Abstand. Ob Markowsky dies bereits bemerkt hatte? Wenn es dort eine große Einfahrt gäbe, sollte er ihm dann hinterherfahren und ebenso direkt vor dem Anwesen parken? Sollte er in gehörigem Abstand warten, bis er im Haus verschwunden wäre, und ihn dann herausklingeln? Seinen Dienstausweis vorweisen? Oder bekäme er es erst einmal mit den Dienstleuten zu tun? Was sollte man denen sagen? Sich als Kriminalpolizei zu erkennen geben?

»Tu mal den Atlas weg. Brauchen wir jetzt nicht mehr.« Es war eine Anweisung, die nur seine Nervosität verdecken sollte und sie zugleich überdeutlich machte. Nissens Schweigen empfand er als eine Provokation.

Die Straße wand sich in mehrere Kurven, für die es keinen Grund zu geben schien, alles war hier ebenes Gelände, die immer schmaler werdende Straße an der rechten Seite baumbestanden, dazwischen Aussicht auf freie Felder, gelegentlich einzeln stehende Gebäude oder kleine Ensembles, die wohl zu einer Landwirtschaft gehörten, dann ein langer, weißgestrichener Holzzaun, querliegende dünne Stangen und alle vier, fünf Meter ein Pfosten. Es war nur mehr ein befestigter Weg und er führte zu einem offenen Holztor, in das Markowskys Wagen einbog. Dahinter lag eine sorgfältig kurzgeschorene Grasfläche vor einem großen Haus aus Lehmziegeln, die Fensterrahmen weiß gestrichen, seitlich quer stehend ein weiteres großes Gebäude mit einem großen, grüngestrichenen Tor, vor dem Markowsky nun parkte.

Petersen fuhr nicht auf das Grundstück, sondern hielt am Zaun. Er war sich sicher, dass Markowsky ihn längst bemerkt hatte. Der ging um seinen Sportwagen herum und betrachtete ihn in aller Ruhe von allen Seiten. Petersen und Nissen gingen nun zu Fuß durch das Tor und auf Markowsky zu, der sich erst zuletzt zu ihnen umwandte:

»Ach, Sie kenne ich doch. Sind wir uns nicht schon einmal begegnet?«

»Ja, vorige Woche, aber das war in Hamburg. Petersen ist mein Name.«

»Jetzt erinnere ich mich. Haben Sie schon etwas herausgefunden?«

Petersen war über diesen jovialen und glatten Ton sehr erleichtert und nahm sich vor, auf ebenso schlichte Weise zu antworten.

»Na, noch nicht so richtig. Schietkraam ist das. Ich bin ja mal nur ein einfacher Polizeimeister und habe nicht so einen Durchblick. Und da habe ich glatt etwas vergessen, als ich mit Ihnen am Verhackstücken war, was unbedingt ins Protokoll muss. Das ist sonst nicht vollständig, wissen Sie, da nimmt mich mein Chef in die Mangel, wenn er das merkt. Das muss immer alles seine Ordnung haben, sagt er. Welche Beziehung zu dem Toten? Wie lange kennen sie sich? Irgendwelche verdächtigen Beobachtungen? Alle diese Sachen.«

»Ich habe Legrand doch seit Wochen nicht mehr gesehen. Habe ich Ihnen alles schon erzählt. Wir hatten uns auch nichts mehr zu sagen. Das war zu Ende. Jeder hat sein Geld bekommen und ist seiner Wege gegangen. Die Firma geht mich nichts mehr an. Und er schon gar nicht.«

»Ist doch sicher tragisch, wenn etwas auf diese Art beendet wird, nachdem alles so erfolgreich war.«

»Ach, ich will nicht mehr darüber reden. Wissen Sie, ohne mich wäre die Firma nie so groß geworden, hat er alles mir zu verdanken. Aber ich war ein Idiot, dass ich nicht andere Verträge mit ihm gemacht habe. So hat er mich einfach übern Tisch gezogen. Meine Naivität und Gutgläubigkeit schamlos ausgenutzt und mich fallen lassen wie eine heiße Kartoffel. Ich könnte mich in den Hintern beißen.« Petersen sah, wie sein Gesicht wieder anschwoll und in den Farben changierte wie rotgrüner Taft. Aber es würde nur eine Wiederholung geben, er kannte das schon. Eine brauchbare Aussage war daraus nicht zu gewinnen.

»Ach, lassen Sie mich in Ruhe damit. Ich will auch gar nicht wissen, was da passiert ist. Es ist gut. Soll er mich doch … Aber was fehlt Ihnen denn sonst noch? Was müssen Sie zusätzlich wissen, damit ich das ein für alle Mal abhaken und vergessen kann?«

»Ich müsste noch wissen, wo Sie am 30. April gewesen sind.«

»Was? Was soll das heißen? Wollen Sie mich verdächtigen? Mich …«

»I wo. Ganz und gar nicht.«

»Jetzt hört doch alles auf. Was fällt Ihnen überhaupt ein? Ich bin weiß Gott kein Mörder.«

»Das habe ich auch nie gesagt. Es ist doch nur fürs Protokoll, damit ich das ordentlich abschließen kann. Sie haben uns schon viel geholfen mit Ihrer Aussage, wie dieser Firmenverkauf abgeschlossen worden ist. Wir müssen uns trotz allem ein Bild machen, was Legrand vor seinem Tod getrieben hat, wie er gelebt hat, müssen die Menschen ausfindig machen, die etwas über ihn erzählen können. Wo sollen wir denn sonst anfangen? Und gerade Ihre Aussagen waren sehr wertvoll.«

Petersen merkte, wie er immer mehr ins Schwimmen kam, aber es gab keine andere Rettung, als Markowsky als völlig unverdächtig hinzustellen. Er sah, dass Markowsky zitternd und fassungslos vor ihm stand und er machte sich bereits Sorgen, ob er nicht plötzlich zusammenklappen und mit einem Herzanfall sich am Boden krümmen würde. Doch er würde auf diese Auskunft nicht verzichten können, wie schonend auch immer er sie ihm abluchsen musste. Insoweit war er zu jedem Zugeständnis bereit. Aber er musste nachprüfbare Fakten genannt bekommen.

»Das war doch in Freiburg. Wissen Sie, wie weit weg das ist von hier aus?«

»Natürlich weiß ich das. Ich sagte Ihnen bereits, dass ich Sie in keinster Weise verdächtigen will.«

»In keiner genügt.« Plötzlich war er wieder ganz ruhig. »Wo soll ich schon gewesen sein? Hier natürlich. Ich fahre höchstens einmal hier in der Gegend herum – Lüneburger Heide oder an der Wümme.«

»Auch am 30. April und am 1. Mai? Das war ein Mittwoch und ein Donnerstag.«

»Ja, auch an diesen beiden Tagen. Sie machen mich völlig konfus.«

»Nicht doch. Ich muss es nur noch notieren.« Petersen machte allerdings keine Anstalten, sein Notizbuch hervorzukramen. »Und sicher gibt es auch jemanden, der dies bezeugen kann, der Sie gesehen hat oder mit dem Sie zusammen waren.«

Markowsky zuckte zusammen, auf so viel Genauigkeit und Hartnäckigkeit war er offenbar nicht gefasst. Ganz leise und erschöpft sagte er:

»Ich lebe allein hier. Aber eines weiß ich noch, weil der 1. Mai ein Feiertag ist: Am Vorabend, also am 30. April, habe ich nämlich getankt, abends gegen sechs, drüben in Buchholz an der ARAL-Tankstelle, da tanke ich immer. Die kennen mich schon. Sind Sie nun befriedigt?«

»Herr Markowsky, Sie müssen schon entschuldigen, ich glaube Ihnen alles, was Sie sagen, und ich will Ihnen keinerlei Unannehmlichkeiten machen. Das ist damit abgeschlossen, glaube ich. Aber Sie müssen mich auch verstehen, ich bin mal nur ein kleiner Beamter und es muss doch alles seine Ordnung haben.« Und damit blickte Petersen zur Bekräftigung so treuherzig auf den völlig ausdruckslos danebenstehenden Nissen, als sei es eine Szene aus einem Heimatfilm über die Heide, und dann reichte er Markowsky ergeben die Hand und murmelte: »Nichts für ungut. Dann können wir befriedigt wieder abziehen. Entschuldigen Sie die Störung und einen schönen Tag noch.«

Petersen war sich sehr wohl darüber im Klaren, dass er ein bisschen Komödie gespielt hatte, aber wie sollte er sonst mit Markowsky fertig werden? Ihm war es ganz recht, dass auch Nissen schwieg, als sie wieder im Auto saßen und den schmalen Weg zurückfuhren.

»Und jetzt nach Buchholz. Deinen Atlas kannst du weglassen, das finde ich schon. Und die Tankstelle wird wohl irgendwo an der Straße sein.«

Petersen parkte abseits von den Zapfsäulen. Der Tankwart, ein älterer, drahtig schlanker Mann, bemerkte es gleich und wartete mit fragendem Blick im Verkaufsraum auf sie.

»Kennen Sie Herrn Markowsky? Wir sind von der Polizei.« Petersen klappte seinen Dienstausweis auf und hielt ihn dem Tankwart vor die Nase, aber der warf keinen Blick darauf.

»Wull, kenn ik.«

»Hat der am 30. April abends bei Ihnen getankt? Gegen acht Uhr?«

»Weet ik nich.« Nach einer bedächtigen Pause fuhr er fort: »Jo, der tankt immer hier. 'n feinen Keerl, der kommt immer so komodig gegen Abend daher mit sin ollen Kutschbock, aber ob dat an dem Abend war, kann ik nich seggen.« Nach einer langen Pause, in der er Petersen mit seinen hellblauen Augen direkt ins Gesicht sah, fügte er an: »Warten Se, da warn de Fierdäg, aber ob dat nun bivor oder danach war, dat is nu Glücksache. Ik war de Fierdäg nich hier, am ersten nich bis zum Sonndag nich, das war de vierte Mai. War der nu am Abend bivor hier, am Mittwoch, – oder am Mondag? Eins oder das annere. Ik kann es nicht seggen. Tut mir leid.«

*

Als Tritschler gegen Abend von Petersen das Ergebnis dieser Recherche erfuhr, dachte er nur: Was für eine Pflaume. Dass der Tankwart sich nicht mehr erinnern konnte, nun gut, aber er hätte doch wenigstens fragen sollen, mit welchem Auto Markowsky getankt hatte. Und die Oldtimer-Sammlung, die Markowsky in seinem Schuppen hatte, hätte Petersen sich auch zeigen lassen können, die hätte der als

Autonarr doch mit Begeisterung vorgeführt, wenn man sich nur dafür interessiert zeigte. Man müsste unbedingt wissen, was für Fahrzeuge sich in seiner Sammlung befanden. Mit Markowsky blieb also alles offen. Wenn er abends um acht in Buchholz getankt hatte, würde er es kaum bis um eins nach Freiburg geschafft haben, selbst mit einem Jaguar E-Typ nicht. Aber diese Tankzeit war völlig ungesichert. Also hatte er bisher kein ausreichendes Alibi. Da war noch alles möglich. Möchte bloß wissen, was das für ein Mensch ist. Bevor ich wieder nach Hamburg fahre, muss ich noch einmal mit Frau Bente sprechen. Sie hat Markowsky immerhin jahrelang aus nächster Nähe erlebt.

Vierter Teil

(Ende Mai)

XXI.

Sonntag, 25. Mai

Graber hatte einen Tisch reservieren lassen: »Vielleicht haben Sie eine kleine, ruhige Ecke, wo wir uns ungestört unterhalten können.« Jetzt, am Eingang des Restaurants, wurde er freundlich begrüßt und, nachdem er seinen Namen genannt hatte, durch das ganze, noch ziemlich leere Lokal in einen Nebenraum geführt, wo in einer abgetrennten Nische ein Tisch für zwei aufwendig gedeckt war. Das Reservierungsschildchen wurde sogleich entfernt.

»Sie erwarten sicher noch jemanden.«

»Ganz recht.«

»Darf ich Ihnen schon einen kleinen Aperitif bringen?«

Graber wurde mit einem Male bewusst, dass dies ein ziemlich teurer Ausflug werden würde, wenigstens in Hinblick auf sein äußerst schmales Budget, mit dem er im Allgemeinen auszukommen hatte. Dass er für diesen Abend aufzukommen hatte, stand für ihn fest. Wem er später die Spesenrechnung einreichen könnte, mochte der liebe Himmel wissen.

»Danke, ich warte noch.«

Er sah sich um. Ein großer Tisch für etwa acht bis zehn Personen war in gebührendem Abstand gegenüber vorbereitet, auch hier stand ein Reservierungskärtchen ohne Namen, aber mit einer Uhrzeit versehen, die noch etwa eine Stunde Ungestörtheit versprach.

Mit einem Male, ohne dass er sein Kommen bemerkt hatte, stand der kleine Italiener vor ihm, im taillierten Anzug mit modischer Krawatte und zierlichen, spitz geformten

Lederschuhen, fast hätte er ihn nicht erkannt. Er machte einen etwas nervösen Eindruck, vielleicht lag es aber nur daran, dass er sich etwas verspätet hatte. Nach einer kurzen Begrüßung setzte sich der Gast ihm gegenüber, mit dem Rücken zum Gastraum. Noch bevor irgendeine Bedienung sich zeigte, beugte er sich zu Graber vor und flüsterte ihm zu:

»Ich heiße José und bin Spanier. Halten Sie sich daran.«

In diesem Moment erschien auch schon ein Kellner, brachte die Speisekarten und fragte erneut nach einem Aperitif.

»José, Sie trinken sicher einen ›Manzanilla de Jerez‹, wie ich Sie kenne?«

Ohne sich zum Kellner umzudrehen, nickte er zustimmend.

»Dann zwei Sherry, bitte.«

Mit Stolz über seinen geschmeidigen Konter auf die gewünschte Maskerade, auch wenn sie nur in der Namensänderung bestand, grinste Graber sein Gegenüber an und fragte:

»Waren Sie schon einmal hier?«

»Nein, noch nie, trotzdem ist es besser so.«

Während sich beide über die Speisekarte beugten, dachte Graber, dass diese Verstellung dem Treffen zweifellos einen etwas geheimnisvollen Anschein gab, obschon er keinen besonderen Grund erkennen konnte, da sie beide zum ersten Male an diesem abgelegenen Ort und deshalb völlig unbekannt waren. Oder war es denkbar, dass irgendwelche Gäste sich für sie interessieren konnten? Andererseits hatte dieses Undercover-Spiel seinen eigenen Reiz und er würde mit Vergnügen mitspielen, wozu auch immer es dienen mochte. Zugleich signalisierte es ihm unausgesprochene Spielregeln, an die er sich halten würde, nämlich keinerlei Namen zu nennen, außer dem von José, den richtig auszusprechen er sich bemühen würde, auch wenn er kein Spanisch sprach außer den paar Worten, die er in einem Urlaub aufgeschnappt hatte. Sie gehörten alle dem Bereich von Essen und Trinken an.

Über zwei Wochen war es schon her gewesen, dass Graber auf der Suche nach Morelli im Restaurant ›Da Giovanni‹ auf Paolo gestoßen war. Er sah noch immer dessen tief erschrockenes Gesicht vor sich, als er ihm von dem Mord an Hübner erzählt hatte. Mit einem wortlosen Händedruck war Paolo daraufhin weggegangen, nicht einmal nach den näheren Umständen hatte er gefragt. Je mehr Graber darüber nachgedacht hatte, war es ihm vorgekommen, als habe Paolo es mit der Angst bekommen, über Hübner und Morelli zu sprechen, Angst vor Mithörern, vielleicht sogar vor seinen eigenen Angestellten, die tuschelnd in der Ecke gestanden hatten. Und zugleich war Graber mehr und mehr überzeugt gewesen, dass Paolo über Morellis plötzliches Verschwinden mehr wusste als diese unglaubwürdige Insolvenz. Und deshalb hatte Graber ihn zu diesem neuerlichen Treffen hier im ›Adler‹ eingeladen. Paolo war am Telefon äußerst wortkarg gewesen, hatte sich alles angehört und nur gesagt: »Ich komme.«

Obwohl die Auswahl an Speisen klein war, machte sie einen sehr anspruchsvollen Eindruck: zwei Menüs zu 44 und 79 Euro sowie etwas, das sich ›Sudoku à la carte‹ nannte und aus drei Gängen mit dreierlei Vorspeisen, dreierlei Hauptgängen und dreierlei Desserts bestand (36 Euro), über die nichts Weiteres angegeben war. Im Übrigen gab es je zwei Vorspeisen, Fisch- und Fleischgerichte und Desserts zur Auswahl. Graber entschied sich für einen Saibling lauwarm auf buntem Sommergemüse im Sternanisfond mit Gewürzbutter, ein Dessert würde er sich später auswählen. Sein Gast wählte eine Dorade auf der Haut gebraten mit Pfirsich-Bohnengemüse und Würfelkartoffeln. Graber war sehr erleichtert, dass er kein ›Adler-Menü‹ berappen musste. Aber eine Flasche Wein musste sein und er überließ die Weinkarte seinem Gegenüber. Der blätterte wirklich alle Seiten durch, um sich dann für einen einigermaßen preiswerten Rueda zu entscheiden, von dem man nicht wusste, wie er sich in den Keller eines Schwarzwald-Gasthofes verirrt hatte.

Graber fragte höflich, wenn auch mit leicht ironischem Unterton, ob er denn sein Restaurant allein lassen könne, ohne dass alles anbrenne. Eigentlich war es nur eine Floskel, die er sich schon zuvor überlegt hatte, um ins Gespräch zu kommen, denn er befürchtete, dass ihm die Themen ausgehen könnten, wenn sie sich so lange gegenübersitzen würden. Gewiss, er hatte einige Fragen an ihn, aber mit der Tür durfte er nicht ins Haus fallen. Und es war vielleicht auch besser, sich erst etwas warmzureden. Paolo antwortete sehr ernsthaft, ein Wirt müsse immer in seinem Lokal sein und alles im Blick haben. Aber wenn er ausnahmsweise etwas außerhalb zu tun habe, dürfe er nie sagen, wie lange er wegbleibe. Natürlich müsse alles reibungslos laufen, immer, aber seine Leute müssten das Gefühl haben, dass er jederzeit wieder zur Tür hereinkomme und jeden geringsten Fehler sofort bemerke. Wenn der Chef aufpasste, dann passten auch die Angestellten auf. ›Sei streng mit den Leuten, aber behandle sie gut und ehrlich‹ – diese Devise habe sich immer bewährt. Während Paolo so redete, dachte Graber, dass so viel Strenge doch eigentlich untypisch für Italiener sei, die ihm immer so elegant leichtfüßig und wendig vorgekommen waren, aber vielleicht saß er da seinen allzu unbedachten Vorurteilen auf.

Der Kellner ließ Paolo den Wein probieren. Der schüttelte kreisend das Glas, roch die gelösten Aromen und nahm dann einen kleinen Schluck, dem er prüfend nachsann. »Muy distinguido«, murmelte er und nickte zustimmend. Graber hatte das Zeremoniell mit bewunderndem Interesse wahrgenommen, auch wenn er das fremdländische Lob nicht verstanden hatte. Nachdem die Gläser gefüllt waren, prostete er, neugierig geworden, Paolo mit andeutender Geste zu. Es war ein trockener, angenehm frischer, aber durchaus nuancenreicher Wein von leichter Art. Mit dem Autofahren würde es später keine Probleme geben.

»Sie sprechen mehrere Sprachen?« Es war Grabers zweiter Versuch, eine leichte Konversation zu beginnen, die ihm später Gelegenheit geben würde, auf sein eigentliches Thema zu kommen. Und Paolo ging darauf bereitwillig ein, indem er ausführlich aus seinem Leben erzählte. Er sei schon immer Kellner gewesen, lange habe er in den Regione alpine gearbeitet, vor allem in der Wintersaison. Zunächst sei er in Cervinia gewesen, wo am Wochenende die reichen Mailänder Familien eingeströmt seien, später habe er die Gelegenheit bekommen, auf die andere Seite des Monte Cervino zu wechseln, und sei in Zermatt tätig gewesen, wo außer den Schweizern ein internationales Publikum gewesen sei, Niederländer, Engländer, Spanier, Deutsche, Franzosen eher selten, dafür Belgier und schließlich Russen. Man habe sich auf alles einstellen und schnell lernen müssen. Am besten sei es gegangen, wenn man mit Aufmerksamkeit die Stammgäste bedient habe und dadurch zu ihrem Lieblingskellner geworden sei, dann sei man auch ins Gespräch gekommen. Man müsse schöne Augen machen, bella figura, schmeicheln, das mögen die Leute. Nur die Russen seien anders, laut und abweisend, dafür würfen sie mit ziemlich viel Geld herum. So habe er viele Sprachen aufgeschnappt, Brocken nur, was man so redet im Hotel. Nur Russisch habe er kein Wort gelernt, dazu sei es nie gekommen. Hier in Lahr gebe es ja auch viele Russen, aber die wären ganz anders, außerdem sprächen sie Deutsch, aber nicht sehr gut.

Später habe er Probleme bekommen mit der Arbeitserlaubnis. Die Schweizer seien etwas komisch. Für die Gastronomie, jede Art von Service, den Müll, alle unangenehmen Sachen würden die Ausländer gebraucht, denn solche Arbeiten würde kein Schweizer übernehmen, aber zu viele Ausländer dürften es auch nicht sein. Deshalb sei er nach Deutschland gegangen, schon vor vielen Jahren, und die längste Zeit habe er für … – er hatte sich so in Fahrt geredet, dass er selbst, gegen seine eigene Devise, fast den Namen von Giovanni ausgesprochen hätte – … für unseren Freund gearbeitet.

Mittlerweile waren die beiden Fische gebracht worden, kunstvoll arrangiert auf großen Tellern. Graber bewunderte, mit welcher Sicherheit und Eleganz Paolo seine Dorade von der Gräte löste, ohne auf der Platte ein Schlachtfeld anzurichten. Behutsam wandte er sich seinem rosa schimmernden Saibling zu, der allerdings längst filetiert war, und versuchte, in ähnlich professioneller Weise mit seinem Tier umzugehen. Eine Weile aßen sie schweigend. Da aber Giovanni Morelli nun so unverhohlen schon auf der Zunge lag, musste er Paolo dazu bringen, das plötzliche Verschwinden Morellis noch einmal genauer zu schildern und sich dabei nicht wieder auf die Rolle des bedauernd Unwissenden zurückzuziehen.

Aber Paolo war alles andere als ein Dummkopf. Natürlich wusste er, warum ihn Graber zum Essen eingeladen hatte. Als Graber ihm ausgerechnet den ›Adler‹ in Reichenbach vorgeschlagen hatte, jenes Lokal, in das sich Herr von Hübner und Morelli immer zurückgezogen hatten, um ungestört und unbelauscht miteinander reden zu können, war ihm vollkommen klar, dass es um Morellis Machenschaften ging. Und sich auf dieses Treffen einzulassen, hieß nichts anderes, als bereit zu sein, Graber dazu einige Winke zu geben. Wenn Morelli sich hier sicher und unbeobachtet gefühlt hatte, dann würde dies auch für Paolo ein zuverlässiger Ort sein. All dies hatte er bedacht, bevor er seine Zusage gab. Und zusätzliches Vertrauen gab ihm, dass Graber den Ort am Telefon gar nicht genannt, sondern nur davon gesprochen hatte, er wolle sich dort mit ihm treffen, wo der alte Herr immer gespeist habe.

Er hatte sich wohl überlegt, was er Graber sagen wollte, welchen Weg auch immer diese Informationen weitergingen. Denn wie man Morelli und seiner Familie mitgespielt hatte, rief bei ihm noch immer eine solche Empörung hervor, dass er keine Bedenken mehr trug, sich Graber mitzuteilen.

»Es ging auch alles sehr schnell und plötzlich. Und unser Freund hatte ja auch noch andere Probleme.« Graber sah ihn fragend an, wollte ihn aber nicht unterbrechen. »Da war die Geschichte mit seiner Tochter. Er hat Angst bekommen und deshalb wollte er weg.«

»Von seiner Tochter weiß ich gar nichts. Das hat mir der alte Herr nie erzählt. Was war denn mit ihr?«

Paolo rückte etwas näher heran und redete jetzt sehr leise.

»Madonna, sie ist so schön, ein wunderbares Mädchen, un angelo. Und dann sind diese Schweine über sie hergefallen, diese Teufel aus der finstersten Hölle. Wie kann man nur so etwas tun?«

»Was ist denn geschehen?«

»Ich sage es nur ungern. Sie haben sich über sie hergemacht. Auf roheste Art, und dann haben sie sie liegengelassen, sind fortgefahren. Sie lag stundenlang bewusstlos in einem Feld, bis sie gefunden wurde.«

Graber versuchte, sich vorzustellen, was geschehen war, und erschrak. Zunächst nur verschwommen, dann aber mit zunehmender Deutlichkeit sah er die Szenerie vor sich.

»Das ist ja grauenhaft!«

Paolo schob plötzlich seinen Teller weg. Obwohl er fast alles aufgegessen hatte, war es eine Geste des wiedererwachten Zornes und des Überdrusses. Auch Graber legte sein Besteck auf den fast leeren Teller und sogleich kam der Kellner, der diskret das Geschirr abräumte. Aber Paolo hatte noch nicht alles gesagt, was er sich vorgenommen hatte, und deshalb fuhr er nach einer Weile fort:

»Sie war völlig stumm, konnte gar nicht darüber sprechen. Vielleicht wusste sie auch keine Einzelheiten mehr, weil sie bewusstlos gewesen war. Ich hoffe es fast. Aber es war ohnehin klar.«

»Wer es war?«

»Nein, von wem es ausging. Man hatte sie auf dem Nachhauseweg abgefangen und in das Auto gezerrt. Dann sind sie mit ihr zu einer abgelegenen Stelle gefahren. Das war eine gezielte Aktion.«

»Waren das mehrere?«

»Zwei. So etwas machen immer zwei.«

»Und unser Freund kennt die beiden?«

»Das nicht, aber er weiß natürlich, wer dahintersteckt.«

»Hat er das denn der Polizei mitgeteilt?«

»Die Polizei ließ sich nicht mehr draußen halten, das kam noch dazu. Als man sie gefunden hatte, wurde sie gleich ins Krankenhaus gebracht. Und dann war es sofort bekannt. Wie es geschehen ist, weiß die Polizei, aber wer das war, natürlich nicht. Immerhin gab es keinen großen Zeitungsbericht. Wenigstens das ist ihr erspart geblieben, diesem unschuldigen Engel.« Und nach einer Weile fügte er noch hinzu: »Sie ist das schönste Mädchen von der Welt, ganz rein, und sie weiß von nichts. Und deshalb musste sie zur Märtyrerin werden, ausgerechnet sie. Ich habe für sie gebetet.«

»Und wo ist sie jetzt?«

»Unser Freund hat sie in Sicherheit gebracht, mit der ganzen Familie. Sie werden sie nicht finden.«

»Ist sie denn immer noch in Gefahr?«

Paolo schaute erstaunt auf, dass Graber so wenig begriff. Eine Weile sagte er gar nichts, dann beugte er sich vor und raunte sehr leise:

»Niemand darf sich mit der Firma anlegen.«

Sie sahen sich schweigend an. Erst allmählich wurde Graber bewusst, wovon die Rede war.

»Und das hat unser Freund …?«

Paolo sah sich um, doch sie waren ganz allein im Raum. Trotzdem beugte er sich erneut vor, um Graber ganz nahe zu sein, und flüsterte:

»Er sollte eine Immobilienfirma gründen, Gelder anlegen, und dabei hat er wohl zu viel für sich abgezweigt. Er wollte nicht mehr mitspielen.« Er sah ihn bedeutungsvoll an, doch mit einem Male wurde sein Gesichtsausdruck tieftraurig und bitter. Nach langer Pause fügte er hinzu: »Es war eine Strafe und eine Warnung. Er hat sie verstanden.«

Graber war mit seinen Gedanken noch immer bei dem jungen Mädchen und hörte kaum zu. Er versuchte, sie sich vorzustellen, zwölf- bis 14-jährig, mit langen blonden Haaren, nein, nicht blond, sondern als Italienerin wohl eher dunkel, sicher eine zierliche Gestalt im lustigen Kleidchen mit glockig weitem Schnitt. In Jeans und T-Shirt konnte er sie sich nicht ausmalen, das passte irgendwie nicht. Er versuchte, sich die Mutter zu imaginieren, aber sie wollte nicht vors Auge kommen. Morelli hingegen konnte er sehen, klein, ein bisschen beleibt, heftig gestikulierend, ein volles, leicht gerötetes Gesicht, bestens rasiert, vielleicht ein schmales Bärtchen auf der Oberlippe.

Er wandte sich wieder Paolo zu. »Und jetzt, nachdem dies passiert ist, ist er ausgestiegen und verschwunden?«

»Vermutlich. Eines Tages war er weg, mit der ganzen Familie. Er hat uns natürlich nichts davon gesagt. Als wir vormittags zum Dienst kamen, war alles verschlossen. Dann hat man die Tür aufgebrochen, es hätte ja auch Gott weiß was geschehen sein können. Und da war alles leer. Die Möbel waren noch da, aber alle Koffer, Wäsche, persönliche Dinge ausgeräumt, sehr ordentlich. Für uns hatte er einen Zettel hingelegt, da stand nur drauf: ›Ciao e grazie‹.

Und dann stellte sich heraus, dass das ganze Restaurant pleite war. Es gab noch hohe Bankschulden. Die ganze Renovation des Hauses, die neue Küche, das war alles noch nicht abbezahlt. Solange er hier war, hat er seine Raten pünktlich getilgt, die Volksbank war immer sehr zufrieden mit ihm, sah ja auch, wie gut der Laden lief. Und dann war er plötzlich getürmt. Wir standen alle auf der Straße und mussten gucken, wo wir bleiben. Ich habe dann bei einem Pizzabäcker gearbeitet, in Offenburg.«

Mit einem Mal drängte sich eine Gruppe von übermütigen Leuten in den Raum, laut durcheinanderredend, lachend und herumfuchtelnd. »Das ist doch sicher unser Tisch, schau mal, für zehn Leute, das sind wir.« Es war nicht auszumachen, ob es sich um eine Geburtstagsgesellschaft handelte oder um den Abschluss eines Ausfluges. Ein chaotisches Durcheinander, bis alle saßen. »Ich will neben dich, oder sitzt da schon jemand?« Einer schien der unangefochtene Boss zu sein. »Du musst da oben sitzen. Willst du deine Frau neben dir haben?«

Versuche, eine gewisse Ordnung durchzusetzen. »Erst mal nur Getränke, bis ihr die Menüs studiert habt, dauert es sonst zu lange.« Solche Redefetzen, immer etwas zu laut, drangen bis zu dem Winkel, wo Graber und Paolo schweigend warteten, bis sich diese Korona etwas beruhigt hatte. Im Grunde war es ganz gut so, dass die so mit sich selbst beschäftigt waren und dabei einigen Lärm machten, weil sie von den anderen beiden Gästen auf diese Weise keine Notiz nahmen.

»Ich habe keine Familie, noch nicht. Wie hätte ich sie denn ernähren können? Als Kellner? Aber ich habe trotzdem ein bisschen was beiseitegelegt, für später. Als nach zwei Monaten das Restaurant immer noch leer stand, bin ich zur Volksbank und habe gefragt. Die suchten schon die ganze Zeit nach einem Nachfolger und fanden keinen. So habe ich mit denen verhandelt.«

»Aber Ihr Chef hätte doch gleich an Sie verkaufen können, dann hätte er sogar noch etwas davon gehabt.«

»Aber ich hätte das nie gemacht.« Er beugte sich weit vor und tuschelte: »Dann wären die zu mir gekommen und hätten die Schulden gefordert.«

»Wer? Die Volksbank?«

»Nein, die Firma. Ich hätte ja mit ihm unter einer Decke stecken können.«

»Ach, so ist das. Aber die können immer noch kommen. Ganz sicher können Sie nie sein.«

»Dann sage ich denen: Ich weiß nicht, wo er ist, sucht ihn meinetwegen. Mir schuldet er auch noch einen Lohn. Ich will nichts mehr mit ihm zu tun haben.«

»Das wird denen vielleicht nicht reichen.«

»Dann mache ich zu und gehe auch. Ich habe wenig zu verlieren.«

Zum ersten Male hatte Graber das Gefühl, einer wirklich ehrlichen Haut gegenüberzusitzen.

XXII.

Montag, 26. Mai

Ein Zeuge hatte sich gemeldet, der in der Nacht zum 1. Mai seinen Hund am Lorettoberg ausgeführt und dabei einige Beobachtungen gemacht habe. Er war sofort zu Tritschler durchgestellt worden. Offenbar ein älterer Herr, der mit nicht zu bremsendem Redefluss loslegte. Er sei verreist gewesen und habe erst jetzt, nach seiner Rückkehr am Freitag, erfahren, was am Kapellenweg geschehen sei, eine entsetzliche Geschichte. Dass Mord und Totschlag jetzt auch schon am Lorettoberg Einzug gehalten hätten, sei unglaublich. Tritschler musste einige Tiraden über sich ergehen lassen, aber er ließ ihn ausreden. Irgendwann muss er ja Luft holen, dachte er. Doch es ging weiter: Bisher habe man sich hier noch sicher fühlen können, er sei immer nachts noch mit dem Hund unterwegs gewesen, das müsse sein, die Blase, Charlie halte die Nacht sonst nicht durch. Und ihm selbst täte das auch gut, noch einmal frische Luft zu schnappen. Eigentlich sei er an dem Abend etwas spät dran gewesen, später als sonst, weil sie noch Besuch gehabt hätten von ehemaligen Kollegen aus der Klinik, das habe sich noch hingezogen. Am nächsten Morgen seien sie, seine Frau und er, um etwa halb elf vom Flughafentaxi abgeholt worden, das hätten sie schon lange vorher bestellt gehabt, sie seien in Ägypten gewesen, drei Wochen Ägypten, eine herrliche Reise, ganz außergewöhnlich interessant, Kairo, das ganze Niltal hoch, Assuan, Luxor, vielmehr umgekehrt. Aber es sei natürlich auch anstrengend gewesen, er sei ja schon 85, diese Hitze … So ging das noch eine Weile weiter, ohne dass der Grund seines Anrufes richtig deutlich geworden wäre.

»Darf ich noch einmal darauf zurückkommen, Herr …«

»Professor Heynemann, Heynemann mit Ypsilon, Professor für Kiefernorthopädie. Ich war Direktor der Klinik und des Instituts für …« Die letzten 30 Jahre seines Berufslebens wurden ausgebreitet, auch die Zahl seiner Schüler erwähnt, die inzwischen einen eigenen Lehrstuhl erworben hatten, alles höchst beeindruckend, die Zahl der Orden und Verdienstmedaillen wollte Tritschler aber nicht auch noch über sich ergehen lassen.

»Entschuldigen Sie, Herr Professor, wenn ich Sie unterbreche, hier kommt gerade ein wichtiger Anruf auf der anderen Leitung.« Davon konnte zwar keine Rede sein, aber Tritschler benutzte gerne solche Dramatisierungen. Dass er trotz solcher Dringlichkeit dem Professor weiter sein Ohr lieh, sollte diesem bewusst machen, wie wichtig er insbesondere seinen Anruf nahm. »Darf ich Sie deshalb nur kurz und ganz direkt fragen: Sie waren also in der bewussten Nacht mit Ihrem Hund spazieren?«

»Mit Charlie.«

»Und was haben Sie dabei beobachten können?«

»Na, dieses Auto, das, ohne Licht einzuschalten, weggefahren ist, um diese Zeit, das ist doch ganz ungewöhnlich. Um diese Zeit fährt hier oben kein Auto mehr, das ist doch eine ganz ruhige Gegend. Wissen Sie, ich wohne schon seit …«

»In der Tat, das ist sehr auffällig.«

Ohne allzu viel Fantasie hätte man sehen können, wie sich Tritschler an den Kopf fasste und durch seine Haare strich, begleitet von einem deutlichen Stöhnen. Wenn der Professor nicht von seinem eigenen Monologisierungszwang geradezu überwältigt gewesen wäre, hätte er es sogar durch die Telefonleitung hören können. Auch wenn seine Geduld arg strapaziert wurde, ließ sich Tritschler nicht beirren. Zwar konnte er sich bei diesem Gerede nicht viel vorstellen, aber sein Kriminalinstinkt sagte ihm, dass man auch den geringsten Hinweis nicht achtlos abtun dürfe. Und das war gleichbedeutend mit dem Anlegen einer weiteren Spurenakte, die, ordentlich mit einer Nummer versehen, auch diese Aussage verzeichnen würde. Deshalb fuhr er gänzlich ohne Ironie fort:

»Was Sie sagen, Herr Professor, scheint mir außergewöhnlich wichtig zu sein, vielleicht bringt es uns den entscheidenden Schritt weiter. Darf ich deshalb fragen, ob ich Ihnen nicht einen erfahrenen Beamten vorbeischicken darf, der in aller Ruhe Ihre so wichtige Aussage aufnehmen kann?«

»Können Sie nicht selbst vorbeikommen, Herr …?«

»Tritschler, Hauptkommissar Tritschler ist mein Name.«

»Eigentlich würde ich gerne mit dem Chef der Mordkommission persönlich sprechen. Schließlich …« Er polterte plötzlich los: »Sie können mir nicht einen völlig insuffizienten Polizisten mit Notizbuch ins Haus schicken. Ich darf doch bitten.«

»Herr Professor, ich kann Sie gut verstehen. Aber der Chef ist leider außer Haus, soviel ich weiß, in Stuttgart«, log Tritschler aufs Geradewohl, »aber ich bin der Leiter der Sonderkommission, die zu diesem gravierenden Fall gebildet worden ist, eine SOKO von 40 sehr erfahrenen Kriminalisten. Zusammen mit meinem Stellvertreter bin ich, sind wir sicher die kompetentesten Beamten in dieser Sache, bei uns laufen alle Fäden zusammen. Ich bin im Moment ganz unabkömmlich. Bitte verstehen Sie das.«

»Wie heißt denn Ihr Stellvertreter?«, maulte der Professor.

»Es handelt sich um Kriminalhauptkommissar Grabowski, unseren besten Mann im Haus.« Normalerweise wäre Tritschler etwas zurückhaltender in seinen Beurteilungen gewesen, aber bei einem so hartnäckigen Zeitgenossen musste man in Gottes Namen voll in die Tasten greifen. Schließlich einigte man sich auf halb vier Uhr in der Villa des Professors.

Gerade als Tritschler das Telefongespräch beendet hatte, sah er Grabowski draußen im Gang vorbeilaufen und rief ihn gleich zu sich. Der steckte ohne Eile den Kopf zur Tür herein.

»Es ist doch zum Mäusemelken!«, sagte Tritschler. »Da ruft so ein aufgeblasener Professor an und glaubt, irgendwas gesehen zu haben, möchte aber am liebsten nur vor dem Ministerpräsidenten seine Aussage machen.«

»Worum geht's denn?«

Bei aller Säuernis war Tritschler doch geistesgegenwärtig genug, nicht mit »Legrand natürlich« zu antworten, sondern an den besonderen Schwerpunkt von Grabowski zu denken:

»Es geht um von Hübner. Der Professor will in der Nacht irgendetwas beobachtet haben, aber dann musste er erst einmal für drei Wochen in Urlaub fahren. Ägypten, da würde ich auch gerne mal hin, kann ich mir aber nicht leisten. Warst du schon mal in Ägypten? Natürlich auch nicht. Kannst ihn mal fragen, wie es da aussieht.«

»Ich verstehe gar nichts.«

»Kannst du auch nicht. Der redet nämlich so durcheinander, kommt von Hölzchen auf Stöckchen, nur nicht zur Sache.« Immerhin gab Tritschler dann doch noch das Wichtigste weiter.

»Und dann wollte er doch tatsächlich den *Leiter der Mordkommission persönlich* sprechen.«

»Und? Warum hast du ihn nicht durchgestellt?«

»Weil er gleich anschließend ohnehin wieder bei uns gelandet wäre. Um es kurz zu machen: Jetzt muss er Mittag essen, dann etwas Ruhe halten und um halb vier ist er bereit, dich zu empfangen. Ich habe ihm gesagt, dass du der stellvertretende Leiter der SOKO bist, das Höchste, was er kriegen kann. Tut mir leid, aber da kann ich keinen außer dir hinschicken. Die anderen würden durchdrehen.«

Die Adresse, eine Jugendstilvilla an der Westseite des Lorettoberges, war leicht zu finden. Grabowski, der sich bemüht hatte, pünktlich zu sein, wurde schon an der Tür vom Hausherrn persönlich empfangen, übrigens durchaus liebenswürdig und ohne Groll. »Immer herein in die gute Stube«, das klang beruhigend. In einer großen Eingangshalle mit mehreren Türen, deren Rahmen und Paneele mit floralen Bandmustern im Holz geschmückt waren, und einer geschwungenen Treppe nach oben, alles offenbar original erhalten, hingen dicht an dicht abstrakte Gemälde verschiedenen Formats in kräftigen Farben. Grabowski nahm sich erstaunt Zeit, auf die Bilder zu sehen, zögerte sogar, dem Professor zu folgen. Mit dieser Finesse hatte er schon manchen schwierigen Ermittlungsbesuch aufgelockert, dabei gab er nicht einmal vor, etwas von Malerei zu verstehen. Der Professor, der ebenfalls stehen geblieben war, sagte:

»Meine Frau malt, das alles ist von ihr. So habe ich immer eine ganze Ausstellung im Haus.«

»Beeindruckend«, murmelte Grabowski und ließ dabei offen, ob er wirklich mit diesen Bildern etwas anfangen konnte. Dann folgte er dem Hausherrn in ein Wohnzimmer, wo bereits Teegeschirr gedeckt und eine Kanne auf einem Stövchen warmgestellt war. Kaffee wäre mir lieber, dachte Grabowski.

Nachdem man sich ein bisschen warmgeredet hatte, wobei eigentlich nur der Professor mit seiner Weitschweifigkeit gesprochen hatte und noch kein Wort zur Sache gefallen war, um die es Grabowski eigentlich gehen sollte, fuhr dieser unvermittelt dazwischen:

»Sie erzählen so interessant und ausführlich, Herr Professor, dass ich Sie gerne fragen möchte, ob ich nicht ein Aufnahmegerät benutzen darf? Natürlich nur, wenn Sie einverstanden sind. Im anderen Falle müsste ich mir Notizen machen und die sind dann unversehens zu verkürzt und erfordern nur weitere Nachfragen.«

»Nur zu, ich habe nichts dagegen, Sie können alles verwerten, was ich sage. Mein Gedächtnis ist noch immer ausgezeichnet. Ich habe die Fähigkeit – die heute selten gewordene Fähigkeit – mir als Bild alles zurückzurufen, was ich gesehen habe. Mit dem gesprochenen Wort, das muss ich zugeben, habe ich infolge meines Alters mehr Probleme, vielleicht hängt das auch mit dem Hören zusammen, ich höre nicht mehr ganz so gut wie früher. Aber mein Blick ist adlerscharf, und genauso klar kann ich speichern, was ich sehe.«

Grabowski hatte inzwischen das kleine Gerät aufgebaut und unterbrach den Professor ziemlich rücksichtslos, der dies aber nicht übel nahm, sondern an Grabowskis letzten Vorbereitungen interessiert war:

»In der Mordsache Legrand und Hübner hat sich Herr Professor Heynemann heute, am 26. Mai 2008, bereit erklärt, die folgenden Aussagen zu machen. Das Gespräch führt Kriminalhauptkommissar Grabowski. Bitte, Herr Professor! Sie sagten, dass Sie in der Nacht vom 30. April auf den 1. Mai Ihren Hund ausgeführt haben. Können Sie sagen, um wie viel Uhr das war und welchen Weg Sie gegangen sind.«

»Ganz genau sogar …«

Erst um Viertel nach ein Uhr hatten die Gäste sich verabschiedet. Man hatte sich über gemeinsamen Erinnerungen ans Institut verplaudert, die gute alte Zeit unter dem Vorgänger des Professors, einem gefürchteten Choleriker, das war nun auch schon über 30 Jahre her, man hatte exquisiten Rotwein getrunken, von dem immer einige Kisten im Keller lagerten, ein netter Abend, wie der Professor und seine Frau anschließend gemeinsam feststellten.

»Ich bin müde, gehe schon mal nach oben. Die Gläser können ruhig stehen bleiben, morgen kommt Frau Andris, die räumt das schon auf. Aber du musst den Hund noch rauslassen, das ist deine Sache.« Das war es immer und das ließ er sich auch nicht nehmen. Der Hund lag schlafend in irgendeiner Ecke, aber wenn »Charlie, Gassi gehen!« gerufen wurde, war er sofort hellwach und umtänzelte sein Herrchen.

Der Weg war eigentlich immer der gleiche, erst die Straße hoch, dann nach links die enge Kehre zum Bergleweg und oben einmal um den Lorettoturm herum und wieder zurück. Es war eine dunkle und frische Nacht, eine schmale, zunehmende Mondsichel am leicht bewölkten Himmel, höchstens sechs bis sieben Grad. Er ging mitten auf der Straße, links war, halb auf dem Gehweg, alles zugeparkt, der Hund trottete an einer langen Leine. Niemand mehr unterwegs, selten noch ein spärliches Licht hinter einer Gardine zu erkennen. Er ging gedankenverloren, achtete auf nichts, alles war ihm vertraut aus jahrelanger Gewohnheit. Fast oben am Bergleweg angekommen, hörte er auf einmal, wie 20 oder 30 Meter hinter ihm ein Auto angelassen wurde. Er blieb stehen, denn er hatte niemanden gesehen oder gehört, auch keine Wagentür, die zugeschlagen wurde. Er drehte sich um, kein Autolicht zu sehen, aber jetzt konnte er im schwachen Schein einer entfernten Laterne erkennen, wie eines der am Straßenrand geparkten Fahrzeuge vorsichtig nach hinten setzte, die Umrisse verschoben sich dabei. Es war ein großer, schwarzer Kasten, fast wie ein Jeep, und doch schien es ihm, als sei der Wagen im oberen Bereich nicht so rechteckig, sondern etwas trapezförmiger eingezogen. Dann rollte er ein kleines Stück nach vorn, wobei er schon schräg in die Straße ragte, setzte wieder zurück und stieß, immer noch ohne das Licht einzuschalten, mit einem Satz in die Straße und brauste mit hoher Geschwindigkeit hinunter. Unter der Straßenlaterne, die die scharfe

Kurve dort unten mäßig erhellte, glaubte er, eine Person auf dem Beifahrersitz wahrnehmen zu können. Und im letzten Moment, ehe das schwarze Ungetüm verschwunden war, sah er, dass am Heck ein großer, runder Kasten für ein Ersatzrad angebracht war.

Merkwürdig, dachte er, hat der Fahrer vergessen, das Licht einzuschalten? Aber das kann gar nicht sein, denn in dieser Dunkelheit ohne Licht auszuparken, ist ein gewagtes Kunststück. Und dann in solchem Tempo hinunterzupreschen und in die Kurve zu gehen, das muss ein Verrückter sein. Einer von diesen jungen Leuten, die ihrem Mädchen imponieren wollen. Der hätte glatt meinen Charlie überfahren. Und in der Kurve hätte ich auch nicht mehr zur Seite springen können. Wahnsinn, so etwas, denen gehört einfach der Führerschein abgenommen. Aber der wohnt auch nicht hier, habe noch nie in unserer Gegend so ein Auto gesehen, kenne die doch alle. Soll sich bloß nicht mehr hier blicken lassen, ich würde ihn sofort anzeigen. Wenn er noch einmal auftaucht, notiere ich mir das Kennzeichen. Das geht wirklich zu weit.

Seine Frau schlief schon, als er nach Hause kam, sie hatte ja recht. Morgen würde ein anstrengender Tag sein. Noch ein gemütliches Frühstück und schon müssten sie aufbrechen. Zum Glück war alles gepackt und stand fertig bereit. Er brauchte nicht so viel Schlaf, aber sie …

Grabowski hatte am Ende eine Suada von anderthalb Stunden aufgenommen und danach hatte der Professor noch eine halbe Stunde weitergeredet, immer überlegen, ein Mensch, der Widerspruch weder gewohnt war noch duldete. Er hatte sich nachsichtig die weitläufigen Schilderungen angehört, die endlosen Abschweifungen, die gar nicht zur Sache gehörten, und dabei immer daran gedacht, dass er alles mit seinem Gerät aufgenommen habe und daraus später die wenigen präzisen Informationen herausschälen könnte, deren Nützlichkeit ihm durchaus fraglich war. Es würde eine knappe Zusammenfassung geben und im Übrigen habe man die Aufzeichnung, falls man die wirklich später noch einmal abhören müsste, aber hoffentlich nicht.

*

Für diesen Abend hatte sich Grabowski mit Elfi zum Essen verabredet, nicht in seiner Wohnung, denn er hatte lange gebraucht, bis er – neben einigen anderen Arbeiten – seinen zusammenfassenden Bericht über das Gespräch mit dem langatmigen Professor fertiggestellt hatte. Sie hatten einen kleinen Tisch ganz hinten bekommen, nahe der Theke und dem Eingang zur Küche, alle anderen waren reserviert oder schon besetzt. Aber Grabowski war nicht unzufrieden darüber, weil es in diesem unbeliebten Winkel sicher keine unerwünschten Zuhörer gab. Wer in diese Richtung blickte, sah wohl nur erwartungsvoll auf den Kellner mit seinen heißen Tellern oder freute sich auf den Getränkenachschub. Und vom Lärm der Theke wandte sich jeder instinktiv ab, so war man an dieser lebhaftesten Stelle des ganzen Raumes zugleich am besten geschützt. Die ›Kreuzblume‹ hatte er mit Bedacht ausgesucht, denn sie lag gleich um die Ecke von Elfis Arbeitsstelle, außerdem knüpften sich schöne Erinnerungen an dieses kleine Restaurant, auch wenn inzwischen der Wirt gewechselt hatte.

»Damals haben wir da drüben gesessen, weißt du noch?«

»Na klar. Ich weiß sogar noch, was wir gegessen haben.«

»Du denkst wohl immer zuerst ans Essen.«

»Nicht zuerst, aber auch. Du hattest geschmorten Zander mit Pfifferlingen und ich ein Ochsenschwanzragout. Du siehst, ich erinnere mich an alles. Übrigens ist an dem Abend noch gar nichts passiert.«

»Doch, ich habe dich geküsst.«

»Stimmt. Und danach hatten wir dann unser erstes gemeinsames Wochenende.«

»Und einige Tage zuvor hatten wir uns zufällig im Konzert getroffen, beim Freiburger Barockorchester, da hatten wir uns hierher verabredet. Das ist nun bald fünf Jahre her.«

»Erinnerst du dich auch noch an den Freiburger Presseball?«

»Da haben wir uns zum ersten Mal gesehen …«

»… und miteinander getanzt. Du hattest eine weiße Bluse an, ziemlich offen.«

»Und du hast immer so gelinst. Fast wärst du mit der ganzen Nase reingerutscht.«

»Na und? Ist das so schlimm. Wenn ihr Frauen so viel Einblicke gewährt, dann darf man ja wohl auch hinschauen. Und wenn ich nicht geguckt hätte, wärst du auch enttäuscht gewesen. Außerdem hat mich nicht nur interessiert, ob du sexy aussiehst.«

»Sondern?«

Er antwortete etwas mau: »Alles andere auch. Wer du bist und so weiter.«

In diesem Moment trat der Kellner an den Tisch und fragte:

»Haben Sie schon gewählt?«

Grabowski und Elfi sahen sich verdutzt an und lachten dann gemeinsam los.

»Wir haben noch gar nicht in die Karte geschaut, haben wir ganz vergessen, wir haben es nicht eilig.«

»Gerne. Lassen Sie sich ruhig Zeit.«

Die Speisekarte war eine kleine Enttäuschung. Von am Markt orientierten Spezialitäten war nichts mehr zu entdecken, stattdessen die üblichen Wirtshausklassiker, sogar Wiener Schnitzel wurde angeboten, was früher undenkbar gewesen wäre. Gleichwohl fanden sie etwas, mit dem sie sich anfreunden konnten.

Grabowski erzählte, weil er doch einigermaßen beeindruckt war, von dem merkwürdigen Professor. Nichts daran schien ihm besonders geheimbedürftig, im Übrigen war Elfi auch keine Plaudertasche, er konnte sich ganz auf sie verlassen.

»Weißt du, diese Wichtigtuerei ist ziemlich lästig und erfordert reichlich Geduld, aber ohne solche Leute käme nur die Hälfte an Informationen zusammen, es sind immerhin die, die sich wenigstens an irgendetwas erinnern. Die meisten, die wir zu irgend einem Fall befragen, standen ziemlich in der Nähe und müssten eigentlich tausend Einzelheiten bemerkt haben, aber letztlich zeigen sie sich als völlige Nieten. Am Lorettoberg ist es auch so. Kein Mensch auf diesem Fest hat zum Beispiel gesehen, wann und wie Legrand in den Garten gegangen ist. Du übrigens auch nicht. Sogar von dem Schuss hat keiner etwas gehört. Weder im Haus noch bei den Nachbarn, nicht einer. Und wir haben doch so ziemlich mit allen gesprochen, die in der näheren und weiteren Umgebung waren. Und dieser eine Mensch, der zudem auf der anderen Seite des Lorettoberges wohnt, also wirklich nichts gesehen oder gehört haben kann, erinnert sich, dass in dieser Nacht zwischen Viertel nach eins und halb zwei ein Auto, das da vielleicht nicht hingehört, ohne Licht aus einer Parklücke herausgefahren ist. Sonst nichts. Aber er kann sogar, obwohl sicher kein Autonarr, aus dem Alter ist er heraus, ein paar Einzelheiten nennen: diesen Kasten fürs Ersatzrad auf dem Heck, die Form und Größe wie ein Jeep, aber beim Oberteil nicht ganz so eckig und so weiter.« Elfi hörte sehr aufmerksam zu. »So versponnen oder egozentrisch der vielleicht ist, wenn das stimmt, was er erzählt hat, dann ist er zumindest ein guter Beobachter. Und ein gutes Gedächtnis hat er auch, denn es ist ihm ja erst nach drei Wochen Ägypten wieder eingefallen, nachdem er erstmals davon erfahren hat, was in jener Nacht passiert ist. Und das mit 85, alle Achtung.«

»Und das Auto war schwarz?«

»Jedenfalls sehr dunkel, also schwarz oder anthrazit oder dunkelblau.«

»Ein Nissan Patrol?«

»Wie kommst du denn darauf? Seit wann interessierst du dich für Automarken?«

»Fiel mir nur so ein. Weil Graber einmal nach so einem Auto fahnden sollte. Übrigens hing das auch mit Hübner zusammen, war ein Verkehrsunfall mit Fahrerflucht. Nebenbei, so haben wir Hübner kennengelernt. Das war im Frühjahr, April etwa.«

»Und was ist da passiert?«

»Genau weiß ich das auch nicht mehr. Das war so ein Rempler, der Hübner hinten reingefahren ist, Absicht oder nicht, jedenfalls ist er weitergefahren. Und Hübner kam zu uns und wollte wissen, ob man das Fahrzeug ausfindig machen könne, über die Zulassungsstelle. Die Polizei wollte er jedenfalls nicht einschalten. Letztlich sollten wir nur das mit der Versicherung regeln.«

»Interessant. Habt ihr dazu noch irgendwelche Unterlagen im Büro?«

»Das müsste Graber wissen. Ich glaube aber eher nicht. Was hätten wir da auch tun können? Ich weiß nur, dass Graber bei einem Autohaus gewesen ist und sich erkundigt hat, was für Nissans hier in der Gegend herumfahren. Aber das ist dann im Sande verlaufen.«

Mittlerweile war das Essen gekommen.

XXIII.

Dienstag, 27. Mai

Es war mehr eine intuitive Eingebung, die Grabowski am nächsten Morgen dazu veranlasste, sich zu erkundigen, ob ein schwarzer oder dunkler Nissan Patrol irgendwo als gestohlen gemeldet sei. Vorsorglich hatte er die Polizeidirektionen von ganz Südbaden bis nach Karlsruhe eingegeben, es war nur eine Routineabfrage. Immerhin war doch auffällig, dass sich zwei Mal ein solcher Wagen aus dem Staub gemacht hatte, der sich nicht zu erkennen geben wollte. Beide Male gab es eigentlich keinen plausiblen Grund dafür, denn ein kleiner Blechschaden war nicht unbedingt ein Anlass zur Fahrerflucht. Warum übrigens hatte Hübner sich nichts vom Nummernschild merken können? Vielleicht sollte er sich doch mit Graber in Verbindung setzen. Und der andere Fall musste gar keine Bedeutung haben, andererseits spielte er sich genau in der Nacht mit dem Doppelmord und sogar in der fraglichen Zeit ab. Dass aber beide Male die Nähe zur Person von Hübner auszumachen war, hatte seine Aufmerksamkeit geweckt. Und dennoch war die Idee, nach einem gestohlenen Auto dieser Art zu gucken, nichts anderes als ein blinder Versuch.

Überraschenderweise meldete sich schon sehr bald ein Kollege aus Offenburg. Hier sei vor einiger Zeit, im Frühjahr, ein solches Auto aufgefallen. Es sei zwar nicht gestohlen gemeldet worden, hätte sogar nachweislich die ganze Zeit in einer Tiefgarage gestanden, aber dennoch sei es bei einer Geschwindigkeitsübertretung geblitzt worden. Man habe das nicht weiter aufklären können, es käme insofern eine Dublette infrage. Der Kollege, der die ganzen Nachforschungen bearbeitet habe, sei im Moment nicht da, werde sich aber am Nachmittag melden.

Daraufhin rief Grabowski im Büro von Graber an.

»Anwaltspraxis Graber. Sie sprechen mit Elfriede Schamberger. Was kann ich für Sie tun?«

»Brauchst nicht gleich dein ganzes Sprüchlein abzulassen. Ich bin es nur. Duhast mir gestern einen ziemlichen Floh ins Ohr gesetzt.«

»Ich? Womit?«

»Wegen des Nissans. Und der beißt und juckt mich jetzt immerzu. Deshalb wollte ich mal mit deinem Onkel Doktor sprechen, ob der mir helfen kann.«

»Der ist aber kein Doktor.«

»Ist mir egal. Selbst wenn er nur Heilpraktiker wäre. Vielleicht weiß er etwas. Kannst du ihn mal ans Telefon bekommen?«

»Für dich tue ich fast alles. Außerdem hast du Glück, er ist gerade frei. Ohne Wartezeit, mitten in die Sprechstunde.«

Viel wisse er nicht, meinte Graber. Aber nach und nach kamen dann doch eine Menge Details zur Sprache, die Grabowski ziemlich elektrisierten. Dass nämlich der kleine Unfall eine absichtsvolle Provokation dieser zwei Ganoven gewesen sein musste. Und dass Hübner lange darüber gegrübelt habe, wer die Auftraggeber dazu gewesen sein könnten. Denn das sei ihm völlig klar gewesen, dass es sich einerseits um Profis handelte, andererseits nicht um deren eigene Rechnung. Es sei schließlich kein Raubüberfall gewesen. Sie hätten überhaupt nichts von ihm gewollt, sich auch später nicht wieder gemeldet. Vor allem der Trick mit dem verdeckten Nummernschild habe ihn ziemlich beeindruckt. Insofern habe er das als eine professionell inszenierte Warnung verstanden. Nur habe er nicht gewusst, von wem sie ausgehe und das habe ihn ziemlich ratlos gemacht. Aber die Polizei habe er nicht einschalten wollen, weil er verhindern wollte, dass die womöglich in seinen Anwaltsmandaten herumschnüffelte. Da sei man heutzutage nicht mehr so sicher.

»Hat Hübner das wirklich so gesagt? Er als erfahrener Jurist musste doch wissen, dass das Anwaltsgeheimnis absolut sakrosankt ist. Keine Polizei würde irgendetwas antasten, das mit den Mandaten eines Anwalts zu tun hat. Woher nur kommt immer wieder dieses Misstrauen?«

»Das brauchen wir in diesem Zusammenhang jetzt nicht zu diskutieren. Ich sage Ihnen nur, was Herr von Hübner zu mir gesagt hat.«

»Und was ist dann weiter geschehen?«

»Ich habe für Hübner ein paar Erkundigungen eingezogen, wer eigentlich hier in der Gegend so ein Fahrzeug fährt. Aber mir ist gleich klar geworden, dass ich nichts Brauchbares dazu finden werde. Der Wagen konnte ja auch aus Hamburg kommen oder sonst woher, das ist uferlos. Ich habe das für Hübner der Versicherung eingereicht, die Rechnung und die Fotos ...«

»Moment mal, welche Fotos?«

»Von Hübners beschädigtem Auto. Die hat die Reparaturwerkstatt gemacht. Ich habe eine Kopie der Reparaturrechnung übrigens noch hier in den Unterlagen.«

»Mir würde fürs Erste genügen, wenn Sie mir sagen, wer den Wagen repariert hat.«

»Einen kleinen Moment, ich habe das hier griffbereit. Das war die Firma Stalf in der Kappler Straße.«

»Finden Sie nicht, dass das eine recht eigenartige Geschichte ist, vor allem, wenn man bedenkt, dass der Betroffene wenige Wochen später ermordet worden ist? Warum haben Sie sich denn nicht gleich damit gemeldet?«

»Aber, ich bitte Sie! Ich weiß davon nur das Wenige, was mir Hübner erzählt hat, und das klang nach einer ziemlichen Räuberpistole. Ich dachte, Frau Ritter, die doch eine enge Vertraute von Herrn von Hübner war, hätte das viel genauer und ausführlicher berichten können. Sie muss es doch wissen. Ich kannte Herrn von Hübner doch gar nicht weiter.«

»Kein Wort davon hat sie gesagt«, murmelte Grabowski und es war klar, dass das auch ein wenig zurückrudernd gemeint war, denn im Grunde wusste er ganz gut, dass es keinen Anlass gab, Graber Vorwürfe zu machen.

*

Es wurde ein ungewöhnlich heißer Tag, nicht einmal viel Sonne, aber drückend schwül. In die Autowerkstatt kam Grabowski kurz vor zwölf, schon ganz verschwitzt. Vorn im Büro sah er durch die Glasscheibe eine attraktive Blondine am Computer, aber er ging gleich weiter in die offene Halle. Der Meister ließ gerade einen Golf mit der Hebebühne herunter und wollte ihn auf den Hof fahren, ein groß gewachsener Mann im dunkelgrauen Arbeitsmantel, der offensichtlich allein arbeitete. Als er Grabowski sah, ging er gleich auf ihn zu und schaute ihn fragend an. Grabowski stellte sich vor. Er wollte ihn nicht mit dem Wort ›Mordkommission‹ erschrecken und sprach nur allgemein von Polizei. Er habe gehört, dass er seinerzeit den Unfallwagen von Herrn von Hübner repariert habe. Herr Stalf erinnerte sich gleich an den jahrelangen Kunden, der so mysteriös ums Leben gekommen war. Er habe alles in der Zeitung gelesen, eine schreckliche Geschichte, und Herr von Hübner sei ein so freundlicher Mann gewesen. Ob der Mord denn inzwischen aufgeklärt sei?

Grabowski wusste, wie er zu reagieren hatte. Ja, das müsse ein sehr besonderer Mensch gewesen sein. Überall höre er nur das Beste von ihm. Ganz im Vertrauen gesagt, aufgeklärt sei das noch gar nicht, vieles ganz rätselhaft, denn eigentlich habe er keine Feinde gehabt. Aber sie arbeiteten natürlich mit Hochdruck daran und seien sich sicher, dass sie früher oder später den Mörder finden würden. Überall stießen sie auf bereitwillige Hilfe. Und deshalb sei er auch zu ihm gekommen. Er habe gehört, dass er Fotos für die Versicherung gemacht habe, ob die noch da seien. Der Meister sah auf seine Uhr und meinte dann etwas kurz angebunden:

»Keine Ahnung. Könnte aber sein. Kommen Sie doch gerade mit ins Büro.«

Ohne weitere Anrede sagte er zu der Frau am Computer:

»Schau doch mal nach der letzten Rechnung vom Hübner.«

Sie klickte mit der Maus herum, bis sie nach einiger Zeit das Gesuchte fand.

»Und jetzt schau mal, ob es da einen Anhang mit Fotos gibt.«

»Ja, sechs Bilder.«

»Dann drucke das für den Herrn aus, die Rechnung auch.«

Nach einiger Zeit ratterte ein Drucker in einiger Entfernung vom Schreibtisch und warf acht Blätter aus. Herr Stalf selbst nahm sie aus dem Gerät und reichte sie Grabowski.

»Können Sie mitnehmen. Wir haben nämlich jetzt Mittagspause.«

*

Die Fotos gaben nicht viel her. Ein Blechschaden am linken hinteren Kotflügel eines älteren Mercedes 220, der wohl eingedrückt gewesen war. Jetzt konnte man immerhin noch die Knickfalte erkennen, die entstanden war, als der Unfallverursacher an dem Blech herumgerissen hatte und es nach außen gebogen hatte. Graber hatte davon erzählt. Aber für den Abtransport des Wagens war das Blech wohl wieder zurückgebogen worden. Die Aufnahmen waren aus verschiedenen Winkeln gemacht worden, einigermaßen scharf, bei zwei der Fotos war die Position so gewählt, dass man auch das Nummernschild erkennen konnte. Eine brave Dokumentation für die Versicherung. Aus der Rechnung ging hervor, dass ein neuer Kotflügel montiert und anschließend lackiert worden war. Nicht übertrieben teuer, in einer Mercedes-Werkstatt hätte man wohl mehr dafür bezahlen müssen. Das Abschleppen war mit einer Pauschale berechnet worden. Aus der Rechnung ließ sich erkennen, dass sich der Vorfall am 3. April ereignet haben musste, ein Donnerstag, wie Grabowski in seinem Kalender nachblätterte.

*

Gegen zwei Uhr rief ein Kollege Hauser vom Verkehrsdezernat in Offenburg bei Grabowski an. Er habe sich inzwischen die Vermerke herausgesucht, die er von den Aussagen der Frau Fischbein notiert habe. Er selbst habe die ganze Sache recherchiert und könne ihm das gerne am Telefon schildern. Wenn er allerdings einen schriftlichen Bericht brauche, dann dauere das einige Tage, sie seien im Moment vollkommen überlastet, weil ein Kollege in Urlaub sei und dann auch noch Krankmeldungen.

»Ich weiß noch gar nicht, was ich brauche. Schriftlich vorerst nichts, das hat Zeit. Ich mache mir ein paar Notizen und dann sehen wir weiter. Der Kollege sagte mir, ihr hättet eine Dublette gefunden? Von einem Nissan Patrol?«

»Das ist nur eine Vermutung. Wir haben hier ein Foto, es liegt vor mir, ›Geschwindigkeitsmessung mit PoliScann-Speed stationär vom 29. Nov. in 76549 Hügelsheim, Hauptstraße, Höhe Haus Nr. 2 ortsauswärts. Zeuge entfällt‹. Ich erzähle mal der Reihe nach. Wegen überhöhter Geschwindigkeit wurde ein Anton Fischbein in Offenburg als Halter des betroffenen Fahrzeugs ermittelt. Gegen das Bußgeld protestierte Frau Fischbach telefonisch und ziemlich aufgebracht, denn das Auto ihres inzwischen verstorbenen Mannes stehe in einer Tiefgarage und sei seit Monaten nicht benutzt worden. Außerdem sei auf dem Foto deutlich eine männliche Person zu erkennen. Was sie denn mit dem Bußgeldbescheid machen solle? Daraufhin wurde ein Beamter zu ihr in die Wohnung geschickt, um den Sachverhalt zu klären. Das war ich selbst. Dieser Anton Fischbach war schon lange schwer krank gewesen, seit Anfang November 2007 stationär im Krankenhaus, und ist Ende Januar mit 73 Jahren an Krebs verstorben. Sein Auto stand früher immer in der Einfahrt seines Winkelbungalows. Seine fast gleichaltrige Frau war nie mit diesem Wagen gefahren, er war ihr ›zu groß und zu schwer gewesen‹, wie sie sagte, und ihre Besorgungen hatte sie ohnehin immer zu Fuß oder mit dem Fahrrad gemacht. Schon als ihr Mann ins Krankenhaus kam, hatte er den Wunsch geäußert, dass sein Enkelkind zum baldigen Examen an einer Fachhochschule dieses Auto geschenkt bekommen sollte. Seiner Frau war diese Lösung nur allzu recht. Aber dass dieser große Wagen, der ohnehin nicht mehr benutzt wurde, immer noch vor dem Haus stand, störte Frau Fischbach und sie mietete einen Stellplatz in einer Tiefgarage. Mitte November hat dann der Werkstattkundendienst das Auto in die Tiefgarage an den Platz gebracht, wo es übrigens heute noch steht, wie überprüft worden ist. Frau Fischbach ist eine absolut glaubwürdige Person, an ihren Aussagen bestehen nicht die geringsten Zweifel. Zu dem Foto des Radarblitzes konnte Frau Fischbach nichts sagen. Das dort abgebildete Auto entspricht dem in ihrem Besitz befindlichen Nissan Patrol, auch das Kennzeichen ist das ihres Autos. Die auf dem Foto erkennbare männliche Person war ihr völlig unbekannt. Sie selbst fahre nicht mehr Auto. An dem fraglichen Tag und Zeitpunkt sei sie zuerst im Krankenhaus gewesen, nachmittags dann zu Hause und sie habe Gäste zum Kaffee gehabt. Auch dies ist überprüft worden. Frau Fischbach ist völlig o.k. Ich bin selbst bei ihr gewesen, für die lege ich meine Hand ins Feuer. Sie lebt, zumal nach dem Tod ihres Mannes, sehr zurückgezogen. Wir gehen davon aus, dass hier eine Komplettfälschung vorliegen muss und ein zweiter Nissan Patrol mit dem Kennzeichen von Herrn Fischbach unterwegs ist. Wir haben das Kennzeichen sofort zur Fahndung ausgeschrieben, wenn es irgendwo auftaucht, bekommen wir Meldung.«

»Und das geben Sie dann bitte sofort an mich weiter.«

»Selbstverständlich.«

»Aber eine Bitte hätte ich noch. Können Sie mir das Radarfoto schicken?«

»Natürlich. Aber Sie wissen ja, dass die Qualität dieser Aufnahmen nicht besonders gut ist. Ich schicke es trotzdem noch heute heraus.«

»Danke für Ihre Mühe. Und mit dem schriftlichen Bericht warten Sie ruhig, bis ich mich melde. Falls ich ihn überhaupt brauche. Nichts für ungut. Danke.«

*

Tritschler schlich gerade über den Flur, auch er litt unter der drückenden Hitze, als Mittermaier vorbeikam.

»Ich habe jetzt endlich was über die Familie Legrand gefunden. Wollen Sie es hören?«

»Ausgezeichnet. Was gibt's?«

»Also das ist so. Die Legrands sind als Flüchtlingsfamilie …«

»… aus Breslau, weiß ich schon …«

»… nach Ober-Rosbach gekommen, das liegt bei Friedberg in Hessen. Diese Legrand hatte zwei Töchter, Margareta, das ist die Mutter von unserem Modeschöpfer, und Gerda. Der Vater ist im Krieg verschollen. Weitere Verwandtschaft vom Vater oder dieser Mutter habe ich nicht gefunden. Diese Gerda ist 1928 geboren und 2001 in Butzbach verstorben, war verheiratet mit einem Karl Wahl, der beim Fernmeldeamt gearbeitet hat, später wurde sie wieder geschieden, der Mann lebt auch nicht mehr. Aber aus dieser Ehe gibt es einen Sohn, Dieter Wahl, geboren 1951.«

»Ausgezeichnet. Immerhin einer. Das wäre also ein Vetter von unserem Legrand.«

»Ja, und das ist wohl der einzige Verwandte, der sich auftreiben lässt. Ist allerdings keine große Leuchte. Ich habe mich nämlich gleich schlaugemacht, ob da irgendetwas vorliegt.«

»Und?«

»Einen richtigen Beruf scheint er nicht zu haben. Dafür ein kleines Strafregister. Zuhälterei, ein paar Gewalttätigkeiten, Körperverletzung, Scheckbetrug, hat auch zweimal schon gesessen, aber insgesamt nur zwei oder drei Jahre. Einmal war er auch an einer Autobande beteiligt, die Autos in den Libanon verschoben hat, daraus ist aber nichts Richtiges hängen geblieben, Freispruch mangels Beweisen. Ich habe die Liste unten, falls Sie die sehen wollen.«

»Und ob. Den Burschen will ich mir genauer ansehen. Wo lebt der jetzt?«

»In Frankfurt.«

»Ausgezeichnet. Da haben wir es wenigstens nicht so weit, falls wir uns den vorknöpfen müssen.«

*

In der Mittagspause waren Graber und Elfriede zum ›Milano‹ in der Schusterstraße, gegenüber vom ›Kaufhof‹, gegangen. Bei diesen ungewöhnlich hohen, fast hochsommerlichen Temperaturen saßen sie draußen an einem der acht Tische, die sich vor dem Lokal an der Fußgängerstraße aufreihten. Im Gespräch kamen sie noch einmal zurück auf den Anruf von Grabowski vorhin.

Elfi sagte: »Das Komische daran ist, dass Grabowski den Tipp mit dem Nissan von mir bekommen hat, eigentlich eher aus Zufall, ich habe mir nichts dabei gedacht.«

Sie erzählte, wie sie sich gestern beim Abendessen über

den merkwürdigen Professor unterhalten hatten. Ihr sei plötzlich aufgefallen, dass sich offenbar öfters so ein schwarzer Nissan Patrol am Lorettoberg herumtreibe und sich jedes Mal unerkannt aus dem Staub mache. Mehr habe sie nicht gesagt, ob sie da etwa zu viel geredet habe?

»Nein, nein, das ist schon in Ordnung so. Grabowski wollte mir Vorwürfe machen, dass ich ihm diese Sache damals mit Hübner verschwiegen habe. Aber das ist natürlich Blödsinn. Ich habe Grabowski nichts über meine Mandanten zu erzählen, selbst wenn sie schon tot sind. Im Übrigen hätte ihm das Frau Ritter erzählen sollen, die ist doch ausführlich über Hübner ausgefragt worden. Es sei denn, sie hat auch nichts davon gewusst. Hübner hatte eine ziemlich verschwiegene Art an sich. Ich weiß auch nicht, ob das nun Diskretion war oder ob er solche Vorkommnisse nur herunterspielen wollte. Nachdem ich das damals mit der Versicherung geregelt hatte, hat er sich bei uns nicht mehr gemeldet.«

Aber es war etwas ganz anderes, das Graber umtrieb. »Ich muss nachher unbedingt den jungen Herrn von Hübner anrufen, erinnerst du mich bitte daran?«

»Was hast du denn mit dem noch? Das ist doch alles abgeschlossen.«

»Nicht ganz. Er hat mir damals, nach dem Tod seines Onkels, die noch unerledigte Post gebracht und mich beauftragt, ich solle mich darum kümmern. Es ging da um Grundstücksgeschäfte dieses Morelli, den Hübner offenbar anwaltlich vertreten hat, um Notartermine und dergleichen. Ich habe vorsorglich Terminverschiebung beantragt und sonst ist nichts weiter geschehen. Das ist jetzt vier Wochen her und ich möchte das von der Hacke haben. Diese Morelli-Geschichte wird mir nämlich etwas unheimlich.

Am Sonntagabend habe ich mich mit dem Italiener getroffen, der jetzt das Restaurant von Morelli betreibt, und was der mir angedeutet hat, war ziemlich abenteuerlich. Da verbirgt sich offenbar eine richtige Mafia-Geschichte.«

Graber sah sich um, am linken Nebentisch saßen zwei unaufmerksame ältere Damen, auf der anderen Seite eine französische Familie mit zwei quengeligen Kindern, die auf ihre großen Eisportionen warteten. Trotzdem beugte er sich nahe zu Elfriede, während er ihr mit allen Einzelheiten wiedergab, was er von Paolo erfahren hatte.

»Unglaublich. Die vergewaltigen brutal ein junges Mädchen, nur so als Warnung an die Eltern? Jetzt verstehe ich. Grabowski hat mir einmal eine Andeutung gemacht, wollte aber nicht weiter davon reden, weil das eine so grauenhafte Geschichte gewesen sein muss. Und Herr von Hübner war der Anwalt von dieser Familie? Hör mal, das musst du doch Grabowski erzählen, das ist doch etwas ganz, ganz Wichtiges.«

»Im Prinzip hast du recht. Mir ist das am Sonntag auch gleich aufgefallen. Aber ich müsste Grabowski dann auch diese ganze Akte von Hübner übergeben, sonst hat das alles keinen Sinn. Und dazu brauche ich die Freigabe von dem Neffen. Denn der hat mir ein richtiges Mandat in dieser Sache erteilt, mit Vollmacht etc. Hat selbst natürlich keine Ahnung von den ganzen Hintergründen, woher auch? Aber ich muss das sauber erledigen. Da geht es um das Anwaltsgeheimnis und das ist eine sensible Sache. – Signore, wir würden gerne zahlen.«

»Si, Signore.« Und weil der Kellner die beiden schon kannte, die öfters hier zum Mittagessen kamen, fügte er eine Frage hinzu, die er in Italien niemals gestellt hätte: »Zusammen?«

Bevor Graber antworten konnte, drängte sich Elfi dazwischen und sagte:

»Nein, getrennt, bitte.«

*

Grabowski betrachtete das Radarfoto, das ihm aus Offenburg übermittelt worden war, in der Tat kein gutes Foto, aber sowohl das Nummernschild als auch die Form des Autos waren sehr gut zu erkennen. Vorn auf dem schmalen Band des Kühlergrills, das seitlich von den Scheinwerfern eingerahmt war, prangte das Firmenlogo von Nissan. Etwas undeutlicher, weil nicht ganz so hell ausgeleuchtet, konnte man den Fahrer hinter der Windschutzscheibe erkennen, einen bulligen, runden Kopf mit kurz geschorenen Haaren und kleinen Schweinsäuglein, rechts von ihm das kleinere und schmächtigere Gesicht eines Beifahrers, etwas unschärfer und dunkler. Das Alter der beiden Männer war nicht zu bestimmen, aber der Beifahrer mochte um einiges jünger sein, gewisse Ähnlichkeiten von Nase und Mundform ließen die Vermutung einer Verwandtschaft zu, aber da konnte man sich auch täuschen.

Grabowski konzentrierte sich auf den Fahrer. War das Foto deutlich genug, um jemanden eindeutig zu identifizieren? Man müsste es jedenfalls vergrößern und sich auf das Gesicht beschränken, verschiedene Helligkeitsgrade der Abzüge ausprobieren, vielleicht mit Vorsicht ein bisschen retouchieren, womöglich den Kopf aus dem dunklen Hintergrund freistellen, um seinen Umriss hervorzuheben. Es wäre einen Versuch wert. Wenigstens die Polizeistreifen aus der Gegend Lahr und Offenburg könnten diese Fotos bei sich führen und sich umhorchen, ob jemand diesen Mann erkannte, eine eher beiläufige Frage, nichts Gravierendes. Dem Unbekannten war auch nur eine Kennzeichenfälschung vorzuwerfen, bestenfalls ein Autodiebstahl, nichts, wofür man eine größere Fahndungsmaschinerie anwerfen könnte. Aber interessieren würde es ihn doch, dieses Auto und seinen Fahrer ein bisschen genauer unter die Lupe zu nehmen und zu sehen, ob bei dieser Gelegenheit noch mehr zum Vorschein käme. Irgendwie musste diese Kennzeichen-Dublette zustande gekommen sein, irgendeinen Grund musste sie haben, auf ordentlichem Wege gab es so etwas nicht.

Grabowski redete sich selbst klein, was ihn eigentlich sehr brennend und mit angereicherter Fantasie interessierte, aber dies waren die harmlosen Erklärungen, die er der dortigen Verkehrspolizei und den Streifenbeamten geben wollte. Es sollte nichts an die große Glocke gehängt werden, auch Tritschler wollte er vorerst von dieser Überprüfung nichts sagen. Käme etwas dabei heraus, wäre es noch früh genug, eine Niederlage hingegen brauchte man weder aufzubauschen, noch musste man extra auf sie aufmerksam machen.

XXIV.

Donnerstag, 29. Mai

Endlich gab es den so lange herbeigesehnten Regen, freilich ohne dass es richtig abkühlte. Dieser Tage waren richtige Wetterkapriolen zu beobachten, aber auch auszuhalten. Selbst in den Nächten war es viel zu warm, vor zwei Tagen waren die Temperaturen nachts um elf sogar am höchsten gewesen: 29 Grad. Der ganze Monat Mai viel zu warm und zu trocken, eigentlich ein richtiges Sommerwetter, nun hatte sich alles gestaut und es regnete im Übermaß, es schüttete geradezu. Aber mit dem Wetter sind wir nie zufrieden, dachte Tritschler, es kann kommen, wie es will. Wenn alle schimpfen, werde ich nicht auch noch in diesen albernen Chor einfallen. Die Böden waren schon beängstigend ausgetrocknet, die Landwirte sprachen bereits von einer sich anbahnenden Katastrophe. Aber dass ausgerechnet heute, wo er nach Frankfurt fahren musste, sogar der Regenschirm nicht verhindern konnte, dass die Hosenbeine nass wurden, das war dann doch etwas zu viel des Guten.

Er saß im Zug und ließ die letzten Tage noch einmal an sich vorübergleiten. Es war nicht viel passiert, noch immer hatten sie nichts Greifbares in der Hand. Und doch hatte er das Gefühl, auf der richtigen Fährte zu sein. Wo so viel Geld im Spiel war wie im Falle Legrand, konnte es gar nicht anders sein, als darin das entscheidende Motiv für einen Mord zu sehen, der sonst keinen Sinn ergab. Es waren geradezu unvorstellbare Summen, die auf irgendwelchen Bankkonten lagerten. Dem waren sie noch gar nicht nachgegangen, wo dieses Geld angelegt war. Aber spielte das eine so große Rolle? Niemand hatte Zugriff darauf, selbst wenn es in der Schweiz auf einem Nummernkonto liegen sollte, oder in Luxemburg. Oder in irgendwelchen Beteiligungen steckte. Man würde es schon finden, gesperrt war es ohnehin, da kam kein Räuber dran. Der Tod fror alles erst einmal ein, am sichersten in den Kühlräumen der Banken.

Er hatte es gleich richtig im Gefühl gehabt, dass es um Drogen nicht gehen konnte, selbst wenn es diese kleinen Kokainfunde gegeben hatte und auch auf der Party geschnupft worden war. So etwas kam vor, selbst wenn es den ehrpusseligen Freiburger Honoratioren Angst um ihren guten Ruf bescherte und ein Bürgermeister schon mächtig ins Schwitzen kam. Eine ausgeprägte Szene hierfür gab es in Freiburg nicht. Und dass Leute wie Hübner oder Legrand gar mit dem großen Dealergeschäft zu tun haben sollten und damit in mörderische Verteilungskämpfe verstrickt worden seien, das war dann doch an allen vorstellbaren Realitäten vorbeigedacht. Nach allem, was man bisher herausgefunden hatte, waren beide, jeder auf seine Weise, Menschen der solidesten Art, in keinerlei persönliche Konflikte involviert, beide lebten äußerst zurückgezogen und zeigten auch wenig von dem Einfluss und dem Reichtum, den sie in Wirklichkeit wohl hatten. Für Kleinkriminelle lagen sie deshalb vermutlich außerhalb jeder Reichweite, selbst der Fantasie.

Grabowski hatte vermutlich recht, wenn er einen Profi verantwortlich machte. Zu kaltblütig, zu sorgfältig ausgeführt war die Tat geschehen, zu genau vorbereitet, vor allem, wenn es sich bewahrheiten sollte, dass der Täter einen Schalldämpfer benutzt hatte, den er anschließend spurenlos entfernen konnte. Aber wo sollte man diesen Täter finden? Eine kleine Hoffnung gab es, falls die Waffe schon einmal benutzt worden war, dann hätte sie eine Geschichte zu erzählen, die weiterführen konnte. Alle notwendigen Details hierzu kursierten längst bei allen Landeskriminalämtern, dennoch blieb so etwas ein Zufallsfund, auf den man lange warten musste. Er konnte dazu nicht viel tun, das war auf den Weg gebracht, seine SOKO konnte dazu erst wieder etwas beisteuern, wenn die Story der Waffe zu rekonstruieren war.

Aber Markowsky? Das war noch nicht abgehakt. Er war einer der wenigen, der noch eine offene Rechnung mit Legrand gehabt hatte, wenngleich eine uneinbringliche. Natürlich würde der nie an Legrands Geld herankommen, von dem er meinte, dass ihm noch etwas davon zustehe. Legrand hatte man sehr viel mehr pro Anteil bezahlt als ihm. Die neuen Eigentümer nannten das einen Aufschlag für die erworbene Dreiviertelmehrheit an der Firma, und Markowsky hatte bei all dem nichts zu sagen gehabt und konnte sich nur fügen. Überhaupt hatte ihn Legrand völlig kaltgestellt, so sehr, dass er nur noch verbittert seine Oldtimer polierte oder gelangweilt mit ihnen durch die Lüneburger Heide kutschierte. Legrand hatte ihn offenbar so deklassiert, dass er nicht einmal einen neuen Job fand. Dass Markowsky unter diesen Umständen die nötige Wut, einen vielleicht sogar tödlichen Hass auf Legrand gehabt haben konnte, lag auf der Hand. Ihm konnte man sogar zutrauen, einen Killer gedungen zu haben. Insofern war die Frage, ob er selbst ein sattelfestes Alibi für die Mordnacht hatte, noch nicht einmal von entscheidender Bedeutung.

Und dieser Frankfurter Ganove? Um einen solchen handelte es sich gewiss, sein Vorstrafenregister war noch ziemlich aktuell. Natürlich hatte man nichts gegen ihn in der Hand und insofern konnte Tritschler auch nicht allzu viel erwarten außer einem ersten Eindruck. Diese Augenscheinnahme von nichts anderem als Potenzialität, ein Infragekommen, von dem dieser Halunke selbst unter Umständen nichts vermutete. Denn es beruhte allein darauf, dass er, wenn es nicht noch Überraschungen gäbe, der einzige Erbe dieses Riesenvermögens würde. Hatte er selbst jemals daran gedacht? Wusste er eigentlich, dass Legrand dabei war, eine Stiftung einzurichten, die ihm dieses Erbe wieder entziehen würde?

Und mit einem Male fiel Tritschler ein: Durfte er einen solchen Kriminellen, wie viel er auch immer auf dem Kerbholz hatte, überhaupt darauf aufmerksam machen, dass ein solcher Riesenpott auf ihn zuzusegeln drohte? Nein, das war schließlich keine Drohung, sondern ein kühner Zufall. Man könnte auch sagen: ein tragischer Schicksalsschlag, aber für diesen Dieter Wahl wäre es der unverdiente Glückstreffer seines Lebens. Und das ausgerechnet für so einen? Ja, gab es denn noch Gerechtigkeit? Tritschler gab sich einige Zeit dem Gedanken an die Zügellosigkeit des irdischen Seins hin. Und dann kam ihm – fast störend – sein professionelles Wissen in den Sinn, das ihm sagte, dass zu erben immer unverdient sei. Und wenn die gesetzlichen Regeln – weil Legrand nicht mehr rechtzeitig damit fertig geworden war, letztwillige Verfügungen zu treffen – den größten Verbrecher zu seinem Erben bestimmen sollten, so müsste Tritschler als Beamter dieses Staates alles dafür tun, dass dies uneingeschränkt auch so geschehe und ihm alles zufließe. Sogar, wenn er der Mörder von Legrand gewesen wäre? Allerdings nur, falls man es ihm nicht beweisen könnte und er deshalb mangels dieses Beweises freigesprochen würde. O heilige Unschuldsvermutung, du führst uns in arge Versuchung.

Aber niemand könnte Tritschler dazu zwingen, diesem Schurken schon jetzt das Maul wässrig zu machen. Eher würde er sich auf die Zunge beißen. Sein Auftrag war, auch wenn er ihn sich selbst gestellt hatte, alle Zweifel an diesem Burschen zu überprüfen, und nichts anderes würde er tun. Sonst käme kein Wort über seine Lippen. Er würde in korrekter Weise versuchen, alles herauszubekommen, was er wissen musste, und würde er auf Renitenz stoßen, so würde er sich durchaus Respekt zu verschaffen wissen.

Zu viel stand auf dem Spiel. Es ging immerhin um Mord. Wenn Dieter Wahl unschuldig daran war – in Gottes Namen auch gut.

Tritschler hatte sich in Eifer gedacht, denn dies alles spielte sich in seinem Kopf ab, war bestenfalls ein lautloses Selbstgespräch. Im Grunde genommen glaubte er selbst nicht an dessen Schuld, aber diese nicht zu überprüfen, wäre ein unverzeihlicher handwerklicher Fehler gewesen. Nun lehnte er sich befriedigt zurück und ließ die Landschaft an sich vorbeiziehen, aus seiner Perspektive langsam die Bergketten des Nordschwarzwaldes, schneller die hässlichen Industriebauten der Vorgebirgszone, als nur vorbeihuschende Schatten die Bäume und die Strommasten, die die Gleise säumten. Zwei Fährten hatte er, Markowsky und Dieter Wahl, und es waren bisher die einzigen mit einem plausiblen Motiv und einem nicht völlig unbegründeten Verdacht. Diesem allein nachzugehen und sich von nichts anderem dabei ablenken zu lassen, stand für ihn außer jeder Frage.

*

Er hatte sich mit seinem Frankfurter Kollegen verabredet. Einmal, weil man nie allein auftreten sollte, zum anderen, weil hier hessische Zuständigkeiten berührt wurden, vor allem dann, wenn es mit diesem einen Besuch nicht getan wäre. Vom Kollegen Scheunemann, den er schon von früher her kannte, ließ er sich nach Bornheim zu der angegebenen Adresse führen. Da gerade Kinder aus dem Haus stürmten, konnten sie durch die noch nicht ins Schloss gefallene Haustür schlüpfen und durchs Treppenhaus in den ersten Stock stapfen. Es war ein Mietshaus der 60er-Jahre, ordentlich, aber nicht besonders attraktiv, einen Fahrstuhl gab es nicht, der Flur wurde durch quadratische Glasbausteine mäßig erhellt. Unter den vier Wohnungen fanden sie schnell die richtige und klingelten. Es dauerte einige Zeit, bis sich endlich jemand rührte und von innen laut brummte:

»Wer ist denn da?«

Bevor Scheunemann etwas sagen konnte, sich womöglich laut mit einer Berufsbezeichnung vorgestellt hätte, drängte Tritschler sich vor und nannte nur seinen Namen. Wenn das nicht genügte, konnte man immer noch offizieller werden, aber ihm schien, dass die Nachbarn nicht gleich alles mitbekommen mussten. Eine Zeit lang hörte man von innen gar nichts, dann drückte Tritschler noch einmal auf die Klingel und sagte laut:

»Nun machen Sie schon auf!«

Mit einem Male wurde die Tür aufgerissen und ziemlich dicht vor ihnen stand ein Schrank von einem Kerl in schwarzen Jeans und weißem T-Shirt, die Arme in die Hüften gestützt. Er war braungebrannt und hatte einen Dreitagebart, am Handgelenk eine goldene Uhr mit entsprechendem Metallarmband, um den Hals ein feines goldenes Kettchen mit einem kleinen baumelnden Kreuz.

»Was gibt's denn?«

Tritschler antwortete: »Kriminalpolizei. Wir hätten ein paar Fragen an Sie. Dürfen wir reinkommen?«

Dieter Wahl prüfte sie mit Blicken von oben bis unten, bis er endlich den Weg freimachte, indem er ein wenig zurücktrat. Dass ihm dabei allerhand Gedanken durch den Kopf gingen, wobei sich auf der Stirn ein paar beunruhigte Falten bildeten, war deutlich zu sehen.

Die Wohnung schien nicht sehr groß zu sein, zwei oder drei Zimmer. Durch einen kleinen Flur, in dem an einer Garderobe eine schwarze Lederjacke hing, kam man in ein

Wohnzimmer mit einer braunledernen Sitzgarnitur und einem gläsernen Couchtisch, die Schrankwand in Eiche enthielt in den offenen Fächern nur eine Anzahl Videokassetten, aber keine Bücher. Auf dem Fensterbrett lagen einige Zeitschriften. Alles machte einen ordentlichen Eindruck, etwas steril und wie aus dem Möbelhauskatalog. An der Wand hing ein gerahmter großformatiger Fotodruck von der Brooklyn-Bridge.

Von einer besonders wohnlichen Atmosphäre konnte keine Rede sein, dafür fehlte es an persönlichen Dingen, die zugleich Aufschluss über Vorlieben oder Eigenheiten des Bewohners hätten geben können.

Dieter Wahl setzte sich breitbeinig in einen der Sessel und schaute von unten fragend auf die beiden Besucher. Eine Einladung, sich zu setzen, enthielt dieser Blick nicht, aber Tritschler ließ sich nicht beirren, nahm auf dem Sofa Platz und Scheunemann ließ sich daraufhin zaghaft auf der Kante des anderen Sessels nieder.

»Kennen Sie einen gewissen Legrand?« Die Frage war absichtlich so ungenau gestellt, Tritschler hatte sich sein Vorgehen genau überlegt, da er es nicht mit einem formell Beschuldigten zu tun hatte und er im Grunde nur unverbindliche Fragen stellen konnte. Wahl hätte sie nicht einmal beantworten, hätte nicht einmal die Tür öffnen müssen.

»Wer soll das sein?«

»Das ist ein Modeunternehmer. Haben Sie schon einmal von dem gehört?«

»Aha. Den Namen kennt ja wohl jeder.«

»Sind Sie Legrand schon einmal begegnet?«

»Nicht, dass ich wüsste.«

»Verwandt mit ihm?«

»So, so, um einige Ecken.«

»Können Sie das näher erklären?«

»Wie gesagt, da bestand kein Kontakt. Und deshalb hat es mich auch nicht interessiert.«

»Was machen Sie denn beruflich?«

»Geschäfte. Bin Geschäftsführer eines Barbetriebes.«

»Und dort war Legrand kein Kunde?« Dies schien eine etwas törichte Frage, aber Tritschler wollte versuchen, die Wortkargheit zu durchbrechen, und dazu war ihm jede Dämlichkeit recht.

»Hab ihn dort nie gesehen.«

»Hätten Sie ihn denn erkannt, wenn er vorbeigeschaut hätte?«

Dieter Wahl sah erstaunt auf, schien einen Moment verwirrt und sagte dann:

»Nee. Natürlich nicht. Weil ich den ja gar nicht gekannt habe.« Nach einiger Besinnung fragte er zurück:

»Worum geht es hier eigentlich?«

»Dieser Legrand ist ...«, lange Pause, »vor einigen Wochen umgekommen. Wussten Sie das?«

»Noch nichts von gehört. Tut mir leid.« Es war nicht klar, was ihm leidtat.

»Er ist ermordet worden.«

»Das is'n Ding! Wie denn? Wo?« Ob sein Erstaunen echt oder nur gespielt war, hätte niemand sagen können.

»Er wurde erschossen. Und wir suchen jetzt nach Leuten, die ihn kurz vor seinem Tod noch gesehen haben, die wissen, wie und mit wem er die letzten Tage verbracht hat.« Tritschler hatte sich auch diese Frage längst zurechtgelegt. Ganz unvermittelt fuhr er fort:

»Wir hätten da nur noch eine Frage, der Vollständigkeit halber: Wo waren Sie in der Nacht vom 30. April zum 1. Mai?«

»In der Bar natürlich«, kam es sofort und ohne Umschweife.

»Wie sind Sie sich so sicher?«

»Weil ich dort jeden Abend bin.«

»Und deshalb wissen Sie das, ohne nachzudenken, auch für diesen Abend?«

»Genau.«

»Wir wüssten aber gerne, ob das jemand bezeugen kann. Ich meine diesen Abend vom 30. April auf den 1. Mai.«

»Selbstverständlich. Meine Stammkunden. Die können Sie alle befragen.«

Tritschler gab auf. Ein Stellungskrieg, den er verloren hatte. Schach matt. Er stand auf, während Dieter Wahl grinsend sitzen blieb. Tritschler sah sich um und erblickte den Zeitschriftenstapel. Zuoberst lag ›Der Spiegel‹ und er erkannte sofort am Titelbild, dass dies eine ältere Nummer aus dem vorigen Jahr war. Er blätterte das Inhaltsverzeichnis auf, las ein wenig, es sah absichtslos aus, dann klappte er das Heft wieder zu. Er hatte gerade den Artikel wiedergefunden, den er im Dossier über Legrand zugeschickt bekommen hatte und in dem berichtet wurde, dass Legrand vorhabe, mit dem enormen Gewinn aus dem Verkauf seiner Firma eine Stiftung einzurichten.

»Lesen Sie den ›Spiegel‹ regelmäßig?«

»Nicht immer, aber immer öfter. Man muss sich doch informieren.«

»Und? Haben Sie diese Nummer auch gelesen?«

»Natürlich, sonst läge sie nicht da herum.«

Tritschler sah noch einmal über das ganze Zimmer, dann sagte er zu Wahl:

»Na, das war ja nicht sehr ergiebig. Aber trotzdem: Schönen Dank, dass Sie uns hereingelassen haben.«

»Stets zu Diensten.«

Dieter Wahl erhob sich, ging zur Tür und öffnete sie. »Dann, schönen Tag noch.«

»Auf Wiedersehen.«

Tritschler ging schweigend durch das Treppenhaus, Scheunemann etwas bedrückt hinterher. Offenbar war dies ein völlig ergebnisloser Besuch gewesen. Die Tritte hallten vom Steinboden zurück. Tritschler murmelte vor sich hin:

»Doch noch ein Remis, immerhin.«

XXV.

Freitag, 30. Mai

Nachdem Tritschler geendet hatte, fragte Grabowski:

»Und jetzt? Wie willst du weiter vorgehen?«

»Wir müssen das erst einmal einkreisen. Ich habe Scheunemann – du kennst doch Scheunemann in Frankfurt?«

»Mit dem haben wir doch voriges Jahr …«

»Ausgezeichnet. Den habe ich gebeten, alles zusammenzustellen, was er finden kann. Ich kenne bisher nur das Vorstrafenregister. Mal sehen, ob da auch etwas mit Schusswaffen war. Dieter Wahl scheint in Frankfurt kein Unbekannter zu sein. Dann werden wir das Alibi überprüfen. Bisher fühlt er sich sehr sicher. Er denkt vielleicht, wenn zwei oder drei von den Stammgästen oder vom Personal sagen, dass er den ganzen Abend in seiner Bar war, dann sei die Sache gegessen. Aber so schnell werden wir nicht locker lassen. Ich habe mir überlegt, dass er spätestens um zehn Uhr abends in Frankfurt losgefahren und frühestens um halb vier in der Frühe wieder zurück gewesen sein müsste. Für dieses Zeitfenster müsste er ein wasserdichtes Alibi beibringen, sonst wird es eng für ihn.«

»Immer in der Voraussetzung, dass er selbst es war.«

»Gewiss. Er könnte auch einen Komplizen gehabt haben, der das für ihn erledigt hat. Jedenfalls, so ist der Ausgangspunkt, hat er gewusst, dass Legrand einen Haufen Geld hatte und diese Stiftung gründen wollte. Er wusste also auch, dass das noch nicht geschehen war. Und damit konnte er sich an seinen fünf Fingern abzählen, wie dieses ganze Geld als vollkommen legales Erbe auf sein Konto wandern könnte. Einfacher ging es nicht, er durfte nur keine Skrupel haben. Wenn er Legrand rechtzeitig wegpusten konnte, dann ging die Rechnung auf.«

»Das klingt sehr plausibel. Nur musst du auch beweisen können, dass das so geschehen ist.«

»Ich weiß gar nicht, was du hast. Daran arbeiten wir doch. Natürlich ist der Fall noch nicht erledigt. Aber das ist eine ganz heiße Spur. Bisher hatten wir die nicht. Die ganzen Befragungen vom Fest, die Spurenauswertung, die Drogenhypothese, das alles hat nichts Konkretes gebracht. Aber hier gibt es ein starkes, fast unschlagbares Motiv und einen möglichen Täter dazu. Ob nun mit oder ohne Komplizen.«

»Kann in der Tat so gewesen sein.«

Es klang nicht sehr zustimmend, eher skeptisch. Grabowski war erstaunt, dass Tritschler sich so festzulegen schien. Ihm ging dies alles viel zu sehr von den Motiven aus, eine Verknüpfung zu den bisher vorhandenen Spuren und Zeugenaussagen konnte er hingegen nicht erkennen. Direkt widersprechen wollte er jedoch nicht. Selbstverständlich musste man einen solchen Ansatz weiterverfolgen. Man durfte keine Möglichkeit ausschließen. Aber gab es nicht auch noch anderes? Hatte Tritschler nicht vor zwei, drei Tagen noch ein ganz anderes Pferdchen zum Favoriten erklärt? War es unfair, ihn daran zu erinnern? Grabowski zögerte, dann sagte er:

»Und was ist mit Markowsky?«

Tritschler sah ihn fragend an, schien dabei nachzudenken, dann gab er sich einen Ruck.

»Du hast ganz recht.«

»Grabowski, können Sie eben mal ans Telefon kommen? In Ihrem Büro …« Ein junger Kollege war ins Zimmer gestürmt, hatte einen Moment gewartet, ob einer der beiden aufblicken würde, und dann dazwischengerufen. Grabowski erhob sich langsam und ging in sein gegenüberliegendes Zimmer. Aus Offenburg wurde ihm überraschend mitgeteilt, dass man den Fahrer von dem Radarfoto erkannt habe. Ein Streifenpolizist habe das Foto an einer Tankstelle hergezeigt und der Besitzer der Tankstelle habe den Betreffenden als einen häufigen Kunden identifiziert, der bei einem Gebrauchtwagenmarkt arbeite und die anfallenden Fahrzeuge durch die Waschstraße fuhr. Was nun weiter geschehen solle?

»Könnt Ihr unauffällig herausfinden, wie der heißt, wo er wohnt und ob der sonst schon aufgefallen ist? Es handelt sich zunächst nur um eine Geschwindigkeitsübertretung, könnte aber auch Autodiebstahl sein. Da ich noch nicht sagen kann, wie wir weiter vorgehen wollen, wäre es gut, wenn der Betroffene von dieser Überprüfung nichts bemerkt. Wir besprechen das dann später. Im Übrigen: Danke für den schnellen Erfolg, saubere Arbeit.«

Als Grabowski in Tritschlers Büro zurückkam, rief dieser ihm entgegen:

»Ausgezeichnet. Markowsky ist die zweite heiße Spur, ganz klar. Bei ihm haben wir ebenso ein Motiv und kein Alibi. Zudem ist er ein Autonarr, und deshalb würde ich ihm auch zutrauen, dass er die Strecke nach Freiburg rauf- und runtergefahren ist. Aber, um deinen möglichen Einwand gleich vorwegzunehmen, er könnte auch einen Komplizen gehabt haben. Auch das ist möglich. Wir werden Markowsky also ebenso genau einkreisen.«

»Findest du nicht, dass diese Merkmale der beiden verdammt ähnlich sind?«

»Was willst du damit sagen?«

»Dass diese Merkmale ziemlich nichtssagend sind. Ich könnte nämlich noch eines hinzufügen, das auch beide gemeinsam haben.«

»So? Das wäre?«

»Dass von beiden bisher keine Spur in Hübners Garten führt. Und dort ist der Mord nun einmal geschehen und dort ist Hübner auch gleich noch umgenietet worden.«

Tritschler hatte die Ironie in Grabowskis Worten nicht überhört, war aber von seinen Argumenten viel zu überzeugt, um nicht ganz ernsthaft zu antworten:

»Und deshalb sollen die beiden nicht infrage kommen? So einfach kannst du es dir doch nicht machen. Diese Spur zu finden, ist doch unsere Aufgabe. Deine und meine.«

»Ich gehe jeder erfolgversprechenden Spur nach. Aber diese scheinen mir etwas vage. Es geht, glaube ich, um etwas Grundsätzlicheres. Aber ich weiß nicht, ob wir das jetzt diskutieren sollen.«

»Warum nicht? Was hast du denn für Bedenken?«

»Ich habe der Motivforschung noch nie allzu großes

Gewicht beigemessen. Vielleicht ist das eine Temperamentsfrage, jedenfalls hat es mit dem Einfühlungsvermögen zu tun. Ich bin jetzt bald 20 Jahre bei der Kripo und, wie du weißt, mit Überzeugung und Engagement. Und so lange habe ich es mit Mordfällen zu tun, eigentlich von Anfang an. Aber ich habe mich noch nie in einen Mörder einfühlen können. Habe noch nie seine Motive plausibel, nachfühlbar, vorhersehbar, wie du willst, finden können. Das mag eine Schwäche von mir sein, aber es ist sicher keine Schwäche in meinem Beruf. Und ich denke, bisher alles in allem ziemlich erfolgreich gewesen zu sein. Ich habe nämlich in jedem Fall, den wir – und auch ich – bisher aufgeklärt haben, die Motive, die zur Tat geführt haben, kaum nachvollziehen können, einfach deshalb, weil ich in der gegebenen Situation völlig anders gehandelt hätte als der Täter. Und sicher auch erfolgreicher. Um an ein bestimmtes Ziel zu kommen, ist der Mord auf alle Fälle eine der erfolglosesten Methoden. Übrigens auch dank unserer Aufklärungsquote. Wir bringen fast jeden zur Strecke. Manchmal dauert es etwas länger, aber einen erfolgreichen Mörder, der sein Ziel erreicht und unerkannt fröhlich weiterlebt, das gibt es so gut wie nicht. Was ich noch bis zu einem gewissen Grade nachvollziehen kann, ist der Affekt. Eine eifersüchtige Raserei etwa, bei der jemand zu Tode kommt. Obwohl auch das meinem Temperament ziemlich fremd ist. Aber das ist etwas anderes, das geht eher in Richtung Totschlag. Wir definieren Mord als ein Tötungsdelikt aus niedrigen Beweggründen. Natürlich gibt es auch dabei ein Motiv. Insoweit gebe ich dir recht. Aber ich finde es sehr schwer, sich in niedrige Beweggründe einzufühlen. Und hinzu kommt noch etwas ganz anderes, wenigstens nach meiner Erfahrung. Einerseits gibt es im Denken eines Mörders oft genug Überraschungen und krude Umwege, andererseits ist es fast immer gepaart mit Dummheit.«

»Viele Mörder sind hochintelligent.«

»Zugegeben. Aber nicht intelligent genug, um den Mord zu vermeiden. Die haben da einfach einen Aussetzer. Ein Intelligenzloch. Deshalb machen auch so gut wie alle irgendwelche Fehler, und damit überführen wir sie dann. Aber das ist ein weites Feld. Ich wollte nur sagen: Ich suche vor allem die Fehler, die jeder macht. Nenne das meinetwegen Spurensuche im weitesten Sinne. Aber ich suche nicht die Motive. Die sind nämlich so banal, dass man damit meist nicht weiterkommt.«

Tritschler antwortete völlig konsterniert: »Das kannst du doch nicht sagen. Hör mal, das geht ja gegen das Einmaleins unseres Berufes.«

»Nimm doch dies Beispiel Legrand. Da ist ein Pott mit mehreren Hundert Millionen Eiern. Wer will die nicht haben? Und wenn ich das richtig verstanden habe, liegen die dank der Schusseligkeit von Legrand herrenlos herum. Also her damit. Das könnte das Motiv von Dieter Wahl sein. Nur erbt er dieses Geld ohnehin, und vermutlich weiß er das auch. Wunderbar.«

»Aber sobald Legrand seine Stiftung gegründet hätte, wäre dieses schöne Erbe futsch. Also ging der Wahl aufs Ganze und ließ den Erbfall eintreten.«

»Hättest du an seiner Stelle so etwas fertiggebracht?«

»Natürlich nicht.«

»Ach so. Aber ein beliebiger, uns ziemlich unbekannter Mensch tut so etwas? Wahrscheinlich ist er etwas unsympathisch, ich habe ihn ja nicht gesehen, außerdem hat er ein paar kleinere Dinger gedreht, ein paar Vorstrafen, nichts Einschlägiges. Der tut so etwas? Das ist reine Spekulation, damit können wir gar nichts anfangen, bis wir konkrete Spuren haben, die zu ihm hinführen.«

»Nach denen suchen wir ja gerade, deshalb bin ich doch nach Frankfurt gefahren.«

»Aber außer einem ziemlich abgedroschenen Motiv hast du nichts entdeckt. So finden wir den Mörder von Legrand nicht.«

Tritschler sah ziemlich erstaunt auf Grabowski. Was hatte ihn plötzlich geritten, dass er so loslegte, ihn geradezu bloßzustellen suchte. Typisch Grabowski, dachte er, schroff und im Ton voll daneben, bloß weil er gerade einen anderen Ansatz zu verfolgen scheint, von dem er jedoch mal wieder nichts preisgibt. Dieser Hang zum Einzelgängertum, mit dem sich viele Kollegen so schwertun. Und immer diese harschen Sätze, die nicht nur Abstand, sondern auch Überlegenheitsgefühl demonstrieren. Aber Tritschler wusste auch, dass Grabowski niemals in Gegenwart anderer so mit ihm reden würde, dass er im Grunde ein durchaus feinfühliger Kollege war, der niemals Schwächen anderer ausnutzte, nur um selbst im besseren Licht zu stehen.

Grabowski ließ sich nicht unterbrechen und fuhr fast in einem Atemzug fort:

»Oder nimm Markowsky: Er ist der Meinung, dass eigentlich ihm ein größerer Batzen von dem vielen Geld zusteht. Aber er hatte mit Legrand so dämliche Verträge oder Abmachungen, dass sein Anteil etwas kleiner blieb, als ihm lieb war. Das soll sein Motiv sein? Noch wunderbarer. Denn wenn er Legrand umbringt, kriegt er noch lange nichts auf sein Konto. Aber vielleicht hat er ihn nur aus Wut umgebracht. Dafür riskiert er dann lebenslänglich. Falls er es war, werden wir ihn auch überführen, da bin ich mir ganz sicher. Aber, jetzt kommt das große Aber. Um noch einmal darauf zurückzukommen: Wir finden weder Dieter Wahl noch Markowsky wegen ihrer Motive, ihrer dämlichen Geldgier, sondern nur, weil sie dumm waren, zu dumm für das perfekte Verbrechen. Noch jeder war zu dumm dafür. Wer immer Hübner und Legrand umgebracht hat, er hat Fehler gemacht, weil er Spuren hinterlassen hat. Und die müssen unser Ansatz bleiben.«

»Nun mal halblang. Du willst mir doch hoffentlich kein Kolleg…«

»Nein! Nein! Entschuldige! Ich habe mich falsch ausgedrückt. Tut mir leid. Ich wollte auf etwas ganz anderes hinaus. Etwas ganz Entscheidendes fehlt nämlich noch, wenn wir schon bei Motiven sind. Und da kommen wir so nicht weiter: Ein Motiv für den anderen Mord, den an Hübner, das kommt in deiner Rechnung nicht vor. Und da beide Taten unzweifelhaft miteinander zusammenhängen, muss jede Lösung beide aufklären. Und deshalb meine ich: Fehler führen zu Beweisen, Motive nicht. Wir müssen Beweisbares finden. Du guckst mich so entgeistert an, warum?«

»Gar nicht. Natürlich suchen wir nach den Fehlern. Aber ohne ein Motiv bringt niemand einen um. Es gibt kein völlig nutzloses Verbrechen. Ein Motiv zu finden, heißt immer, in die Nähe des möglichen Täters zu kommen. Ein Motiv zu finden, bedeutet, ein Verbrechen verstehen zu lernen, seine Sprache zu entschlüsseln, seine Botschaft, wenn du so willst.«

»Nun gut, dann beschränke ich mich eben auf die Grammatik. Den ganzen Text eines Mordes richtig zu interpretieren, das ist nicht mein Ding oder vielmehr: Das steht erst ganz am Ende. Noch sind wir bei den Spuren und haben sie offensichtlich noch nicht ausgelesen. Ich sage dir: Was noch fehlt, muss in den Spuren zu finden sein. Entweder haben wir noch nicht alle gefunden oder wir haben sie noch nicht vollständig verstanden. Daran arbeite ich, an nichts anderem. Ich hoffe, du hältst mich nicht für einen beschränkten und erfolglosen Vertreter unserer Zunft.«

»Komm, langsam, langsam. Du weißt genau, was ich von dir halte. Du bist unser bestes Pferd im Stall, aber dazu will ich gar nichts weiter sagen. Wenn du dich auf die Grammatik beschränkst, wie du das nennst, dann kann ich nur sagen, dass wir ohne diese Grammatik keinen einzigen Mord aufklären würden. Bau nicht einen Dissens auf, wo keiner ist. Du bist skeptisch, was Dieter Wahl und Markowsky betrifft. Das ist auch gut so, weil es uns zwingt, noch genauer hinzusehen. O.k. Aber ich bin mir auch sicher, dass wir sie am Ende nur mit deiner Hilfe überführen können.«

Tritschler lächelte Grabowski aufmunternd an und der war froh zu sehen, dass es offenbar nicht zu einem unversöhnlichen Streit gekommen war. Das schätzte er an Tritschler besonders, dass er immer auf Ausgleich bedacht blieb und kein Missverständnis oder unglückliche Worte dazu benutzte, sich aufzuplustern oder die Respektsperson hervorzukehren. Er blieb immer kollegial und bezog gerade daraus sein hohes Ansehen. Grabowski meinte nun grinsend:

»Vielleicht stellt sich ja heraus, dass Dieter Wahl der Komplize von Markowsky war. Der, der die beiden umgebracht hat.«

Tritschler war froh, dass Grabowski bereits wieder zu Scherzen bereit war und ging sofort darauf ein: »Dann fragt sich aber, wie die den Pott verteilen wollen.«

»Der fällt als Erbfall ohnehin an Dieter Wahl, immer vorausgesetzt, dass die Mutter von Legrand stirbt, ohne vorher ein Testament gemacht zu haben. Und Markowsky hätte einen neuen Grund, jemanden umbringen zu wollen. Denn immer noch würde der um seinen Anteil geprellt. Der kann einem fast leidtun.«

»Ausgezeichnet. Ich hoffe, du machst nur Witze.«

*

Nachdem er es tagelang versucht hatte, war es Graber endlich gelungen, Herrn von Hübner ans Telefon zu bekommen. Er war mit Frau und Kindern verreist gewesen und deshalb hatte niemand abgenommen. Graber setzte ihm umständlich auseinander, dass er mit den ihm übergebenen Akten zu Morelli nichts weiter tun könne. Hübner habe von Morelli den Auftrag gehabt, ein oder zwei Grundstückskäufe abzuwickeln. Dieses Mandat sei aber mit dem Tod Hübners erloschen. Er, Graber, sei kein Partner von Hübner gewesen, kein befugter Nachfolger, insofern müsse sich Morelli jetzt einen anderen Anwalt suchen.

Nun sei die Sache aber leider um einiges komplizierter. Morelli sei abgetaucht, habe sich vermutlich mit seiner ganzen Familie ins Ausland abgesetzt. Und dieses Grundstücksgeschäft habe wahrscheinlich einen mafiösen Hintergrund, von dem Hübner aber nichts gewusst haben müsse, wie er gleich hinzufügen wolle. Morelli sei jedenfalls von Mafiosi drangsaliert worden, möglicherweise im Zusammenhang mit dieser Grundstückssache, vielleicht ging es dabei um eine Geldwaschaktion. Jedenfalls sei der Konflikt zwischen Morelli und der Mafia so eskaliert, dass als Vergeltung, als Rache oder wie auch immer die Tochter von Morelli brutal vergewaltigt worden sei. Das sei vermutlich auch der Anlass gewesen, dass Morelli untergetaucht sei, um sich und seine Familie in Sicherheit zu bringen.

»Warum erzählen Sie mir das eigentlich? Das ist eine so abenteuerliche und groteske Geschichte. Und was daran stimmt, wird man ohnehin nie erfahren. Mit solchen Räuberpistolen will ich nichts zu tun haben.«

»Ich wollte Ihnen das nur mitteilen, weil es der Hintergrund dieser Akten ist, die Sie mir übergeben haben. Diesen Hintergrund habe ich inzwischen recherchiert. Wie Sie sich vielleicht erinnern, haben Sie als Erbe von Herrn von Hübner mich seinerzeit beauftragt, diese Dinge weiterzuführen. Nun hat sich herausgestellt, dass das nicht möglich ist. Und das wollte ich Ihnen sagen und auch wenigstens andeutungsweise begründen.«

»Dann schicken Sie mir doch in Gottes Namen diese zwei oder drei Umschläge wieder zurück und dann hat sich das erledigt. Wo ist das Problem?«

Herrn von Hübner war ein gewisser Unwille anzumerken. Vielleicht war er gerade mit etwas anderem beschäftigt und fühlte sich gestört. Oder ihm wurde dies alles zu unübersichtlich. Ein gewisser Widerwille, sich in Mafia-Angelegenheiten hineinziehen zu lassen, kam sicher auch hinzu.

»Zweierlei«, bemühte sich Graber, das Gespräch sowohl abzukürzen wie auch auf den noch nicht zur Sprache gekommenen wichtigsten Punkt zu bringen. »Zweierlei möchte ich noch anmerken. Mit dem Notariat habe ich bisher nur Terminverschiebung vereinbart. Ich könnte nun mitteilen, dass Herr von Hübner verstorben und das Mandat damit erloschen sei. Möglicherweise kommen dann noch ausstehende Notariatsgebühren, aber das könnte ich für Sie abwickeln, insoweit wäre das dann erledigt. Dies zum einen.«

»Von mir aus, verfahren Sie so.«

»Es stellt sich aber die Frage, ob man diese Vorgänge um Herrn Morelli nicht der hiesigen Kriminalpolizei mitteilen sollte. Es geht schließlich um den Tod Ihres Onkels, dessen Aufklärung offenbar nicht vorankommt. Dass Herr von Hübner mit dieser Morelli-Sache befasst war, könnte dabei von großem Interesse sein.«

»Sehen Sie das so?« Jedoch nach einigem Zögern fügte er hinzu: »Das könnte aber bedeuten, dass mein Onkel in ein ganz schiefes Licht geriete. Mit einem Male würden ihm Mafia-Kontakte unterstellt. Das möchte ich in jedem Falle vermeiden, das müssen Sie verstehen. Also, das sollten wir lieber bleiben lassen.«

»Ihr Onkel muss überhaupt nichts mit der Mafia zu tun gehabt haben. Ganz und gar nicht. Er war nur im Rahmen seiner Anwaltstätigkeit mit einem Italiener befasst, auf den es die Mafia abgesehen hatte.«

»Dennoch. Das würde das Andenken an meinen Onkel beschmutzen.«

»Ich bin natürlich nicht befugt, diese Akten der Kriminalpolizei zu überlassen. Das liegt bei Ihnen und ist Ihre Entscheidung. Aber ich kann mir vorstellen, dass sie für die Ermittlungen von erheblicher Bedeutung sind.«

»Geht denn aus diesen Papieren hervor, in welcher Weise mein Onkel damit zu tun hatte?«

»Er hat offenbar einen oder zwei Grundstückskaufverträge für Herrn Morelli ausgearbeitet und ist dem Notariat gegenüber als Handlungsbevollmächtigter aufgetreten. In diesen Kaufverträgen werden allerdings eine Reihe von Firmen genannt mit Treuhandschaft, Berechtigung und Verfügungsrechten, die teilweise auf den Cayman-Islands angesiedelt sind, also ziemlich verworrene Konstruktionen, die ich nicht bewerten kann. Für mein Gefühl sieht es so aus, als sollten dabei Besitzverhältnisse verschleiert, jedenfalls ins ziemlich entfernte Ausland verlagert werden. Das riecht nach Geldwäsche.«

»Von solchen Dingen verstehe ich nichts. Und was mein Onkel damit zu tun hatte, ist mir unbekannt.«

»Er hat diese Verträge ausgearbeitet.«

»Dann wollen wir dies schön unter dem Deckel halten. Das war seine Anwaltstätigkeit, über die ich nicht urteilen kann. Sie haben doch nach wie vor das Mandat von mir?«

»Selbstverständlich besteht das weiter.«

»Und das heißt, dass diese Papiere bei Ihnen sicher liegen?«

»Sicherer als bei Ihnen. Hier unterliegen sie dem Anwaltsgeheimnis. Bei Ihnen nicht unbedingt.«

»Gut. Dann möchte ich, dass sie bei Ihnen bleiben.«

»Ich kann das verstehen und nachvollziehen. Aber ganz unabhängig von diesen Akten. Meinen Sie nicht, dass es sinnvoll wäre, der Kriminalpolizei wenigstens einen Hinweis zu geben, dass es eine Verbindung Ihres Onkels zu Morelli gegeben hat? Wenigstens als mündlichen Tipp? Immerhin ist Morelli so bedroht worden, dass er es vorgezogen hat zu verschwinden. Ich rede jetzt nicht von den anwaltlichen Dingen Herrn von Hübners, sondern von dem, was mir bei meinen eigenen Recherchen zugetragen worden ist. Die Akten sollen verschlossen bleiben, das habe ich verstanden und das ist auch gut so. Aber der Hinweis auf Morelli und dass die Mafia hinter ihm her war, das sollten die Ermittler immerhin wissen. Das scheint mir unabdingbar. Weder Sie noch ich könnten es verantworten, dass etwas verschwiegen wird, das Ihren Onkel betrifft. Es geht immerhin um den Mord an Ihrem Onkel und der muss aufgeklärt werden, alles andere ist völlig unerheblich. Vielleicht stellt sich das alles aber auch als ganz bedeutungslos heraus. Wer weiß das schon.«

»Was Ihnen zugetragen worden ist, möchte ich im Einzelnen gar nicht wissen. Das und Ihre Recherchen gehen mich nichts an. Erzählen Sie, was Sie wollen. Mir geht es nur darum, die anwaltliche Tätigkeit meines Onkels zu schützen. Nur seine Mandanten könnten erlauben, dass diese Akten freigegeben werden. Diese Mandanten haben sich auf sein Anwaltsgeheimnis verlassen und das besteht weiter – auch über den Tod hinaus. Und so bitte ich Sie, mangels Nachfolger, in meinem Auftrag diesen Schutz weiterzuführen. Ihre Räume sind als Anwaltsbüro für jeden Zugriff tabu und deshalb besser geeignet, als wenn das bei mir herumliegt.«

Graber war sehr erleichtert. Nicht nur, weil er das Mandat offenbar behalten hatte, obwohl sehr zweifelhaft war, was es einbringen könnte und ob sich die Spesen seines Ausfluges nach Reichenbach dabei absetzen ließen. Nein, vor allem deshalb, weil es ihn bedrückt hatte, von all dem nichts weitergeben zu dürfen, was er erfahren hatte. Paolos Erzählungen ließen darauf schließen, dass im Hintergrund höchst skrupellose und brutale Leute im Spiel waren, die vor nichts zurückschreckten. Morelli war zweifellos in höchster Gefahr und hatte sich hoffentlich in Sicherheit bringen können. In solche dubiosen Dinge sich einzumischen, bestand für ihn zwar keinerlei Anlass. Weder kannte er Morelli, noch waren ihm die Einzelheiten verständlich, um die es bei diesen Grundstücksgeschäften ging. Aber dass Hübner als Morellis Anwalt tätig geworden war und dadurch vielleicht ebenso ins Visier dieser Hintermänner geraten war, zumindest diese Verbindung sollte Grabowski erfahren. Paolo wollte er dabei heraushalten, sein

Name brauchte in diesem Zusammenhang nicht genannt zu werden. Er beschloss, Grabowski gleich anzurufen.

»Graber hier. Herr Grabowski, darf ich Sie einen Moment stören?«

»Sie stören überhaupt nicht. Sie kennen wohl noch nicht mein eigentliches Dienstgeheimnis. Es lautet: Störungen sind das Salz in der Suppe.«

»Das soll wohl heißen, ein bisschen ist gut, aber zu viel Störung versalzt die Suppe?«

»So ungefähr. Bin damit immer ganz gut gefahren.«

»Ich müsste mich mit Ihnen zu einem Gespräch treffen. Es geht um Hübner.«

»Oh, das ist interessant. Soll ich bei Ihnen vorbeikommen?«

»Das würde ich nicht so gut finden. Sie nehmen mir das hoffentlich nicht übel, aber die Polizei im Anwaltsbüro, das macht immer einen komischen Eindruck.«

»Oder wollen Sie zu mir kommen?«

»In Ihre Dienststelle? Das sähe aus wie eine Zeugenaussage. Fände ich auch nicht so gut. Ich bin kein Zeuge, möchte auch nicht später in Ihren Akten auftauchen. Das ist für mich eine Voraussetzung unseres Gespräches, die Sie mir zusichern müssen.«

»Sie machen es aber arg spannend.«

»Nein, spannend ist die Geschichte, die ich Ihnen erzählen will. Betrachten Sie das eher als einen Tipp. Wenn er brauchbar ist, war es Ihre Idee oder Eingebung. Wenn er nichts taugt, können Sie ihn ohnehin vergessen. Aber in Erscheinung treten will ich damit nicht. Lassen Sie sich darauf ein?«

»Nun erzählen Sie erst mal Ihre Story. Ich hau' Sie schon nicht in die Pfanne. So gut sollten Sie mich kennen.«

»Und wo und wann treffen wir uns?«

»Jederzeit, wo Sie wollen.«

»Kennen Sie ein ruhiges Plätzchen, wo wir ungestört sind?«

»Was halten Sie davon, wenn wir zusammen Spargel essen. Ich weiß von einer Wirtschaft, wo es vorzüglichen Spargel geben soll und wo ich schon immer mal hingehen wollte, sie liegt mehr außerhalb. Das ›Warteck‹ in Munzingen. Da kennt uns niemand und ich reserviere für uns eine ruhige Ecke. Heute Abend? Um halb neun?«

»Das klingt gut. Abgemacht.«

Graber lehnte sich zurück und sah sich zufrieden um. Dann stand er auf und ging in die Diele. Im Wartebereich saß niemand, Elfi saß an ihrem Arbeitsplatz und tippte in den Computer.

»Ich habe endlich Herrn von Hübner erreicht. Nach einigen Zicken, weil er ›das Andenken seines Onkels nicht beschmutzt‹ sehen will, sind wir so verblieben, dass die Akten hier unter Verschluss bleiben sollen.«

»Wir behalten also das Mandat?«

»Ja. Obwohl ich nicht weiß, was es bringt. Aber vielleicht gibt es ja noch Erbauseinandersetzungen oder Ähnliches. Keine Ahnung.«

»Immerhin. Denn hier sieht es etwas mau aus. Morgen muss ich die Miete überweisen, aber das Konto ist ziemlich leergefegt. Wir haben allerdings noch reichlich Außenstände. Ich fange gerade an, Mahnungen zu schreiben.«

»Dann ist es ja noch nicht ganz so finster. Dieser Hübner ist doch ein komischer Patron, aber ohne seine Zustimmung kann ich nichts machen. Aber schließlich hat er wenigstens nicht widersprochen, dass ich mit Grabowski über Morelli rede. Und deshalb habe ich mich mit ihm zum Spargelessen verabredet, heute.«

»Gut, dass ich das erfahre. Denn eigentlich wollte ich gleich noch auf den Markt gehen und auch Spargel kaufen. Ich wollte Grabowski damit überraschen. Aber jetzt kann ich mich wohl auf einen freien Abend einstellen.«

Eine kleine Enttäuschung war Elfi anzumerken und der ›freie Abend‹ klang eher nach bitterer Ironie als nach befreiendem Witz. Andererseits war sie es gewohnt, dass Grabowski keinen sehr regelmäßigen Zeitplan hatte und oftmals Unvorhersehbares auch am Abend die Planungen zunichtemachte.

»Ich finde aber nicht so gut, wenn das so ein Herrenessen wird. Hast du nicht Lust mitzukommen? Deine Überraschung bleibt dir dann ebenso erhalten wie das Spargelessen. Außerdem kannst du uns dabei ein bisschen abschirmen.«

Elfi war erstaunt. Noch nie waren sie zu dritt unterwegs gewesen. Es war ein gegenseitiger Respekt vor persönlichen Belangen, der es nie dazu kommen ließ. Grabowski wusste selbstverständlich von Elfis langjähriger Freundschaft mit Graber, eine Gemeinschaft, die fast etwas Geschwisterliches hatte und fern aller Rivalität oder Konkurrenz lag. Graber ging seine eigenen Wege ohne feste Bindungen, wenngleich Elfi ihm manches Mal gewünscht hätte, eine feste Freundin zu finden, der es gelingen könnte, sein Herz zu erobern. Sie machte sich öfters Gedanken, ob er nicht zu einsam lebe und in Gefahr geriete, depressiv zu werden. Zumal auch die Kanzlei nur wenig nachhaltige Erfolgserlebnisse bescherte. Und dann wunderte sie sich wiederum über Grabers Ausgeglichenheit und den Gleichmut, mit dem er sein bescheidenes Leben nicht nur ertrug, sondern auch mit

Zufriedenheit füllen konnte. Warum also nicht? Sie alle drei hatten in unterschiedlicher Weise mit Hübner und Legrand zu tun bekommen. Elfi und Graber hatten Hübner noch persönlich kennengelernt, Elfi war darüber hinaus, wenn auch eher zufällig, auf Legrands Fest gewesen und hatte ihn noch unmittelbar vor seinem Tod erlebt. Und Grabowski war durch seinen Beruf involviert. Genügend Gesprächsstoff gab es allemal und würde kaum Raum lassen für irgendwelche Befangenheiten.

»Ja, warum eigentlich nicht? Das hat auch etwas Entlastendes, wenn wir offen über alles reden können, was wir inzwischen wissen. So oder so sind wir alle drei betroffen von den schrecklichen Ereignissen.«

»Schön, dass du mitkommst. Du kannst mit mir mitfahren. Ich würde dich um kurz nach acht abholen.«

*

Am Nachmittag des gleichen Tages bekam Grabowski aus Offenburg Namen und Daten des Geschwindigkeitssünders. Es handelte sich um einen gewissen Peter Krasnow, geboren am 23. September 1982 in Engels, damals UdSSR, zurzeit Angestellter in einem Gebrauchtwagenmarkt. Er war schon öfters polizeilich in Erscheinung getreten, zuletzt wegen einer Schlägerei in einer Disco. Vor einigen Jahren hatte er eine Jugendstrafe abgesessen wegen der Beteiligung an einem Einbruchdiebstahl in einer Metallwaren-Großhandlung. Danach war er an Hehlereien, Diebeszügen und Zeugenbeeinflussung beteiligt, aber immer hatte er sich herauswinden können oder die Beweismittel hatten nicht ausgereicht.

XXVI.

Montag, 2. Juni

Mit einiger Beklommenheit kam Grabowski morgens zum Dienst. Er ahnte, dass es nicht leicht werden würde, Tritschler zu überzeugen. Über das ganze Wochenende hatte ihn immer wieder die Frage beschäftigt, wie am klügsten vorzugehen sei. Am Sonntag war er mit Elfi in Sankt Peter gewesen, es war ein schöner Wandertag, nicht mehr so heiß und doch hatte meistens die Sonne geschienen und die gelben Löwenzahnwiesen aufleuchten lassen. Das Auto hatten sie an einem Waldparkplatz abgestellt und dann einen Rundweg zum Plattenhof genommen, die meiste Zeit waren sie Hand in Hand über die Sonnenterassen oberhalb des Ortes gelaufen. Einige Stunden hatte er gänzlich abschalten und die unvergleichliche Aussicht auskosten können, einmal hatte er sogar laut losgesungen: »Im wunderschönen Monat Mai, als alle Knospen sprangen …«, aber dann wusste er den Text nicht weiter. Elfi hatte es dennoch gefallen. Doch auf der Heimfahrt war ihm wieder durch den Kopf gegangen, ob er auch alles bedacht habe, sich nicht auf falscher Fährte verrenne. Besorgt hatte ihn Elfi gefragt, was er plötzlich habe, dass er so in sich gekehrt und abwesend sei.

»Es wird eine schwierige Woche«, hatte er ausweichend geantwortet, und Elfi wusste, dass er damit seinen Dienst meinte. Sie stellte keine weiteren Fragen dazu, was er sagen wollte und könnte, würde er von sich aus preisgeben. Er neigte nicht zur Verschlossenheit.

Nun saß er Tritschler gegenüber und setzte ihm auseinander, wer Krasnow war, wie er durch eine einfache Suche nach einem gestohlenen Nissan Patrol auf das Auto von Herrn Fischbach und das Radarfoto gestoßen war.

»Entweder ist das Kennzeichen gefälscht oder das Auto wurde gestohlen. Die dritte Möglichkeit wäre, dass es sich um eine Komplettfälschung handelt, das Auto von Fischbach also einen Doppelgänger hat. In dem Fall gehe ich davon aus, dass die Beteiligten wussten, dass Fischbachs Auto praktisch stillgelegt in der Tiefgarage steht, gewissermaßen aus dem Verkehr gezogen ist. Das erleichtert eine solche Fälschung natürlich enorm.«

»Ausgezeichnet. Nur geht uns das eigentlich nichts an. Gib das an die Kollegen weiter, die sollen das überprüfen, können sich deswegen diesen Krasnow auch einmal vornehmen.«

»Da möchte ich aber gerne dabei sein.«

»Meinetwegen, wenn du dir etwas davon versprichst.«

»Allerdings. Wir suchen einen solchen Nissan und ich habe die starke Vermutung, dass es dieser ist.«

»Du meinst, dass dieses Auto von dem Fischbach auf dem Lorettoberg herumgefahren ist? Wie willst du denn das beweisen? Wir haben diese vage Beschreibung von dem komischen Professor, das ist alles. Das Nummernschild hat er nicht gesehen. Einstweilen lässt sich mit dieser Aussage wirklich nicht viel anfangen. Aber ich habe inzwischen Petersen beauftragt, bei Markowsky nachzuschauen, ob der in seiner Sammlung vielleicht auch einen Nissan Patrol hat. Warten wir das doch ab, das scheint mir sehr viel naheliegender.«

»Ach so, diese Spur. Da bin ich aber gespannt. Und bei der Gelegenheit sollte man gleich prüfen, ob sich in der

Umgebung von Dieter Wahl auch ein solches Fahrzeug befindet.«

»Ausgezeichnet. Auf seinen Namen ist keines angemeldet, das habe ich schon abgecheckt. Aber man könnte das auf sein Umfeld ausdehnen.«

Tritschler hatte den Sarkasmus in Grabowskis Hinweis wohl nicht verstanden. Aber gerade dies machte deutlich, dass er eigentlich nur dem Hamburger und dem Frankfurter seine Aufmerksamkeit schenkte, andere Spuren kaum für beachtenswert hielt. Grabowski war nicht überrascht davon, die Auseinandersetzung vom Freitagmorgen hatte er noch in guter Erinnerung. Und doch war er etwas enttäuscht, weil er gehofft hatte, heute ein etwas offeneres Ohr bei Tritschler zu finden. Es waren genau diese Eventualitäten, die er am Wochenende bereits durchdacht hatte.

Was Graber ihm beim Spargelessen mitgeteilt hatte, wollte er unter diesen Umständen lieber noch für sich behalten. Tritschler würde es als Zuträgereien und Spekulationen abtun, für die es bisher keine Belege gab. Es hatte keinen Sinn, ihm jetzt schon damit zu kommen, Grabowski müsste für dies alles erst die Glaubwürdigkeit überprüfen, müsste Indizien finden, die aus einer vagen Geschichte eine zumindest so lohnenswerte Spur machten, dass sie auch die Aufmerksamkeit Tritschlers finden konnte. Aber konnte er so lange warten? Dieser Krasnow durfte ihm nicht entwischen, um keinen Preis. Wenn er es war, der am Lorettoberg mit diesem Nissan Patrol herumgefahren war, dann stellte er das missing link dar, den noch verborgenen Schlüssel zur Aufklärung. Musste er nicht überraschend und schnell zugreifen, solange Krasnow sich unbeobachtet glaubte und in Sicherheit wiegte? Manchmal bedeutete Zögerlichkeit, den Sieg zu verspielen. Und so beschloss er, aufs Ganze zu gehen, jetzt sofort, er hatte das Gefühl, dass ihm gar nichts anderes übrig bliebe.

»Wenn Krasnow mit dem Radarfoto konfrontiert wird, dann scheppern bei dem alle Glocken. Das ist kein grüner Junge. Der dürfte kombinieren können. Das ist auch der Grund, warum ich dabei sein will. Und ich finde die Sache so heiß, dass ich eine Hausdurchsuchung vornehmen möchte.«

»Wie bitte? Womit willst du die denn begründen?«

»Es geht um Beweismittel, die er sonst verschwinden lässt.«

»Damit kommst du bei keinem Untersuchungsrichter durch. Vorwerfen kann man ihm bisher nur eine Geschwindigkeitsübertretung und Kennzeichenfälschung, bestenfalls Autodiebstahl, aber das ist noch nicht einmal sicher. Und da willst du bereits mit der großen Keule kommen? Das schlag dir mal aus dem Kopf. Das scheitert schon an der Unverhältnismäßigkeit.«

Grabowski hatte zwar mit Tritschlers Ablehnung gerechnet, war aber doch enttäuscht. Offen zeigen wollte er es nicht. Er würde eben kämpfen müssen, dachte er sich.

»Das kommt noch darauf an. Natürlich brauche ich deine Unterstützung. Das muss schon gut aufgezogen werden, sonst geht es nicht durch. Das ist mir völlig klar. Aber wenn wir nicht sofort zugreifen, entwischt uns dieser Krasnow. Wir haben nur eine Chance mit einem Überraschungszugriff.«

»Aber auch den gibt es nicht nur auf Verdacht. Damit fallen wir todsicher auf den Bauch. Das kann ich nicht machen. Für eine Hausdurchsuchung muss es handfeste Gründe geben, sonst unterschreibt das kein Richter. Um was für Beweismittel soll es denn gehen?«

»Um den Schalldämpfer. Krasnow lässt den Schalldämpfer sofort verschwinden, wenn er merkt, dass wir hinter ihm her sind. Und dieser Schalldämpfer wäre ein entscheidendes Indiz. Falls wir den bei ihm finden würden, könnte ich Krasnow sofort in Untersuchungshaft nehmen.«

Mit diesem einen Wort hatte Grabowski alles preisgegeben, was er suchte, es blieb ihm nichts anderes übrig, wenn er Tritschler überzeugen wollte. Tritschler gehörte zwar zu denen, die ihre Beamten durchaus auch einmal an der langen Leine laufen ließen und nicht immer schon vorab über jeden kleinen Gedanken informiert sein wollten. Aber wichtige Entscheidungen gingen nicht ohne ihn, und das war auch völlig richtig so. Grabowski wäre der Letzte gewesen, der um eines guten Einfalles willen die ganze Behördenorganisation über den Haufen werfen wollte. Außerdem: Wenn er schon Tritschler nicht auf seine Seite bringen konnte, würde er den Untersuchungsrichter erst recht nicht gewinnen können.

Tritschler verfügte nicht nur über ein exzellentes Gedächtnis, sondern auch über eine schnelle Kombinationsgabe. Deshalb wusste er sofort, was Grabowski mit diesem Wort ›Schalldämpfer‹ im Sinn hatte, worauf sein ganzes Ansinnen zielte.

»Du …« Tritschler wollte schon sagen ›Du spinnst‹, aber er konnte sich gerade noch rechtzeitig bremsen. Bei aller freundschaftlichen Kollegialität wäre ein solches Wort entschieden zu weit gegangen. »Du … versteigst dich da aber gewaltig. Wenn du mit irgendetwas beweisen könntest, dass sich dieser Schalldämpfer bei Krasnow befindet, ja, dann könnte man eine Hausdurchsuchung veranstalten. Das hieße nämlich dann auch, dass er unter Mordverdacht steht, so weit kann ich dir folgen. Aber dafür müssten wir diesen Schalldämpfer erst einmal gefunden haben. Aber davon kann bisher gar keine Rede sein. Es ist reine Vermutung, dass er sich bei ihm befindet. Wir wissen noch nicht einmal, ob es überhaupt einen Schalldämpfer gegeben hat. Gewiss, es spricht einiges dafür. Niemand hat die Schüsse gehört. Und die Pistole wurde mit Hübners Fingerabdrücken absichtlich am Tatort zurückgelassen, um uns in die Irre zu führen. Vom Täter gibt es keine Fingerabdrücke, soweit scheint alles klar zu sein. Aber ein Schalldämpfer? Mehr als eine Vermutung gibt es dafür nicht. Der Untersuchungsrichter will aber begründete Beweise und das mit Recht. Das hieße sonst, dass bei jedem, der zufällig mit einem schwarzen Patrol herumgefahren ist, eine Hausdurchsuchung nach einem Schalldämpfer stattfinden kann. Das kann doch nicht dein Ernst sein. Der Richter würde dich auslachen. Nein, dazu kann ich meine Hand nicht reichen. Ich wiederhole mich: Eine Hausdurchsuchung ist bis jetzt durch nichts zu begründen, dafür müsste es konkrete Anhaltspunkte geben. So schnell schießen die Preußen nicht, und die Badener schon gar nicht.«

»Da wird eine riesige Chance vertan.«

»Vergiss es, damit kommst du nicht durch. Ich muss dich – und uns auch – vor einer Niederlage bewahren. Da spielt kein Gericht mit.«

Die Diskussion ging noch etwas weiter, doch Grabowski musste einsehen, dass er auf Granit biss. Mit beleidigter Miene trat er den Rückzug an.

Mit seinem so wohlüberlegten Plan war er also gescheitert. Ein Gutes hatte das allerdings, Tritschler würde ihn heute in Ruhe lassen. Nach einer solchen Dissonanz pflegte Tritschler Zeit für Abkühlung zu geben. Er gehörte nicht zu jenen, die einen Sieg auch noch auskosten und genießen wollten oder eine Demütigung vor anderen Kollegen sichtbar werden ließ. Eher hatte er Mitgefühl für Unterlegene. Das war das, was er an ihm so schätzte und das ihn zu einem insgesamt angenehmen und kollegialen Chef machte, der er in der SOKO Legrand nun einmal war. Grabowski musste diese Schlappe einfach hinnehmen. Aber er wusste, wie er den Nachmittag nutzen wollte, und sogleich traf er seine Vorbereitungen.

Krasnow und diese Autogeschichte waren also anderswo angesiedelt, im Verkehrsdezernat. Das sollte ihn nicht entmutigen. Er rief bei dieser Abteilung in Offenburg an und verabredete einen Hausbesuch bei Krasnow für diesen Nachmittag, allerdings erst nach Arbeitsschluss, denn er wollte ihn unbedingt in seiner Wohnung aufsuchen. Er habe ihn wegen anderer Sachen im Visier, könne damit allerdings noch nichts unternehmen. Jedoch das Foto könnte man ihm vorhalten, ihn nach dem Auto befragen und ihm allgemein ein bisschen auf den Zahn fühlen, wenn es sich so machen ließe.

*

Ein Kollege hatte sich unauffällig erkundigt und herausgefunden, dass der Automarkt erst um 18.30 Uhr schließe. Deshalb gingen sie erst gegen 19 Uhr zu der Wohnung. Zu dritt, denn sie wussten, dass Krasnow ein ungemütlicher Zeitgenosse war. Vermutlich würde er sich gerade die ›Heute-Nachrichten‹ ansehen, für einen Überraschungsbesuch sicher eine günstige Zeit.

Krasnow wohnte in einem etwas heruntergekommenen Viertel, die Häuser rechteckige Kästen, an der Straße aneinandergereiht, dahinter weitere Wohnkästen, die umgebende Rasenfläche längst eine zertretene Wiese mit verrosteten Wäscheständern, Gerümpel, einem ausgeschlachteten Fahrzeug und einem zerstörten Grillplatz in einer Ecke. An der Straße parkten die Autos, achtlos abgestellt, viele ein bisschen zu groß für diese Gegend, zu viel Blech und glitzernder Chrom, einige mit Dellen und Schrammen. Sie waren das letzte Stück zu Fuß gekommen, das Haus hatten sie gleich gefunden, die Nummer war als riesengroßes, mit Farbe auf den Putz gemaltes Emblem zu lesen, vermutlich hielt man dies für gelungenes Design in diesem vernachlässigten Stadtviertel.

Krasnow wohnte Parterre, die Haustür stand offen. Als sie klingelten, wurde von innen sofort die Klinke heruntergedrückt, als würde schon jemand erwartet, die Tür blieb aber angelehnt. Man hörte eine Stimme ungeduldig rufen: »Mach schon!« Darauf gingen sie in die Wohnung hinein. Mayer vorneweg, der als ortsansässiger Kriminalmeister unausgesprochen das Kommando übernahm, dahinter sein Kollege Hauser und schließlich Grabowski.

»Ist jemand da?«, rief Mayer, worauf sofort das bullige Gesicht von Krasnow um die Ecke schaute und dann der ganze Bursche sich ebenso massig wie durchtrainiert vor ihnen aufbaute. Er war ganz in Schwarz gekleidet, was sein Aussehen noch bedrohlicher machte. Man roch angebratenen Speck.

»Eyyh! Wer ist denn das? Verschwindet!«, grölte er einschüchternd.

Mayer drängte sich vor, sagte mit leiser, aber stechend scharfer Stimme nur: »Polizei!«, und ging daraufhin unerschrocken an Krasnow vorbei in die Wohnung. Der schaute, allein durch dieses Wort um einiges entwaffnet, verblüfft hinter Mayer her, der gleich nachsah, ob sich noch jemand sonst in der Wohnung aufhielt.

Es war eine kleine, unaufgeräumte Anderthalb-Zimmer-Wohnung mit einer Kochnische, überall lagen Kleidungsstücke herum, Werkzeug und allerlei Trödel, leere Flaschen, ein voller Bierkasten. Ein Bett im Hintergrund war ungemacht. Die Möbel passten nicht zueinander, alles wirkte nachlässig und schmuddelig. Krasnow war offensichtlich allein in der Wohnung und gerade dabei, sein Abendessen vorzubereiten.

»Nehmen Sie den Speck vom Herd, der brennt sonst an.«

Die Wirkung dieser Worte war wie ein weiterer Tiefschlag, denn Krasnow, der es wahrscheinlich nicht gewohnt war, herumkommandiert zu werden, ging brav zum Herd und rückte die Pfanne zur Seite. Offenbar wollte er gerade die Eier zum Speck geben.

»Was ist denn los?«, kam es schon etwas kleinlauter.

Mayer, obwohl einen Kopf kleiner, pflanzte sich vor Krasnow auf und hielt ihm das Foto unter die Nase. Es war eine Vergrößerung, etwas unscharf, bei der nur der Kopf zu sehen war.

»Sind Sie das?«

Krasnow schaute sich das Bild an, als wolle er es genau prüfen. Vermutlich ratterte er die Erinnerungsecken seines Gehirnes durch, um zu erkennen, wo die Aufnahme entstanden sein könnte.

»Kann schon sein. Ist aber ein mieses Foto.«

»Uns genügt es.«

Grabowski sah sich unauffällig im Zimmer um. Von der Unordnung ließ er sich nicht beeindrucken. Er versuchte, jeden Gegenstand zu erfassen, und überlegte dabei, wozu er nützlich sei und welche Bedeutung er haben könnte.

Mayer fuhr mit seiner Befragung fort:

»Haben Sie eigentlich ein Auto?«

»Steht vorm Haus. Der Astra.«

»Dürfen wir mal sehen?«

War es der Stolz auf diesen Wagen oder eine gewisse Erleichterung, weil Krasnow mit seinem Auto nichts Polizeirelevantes verbinden konnte, das ihn beflissen nach seinem Schlüssel suchen ließ? Schließlich fand er ihn in einer Jackentasche. Mayer hielt ihm seine Hand offen entgegen, was Krasnow noch nicht misstrauisch machte. Bereitwillig händigte er die Schlüssel aus, die Mayer sofort an Hauser weitergab und diesem sagte:

»Schau dir den Wagen mal an.«

Erst jetzt kapierte Krasnow, dass er mit den beiden anderen allein in der Wohnung bleiben sollte, und wollte heftig protestieren. Doch Mayer, der offenbar über die Ironie verfügte, die Leute wie Krasnow auch verstanden, meinte:

»Nein, nein! Wir wollen doch nicht, dass Sie vor unseren Augen davonbrausen und uns hier allein stehen lassen.«

Grabowski musste grinsen. Das Argument war in jeder Weise verquer. Es wäre eine ziemlich törichte Flucht gewesen, abgesehen davon, dass sie dann völlig ungestört die ganze Wohnung durchsuchen und das Unterste nach oben krempeln könnten, was Krasnow auch nicht recht sein konnte. Aber der Appell an Fluchtinstinkte wurde von Leuten wie diesen immer verstanden, und so fügte er sich mit verhaltener Wut. Er wusste auch immer noch nicht, worum es eigentlich ging, aber danach zu fragen und auf seine Rechte zu pochen, dafür war sein Selbstbewusstsein bereits zu angeknickt. Immerhin hatte er es mit gleich drei Polizeibeamten zu tun.

Die weitere Befragung ging darum, wo er am 29. November 2007 gewesen sei. Dies überforderte Krasnow sichtlich. Auch die Präzisierung, dass es sich um einen Donnerstag gehandelt habe, half nicht weiter. Ein halbes Jahr zurück sich zu erinnern, war zu viel verlangt. Mayer wollte wissen, ob er an dem Tag am Baden-Airport gewesen, vielleicht irgendwohin geflogen sei?

Grabowski merkte auf. Was hatte es denn mit dem Baden-Airport auf sich?

Wieso kam Mayer darauf? War ihm da etwas entgangen? Er sah auf Krasnow, der nun eine völlig verschlossene, nicht mehr zu deutende Miene aufsetzte und erklärte, er arbeite bei dem Automarkt. Da sei er den ganzen Tag beschäftigt. Und Urlaub habe er auch keinen gehabt. Mehr wisse er nicht.

Mayer zog nun ein weiteres Foto aus der Tasche, es war eine Kopie der vollständigen Radaraufnahme: Man sah den schwarzen, jedenfalls ganz dunklen Nissan Patrol in einer leicht angeschrägten Frontsicht. Das Nummernschild war deutlich zu lesen, im oberen Drittel der Abbildung die Frontscheibe, links mit dem Gesicht von Krasnow, am Rand eine Nummerierung und das Datum mit der Uhrzeit 11.36 Uhr. In seiner Miene veränderte sich nichts. Ob er hierzu etwas sagen könne.

»Nee. Scheint das gleiche Foto zu sein.«

»In der Tat. Und es fällt Ihnen nichts weiter auf?«

Krasnow stellte sich dumm: »Nee, was soll damit sein?«

»Ist das Ihr Auto?«

»Natürlich nicht. Mein Schlitten steht da draußen und den habe ich erst seit Kurzem.«

»Dann können Sie uns vielleicht sagen, was dies für ein Auto ist? Wir haben übrigens Zeit.«

»Weiß ich doch nicht. Ich habe doch jeden Tag mit solchen Autos zu tun, muss die zur Zulassung fahren, zum Wasch...«

»Aber dieser Wagen war nie bei Ihrem Gebrauchtwagenmarkt. Wie erklären Sie sich das?«

»Vielleicht war das eine Probefahrt. Wir müssen die Wagen schließlich prüfen, bevor wir sie übernehmen. Manchmal kommt das Geschäft gar nicht zustande, wenn der Verkäufer zu viel dafür haben will.«

Grabowski sah sich wieder um. Diese Ausreden führten nicht weiter, das brauchte ihn nicht zu interessieren. Er sah auch in die Kochnische, wo auf der Ablage ein unbeschreibliches Chaos aus dreckigem Geschirr, Gläsern, Flaschen, einigen Eierschalen, Brotresten und diversen Tüten und Schachteln mit Lebensmitteln herrschte. Darüber ein Hängeschrank mit halboffenen Türen.

»Kennen Sie denn die Automarke?«

»Ist doch ein Japse. Haben wir nur selten.«

»Darauf kommt es nicht an. Nur, dass Sie an diesem Tag mit diesem Auto gefahren sind. Und das ist so sicher wie das Amen in der Kirche, selbst, wenn Sie sich nicht erinnern können.«

Mayer hatte eine unnachahmliche Art der leisen Verunsicherung, die selbst einen so kraftstrotzenden jungen Mann dünnlippig werden ließ. Er konstatierte: »Sie sind an dem Tag also mit einem fremden Auto gefahren. Nun ja. Aber Ihr Pech ist, dass es sich um ein gestohlenes Auto handelt. Keines aus Ihrer Firma.«

»Ist nicht meine Firma.«

»Oder um ein gefälschtes Kennzeichen. Handelt denn diese Firma mit gestohlenen Autos? Wissen Sie etwas darüber? Kann ja immerhin sein. Dann wäre das Ganze nicht Ihre Schuld.«

Diese goldene Brücke, an die Mayer wohl selbst nicht glaubte, wollte Krasnow nicht betreten. Dazu konnte oder wollte er nichts sagen und schwieg deshalb. Mittlerweile kam Hauser zurück in Begleitung von einem jungen Mann, der völlig verblüfft schien, hier in der Wohnung nun zwei weitere Personen außer Krasnow anzutreffen. Hauser sagte spöttisch:

»Er wollte mir dumm kommen, weil ich Krasnows Auto ein bisschen unter die Lupe genommen habe. Wollte gerade ein großes Geschrei anfangen, da habe ich vorgeschlagen, dass wir zu Krasnow in die Wohnung gehen. Er weiß noch nicht, dass wir von der Polizei sind.«

Der junge Mann zuckte sichtlich zusammen. Er war jünger als Krasnow, schmächtiger und kleiner, hatte aber doch eine gewisse Ähnlichkeit mit ihm.

Er blickte fragend und eingeschüchtert zu Krasnow, der aber nur die Schultern hob, hilflos.

»Ist das Ihr Bruder?«, fragte Mayer weiter. Er setzte gleich hinzu: »Sieht ganz so aus.«

Dann zog er das Radarfoto wieder hervor, bei dem die zweite Person auf dem Beifahrersitz zwar undeutlicher, aber immer noch genau genug zu erkennen war.

»Erinnern Sie sich an dieses Auto?«

Krasnows Miene schwoll zornig an, was dem Bruder nicht entging, die Einschüchterung wirkte. Die ganze Befragung ging nun noch einmal von vorn los, brachte aber nichts. Der Bruder konnte sich an gar nichts erinnern, außer, dass er manchmal mit Krasnow mitfuhr. Krasnow hatte ihn gut im Griff.

»Schön, dass Sie gleich hierhergekommen sind, so brauchten wir Sie nicht lange zu suchen.« Mayer ließ wieder seinen Sarkasmus hervorblitzen.

»Dann wollen wir mal auch Ihre Personalien aufnehmen.

Könnte ja sein, dass Sie dies Auto gestohlen und Krasnow nur als Fahrer beschäftigt haben. Das wäre Ihrem Bruder vermutlich lieber. Haben Sie überhaupt schon einen Führerschein?«

Während Mayer schrieb, sah Grabowski plötzlich in einer Ecke des Hängeschrankes einen einsamen Autoschlüssel. Er griff danach und betrachtete ihn mit Aufmerksamkeit.

»Finger weg!«, donnerte Krasnow plötzlich los.

»Ist das etwa Ihrer?«, fragte Grabowski erstaunt.

»Geben Sie her!«

»Moment mal. Ihr Autoschlüssel ist das nicht. Und von der Firma auch nicht. Die hat nur selten diese Marke. Ich nehme an, den haben Sie irgendwo gefunden?«

Mayer hatte seine Schreibarbeit unterbrochen und auch Hauser positionierte sich so, dass er jede Eskalation hätte wirkungsvoll unterbinden können. Die polizeiliche Übermacht war wieder deutlich und Krasnow hatte dafür einen sicher abschätzenden Blick. Kleinlaut nach dem dargebotenen Strohhalm greifend, murmelte er:

»Kann sein.«

Grabowski fühlte sich von Mayer herausgefordert, auch ein wenig Ironie spüren zu lassen: »Gut, dass Sie den aufgehoben haben. Dann wollen wir den Schlüssel mal seinem rechtmäßigen Besitzer zurückgeben. Der wird sich jedenfalls freuen. Wenn Sie Glück haben, bekommen Sie noch etwas Finderlohn. Ist doch immerhin etwas. Die Polizei hilft jedem.«

Krasnow konnte seine Wut kaum verbergen, sagte aber nichts. Wäre er seiner Sache sicherer gewesen, hätte er protestieren oder zumindest auf einem Beschlagnahmeprotokoll bestehen können.

*

Bei einer kleinen Nachbesprechung in Mayers Dienstwagen erfuhr Grabowski, dass dieses Hügelsheim sich gleich neben dem Baden-Airport befinde, da fahre doch sonst keiner hin, zumal die Straße parallel zur Autobahn verlaufe, nur über die Dörfer. Und morgens um halb zwölf bringe man entweder jemanden zum Flughafen oder komme selbst gerade an, was habe man dort sonst zu suchen? Der Baden-Airport sei nun nicht gerade ein mondäner Ort, wohin man einen Ausflug unternehme oder zum Kaffee trinken fahre. Was habe ein Gelegenheitskrimineller wie Krasnow dort zu suchen? Und mit einem offenbar gestohlenen Auto? Das sei doch eine interessante Frage. Was eigentlich in Freiburg gegen ihn vorliege, Grabowski habe da etwas angedeutet?

»Das ist noch nicht spruchreif. Wir sind in ganz anderen Zusammenhängen auf dieses Auto gestoßen und zufällig habt ihr dieses Foto gefunden. Das ist alles. Jetzt muss man sehen, wann und wie lange Krasnow dieses Auto gehabt hat. Vielleicht hat er mit unserer Sache gar nichts zu tun. Dieses Auto kann schon länger herumgeistern. Wir kommen da sicher nochmals auf euch zu.«

Mehr wollte Grabowski nicht sagen, konnte er auch zu diesem Zeitpunkt nicht. Aber Mayer gefiel ihm, ein aufgeweckter Bursche. Ob der beim Verkehrsdezernat nicht völlig fehl am Platze war? Aber dann fiel ihm ein:

»Können wir nicht einen kleinen Umweg fahren? Habt ihr so lange Zeit? Ich würde zu gerne eben bei der Tiefgarage vorbeischauen, ob der Nissan noch da ist.«

Mayer hatte nur in Erinnerung, dass er im zweiten Parkdeck stehen musste. Es war schon ziemlich dunkel, als sie die Schneckenrampe heruntergekurvt waren. Grabowski stieg aus und ging die Parkreihen entlang. Er drückte immer wieder auf den Knopf am Schlüssel, schließlich leuchtete ganz hinten die Rückleuchte eines Wagens mit kurzem Signal auf. Es war ein schwarzer Patrol, leicht angestaubt, aber offenbar ein gut gepflegtes Auto. Er öffnete die Tür und sah sich das Innere an, öffnete die hintere Heckklappe, sah auch in die Ablagen. Alles sehr sauber und ohne Hinterlassenschaften des Besitzers. So hätte dieses Fahrzeug auch in einem Autohaus zum Verkauf stehen können. Schließlich schaltete er noch die Beleuchtung ein und notierte sich den Tachostand. Der Tank war laut Anzeige fast leer. Befriedigt ließ er das elektronische Schloss wieder zuschnappen.

*

Obwohl es schon halb zehn wurde, bis Grabowski zurückkam, fuhr er noch bei Elfi vorbei. Von unterwegs aus hatte er sie mit dem Handy angerufen, hatte sich dazu auf der Autobahn auf der rechten Spur zwischen zwei Laster geklemmt. Er wäre nicht gerne beim Telefonieren erwischt worden, obwohl ihm sicher eine Ausrede eingefallen wäre. An einem Tag wie heute, der mit einer solchen kalten Dusche begonnen hatte, suchte er nach ein paar Streicheleinheiten für sein verletztes Gemüt. Obwohl – der Ausflug nach Offenburg hatte ihm gutgetan und letztlich recht gegeben.

Elfi hörte ihm geduldig zu. Er wusste nicht genau, ob sie das alles wirklich interessierte, aber schon dieses Gehörschenken war ihm eine Wohltat, die er nicht missen wollte. Und bei den Offenburger Ereignissen, die er zunehmend mit launigen Schilderungen ausschmückte, kehrte ein Wohlbefinden ein, das anwuchs, je mehr er seine eigene erfolgreiche Rolle dabei herausstellen konnte.

»Der Schlüssel ist wirklich ein Beweisstück.«

Elfi schenkte noch einmal die Weingläser voll und sah ihn bewundernd an. Er trank zu schnell, das spürte er, aber sollte man das nicht feiern dürfen?

»Wenn du auch noch den Schalldämpfer gefunden hättest, das wäre es natürlich gewesen. Wie sieht so ein Ding denn eigentlich aus?«

»Das ist im Grunde nur eine Röhre, die vorn auf die Pistole aufgeschraubt wird, etwa so lang wie ein Bleistift, natürlich dicker.«

»Im Auto hat er jedenfalls nicht gelegen?«

»Das habe ich gerade danach abgesucht. So ein Gerät wird doch irgendwie eingewickelt sein, in ein Tuch oder in Papier. Schon damit nicht aus Versehen Fingerabdrücke darauf kommen. So schlau sind die.«

»Und wie viel sind die mit dem Wagen herumgefahren? Und wie oft?«

Grabowski dachte nach.

»Das müssen wir noch herausbekommen. Aber du bringst mich auf eine Idee.«

»Ich? Wieso?«

»Weil du das sagst, was natürlich das Naheliegenste ist. Wo sind die überall herumgefahren? Und wann?«

»Ist doch klar. Bisher habt ihr nur einen Autoschlüssel in falschen Händen und das Foto. Das ist aber gerade nicht hier in Freiburg aufgenommen worden.«

»Leider.«

»Und deshalb kann man doch auch nicht wissen, ob dieser Wagen es war, der am Lorettoberg herumgebrettert ist.«

»Du hast völlig recht. Aber lass es, ich weiß jetzt, was ich morgen tun muss.«

»Dann viel Glück.«

XXVII.

Dienstag, 3. Juni

Obwohl er täglich von Tritschler unterrichtet wurde, reagierte der Kripochef diesmal etwas ungehalten. Wieder war ein größerer Bericht in der Presse erschienen, in dem Mutmaßungen angestellt wurden, warum die Ermittlungen im Fall Legrand bisher zu keinerlei greifbaren Ergebnissen geführt hatten. Sogar von Überforderung war die Rede, es fehle offenbar an erfahrenen Beamten, die einen Fall dieser Tragweite zu bearbeiten in der Lage seien. Schon bei der Spurensicherung sei es, wie man höre, zu Schlampereien gekommen, seit fünf Wochen habe die Kripo keinerlei Fortschritte gemacht, sie tappe noch immer vollkommen im Dunkeln. In dieser ganzen Zeit habe es keine heiße Spur gegeben. Dass es sich um einen Doppelmord handelte, wurde so beiläufig erwähnt, als sei dies bedeutungslos. Der Artikel diente garantiert nur der Skandalisierung der Leser, deren Fantasie sich sehr wohl an einem ›Modezaren‹ entzünden konnte, nicht aber an einem der Öffentlichkeit weitgehend unbekannten Herrn von Hübner.

Es war nicht dieser Artikel allein, der den Kripochef verärgert hatte, sondern mehr noch eine Parteiversammlung am gleichen Abend, bei der ihn ein Kommunalpolitiker unter Hinweis auf diesen Zeitungsbericht angegangen war, was diese Kripo denn für eine Hinterwäldlertruppe sei. Wenn nicht so viele Parteifreunde drumherum gestanden hätten, hätte er diesem politischen Großmaul opportunistischer Observanz sehr gründlich den Marsch geblasen, aber einen solchen Streit öffentlich werden zu lassen, hatte er dann doch vermeiden wollen. Aber da blieb noch eine Rechnung offen.

»Wir können uns nicht leisten, weiterhin einfach zu schweigen. Der Druck wird zu groß. Wir müssen in den nächsten Tagen eine Pressekonferenz veranstalten und ich erwarte von Ihnen bis morgen ein begründetes Konzept, wie wir dabei vorgehen sollen. Kopf in den Sand geht nicht mehr. Ich habe in den letzten Wochen Ihre Bitte um äußerst restriktiven Umgang mit der Presse respektiert. Aber es gibt einen Informationsanspruch, dem wir uns nicht mehr entziehen können. Und«, fügte er nach einer Pause hinzu, »wir sind das auch unseren Kollegen gegenüber schuldig, die solche völlig unqualifizierten Angriffe nicht verdient haben. Aber dagegen können wir sie nur schützen, wenn wir selbst in die Offensive gehen.«

Tritschler schaute betroffen vor sich hin. Natürlich hatte auch er diesen Bericht gelesen, wie jeder hier im Amt. Und die Kommentare dazu auf den Fluren waren teilweise sehr verbittert gewesen – freilich in Richtung Presse, die in der Regel unverantwortlich drauflos schreibe, von nichts eine Ahnung habe und immer nur Sündenböcke suche.

»Ich muss Ihnen ehrlich zur Kenntnis geben, dass wir im Augenblick nichts sagen können und auch nichts sagen dürfen. Es sind drei heiße Spuren, die wir verfolgen. Aber alle drei sind hochsensibel, und wenn nur das Geringste davon an die Öffentlichkeit kommt, verbrennen wir alles, was wir in der Hand haben. So wie die Dinge liegen, ist es mir lieber, die Rohrspatzen schimpfen, als irgendetwas zu gefährden. Bisher ist es mir gelungen, dass die Beteiligten, um die es geht, noch nichts davon bemerkt haben, dass wir ihnen dicht auf den Fersen sind. Aber wir müssen unsere Chancen wahren, damit wir auch die Beweismittel in die

Finger bekommen, wenn wir zuschlagen. Wenn es denen gelingt, das Beweismaterial verschwinden zu lassen, dann wird es sehr schwierig. Ich möchte nicht in die Situation kommen, dass wir die deshalb wieder laufen lassen müssen. Wenn das passiert, haben wir einen Super-GAU.«

»Aber so geht es auch nicht. Die Öffentlichkeit hat den Eindruck, dass wir nichts tun und unfähig sind. Und ich muss mir bereits die gröbsten Beleidigungen anhören, bloß weil wir uns in vornehmes Schweigen hüllen.«

»Dann gibt es nur eine Lösung!«, rief Tritschler plötzlich aus.

»Und die wäre?«

»Dramatisierung. Sie haben selbst von Offensive gesprochen.«

»Wie stellen Sie sich das denn vor?«

»Wir müssen der Presse etwas zum Fraß vorwerfen, das so ist, dass sie uns eine Zeit lang in Ruhe lässt. Ich denke an eine absolute Nachrichtensperre.«

»Das ist doch nicht Ihr Ernst?«

»Oh, doch. Wir geben eine Presseerklärung heraus – keine Pressekonferenz, wo nur dumme und unangenehme Fragen gestellt werden, um unsere Hilflosigkeit zu demonstrieren, nein, eine Presseerklärung, in der wir in scharfen Ausdrücken diesen Zeitungsbericht zurückweisen, richtig offensiv, brutalst offen, wenn Sie so wollen, und dann erklären wir, die Ermittlungen seien in einem sehr fortgeschrittenen Stadium und dürfen durch nichts behindert werden. Deshalb eine totale Nachrichtensperre. Sollten dennoch unverantwortliche Berichte erscheinen, werden wir sie mit keinem Wort kommentieren. Sobald nennenswerte Ergebnisse vorliegen, werden wir die Öffentlichkeit informieren.«

»Das ist aber ziemlich mutig.«

»Aber es wird der Situation gerecht. Je entschiedener eine solche Erklärung formuliert wird, umso weniger wird sie ihre Wirkung verfehlen. Das ist mein Vorschlag.«

*

Als kurz darauf am gleichen Vormittag Grabowski seinen Bericht über seine gestrigen Erfolge gab, wurde Tritschler wieder bester Laune.

»Ausgezeichnet, Grabowski. Wir bekommen eine Menge Arbeit. Als Erstes muss sich jemand um den Flugplan vom Baden-Airport kümmern, die Starts und Landungen vom 29. November vormittags und die vom 30. April und 1. Mai. Das ist doch ein ziemlich kleiner Flughafen und es geht hierbei nicht in erster Linie um die Chartermaschinen nach Mallorca, sondern um den Linienverkehr. Das sind nicht sehr viele Ziele und vermutlich fast alle in Deutschland. Wenn wir herausfinden, dass jemand an beiden Tagen von dort geflogen ist, dann werden wir dem hinterhersteigen.«

»Du meinst also, Krasnow könnte hier jemanden betreut, eventuell mit diesem Nissan herumkutschiert haben?«

»Warum nicht? Für Krasnow allein ist das doch alles eine Nummer zu groß. Da muss es Hintermänner geben.«

»Da stimme ich dir zu, allein oder nur mit diesem halbflüggen Brüderchen kann ich mir Krasnow dabei nicht vorstellen. Aber wir wissen über den Nissan noch verdammt wenig. Nur, dass Krasnow ihn im November gefahren hat. Immer in der Voraussetzung, dass es dieses Fahrzeug war und nicht ein anderes mit gleichem Nummernschild.«

»Davon können wir doch wohl ausgehen. Und deshalb muss einer bei Frau Fischbach nach alten Inspektionsbelegen oder Ähnlichem gucken. Auch bei der Autofirma, die diesen Wagen betreut hat. Wir müssen herausfinden, wann und wie dieses Auto seit diesem November gefahren wurde. Gut, dass du den Kilometerstand notiert hast. Wir müssen rekonstruieren, wie viele Kilometer Krasnow mit diesem Fahrzeug unterwegs war. Dann können wir den ganz anders in die Mangel nehmen. Dieser Nissan muss jetzt zu unserem Hauptarbeitsfeld werden. Dann werden wir weitersehen.«

Von Markowsky oder Dieter Wahl war im Augenblick keine Rede mehr. Grabowski war überrascht, mit welcher Wendigkeit und Konsequenz Tritschler auf seinen Bericht reagiert hatte. Nach dem Debakel von gestern hatte er damit gerechnet, von Tritschler eher milde belächelt zu werden. Es war schließlich nichts grundstürzend Neues, das er bei Krasnow gefunden hatte, auch wenn es ihn selbst in der Überzeugung bestätigt hatte, auf einer wichtigen Spur zu sein. Aber jetzt hatte ihm Tritschler nicht nur Dranbleiben signalisiert, sondern sogar die nächsten Schritte skizziert, was zwar überflüssig war, aber zeigte, dass auch Tritschler die Autospur inzwischen sehr ernst nahm. Oder tat er nur so, um einzulenken, nachdem er gestern so schroff die Unterstützung verweigert hatte? Grabowski konnte das gleichgültig sein, er war nicht abhängig von Tritschlers Direktiven. Für den Gang zum Untersuchungsrichter hätte er ihn gebraucht, denn eine Hausdurchsuchung konnte er nicht im Alleingang beantragen, das musste vom Chef der SOKO mitgetragen werden. Jedoch in der übrigen Arbeit waren sie beide gleichrangig, wenngleich die laufenden Aufgaben selbstverständlich abgestimmt und transparent gemacht werden mussten. Unter so erfahrenen alten Hasen, wie Tritschler und Grabowski es waren, galt Kollegialität schließlich weit mehr als Hierarchie.

Grabowski ging rüber in sein Büro und griff gleich zum Telefonhörer, um Hauser in Offenburg zu bitten, bei Frau Fischbach nach allen Reparatur- und Inspektionsrechnungen für den Nissan nachzuforschen. Noch wichtiger war ihm, dass Hauser bei dieser Gelegenheit Frau Fischbach mitteilen sollte, dass man einen Autoschlüssel bei dem Entwender des Fahrzeugs gefunden habe und man gerne das Fahrzeug gründlich untersuchen wolle. In drei Tagen sei dies abgeschlossen und dann könne sie über das Auto wieder verfügen. Aber es sei ihm wichtig, dass Frau Fischbach zustimme und sie nicht den Eindruck von einer willkürlichen Beschlagnahme bekomme. Man wolle nur aufklären, was mit ihrem Fahrzeug geschehen sei, das sei auch in ihrem Interesse. Grabowski war sich sicher, dass Hauser dies alles so schonend vortragen würde, dass Frau Fischbach nicht in helle Aufregung geriete. Es sollte so wenig wie möglich Aufsehen erregt werden. Schließlich fiel ihm noch die Frage ein, ob Frau Fischbach einen zweiten Autoschlüssel vermisse und, gegebenenfalls, wie lange schon.

*

Währenddessen hatte Tritschler, nachdem ihn Grabowski verlassen hatte, einen Assistenten zu sich gerufen, dem er die Aufgaben erläuterte. Er sollte am Baden-Airport nach den Linienflügen vom 29. November 2007 forschen, Starts und Landungen am Vormittag, und sich nach Passagierlisten erkundigen, außerdem nach den Flugdaten und Passagieren vom 30. April und 1. Mai 2008.

Danach saß er einen Moment unschlüssig an seinem Schreibtisch, griff dann zum Telefon und rief nach Huber, einem ehrgeizigen jungen Beamten, der ihm schon öfters aufgefallen war. Dieser kam auch gleich und sah ihn erwartungsvoll an. Tritschler warf einen langen, prüfenden Blick auf Huber, als wolle er sich noch einmal vergewissern, keinen Fehlgriff zu tun. Dann sagte er:

»Ich habe etwas Spezielles für Sie, einen persönlichen Auftrag, und es wäre mir lieb, wenn Sie das vorerst für sich behalten könnten, auch den Kollegen gegenüber. Ich möchte nämlich, dass Sie zur Spielbank nach Baden-Baden fahren.« Er sah ihn bedeutungsvoll an.

»Warum nicht? Na klar, mach' ich.«

»Sie sind hoffentlich gefestigt genug, nicht dem Laster der Spielsucht anheimzufallen. Ich komme nämlich für nichts auf. Die Eintrittskarte geht auf Spesen, aber wenn Sie einen Einsatz am Spieltisch wagen sollten – das sage ich Ihnen gleich –, dann sind Sie nicht im Dienst.«

»Verstanden.«

»Jetzt aber im Ernst. Sie sollen herausfinden, ob Markowsky als Besucher der Spielbank bekannt ist. Und wenn ja, wann er das letzte Mal dort war.«

Tritschler schärfte dem jungen Kollegen ein, dass er keinesfalls als Vertreter der Mordkommission auftreten dürfe. Gegen Markowsky liege bisher nichts vor und deshalb müsse man höchst subtil vorgehen. Am besten sei es, wenn er fündig werden könne, ohne dass die Kripo dabei ins Spiel komme, er solle sich etwas einfallen lassen. Natürlich existiere eine Kundendatei der Spielbank, jeder Besucher müsse sich ausweisen und werde registriert, dabei werde auch überprüft, ob keine Sperre vorliege. Für eine Anfrage von Amts wegen gebe es in diesem Fall leider keine hinreichenden Gründe, deshalb müsse man die Informationen etwas inoffizieller beschaffen. Bei diesem Auftrag sei oberstes Gebot, kein Porzellan zu zertrümmern, notfalls sei es besser, ohne Ergebnis zurückzukommen.

»Und wie soll ich das anstellen?«

»Wie würde ein privater Detektiv vorgehen, der meinetwegen von der misstrauischen Ehefrau beauftragt wurde? Lassen Sie sich etwas einfallen. Haben Sie schon einmal Krimis gelesen? Na also. Schlüpfen Sie in irgendeine Rolle, denken Sie sich eine Geschichte aus, um an die richtigen Leute heranzukommen. Nur: Gehen Sie nicht selbst an die Kartei, kein Einbruch oder Ähnliches. Da ist eben Fantasie gefragt.«

»Hm.«

»Und jetzt: bonne chance!«

*

Schon am Nachmittag rief Hauser bei Grabowski zurück.

»Mit der Frau Fischbach ist alles klar. Ich bin gegen Mittag bei ihr gewesen, die kennt mich ja schon.«

»Was heißt: alles klar?« Grabowski war offenbar nervös und ungeduldig.

»Naja, ich habe ihr erklärt, dass wir den Autodiebstahl gründlich aufklären wollen und es eine Chance gäbe, den Dieb zu finden. Und dass wir dazu den Wagen gründlich untersuchen wollten, auch um zu sehen, ob irgendwelche Spuren oder Beschädigungen zu finden seien. Da hat sie natürlich keinerlei Einwände dagegen. Es kommt halt immer darauf an, wie man mit den Leuten redet. In so einem Fall fahre ich auch nicht mit dem Dienstfahrzeug vor und mit großer Aufmachung. Da gucken die Nachbarn gleich hinter der Gardine her und anschließend geht das Geschnatter los. Ich mache das ziemlich zivil. Sie hat mich gleich ins Wohnzimmer gebeten und ...«

»Schon gut, Hauser, Sie haben sicher das richtige Gespür dafür. Aber was ist mit den Unterlagen?«

»Meinen Sie die Autopapiere und die Rechnungen von der Inspektion?«

»Sicher. Haben Sie die?«

»Die Fischbachs sind ordentliche Leute, die haben dafür einen Ordner und da ist alles abgeheftet. Hatte Frau Fischbach gleich griffbereit, hat noch ihr Mann angelegt. Den Ordner habe ich gleich an mich genommen, natürlich nur ausgeliehen, bis alles aufgeklärt ist. Sie will ihn dann dem Enkel zusammen mit dem Auto übergeben, wenn der mit seinem Examen fertig ist. Ich habe ihr natürlich versprochen, dass sie alles baldigst wiederbekommt. Das war doch in Ordnung so?«

»Bestens. Aber ich muss diese Unterlagen auch ganz schnell bekommen. Kann ich die bis morgen früh hier haben?«

»Ist kein Problem. Ich gebe sie gleich dem Streifenwagen mit. Die fahren jetzt ohnehin die Autobahn rauf. Dann haben Sie sie noch heute Abend.«

»Noch eins: Was war mit dem zweiten Autoschlüssel?«

»Ja, den vermisste Herr Fischbach schon seit Langem, seit Herbst 2007. Er wollte immer einen Ersatzschlüssel besorgen, aber den muss man beim Werk bestellen und der muss dann in der Werkstatt auch eincodiert werden, das ist eine größere Prozedur. Vermutlich ist das dann wegen der Krankheit in Vergessenheit geraten. Mehr wusste sie darüber auch nicht.«

»Kollege Hauser, ich danke Ihnen. Ich wäre froh, wenn alles immer so reibungslos klappt wie mit Ihnen.«

»Ist doch selbstverständlich. Wenn man sich kennt, macht man doch kein langes Geschiss. Wissen Sie, ich bin jetzt auch schon einige Jahre dabei, und eins habe ich inzwischen gelernt: Der Dienstweg ist immer der längste.«

»Sehr gut, Hauser, da haben Sie völlig recht, den Spruch kannte ich noch nicht, der gefällt mir. Ich hoffe, wir treffen uns mal wieder. Und schönen Dank noch.«

Er hätte gerne mit Hauser noch etwas geplaudert, seine ruhige und bedächtige Art gefiel ihm. Und das mit dem Dienstweg würde er sich merken. Aber die Zeit drängte. Er wollte unbedingt, dass der Wagen noch heute aus der Tiefgarage abgeholt und hierhergebracht würde, jetzt gleich, mit einem Abschleppwagen, der ihn hochbocken könnte, um alle Spuren unversehrt zu bergen. In zwei Stunden war das zu schaffen. Die Kollegen sollten schließlich noch einen einigermaßen normalen Feierabend haben. Ach, ja, den Autoschlüssel musste er ihnen mitgeben. Und dann müsste er noch mit den Leuten von der Spurensicherung reden, die den Wagen untersuchen sollten. Er wollte schließlich selbst dabei sein, wenn die ihre Scheinwerfer einschalteten und die Lupe herauszogen.

*

Unterdessen erfuhr Tritschler durch einen Anruf, dass beim Baden-Airport keine Passagierlisten für den 29. November mehr vorhanden wären. Die könne man bestenfalls über die Fluggesellschaften bekommen. Des Weiteren: ›Air Berlin‹ habe jeweils vier Starts und Landungen von und nach Berlin und Hamburg. Alles andere seien Auslandsflüge, London zum Beispiel täglich, sonst noch Alicante, Barcelona, Cagliari, Dublin, Rom-Ciampino und Stockholm. Das andere seien Ferienflieger mit Chartermaschinen.

Solche Anrufe mit stoischem Gleichmut hinzunehmen, hatte Tritschler längst gelernt, im Handy-Zeitalter nahmen sie ohnehin überhand. Er nannte sie Wasserstandsmeldungen, so überflüssig wie ein Kropf. Hatte er nicht klare Aufträge gegeben? Statt dessen halbe Informationen und Zwischenstände, mit denen nichts anzufangen war, und die verborgene Frage, ob man weiterforschen solle. Was denn sonst? Wenn ein Bleistift zu Boden gefallen war, durfte man sich doch auch nicht damit begnügen: »Ich sehe ihn nicht, er ist nicht mehr da.« Notfalls musste man eben unter dem Schrank nachsehen, ob er dorthin gerollt war. Musste man das den jungen Leuten noch erklären? Offenbar. Und so antwortete er geduldig, ohne die Stimme zu erheben:

»Die brauchen wir vorerst nicht. Das Wichtigste sind die Passagierlisten für Hamburg und Berlin. Und zwar die vom 29. November 2007 und vom 30. April und 1. Mai 2008. Ich muss wissen, ob jemand, und zwar ein und dieselbe Person, sowohl im November als auch um den 30. April dort gelandet oder abgeflogen ist. Also jeweils die gleiche Person, verstanden? Die müssen wir finden. Wo Sie die Fluglisten auftreiben, ist mir egal. Aber irgendwo müssen sie wohl noch vorhanden sein. Also bleiben Sie am Ball und rufen Sie mich an, sobald Sie etwas gefunden haben.«

XXVIII.

Mittwoch, 4. Juni

Am Nachmittag kam Huber mit glänzendem Gesicht in Tritschlers Büro hereingestürzt, dessen Tür wie meistens offen stand, wartete erst gar nicht ab, bis Tritschler aufblickte, sondern legte gleich los:

»Treffer. Der Markowsky war vom 30. April bis zum 4. Mai in Baden-Baden und in der Spielbank war er auch.«

»Was Sie nicht sagen!« Nachdem Tritschler richtig erfasst hatte, was er gerade gehört hatte, lehnte er sich hocherfreut zurück. Die Überraschung hätte nicht besser gelingen können. »Ausgezeichnet, Huber, wirklich ausgezeichnet! Wie haben Sie denn das herausbekommen?«

»Soll ich Ihnen das alles erzählen?«

»Allerdings. Das will ich jetzt genau wissen. Kommen Sie, setzen Sie sich. Oder holen Sie uns vorher noch schnell einen Kaffee. So viel Zeit für eine solch wichtige Neuigkeit muss sein.«

Es dauerte nicht lange, bis Huber, zwei dampfende Kaffeebecher in einer Hand balancierend, zurückkam.

»Danke. Und nun machen Sie noch die Tür zu, damit wir nicht dauernd gestört werden, und dann schießen Sie los. Wie haben Sie denn das mit der Spielbank gemacht? Die geben schließlich nicht so gerne Auskünfte.«

Nach der ersten Meldung mit ihrer geradezu militärischen Präzision begann Huber mit einiger Redseligkeit:

»So ganz nach Vorschrift war das natürlich nicht, aber wenn Sie es unbedingt so genau wissen wollen. Ich habe mir am Computer eine Visitenkarte von der Firma ›Horch und Guck – Auskunftei und Detektivbüro‹ ausgedruckt. Gleich gestern Mittag, bevor ich losgefahren bin. Habe mir natürlich einen anderen Namen für die Firma einfallen lassen, aber den verrate ich nicht. Ist Betriebsgeheimnis. Hat aber trotzdem nicht funktioniert, die haben bei der Spielbank einen ziemlich rigiden Datenschutz, das geht nur mit offizieller Behördenanfrage. War also nichts.«

»Hätte ich Ihnen gleich sagen können, dass Sie so nicht weit kommen. Das müssten Sie eigentlich wissen, dass wir von der Kripo es mit den Privatdetektiven nicht so haben, das sind alles Pfuscher. Und ziemlich unbeliebt. Aber vielleicht muss man alles einmal selbst ausprobiert haben.«

»Mir ist dann eingefallen, dass ich einen guten Kumpel habe, der war mit mir zusammen in der Ausbildung und ist jetzt dort auf dem Revier tätig. Den habe ich gefragt, wie die das machen, das käme doch sicher öfters vor. ›Das ist Chefsache‹, hat der gesagt. Aber wie wir so reden, stellt sich heraus, dass sie gerade einen Hotelbetrüger suchen, der hat sich eine Woche lang in einem von den Grandhotels eingemietet und ist dann verschwunden. Da schaut sein Chef natürlich auch bei der Spielbank vorbei. Und mein Kumpel hat sich ein bisschen doof gestellt und den Chef gefragt, ob er einmal mitgehen dürfe, so im Rahmen der Ausbildung. Hatte der nichts dagegen. Und so ist er heute Morgen ins ›Allerheiligste‹ von der Spielbank gekommen und hat gewissermaßen zur Probe auch einmal eine Anfrage stellen dürfen, eine fiktive bloß, nur um mal zu sehen, wie das funktioniert. Und gibt natürlich Markowsky an, den Namen hatte ich ihm vorher genannt. Die von der Spielbank haben sich amüsiert über den jungen Polizisten, ihm aber alles genau erklärt. Und dann kam prompt die Anzeige auf dem Bildschirm, dass Markowsky zwischen dem 30. April und 3. Mai täglich bei der Spielbank war. Notieren konnte er natürlich nichts. Hat mein Kumpel noch gefragt, ob man das auch weiter zurück abfragen könne.

»Selbstverständlich, alle Jahre zurück, seit wir das mit dem Computer bearbeiten. Früher wurde das allerdings in Karteikarten notiert, aber jetzt wird es so gespeichert.« Nur haben sie das dann bei Markowsky nicht zurückgescrollt, und näher nachfragen konnte er nicht, weil das dann doch zu auffällig gewesen wäre. Ist also leider nur eine mündliche Information, mehr war nicht drin.«

»Ausgezeichnet, Huber, wirklich eine saubere Sache. Und was haben Sie dann unternommen?«

»Das war heute früh. Gestern also Niete und heute Morgen bin ich dann nochmals dahingefahren. Und als mein Kumpel mir das mit Markowsky gesagt hat, habe ich mir überlegt: Nun bist du schon mal hier, kannst du doch gleich noch ein bisschen weiterrecherchieren. Und dann habe ich die Hotels abgeklappert, nach dem Touristenführer herausgesucht, angefangen bei ›Brenners Parkhotel‹ – das ist vielleicht ein Schuppen! So was Vornehmes habe ich noch nie gesehen. Kostet auch schlappe 235 Euro die Nacht und geht bis 520 hinauf. Aber da habe ich den Dienstausweis benutzt. Die Portiers dort laufen im Frack herum. Und nehmen einen gleich beiseite, damit kein Gast etwas bemerkt. Polizei in so einem Haus, das sehen die nicht gerne, war mir aber egal. Der Portier hatte die ganze Gästeliste im Kopf, brauchte nicht einmal nachzuschlagen. ›Ein Herr Markowsky ist hier unbekannt.‹ Der hat das so entschieden gesagt, dass ich es ihm sofort geglaubt habe. Aber, ehrlich gesagt, ich hätte mich auch nicht getraut, darauf zu bestehen, dass er im Buch nachsieht. Die können einem viel erzählen und nachprüfen kann man gar nichts.

Beim Steigenberger, ich meine den ›Europäischen Hof‹, ging es dann etwas normaler zu. Ab 135 bis 270 Euro. Und nur 250 Meter bis zur Spielbank. Dafür wurde ich auch gleich fündig, Einzelzimmer vom 30. April bis zum 4. Mai. Das war mein zweiter Treffer heute Morgen, irgendwie ein guter Tag. Ach ja, einen Garagenplatz hatte er auch. Der Hotelboy hat das Auto selbst in die Garage gefahren und dafür ein nettes Trinkgeld bekommen. Es war ein Mercedes 300 SL Coupé, der mit den Flügeln, nicht schlecht, was?«

»Huber, das war wirklich nicht schlecht, hervorragende Arbeit.«

»Na, ich meinte den Schlitten. Kennen Sie den? Schon mal gesehen? Der Karajan hatte auch so einen. Möchte bloß wissen, wo Markowsky den herhat.«

»Markowsky hat eine Oldtimer-Sammlung.«

»Na, dann. Der ist aber wirklich Spitzenklasse. Davon wurden nur 1.400 gebaut, zwischen 1954 und '57. Wenn Sie den heute irgendwo auftreiben, müssen Sie schon müde 400.000 hinblättern.«

»Nun lassen Sie mal gut sein. Ich muss zu Grabowski rüber, der wird Augen machen, wenn ich ihm Ihre Geschichte erzähle. Wenn ich Sie brauche, rufe ich Sie. Ach, noch eins: Wie schnell fährt denn dieser Wagen mit seinen Flügeln?«

»Das mit den Flügeln sind die Türen, die klappt man nämlich nach oben auf, müssten Sie mal sehen. Ein geiles Stück. Über 200 jedenfalls, ich würde sagen so um die 230, 240 Sachen, wenn man ihn ausfährt.«

»Danke, Huber, danke.«

Tritschler hatte es wirklich eilig, er brannte darauf, die Neuigkeiten loszuwerden. Er hatte das Gefühl, nun endlich sicheres Terrain zu betreten, nicht mehr im Schlick herumzuwaten, sondern den Strand und die Dünen erreicht zu haben.

Als er in sein Büro kam, kramte Grabowski in den Akten.

»Ich habe doch den Huber nach Baden-Baden geschickt.«

»Hm. Ich dachte, zum Airport?«

»Das sind die anderen, die sind noch unterwegs, aber Huber hat etwas gefunden. Hochinteressant und vielleicht ein Durchbruch. Markowsky war in Baden-Baden, seit dem 30. April. Also auch in der Mordnacht.«

»Ist das sicher?«

»Er hat im ›Europäischen Hof‹ gewohnt und in der Spielbank war er auch.«

Tritschler berichtete alle Einzelheiten, die er erfahren hatte, die Huberschen Ausschmückungen über seine Vorgehensweise ließ er jedoch aus. Vielmehr galt es, die Tatsachen zu diskutieren, ihre Bedeutung abzuwägen und Folgerungen daraus zu ziehen.

Markowsky hatte Petersen also angelogen, er war nicht in Kakensdorf gewesen und auch nicht in der Lüneburger Heide herumgekurvt, sondern hier im Süden. Das ohnehin sehr zweifelhafte Alibi von der Tankstelle war also wertlos. Die Fahrt nach Baden-Baden sollte verborgen bleiben, nur dass er da bereits einen Fehler gemacht hatte. Denn mit einem so auffälligen Oldtimer unterwegs zu sein, war so gut, wie mit Signalfahne herumzufahren. Der Autonarr war mit ihm durchgebrannt, seine Obsessionen konnte man eben nicht so leicht loswerden. Vielleicht war ihm das unterwegs doch noch bewusst geworden und er hatte vorsorglich ein weiteres Alibi aufgebaut, gewissermaßen einen zweiten Rettungsschirm, falls der erste nicht hielt. Und das war der Besuch der Spielbank. Darauf konnte er sich immer noch herausreden, weil er wusste, dass die Besucher registriert wurden. Also ein absichtsvolles Verwirrspiel. Jedenfalls war er in der Nähe von Freiburg gewesen, kaum eine Stunde entfernt. Das konnte nun vieles bedeuten. Er könnte durchaus noch in jener Nacht nach Freiburg gefahren sein, wann man die Spielbank verließ, wurde nämlich nicht notiert. Und er könnte jetzt ein anderes Auto benutzt haben, das wäre sogar wahrscheinlich. Denn mit seinem Mercedes-Flitzer am Freiburger Lorettoberg herumzukurven, wäre zu viel des Leichtsinns gewesen, es wäre auf keinen Fall unbemerkt geblieben.

Oder es könnte auch ganz anders gewesen sein und dafür sprach auch einiges. Denkbar, dass er in jener Nacht in Baden-Baden blieb. Er wäre dann der Auftraggeber im Hintergrund gewesen, der andere für sich arbeiten ließ. Wer hätte dann die Schüsse abgegeben? Krasnow natürlich. So würden sich zwei Geschichten passend ineinander fügen. Denn der fuhr schließlich mit diesem gestohlenen Nissan Patrol herum, das stand außer Frage. Es wäre nur noch der Beweis zu liefern, dass es derselbe Nissan war, der von Professor Heynemann gesehen worden war nachts um halb zwei.

So könnte es gewesen sein. Doch das triumphierende Gefühl, einen Knoten zumindest gedanklich bereits entwirrt zu haben, wollte nicht aufkommen. Denn je mehr Tritschler und Grabowski darüber nachdachten und beratschlagten, umso deutlicher stellte sich heraus, dass gerade an den entscheidenden Wendepunkten die Bahn auch ganz anders verlaufen konnte. Nichts war eindeutig, nichts beweiskräftig. Mit Markowskys Anwesenheit in Baden-Baden war noch gar nichts gewonnen. Und von Krasnow führte bislang keine einzige Spur in den Hübnerschen Garten. Selbst die Verbindung zwischen Markowsky und Krasnow war bisher keineswegs nachgewiesen. Statt dessen stand fest, dass

Krasnow auf keinen Fall Markowsky am 30. April beim Baden-Airport abgeholt haben konnte, denn Markowsky hatte es vorgezogen, im schönsten Hingucker seines extravaganten Edelschlittens vor dem Hotel vorzufahren. Mit einem Male wäre es Tritschler lieber gewesen, der andere, der am Flughafen recherchieren sollte, hätte einen Treffer gemeldet. Dann wüsste man vielleicht, mit wem sich Krasnow am Flughafen getroffen hatte, was durch das Radarfoto zumindest für den 29. November belegt war. Aber ob es weiterhülfe, war dann immer noch die Frage.

»Die Wahrheit sieht nie schön aus«, meinte Grabowski sybillinisch.

»Was willst du damit sagen?«, fragte Tritschler etwas irritiert.

»Ich variiere nur den Satz, dass etwas zu schön sei, um wahr zu sein.«

»Hm. Verstehe ich nicht.«

»Markowsky in Baden-Baden am selben Abend, als Hübner erschossen wurde, das ist zwar ein hübsches kleines Detail, auf das ich mir allerdings noch keinen Reim machen kann, doch es bringt uns auch nicht weiter.«

»Aber es geht auch um Legrand. Und je näher Markowsky an den Tatort kommt, umso deutlicher wird, dass er damit zu tun hat.«

»Das klingt plausibel, nur ist es kein Beweis – für nichts.«

»Noch nicht. Aber wir sind ganz nahe dran.«

»Also haben wir noch viel zu tun.«

*

Während Tritschler wieder hinausging und die Tür hinter sich schloss, leicht enttäuscht von dem immer etwas widerspenstigen Kollegen mit seiner Absonderungslust, schlug Grabowski wieder den Aktenstapel auf, den er vor sich liegen hatte. Heute Morgen war er dabei gewesen, als die Techniker den Nissan von Frau Fischbach unter die Lupe nahmen. Ihm ging es vor allem um den Stoßfänger vorn. Unter aufgeplatzten Mückenleibern, feinen Dreckablagerungen und Staubpartikeln konnten sie ein winziges fremdes Lackteilchen freilegen, das sich an dem verchromten Rohr des Stoßfängers festgebacken hatte. Vorsichtig entfernten sie den millimeterkleinen Fremdkörper und bargen ihn für die Auswertung unter dem Mikroskop. Danach war Grabowski sofort zu der Werkstatt von Meister Stalf gefahren und hatte tatsächlich in dessen Kiste mit Blechabfällen ziemlich weit unten den verknautschten Kotflügel vom Mercedes Herrn von Hübners gefunden. Zum Glück war er noch nicht entsorgt.

Später hatte Grabowski bei seinem Kollegen Haebler in einem anderen Stockwerk vorbeigeschaut und nach einigem Geplauder eher beiläufig gefragt:

»Ihr habt doch den Fall in Lahr bearbeitet?«

»Eine ganz leidige Sache, mit der wir nicht weiterkommen. Das Opfer ist verschwunden, vermutlich im Ausland, und seither bleibt das liegen.«

»Aber ihr habt doch noch die Akten dazu? Ich würde da gerne mal reinschauen.«

»Kannst du haben.« Und er gab ihm einen Stoß von zwei Aktenordnern sowie einige Schnellhefter mit.

Jetzt saß Grabowski an seinem Schreibtisch und blätterte sich von vorn bis hinten durch die Seiten. Da er mit dem Fall nicht sehr vertraut war, versuchte er, sich einen genaueren

Überblick zu verschaffen. Dabei stieß er auf eine Fotoserie mit Geländeaufnahmen, ein abzweigender Feldweg, ein kahler Strauch. Offenbar war dies im Winter aufgenommen, zwar schneefrei, doch noch ohne jedes Anzeichen von Knospen oder Grün. Schließlich kamen Bilder von Reifenspuren im matschigen Boden, deutliche und gestochen scharfe Aufnahmen, und er zog sie aus der Klarsichtfolie. Aus der Schublade zog er einen langen Streifen rotes Papier und legte ihn als Stellvertreter in die Folienhülle. Dann ging er mit den Fotos und dem verbeulten Blechstück zur Kriminaltechnik.

Der Techniker sollte prüfen, ob das winzige Metallteilchen vom Stoßfänger mit diesem Kotflügel in Zusammenhang gebracht werden könne. Und die Fotos sollten mit dem Reifen verglichen werden.

»Sind das neue Fotos?«

»Sind schon fast ein halbes Jahr alt, warum?«

»Weil ein Foto allein nicht sehr aussagekräftig ist. Dieses Reifenprofil haben schließlich viele Fahrzeuge. Mehr als eine Zuordnung ist damit nicht möglich. Ihr habt hoffentlich noch andere Beweismittel, dass dieses Auto und dieses Foto zusammengehören.«

»Das kann ich im Augenblick nicht sagen. Ich will erst einmal wissen, ob das zueinanderpasst, dann wird man weitersehen.«

»Die Fotos sind jedenfalls brauchbar. Aber vielleicht finden wir noch mehr. Bei solchem Matsch und Schlamm wird auch Dreck aufgeschleudert und findet sich dann am Radkasten wieder. Das trocknet dort ein und wird so fest, dass es auch die Waschstraße überlebt, wenigstens manchmal. Und dann kann man davon Proben nehmen und sie mit dem Erdreich in situ vergleichen. Wenn wir in beiden Proben identische Spezifika finden, können wir mit chemischen und spektralanalytischen Methoden oder auch nur unter dem Elektronenmikroskop recht zuverlässige Aussagen machen. Ist natürlich aufwendig. Ich weiß nicht, wie wichtig das ist.«

»Das könnte sehr wichtig werden.«

Anschließend saß Grabowski noch lange über den Unterlagen, die ihm Hauser hatte bringen lassen. Die letzte größere Inspektion des Nissan Patrol hatte am 25. Oktober 2007 stattgefunden. Laut Rechnung hatte die Werkstatt den Wagen bei Fischbachs abgeholt und wieder hingebracht. Zu dieser Rechnung gehörte auch die Lieferung und Codierung eines Ersatzschlüssels, der Gesamtbetrag war vom Konto überwiesen worden.

Obwohl dies nur wenige Schriftstücke und zudem von banaler Alltäglichkeit waren, wurde aus ihnen einiges deutlich, wenn man sie nur vor dem Hintergrund des Ehepaares Fischbach las. Offenbar hatte Herr Fischbach wegen seiner Krankheit – er kam um diese Zeit ins Krankenhaus – das Auto nicht mehr selbst zur Inspektion bringen können. Seine Frau mochte ohnehin nicht mit diesem Wagen fahren. Und doch sollte er dem Enkel im frisch gewarteten Zustand übergeben werden, natürlich auch mit dem neuen Ersatzschlüssel. Um all dies kümmerte sich die Werkstatt, nur wurde der Zweitschlüssel in der Werkstatt vergessen und nie ausgeliefert, es hatte auch niemand mehr danach gefragt. Wahrscheinlich hing er unbeachtet an einem Schlüsselbrett, höchstens ein Zettelchen daran mit dem Namen Fischbach. Auch als der Wagen dann Mitte November in der Tiefgarage abgestellt wurde, hatte niemand daran gedacht.

Grabowski konnte sich gut vorstellen, dass ein so herrenlos gewordener Autoschlüssel auf Wanderschaft ging. Und dass er schnell den Weg zu seiner schäbig untergebrachten und darüber schmollenden Braut in der Tiefgarage fand, hatte auch nichts Unwahrscheinliches, zumal sie eine höchst ansehnliche und temperamentvolle Gestalt hatte, so kamen der Schlüssel und das Auto zusammen. Und so machten die beiden, wann immer sie darauf Lust hatten, gemeinsame Ausflüge, ohne eine Entdeckung zu befürchten, solange sie respektive das Auto nur brav immer wieder in ihr unterirdisches Verlies zurückkehrte, und lebten im heimlichen Saus und Braus ganz wie im Märchen.

Bei der Inspektionsrechnung war auch der Kilometerstand angegeben, sodass leicht feststellbar war, dass dieses Auto seit Mitte November 2007 bis zum 2. Juni genau 1.465 Kilometer gefahren war, ein ganzer Leporello von wüsten und übermütigen Abenteuerfahrten und Winkelzügen, die jedoch schwerlich im Einzelnen zu rekonstruieren waren. Krasnow, dem vermutlich dies alles zuzuschreiben war, denn er dürfte kaum dieses Fahrzeug auch noch anderen zugänglich gemacht haben, würde wohl wenig geneigt sein, freiwillig irgendetwas davon preiszugeben. Aber er würde ihm auf die Schliche kommen.

*

Währenddessen saß Tritschler in seinem Büro gegenüber und dachte, dass er Markowsky nun endlich selbst aufsuchen müsse, um ihn mit seinen früheren Aussagen und den neuen Tatsachen zu konfrontieren. Er würde einiges erklären müssen, auch nach früheren Spielbankbesuchen war zu fragen. Wo war er zum Beispiel am 29. November

2007 gewesen? Diesen spektakulären Mercedes würde er sich zeigen lassen, wenn möglich, dabei einen Blick auf die anderen Fahrzeuge werfen, die in seinem Garagenschuppen standen. Petersen müsste natürlich dabei sein, der ihn schon kannte, den man allein mit diesem Verhör aber nicht betrauen durfte, auch weil er mit den neuesten Entwicklungen nur unzureichend vertraut war. Zudem ließ er sich offenbar von Markowsky allzu mühelos abspeisen oder gar um den Finger wickeln und war zu unerfahren oder zu leicht zu beeindrucken. Tritschler wollte nun selbst diesem Mann gegenübertreten, der sich immer deutlicher als sein Hauptverdächtiger herausschälte, er wollte Maß nehmen an diesem Gegner, wollte ihn beobachten, wenn er ihn in die Enge trieb, seine Schwächen sehen, ihn in Widersprüche verwickeln. Auch auf den Bruch mit Legrand würde er noch einmal zurückkommen, die erzwungene geschäftliche Trennung. Warum Legrand die Firma nicht an seine bisherigen Partner verkauft hatte – das wollte er noch einmal von Markowsky hören. Welche Abfindung er bekommen habe und ob es dabei gerecht zugegangen sei. All die wunden Punkte mussten noch einmal berührt werden. Der cholerische Charakter Markowskys, von dem alle berichtet hatten, könnte dabei nur hilfreich sein. Die Wut auf Legrand sollte er durchaus herauslassen, in seiner Erregung und Unbeherrschtheit würde er sich am wenigsten verstellen.

Tritschler wusste, dass er noch lange nicht genug gegen ihn in der Hand hatte, entscheidende Mosaiksteine fehlten noch, und doch gab es immer deutlichere Konturen eines Szenarios, in dem Markowsky eine entscheidende Rolle spielte. Grabowski hatte ja recht, wenn er darauf beharrte, eine lückenlose Beweiskette zu fordern, das gehörte zum kriminalistischen Einmaleins, um nichts anderes ging es.

Aber wie hätte er auf Markowsky kommen sollen, wenn er nicht nach den Motiven gefragt hätte? Die hatten ihn verdächtig gemacht. Und nun kam eines zum anderen. Die immer geleugnete zeitliche und räumliche Nähe zum Tatort war ein Indiz von größtem Gewicht.

Aber lästig war es doch, wieder in den Zug zu steigen, denn der Flieger kam für ihn gar nicht in Frage, wieder erneut den Kripochef in Hamburg mit dem albernen Höflichkeitsbesuch abschütteln zu müssen, obschon sich das vielleicht umgehen ließe, wenn er einen ICE fände, der bereits in Lüneburg oder Harburg hielte, wo ihn Petersen abholen könnte.

XXIX.

Donnerstag, 5. Juni

»Chef, ich habe die Passagierlisten.«

Wenn Tritschler etwas nicht leiden konnte, dann war es, mit ›Chef‹ angeredet zu werden, das war ein Ton, der hier im Hause nicht üblich war. Die jungen Kriminalassistenten hatten anscheinend noch kein so feines Ohr dafür. Dennoch wies er niemanden deswegen zurecht, das sollten andere tun, die ihnen altersmäßig näherstanden. Wenn er dazu eine Bemerkung machte, dann würde er nur gerade den ›Chef‹ herauskehren, den er sich verbat. Gar nicht erst ignorieren, dachte er.

»... ist aber kein Markowsky dabei.«

Tritschler sah nicht auf und antwortete nur brummig:

»Weiß ich schon. Der ist nämlich mit dem Auto gekommen.«

Der junge Kollege, der glaubte, stolz sein zu dürfen, ein wichtiges Detail abzuliefern, schaute verdattert vor sich hin.

»Legen Sie mir die Listen dahin.«

Wieder hatte Tritschler so beiläufig, fast mürrisch geklungen, dass der Assistent enttäuscht und doch beflissen die Blätter an die Schreibtischkante legte und möglichst schnell das Büro verließ. Draußen auf dem Gang traf er auf einen etwas älteren Mitarbeiter, den er fragte:

»Ist der Chef sauer?«

»Meistens nicht«, antwortete dieser, »höchstens, wenn du ihn so anredest.«

Als wenig später Grabowski zu Tritschler kam, um ihn zu fragen, wann er nun nach Hamburg fahre, sah er die Listen dort liegen und warf einen Blick darauf. Tritschler hatte es bemerkt und meinte:

»Das hat sich erledigt. Jetzt müssen wir erst lückenlos Markowskys Alibi überprüfen. Spielbank sagt noch gar nichts. Die kann er auch für drei Stunden verlassen haben und dann dort wieder aufgetaucht sein. Ich werde ihm ziemlich auf den Zahn fühlen müssen.«

»Und dann bleibt noch die Frage, ob es eine Verbindung zu Krasnow gibt.«

»Ja, aber vielleicht ist es noch zu früh, ihn direkt auf Krasnow anzusprechen.«

»Das wollte ich gerade sagen. Er würde sonst Krasnow warnen, und bei ihm kommt es wohl auf die Überraschung an. Bis jetzt denkt der nämlich, wir wollten ihm nur den Autodiebstahl nachweisen. Damit allein käme er ziemlich billig davon. Richtig gestohlen hat er den Wagen nicht einmal, ist nur ein bisschen damit herumgefahren und hat ihn dann wieder an seinen Platz gestellt. Noch fühlt er sich also ziemlich sicher. Aber sobald wir etwas mehr in der Hand haben, wird ihm der Schreck in die Glieder fahren und dann macht er entweder Fehler – oder er ist wirklich harmlos. Woran ich allerdings nicht glaube. Wenn du in Hamburg bist, werde ich mich mal um Krasnows Brüderchen kümmern. Er war schließlich Beifahrer bei den Spritztouren und sollte uns etwas darüber erzählen können. Vielleicht kommen wir so der Sache etwas näher.«

»Ausgezeichnet.«

»Übrigens, diese Passagierlisten würde ich mir gerne trotzdem mal ansehen, ich lege sie dir nachher wieder auf den Schreibtisch.«

*

»Willst du zu mir oder zum Kollegen Pfefferle?«

Grabowski war in die abgelegenen Räume der Kriminaltechnik gekommen und hatte zunächst niemanden gesehen. Jetzt wurde er von hinten angesprochen, von Bruno Stäblein, der unbemerkt in die Tür getreten war. Grabowski drehte sich um.

»Grüß dich, Bruno. Eigentlich wollte ich zu Pfefferle.«

»Es hätte ja sein können. Du wolltest doch etwas über die Schussfolge wissen?«

»Ach so, ja. Hast du denn etwas herausfinden können?«

»Nicht so, dass ich einen eindeutigen Bericht hätte schreiben können. Aber die Sache hat mich durchaus interessiert. Unter Laborbedingungen könnte es sein, dass man gewisse Veränderungen nachweisen und damit die Reihenfolge von abgegebenen Schüssen bestimmen kann. Allerdings werden in der Gebrauchsrealität solche Spuren fast immer getilgt. In deinem Fall gab es drei Schüsse: einen Körperdurchschuss, einen Schuss in den Erdboden und einer ist in einem Baum stecken geblieben. Da findet man leider nichts Vergleichbares mehr. Schon beim Aufprall herrschen jeweils völlig verschiedene Bedingungen und wirken zurück auch auf das Geschoss. Die Bergung der Munition ist dann der zweite Umstand, der mögliche Spuren verwischt. Also, nichts für ungut, da war nichts zu machen.«

»In diesem Fall schade. Aber generell hältst du es für möglich, die Reihenfolge, in der Schüsse aus der gleichen Waffe abgegeben werden, zu bestimmen?«

»Theoretisch durchaus, warum nicht? Du hast mich da auf eine interessante Frage gebracht. Und der werde ich weiter nachgehen. Zunächst muss ich mir aber noch ein paar grundsätzliche Gedanken machen. Bei einem beschädigten oder verunreinigten Lauf können sich Spuren davon am Geschoss abbilden. Das kennen wir bereits. Wahrscheinlich kann man auch temperaturbedingt etwas finden, also etwa, wenn die Schüsse schnell hintereinander abgefeuert werden und der Lauf der Waffe heiß wird. Etwas anderes könnte die Frage nach dem Schmauch und den Veränderungen sein, die dabei entstehen. Aber wie gesagt: Das sind mehr Vermutungen.«

»Bruno, wenn du dazu etwas erforschen kannst, dann kommst du groß raus. Da bin ich mir sicher.«

»Na ja, warten wir's ab. Aber du wolltest noch etwas anderes?«

»Ja. Pfefferle wollte für mich eine Autokollision untersuchen.«

»Pfefferle ist nicht da, kommt erst in einer Stunde wieder. Aber ich kann es dir auch zeigen, ich habe nämlich diese

Untersuchung gemacht. Die Sache ist eindeutig. Willst du es am Bildschirm sehen?«

Nach wenigen Eingaben in die Tastatur erschienen die Bilder, farbige Mikroskop-Aufnahmen mit verschiedenen Einfärbungen und Filtrierungen, die Stäblein ausführlich erläuterte.

»Was nun die Reifenspuren angeht auf den anderen Fotos, die du uns gegeben hast: Das waren tatsächlich die Profile vom Patrol, sie passen mit den Fotos bestens zusammen. Waren gute Aufnahmen. Hast du die gemacht?«

»Nein, Haebler.«

»Aber der ist doch gar nicht in eurer Abteilung, der leitet doch das Sittendezernat.«

»Den Ausdruck hört der sicher nicht so gerne. Aber zur Sache. Der springende Punkt ist: Der Patrol scheint beim Mordfall Hübner eine Rolle zu spielen und ist offenbar auch noch in einen anderen Fall verwickelt, den Haebler bearbeitet. Es ist ein gestohlenes Auto.«

»Alle Achtung! Hast du das herausgefunden?«

»Ich bin noch dran.«

»Gratulation.«

»Aber du hast mir sehr geholfen, danke.«

»Wenn du noch mehr für uns hast, bring nur alles her. Brauchst du noch einen schriftlichen Bericht?«

»Ja, diesmal ist es sogar eilig. Danke, Bruno.«

»Ist schon recht.«

»Und grüße Pfefferle, wenn er wiederkommt.«

Grabowski hatte sich nichts anmerken lassen, aber er war ganz euphorisch von diesen Neuigkeiten. Endlich etwas Richtiges in der Hand, das sich nicht gleich wie ein Krümel wegpusten ließ. Diesmal war im Sieb ein richtiger Klumpen hängen geblieben, schwergewichtig und unabweisbar. Aber er würde diesen Fund nicht gleich überall herumzeigen, das hatte noch Zeit. Tritschler? Nein, der sollte erst einmal nach Hamburg fahren. Er allein musste das weitere Vorgehen planen, unaufgeregt und mit Augenmaß. Beim Fliegenfangen muss man Geduld haben, sonst entwischen sie. Diesmal würde er sich nicht stören lassen, auch von Tritschler nicht. Am liebsten wäre er jetzt nach Hause gegangen, hätte für Elfi gekocht und sie nicht nur mit einem Essen überrascht, sondern auch mit seinem Glücksgefühl. Er würde ihr nicht einmal alles erzählen, sondern nur das Rumpelstilzchen-Lied denken: Ach, wie gut, dass niemand weiß, was ich alles weiß. Das würde schon genügen, um seine Hochstimmung zu verlängern und zu steigern. Aber jetzt war es erst später Vormittag, so lang noch hin.

Nein, jetzt nicht zurück ins Büro, nicht gleich. Schon der Weg über den Flur, wo alle Türen offen standen, all die Kollegen nervös herumliefen, dieses ständige Geschnatter von Unwichtigkeiten, die jeder sofort loswerden wollte, all das bereitete ihm ohnedies Pein, wie sehr würde es ihn jetzt verstören und runterziehen, nicht dorthin. Und doch hatte er das Bedürfnis, mit jemandem zu sprechen. Haebler fiel ihm ein. Auch er einer von der ruhigen Sorte, unaufgeregt, einfühlsam. Und ihn ginge es doch auch an. Er wusste wenigstens, wovon die Rede war, konnte die Bedeutung erfassen, würde ihm zuhören.

Er nahm den Weg durchs Treppenhaus. Haebler saß allein in seinem Büro, etwas rundlich, schnauzbärtig, eine angenehme Freundlichkeit ausstrahlend.

»Ich komme gerade von der Technik, sonst hätte ich dir die Unterlagen, die ich mir gestern ausgeliehen habe, gleich wieder mitgebracht.«

»Das hat doch keine Eile. Wir können an dem Fall ohnehin nichts tun. Bei Gelegenheit …«

»Ihr werdet sie aber bald brauchen.«

»Da weißt du mehr als ich.«

»Allerdings. Und deshalb bin ich auch gleich gekommen.«

Er ließ sich Zeit, ausführlich von dem gestohlenen Nissan Patrol zu erzählen, der auch im Mordfall Hübner eine wichtige Rolle spielen könne. Das sei zwar noch nicht ganz klar, aber sehr wahrscheinlich. Der Wagen, der von seinem inzwischen verstorbenen Besitzer in einer Tiefgarage abgestellt gewesen sei, scheine mit Hilfe eines Zweitschlüssels jeweils kurzzeitig entwendet und dann dort wieder abgestellt worden zu sein, ohne dass es jemand bemerkt habe. Insgesamt seien auf diese Weise 1.465 Kilometer damit gefahren worden.

Haebler hatte aufmerksam zugehört.

»Das heißt also, dass noch mehr mit diesem Nissan angestellt worden sein kann?«

»Gut möglich. Wie gesagt, wahrscheinlich auch der Doppelmord in Freiburg.«

»Und was willst du als Nächstes tun?«

»Krasnow hatte den Autoschlüssel, ich habe ihn selbst in seiner Wohnung gefunden. Ich werde mich also zunächst auf ihn konzentrieren. Erst einmal wollte ich dir davon erzählen, weil ihr doch an der Sache mit dem italienischen Mädchen dran seid. Das Aufregende ist nämlich, dass sie mit diesem Fahrzeug verschleppt worden ist, das lässt sich inzwischen nachweisen, und das heißt, dass derjenige, der den Schlüssel zu diesem Fahrzeug hatte, vermutlich auch der Vergewaltiger war.«

»Vermutlich ist zu wenig. Das müsste man schon nachweisen können. Aber wie? Denn ein Geständnis wirst du wohl kaum bekommen. Es käme noch auf eine Gegenüberstellung an. Der Täter müsste vom Opfer eindeutig identifiziert werden. Das Tatfahrzeug allein reicht nicht aus, wenn an ihm nicht eindeutige Spuren festgestellt werden können.«

»Klar. Trotzdem ist dieser Fall damit so gut wie aufgeklärt.«

»Dass er damit schon abgeschlossen werden kann, bezweifle ich allerdings. Es käme noch auf eine Gegenüberstellung an. Aber das Opfer ist verschwunden. Mit der ganzen Familie plötzlich unauffindbar. Wir haben damals nur durch Zufall davon erfahren, nämlich über das Krankenhaus, in dem das Mädchen behandelt worden ist. Bevor wir es ausführlich befragen konnten, war die ganze Familie weg, von heute auf morgen getürmt. Der Vater betrieb ein italienisches Restaurant. Die haben in der Nacht die Koffer gepackt, das Lokal ordentlich abgeschlossen und sind weggefahren. Bis heute haben wir keine Spur von denen, die ganze Familie scheint vom Erdboden verschwunden. Schon eine kuriose Sache.«

»Weiß ich doch. Kann dir inzwischen sogar den Hintergrund davon erzählen. Die haben Angst bekommen, verständlicherweise, weil das alles wohl auch mit organisierter Kriminalität zu tun hat. Daran müssen wir noch arbeiten, damit sind wir noch nicht so weit. Mich interessiert erst einmal das andere, das Aktuelle. Und da geht es mir natürlich vor allem um Krasnow und Hübner. Da war die Kollision Anfang April, als Hübner von diesem Nissan angefahren wurde, also wohl von Krasnow, wie ich das jetzt sehe. Ob das bereits ein Mordanschlag war, kann ich noch nicht beurteilen, vermute es aber, nach all dem, was dann um den 1. Mai herum passiert ist.«

»Was sagt denn Tritschler dazu? Kennt er all diese Einzelheiten?«

»Im Großen und Ganzen schon. Die heutigen Untersuchungsergebnisse jedoch noch nicht. Ich komme gerade eben erst von der Technik, Stäblein hat noch nicht einmal seinen Bericht geschrieben. Und morgen fährt Tritschler nach Hamburg, da geht es um mögliche Hintermänner. Jetzt will ich warten, bis er zurück ist. Tritschler konzentriert sich ganz auf Legrand. In gewisser Weise hat er auch recht damit, das ist schließlich das sehr viel prominentere und spektakulärere Opfer bei diesem Doppelmord. Insofern ist das auch ein naheliegender Ansatzpunkt, das muss ich ihm lassen. Nur sind wir damit bisher nicht viel weitergekommen. Aber ich habe jetzt diese Spur zu Hübner gefunden, und die heißt Krasnow und ist ziemlich ergiebig. Was sie für Legrand ergibt, weiß ich noch nicht. Aber ich kann deswegen doch nicht warten, bis ich auf alles eine Antwort habe. Bis dahin ist mir Krasnow entwischt.«

»Irgendwie höre ich dich schon mit den Hufen scharren. Du möchtest also irgendetwas unternehmen. Jetzt gleich? Und, wie ich vermute, nicht erst, wenn Tritschler zurück ist? Habe ich recht?«

»Tritschler hat bisher immer gebremst, wenn ich ihm mit Krasnow kam. Aber ich glaube, jetzt habe ich Krasnow am Wickel. Das mit der Vergewaltigung scheint ziemlich sicher, die Reifenspuren belegen es. Und dann kommt die Sache mit Hübner im April, die ist jetzt auch abgeklärt. Das ist nun wirklich ein Durchbruch, eine ganz neue Situation, und die dürfen wir nicht verspielen. Im Augenblick denkt Krasnow, es ginge bestenfalls um ein paar Spritztouren in einem fremden Auto, eine Bagatelle, nicht einmal ein richtiger Diebstahl, denn er hat das Auto stets wieder in die Tiefgarage zurückgebracht. Jetzt haben wir aber Handfestes und müssen zuschlagen, solange er sich noch in Sicherheit wiegt. Und deshalb stehe ich unter Druck.«

»Verstehe. Das klingt ziemlich plausibel. Aber das alles musst du mit Tritschler zusammen durchfechten, das geht nicht im Alleingang. Da kommt ziemlich viel auf dich zu. Wenn du Krasnow in Gewahrsam nimmst, dann brauchst du anschließend die ganze SOKO für die Zuarbeit. Dann muss jedes Fitzelchen aus den Verhören geprüft und von allen Seiten durchleuchtet werden. Das ist eine Heidenarbeit, unterschätze das nicht. Das kannst du nicht allein schaffen. Vor allem, wenn es Hintermänner gibt, von denen ihr noch gar nichts wisst.«

»Magst recht haben. Aber du musst dann auch mit in die SOKO. Dafür werde ich mich einsetzen.«

»Wieso denn ich?«

»Weil dieser Fall, den du bearbeitest, eng damit zusammenhängt. Es geht da nämlich um einen gewissen Morelli, das ist der Vater von dem Mädchen, und der war mit Hübner verbandelt. So hängt alles miteinander zusammen.«

*

Es war schon Mittagszeit, als Grabowski in sein Büro zurückkam. Das Gespräch mit Haebler hatte seine gehobene Stimmung nicht stören können. Indem er versucht hatte, in knappen Worten zusammenzufassen, was er in den vergangenen Tagen herausgefunden hatte, schien ihm alles nur noch klarer und unabweisbar zu sein. Er hatte keinen Zweifel, auf der richtigen Spur zu sein.

Er griff zum Telefon und wählte eine Nummer.

»Anwaltsbüro Graber, Sie sprechen mit …«

»Schätzchen, lass dein Sätzchen, ich bin's nur.«

»Und wie geht es weiter?«

»Wie meinst du das?«

»Na, mit dem Reim?«

»… auf der richtigen Spur.«

»Super. Stimmt es auch oder war es nur des Reimes wegen?«

»Ich denke, doch. Und deshalb nur kurz: Die Spargelsaison geht nächste Woche zu Ende. Und da dachte ich mir …«

»Wir sollten vorher noch einmal zuschlagen. Klingt gut. Wann denn?«

»Heute Abend. Vorausgesetzt, du kannst noch schnell auf den Markt laufen. Nimm den Munzinger Spargel, ich finde den am würzigsten. Und wenn es das noch gibt, nimm ruhig Bruchspargel, aber nur die Köpfchen. Sind immer noch billiger als die schlanken, gleichmäßigen Eins-a-Stängel, die nur schön aussehen, aber nicht besser schmecken. Du musst sie allerdings dann gleich in ein feuchtes Tuch einschlagen.«

»Noch was, alter Pedant? Als ob ich das nicht alles selbst wüsste.«

»Entschuldige, ich wollte dich nicht kränken. Ich schäle sie dafür.«

»Die Köpfe muss man nicht rasieren, nur die Beine.«

»Das überlegen wir uns dann gemeinsam. Du scheinst ja sehr munter aufgelegt zu sein.«

»Bin ich auch. Vor allem, wenn ich Spargel höre und an dich denke.«

»Das wird wohl ein sehr fröhlicher Abend.«

»Bestimmt, verspreche ich dir. Ich habe richtig Lust darauf. Komm nicht so spät.«

»Ich kann es kaum erwarten. Ciao, Geliebte.«

Dann setzte er sich an seinen Schreibtisch und ging noch einmal alles durch, was sich in den letzten zehn Tagen ereignet hatte, seit der komische Professor seine Beobachtungen in der Mordnacht berichtet hatte. Einige Vermerke und Berichte hatte er noch für die Untersuchungsakten zu notieren. Dass es Elfi war, die ihn darauf gebracht hatte, dass der Professor offenbar einen Nissan Patrol nachts am Lorettoberg beobachtet hatte, brauchte freilich in den Unterlagen nicht festgehalten zu werden. Aber Grabers Hinweise auf die Morelli-Geschichte und Hübners Verwicklung darin mussten unbedingt notiert werden, schon weil er diesen Komplex dringend an Tritschler weiterleiten musste. Man sollte ihn nicht irgendwelcher Alleingänge beschuldigen, über die es keine Aufzeichnungen gäbe. So legte er einen neuen Akt an:

›Anwesend: RA Graber, seine Büroleiterin Elfriede Schamberger, KHK Grabowski. – (RA Graber hatte um dieses Gespräch gebeten.)

Ort: Munzingen, ›Warteck‹

Zeit: Freitag, 27. Mai 2008, 20.30 Uhr bis 22.15 Uhr‹

Ausführlich gab er die ›Einlassungen‹ Grabers wieder, Elfi wurde – außer ihrer Anwesenheit – nicht weiter erwähnt.

Obwohl er sich um Kürze bemüht hatte, wurde es doch ein fast siebenseitiger Bericht, denn ihm lag daran, möglichst viele Einzelheiten festzuhalten. Befriedigt las er alles noch einmal durch und legte den Rapport dann in einem Schnellhefter ab. Mehr zufällig fiel sein Blick auf die Passagierlisten, die er aus Tritschlers Büro mitgenommen hatte. Dass Markowskys Name in ihnen nicht zu finden sein würde, wusste er bereits. Aber er wollte dennoch die Fluggäste der fraglichen Tage durchsehen und nach irgendwelchen Auffälligkeiten durchforsten. Es war ein ruhiger Nachmittag, der liegengebliebener Büroarbeit gewidmet war.

*

Die Wohnung war ein wenig vernachlässigt worden, in der Küche stand noch schmutziges Geschirr auf dem Frühstückstablett, das Bett war ungemacht, Kleidungsstücke lagen herum, die Zeitungen waren nicht weggeräumt. Die letzten Tage hatte Grabowski kaum Zeit gefunden, ein wenig Ordnung zu halten, oft war er abends zu spät nach Hause gekommen, um sich darum noch zu kümmern, und morgens vor dem Dienst war es ihm wichtiger, noch einen Blick in die Zeitung zu werfen. Heute war er endlich einmal schon um 18 Uhr zu Hause.

Doch kaum hatte er das Nötigste aufgeräumt und wollte sich gerade ans Geschirrwaschen machen, klingelte es an der Wohnungstür. Es war Elfi, die ihn so strahlend ansah, als sei sie die größte Überraschung. Obwohl sie in einer Hand eine Plastiktüte hielt, breitete sie, ohne einzutreten, beide Arme aus und umschlang und drückte ihn fest. Er spürte eine freudige Wärme und hätte nicht sagen können, ob sie von ihr oder von ihm ausging. Er hob sie hoch, wobei sie sogleich mit den abgewinkelten Beinen zu strampeln begann. Vorsichtig setzte er sie wieder ab und führte sie in die Wohnung. Er nahm ihr die Tüte ab und legte sie achtlos irgendwo hin, dann half er ihr aus der Jacke. Sie hatte eine elegante Bluse mit schmalen hellblauen Streifen an und trug dazu eine eng geschnittene schwarze Hose, ein eher mädchenhafter Stil, der gut zu ihrer Pferdeschwanzfrisur passte und ihr ein unbestimmbares Alter gab. Grabowski bewunderte dieses unbeschwerte und schicke Aussehen. Sie erwiderte seine Küsse mit lebhafter Intensität.

»Komm. Wir müssen doch nicht gleich in die Küche. Oder hast du schon Hunger?«

»Nur auf dich. Essen können wir auch später.«

Nun saßen sie auf dem Sofa, sprachen über belanglose Dinge. Nichts war wichtig außer dieser Nähe. Mit den Augen tasteten sie sich ab, mit den Händen, fuhren den Umrissen der Gesichter aus allen Perspektiven nach, mit den Fingern ergründeten sie die Verschiedenheit der Haut auf den Lippen, dem Nasenrücken, den Wangen, der Stirn und an den Schläfen, um sie alsbald mit Küssen zu bedecken oder zwischen den Lippen zu prüfen. Später lagen sie Seite an Seite, einander zugewandt, ihr Kopf auf seinem Arm, doch dann richtete sie sich auf, öffnete bedächtig die Knöpfe seines Hemdes und tastete nach seiner Brust. Das Hemd störte sie und sie zog es aus der Hose. Amüsiert ließ er es geschehen. Als sie schließlich an seinem Gürtel nestelte, um ihn zu öffnen, hielt er sich nicht mehr zurück, knöpfte mit wenigen Griffen ihre Bluse auf, zog sie ihr von der Schulter und ließ auch den BH hinabgleiten. Er drückte sich an sie und küsste behutsam ihren Hals, vertrautes Gelände und doch immer wieder neu und unbekannt, so oft sie sich begegneten. Berühren und berührt werden wurde unterscheidungslos. Mit einem Male sprang er auf und entledigte sich seiner übrigen Kleidung. Als er sich wieder zu ihr legte, hatte auch sie sich ausgezogen und empfing ihn in ihren Armen. Immer mehr verflochten sich die Körper. Sie liebten sich in ganz unaufgeregter und hingebungsvoller Weise und ließen sich endlich vom Mahlstrom ihrer Erregung in unermessliche

Tiefen hinabreißen, bis am Grund eine vollkommene Entspannung einkehrte und sie allmählich voneinander löste.

Lange mochten sie im kaum bewussten Dösen dagelegen haben, bevor sie sich, nur mit einem Morgenmantel bekleidet, in der Küche wiederfanden. Ein veritabler Hunger hatte sich bei ihnen eingeschlichen und sie an den Spargel erinnert, obwohl ihnen die Vorbereitungen inzwischen lästig geworden waren. Aber Grabowski nahm sich dennoch die Köpfchen vor, an denen nicht viel zu schälen war, warf sie in das heiße Wasser und begann, eine Sauce hollandaise anzurühren, während Elfi verschiedene Schinkensorten in Röllchen auf einem Teller garnierte und anschließend den Tisch deckte. Er musste aufpassen, dass die Sauce nicht flockte, und hielt deshalb mit der einen Hand das Töpfchen kaum über die Flamme, damit es nicht zu heiß wurde, während er mit der anderen Hand die eiskalte Butter mit dem Schneebesen unterschlug, bis alles sämig wurde. Nachdem sie elf Minuten geköchelt hatten, hob er die Spargelspitzen aus dem Wasser, ließ sie abtropfen und gab sie gleich auf die Teller.

»Ach Gott, wir haben ja vergessen, die Kartoffeln aufzusetzen.«

»Macht nichts, die sind nicht so wichtig.«

Mit ausgezeichnetem Appetit machten sie sich über das köstliche Essen her.

Unterdessen bedachten sie Urlaubspläne und Elfi schlug vor, nach Italien zu fahren, im August seien ohnehin Gerichtsferien und ihr Anwaltsbüro habe in dieser Zeit kaum etwas zu tun.

»Dann ist in Italien allerdings ferragosto, einen ganzen Monat lang tote Hose, alle Geschäfte geschlossen, alle Italiener am Strand. In Rimini sind zwar die Teufel los, vor allem deutsche Bierbäuche, aber dort wollen wir doch nicht hin?«

»Natürlich nicht. Ich dachte an Mailand oder Bologna, ein bisschen herumfahren. Eine Woche würde schon genügen und es kann auch Ende Juli sein oder Anfang September.«

»Das klingt schon besser. Ich weiß ohnehin nicht, ob ich länger weg kann. Alles hängt von den nächsten Wochen ab. Und in den Schulferien muss ich auch Rücksicht auf die Kollegen mit Kindern nehmen. Bisher habe ich noch keine Ferien eingetragen. Aber Italien wäre schön. Ich könnte dann auch einen kleinen Besuch bei meinem Kollegen Alberti machen, in Mailand, aber natürlich nicht im August.«

Grabowski war der Name unwillkürlich eingefallen, Alberti mit seiner spontanen und herzlich unbekümmerten Art. In Mailand herumfahren – das war das Stichwort.

»Wer ist denn Alberti?«

»Den habe ich voriges Jahr in Wiesbaden kennengelernt, ein höchst sympathischer Kerl.«

»Also wieder etwas Dienstliches?«, maulte Elfi. »Ich dachte an wirklichen Urlaub, keine Dienstreise.«

»Urlaub, natürlich, habe ich schon kapiert. Ich dachte nur so, wenn sich die Gelegenheit ergibt. Aber du bringst mich auf etwas. Ich könnte einmal Alberti anrufen. Vielleicht kann er mir weiterhelfen. Aber damit will ich dich jetzt nicht weiter behelligen. Ich stelle nur immer wieder fest, dass du mich auf die besten Ideen bringst. Du bist wirklich meine Muse.«

»Ach, Lieber. Deine Muse zu sein, ist zwar immer etwas überraschend für mich, aber ich bin das gerne, auch außerdienstlich, wie jetzt.«

»Das ist doch das Schöne mit dir, dass du mir immer guttust, überall, zu jeder Zeit, sogar dienstlich Du bist eben meine bessere Hälfte, ohne dich …«

»Soll das jetzt eine Liebeserklärung werden?«

»Nicht werden – es ist eine.«

»Das muss ich dir wohl glauben, denn es klingt nicht gerade sehr leidenschaftlich. Apropos Leidenschaft: Nächste Woche ist wieder Konzert vom Barockorchester, soll ich dafür Karten besorgen? Das Konzert steht unter dem Motto ›La passione‹. Ich hätte Lust darauf. «

»Klingt interessant, warum nicht? Wann ist es denn?«

»Am Mittwoch.«

»Und danach gehen wir noch irgendwo hin?«

XXX.

Montag, 9. Juni

Am Montagmorgen zwischen sieben und acht Uhr tröpfelten von allen Seiten die Mitarbeiter im Hauptgebäude der Kriminalpolizei in der Heinrich-von-Stephan-Straße zusammen, teils kamen sie zu Fuß oder mit dem Fahrrad, teils mit dem Bus oder dem Auto. Aber nicht wie in anderen Dienststellen, etwa dem Landratsamt, verschwanden alle gleich an ihren Schreibtischen, sondern man stand noch ein Weilchen herum zu einem Schwätzchen, tauschte Neuigkeiten aus oder erzählte vom Wochenende. Ohnehin gab es flüssige Dienstpläne, denn dieses Haus war rund um die

Uhr mit einem Einsatzstab besetzt. Die aufregendste Nachricht war, dass man am Sonntagmorgen eine männliche Leiche mit Kopfverletzungen vor dem Schwesternwohnheim in der Fehrenbachallee gefunden hatte. Ob es sich um den Unfall eines Betrunkenen oder ein Tötungsdelikt handelte, war noch unklar, das musste die Obduktion ergeben. Jedenfalls würde viel Arbeit auf sie zukommen.

Andere, zu denen dies noch nicht vorgedrungen war, sprachen arglos vom Fußball. Im Eröffnungsspiel der Europameisterschaft hatte gestern Abend Deutschland über Polen zwei zu null gesiegt.

»Hast du es auch gesehen? Zwei Super-Tore.«

»Ja, beide ausgerechnet von Podolski. Wo der doch ursprünglich aus Polen stammt. Das war ihm hintennach richtig peinlich, dass er die seinen ehemaligen Landsleuten reingewürgt hat.«

»Ist doch gut. Wenn es so weitergeht, gewinnen wir noch den Titel.«

»Hätte ich auch gerne gesehen, aber bei uns gab es solches Unwetter, da musste ich erst einmal die Kellertür abdichten.«

»Unwetter? Wo wohnst du denn?«

»In Sulzburg.«

»Bis zu uns ist es nicht gekommen, da haben wir noch mal Glück gehabt.«

Ein Kollege berichtete Grabowski vom ›Nordic Walking Event‹ in Breitnau: »War eine schöne Strecke. Über die Weißtannenhöhe hinauf.«

»Hatte ich mir auch überlegt. Aber dann war es mir doch zu blöd, zusammen mit 2.000 stöckeklappernden Heinis stumpfsinnig über die Berge zu ziehen. Ich laufe lieber allein oder mit wenigen Freunden.«

»Kann ich verstehen. Es waren auch viel zu viele. Aber wenn ich nicht bei so etwas mitmache, fehlt mir einfach die Motivation. Allein würde ich nicht losgehen.«

»Wir …«, Grabowski war das herausgerutscht und er hoffte, dass der Kollege nicht nachfragen würde, wer ›wir‹ waren, »… sind in der Wiehre spazieren gewesen. Da gab es den ›Tag der offenen Gärten‹. Sehr gemütlich, bei einigen gab es sogar einen Imbiss, selbstgemachte Salate, Kaffee und Kuchen und so. Teilweise wundervoll angelegte Gärten, in die man sonst nie hineinkommt, und alles steht jetzt in der schönsten Blüte. Das konnte man sich intensiv anschauen und dabei mit den Leuten schwätzen. Sehr kurzweilig, war eine gute Stimmung.«

Im großen Besprechungszimmer hatten sich inzwischen alle von der SOKO, die gerade im Präsidium waren, versammelt, um Tritschlers Bericht aus Hamburg zu hören. Dass nicht allzu viel herausgekommen war, wurde schnell deutlich, ohne dass es so ausgesprochen wurde. In aufgeräumter Stimmung schilderte er selbst solche Einzelheiten, die zwar wenig zur Sache betrugen, die aber für Heiterkeit sorgten. Etwa, wie es ihm gelungen war, auch diesmal nicht die Vereinswimpel mit dem Hamburger Kripochef austauschen zu müssen, indem er Petersen an den Bahnhof von Lüneburg beordert hatte, um gemeinsam von dort aus nach Kakensdorf zu fahren.

Später schilderte er den heftigen cholerischen Anfall Markowskys, weil er noch immer mit dem Mord an Legrand in Zusammenhang gebracht werde. Er ließ ihn in Ruhe sich austoben, bevor er knapp fragte:

»Wieso lügen Sie uns dann an? Meinen Sie, damit etwa den Verdacht entkräften zu können?«

Markowsky schwoll weiter an, hielt dann plötzlich inne, als habe er erst jetzt den Einwand verstanden, und fragte vollkommen verblüfft und entgeistert:

»Wieso?«

»Weil Sie an dem Abend in Baden-Baden waren. Uns, beziehungsweise dem Kollegen Petersen, haben Sie aber etwas ganz anderes erzählt.«

»Darf ich etwa nicht nach Baden-Baden fahren?«

»Doch, so oft Sie wollen. Von mir aus können Sie sogar nach Freiburg fahren. Aber Sie werden verstehen, dass wir uns für solche Reisen zu interessieren haben, es geht immerhin um Mord.«

»Ich war nicht in Freiburg.«

»Mag sein. Wir werden das überprüfen. Auf Ihre Angaben kann man sich ja nicht verlassen. Mit Baden-Baden haben Sie uns auch angelogen.«

»So würde ich das nicht nennen.« Markowsky war inzwischen kleinlaut geworden und versuchte sich in wendigen Formulierungen. »Ich sah nur keine Veranlassung, Ihrem Kollegen über mein Privatleben Auskunft zu geben. Sie müssen das verstehen. Mir war es nachträglich ausgesprochen unangenehm, dass ich ausgerechnet an den Tagen, als das mit Legrand passierte, in Baden-Baden in der Spielbank war. Ich war froh, dass mich dort keiner kannte und auf Legrand angesprochen hat.«

»Wann haben Sie denn erstmalig von dem Mord gehört?«

»Am Feiertag, abends in den Nachrichten.«

»Das hat Sie aber nicht abgehalten, gleich anschließend wieder in die Spielbank zu gehen? Sehr betroffen scheinen Sie nicht gewesen zu sein. Einen Tag später das Gleiche. Da hätten Sie schon wieder erkannt werden können.

Haben Sie etwa so hohe Verluste gehabt, dass Sie die wieder auszugleichen versucht haben?«

»Das nicht. Es ist mir fast peinlich zu sagen.«

»Also Gewinne? Haben Sie etwa eine Gewinnsträhne gehabt, während Ihr ehemaliger Freund und Mitgesellschafter von einer Kugel zerfetzt wurde?«

Markowsky schwieg zustimmend, das hieß: Er sagte nichts, aber man sah ihm an, dass es so gewesen war.

Dann gab es eine Zwischenfrage: »Wie oft war Markowsky denn in Baden-Baden?«

Tritschler antwortete: »Mir hat er gesagt: zwei, drei Mal im Jahr sei er zur Spielbank gefahren. Wir werden das nachprüfen, mit allen Terminen für dieses und das letzte Jahr.«

»Und jedes Mal mit dem Auto?«

»So sagte er. Er habe seine Oldtimer doch auch einmal ausfahren müssen.«

Grabowski fragte dazwischen: »Du hast dir die Sammlung sicher angesehen. Wenn das alles Oldtimer sind, dürfte ein Nissan Patrol nicht dabei gewesen sein.«

»Nein. Der wäre ihm sicher zu neumodisch. Das waren vorwiegend Autos aus den 50er-Jahren, insgesamt 14 Stück.«

Jetzt schaltete Huber sich ein: »Limousinen oder mehr Sportwagen?«

»Beides. Zum Beispiel diesen alten runden BMW und einen Adenauer-Mercedes habe ich gesehen. Aber auch einen Jaguar-Rennwagen. Den hat er uns ausführlich gezeigt. Dieser Jaguar sei das erste Stück in seiner Sammlung gewesen, habe damals über 100.000 Mark gekostet, sei heute aber mindestens eine Million wert. Euro! Der hatte so eine komische Wellenform.«

»D-Type«, sagte Huber anerkennend, »mit dem gab es in Le Mans drei Siege hintereinander. Wurden nicht einmal hundert Stück von gebaut. Warum haben Sie mich nicht mitgenommen, ich hätte Ihnen alles über diese Wagen sagen können. Immerhin kann es noch wichtig werden, wie viel Wert diese Sammlung hat, ich meine, den Finanzen von diesem Markowsky müssten wir doch auch einmal nachgehen.«

»Huber, Sie sind ein Schlaumeier. Erstens interessieren uns diese Autos gar nicht. Zweitens hat Petersen eine Liste davon gemacht. Drittens verspreche ich Ihnen, wenn einmal ein Rennfahrer seine Frau umbringen sollte, werde ich Sie als Fachmann einsetzen. Nun lassen Sie mal gut sein. Den Einkaufswert der Sammlung hat Markowsky mit etwa 400.000 Euro angegeben, der Verkaufswert sei inzwischen etwa fünfmal so hoch. Mir geht es um etwas viel Wichtigeres, nämlich, mit wem Markowsky in Baden-Baden Kontakt gehabt hat, telefonisch oder persönlich.«

»Wie sollen wir das rauskriegen?«, fragte ein anderer.

»Ich habe ihm erst einmal gesagt: ›Herr Markowsky, wenn Sie sich selbst aus dem Kreis der Verdächtigen ausschließen wollen, dann brauchen wir von Ihnen eine lückenlose Liste aller Kontakte und Telefonate aus diesen Tagen. Wenn Sie mir die beibringen können, sind Sie schon fast aus dem Schneider. Wir werden natürlich alles überprüfen und dann sehen wir weiter. Einmal haben Sie uns schon angelogen, jetzt wird es enger.«

»Das ist doch Quatsch. Was versprichst du dir denn davon?«, fuhr ein älterer Kollege dazwischen.

»Nur, dass er ins Schwitzen kommt, mehr nicht.«

»Gibt es denn bei ihm eine auffällige Geldbewegung? Barabhebung oder so? Einen Mordauftrag muss er schließlich bezahlen.«

»Daran habe ich auch schon gedacht. Aber wenn er Spielbankgewinne hatte, dann hatte er auch Bargeld. Das Spielbank-Alibi war wirklich nicht dumm.«

So ging die Fragerei und Diskussion noch einige Zeit weiter, verlor sich immer mehr in Einzelheiten, die aber kein eindeutiges Bild ergaben. Schließlich wurde die Sitzung abgebrochen und alle gingen wieder an ihre Arbeit.

Grabowski nahm Tritschler beiseite.

»Wenn du noch ein paar Minuten Zeit hast, möchte ich noch etwas mit dir besprechen.«

»Natürlich. Gehen wir in dein Büro?«

Grabowsky schloss die Tür und sah Tritschler nachdenklich an.

»Was hattest du denn für einen Eindruck von Markowsky? Kann man ihm diesen Doppelmord überhaupt zutrauen?«

»Ehrlich gesagt: Mit einem Schießeisen in der Hand kann ich ihn mir nicht denken. Aber sonst? Der ist ganz undurchsichtig. Ein verbitterter Einzelgänger. Und solche Leute sind unberechenbar. Außerdem hat er eine Menge Kohle. Einen Killer zu bezahlen, ist für den kein Problem, wie er ihn finden könnte, schon eher. Der lebt ja nicht in der Nähe einschlägiger Kreise, aber andererseits wissen wir von ihm erstaunlich wenig. Es hilft nichts, wir müssen ihn einkreisen. Jedenfalls habe ich ihn ziemlich verunsichert und das kann uns helfen. Ein Durchbruch ist es aber noch nicht.«

»Du weißt ja, ich bin immer noch an Krasnow dran …«

»Das ist auch gut so, das wird immer wichtiger.«

»… und inzwischen ein großes Stück weitergekommen.«

»Ausgezeichnet. Wenn die Geschichte mit Krasnow sich bewahrheitet, könnte es nämlich sein, dass er für Markowsky gearbeitet hat. Krasnow und Markowsky könnten sich schon früher in Baden-Baden getroffen und dabei alles verabredet haben. Im Übrigen könnte das auch erklären, warum Markowsky in Baden-Baden geblieben ist. Einerseits, um Krasnow das Geld zu geben, andererseits, um auffällig unauffällig zu bleiben. Eine überstürzte Abreise hätte ihn nur noch verdächtiger gemacht. Also blieb er. Das alles deckt sich vollkommen mit den bisherigen Ermittlungen.«

Es hatte keinen Sinn, darauf einzugehen, Tritschler war noch immer viel zu sehr von seiner Markowsky-Hypothese okkupiert. Deshalb wartete Grabowski einen Moment, als überdenke er Tritschlers Worte, dann sagte er:

»Ich habe hier einen Bericht, den du unbedingt lesen musst. Das ist zwar von Legrand noch weit entfernt, aber wir kommen an den Fall Hübner immer näher ran. Es geht um Krasnow, aber da sind offenbar noch weitere Hintergründe. Das ist eine Mafia-Geschichte, aber lies es erst einmal. Einen Teil habe ich schon abklären können, aber vieles ist noch völlig offen.«

*

Nachdem Grabowski wieder in seinem Büro angelangt war, legte er sich einige Papiere zurecht und griff dann zu seinem handschriftlichen Telefonverzeichnis. Während er die Nummer heraussuchte, überlegte er, wie er sich verständlich machen sollte. Die Telefonistin von der Zentrale würde zwar Englisch können, aber das schien ihm doch unangemessen. Keine Umständlichkeiten. Ein knappes ›Signore Alberti, per favore‹ musste genügen. Er würde es stur wiederholen, bis er durchgestellt würde. Wie hieß er noch mit Vornamen, falls es mehrere Albertis geben sollte? Domenico. Sonntag als Vorname? Ach nein, das heißt doch ›domenica‹. Er sollte endlich einmal richtig Italienisch lernen. Zum Glück sprach Alberti Deutsch, ganz ausgezeichnet sogar.

Es meldete sich die ›Direzione della Polizia Criminale‹ und als irgendetwas nachgefragt wurde, das er nicht verstand, wahrscheinlich wurde er nach einer Dienststelle oder Abteilung gefragt, wiederholte er in barschem Ton ›Signore Alberti, per favore, Signore Domenico Alberti‹.

Es klappte. Nach einiger Zeit rief jemand: »Pronto!« Grabowski, der die Stimme gleich erkannt hatte, sagte etwas umständlich:

»Hier ist Grabowski aus Freiburg. Wir haben uns voriges Jahr in Wiesbaden …«

»Natürlich erinnere ich mich, caro amico Wolfgang, was für ein Vergnügen, dich zu sprechen. Wir hatten eine so wunderbare Woche zusammen, ich freue mich sehr. Die Leute vom BAK – heißt das so?«

»Nein, BKA, Bundeskriminalamt.«

»Die deutschen Abkürzungen, damit bin ich nicht auf gutem Fuß. Die Herren waren ein bisschen steif und hochlippig, sagt man so?«

»Du meinst wohl hochnäsig. Du hast recht, die sind auch nicht mein Fall.«

»Aber sie waren wenigstens sehr gastfreundlich. Ein vorzügliches Hotel, sehr großzügig. Wie geht es dir?«

»Danke, bestens. Und dir? Deiner Frau? Was machen die bambini?«

»Eh, ragazze. Sie sind sehr munter. Du hast noch keine Kinder? Das kommt noch. Bist du in Milano? Wollen wir zusammen essen gehen?«

»Leider, das wäre schön, nichts lieber, aber …«

»Kein Aber. Wenn du einmal nach Milano kommst, weiß ich ein wunderbares restaurante, lombardische Küche.«

So tändelten sie noch eine Weile, bis Grabowski auf sein eigentliches Anliegen zu sprechen kam:

»Kann ich dich ganz informell etwas fragen?«

»Selbstverständlich, nur zu. Wenn ich dir helfen kann.«

»Über den Dienstweg ist es zu umständlich und dauert zu lange. Da muss dann ein förmliches Rechtshilfeersuchen gestellt und über die amtlichen Kanäle zugestellt werden, du weißt schon. Ich bin froh, wenn ich mit diesem bürokratischen Prozedere nichts zu tun habe, das lähmt die ganze Arbeit. Hier geht es um einen Fall mit Geldwäsche und Immobilien, den ich gerade bearbeite. In diesem Zusammenhang würde mich interessieren, ob du einen gewissen Brunetti kennst, Gaetano Brunetti?«

»Der Name sagt mir nichts.«

»Mir ist er aufgefallen, weil er sich möglicherweise mit einem Mann getroffen hat, der in einen Mordfall verwickelt ist.«

»Wo kommt dieser Brunetti her?«

»Weiß ich auch nicht, vielleicht aus Berlin. Ich vermute, Mafia.«

Alberti murmelte vor sich hin: »Figli d'un carne … Berlin. Berlin.« Dann wieder zu Grabowski: »Im Moment fällt mir dazu nichts ein. Aber ich kann mal nachsehen.«

»Ich dachte nur, dass der vielleicht bei euch bekannt sein könnte. Aber es muss nicht gleich sein, falls du gerade okkupiert bist.«

»No, aspetta … Warte.«

Es dauerte eine Weile, während man im Hintergrund undefinierbare Geräusche hörte, dazwischen auch die Stimme von Alberti: »Si, si. Se ben mi ricordo …« Offenbar war er nicht allein im Raum. Dann wieder am Telefon:

»Brunetti, ma si! Gaetano?«

»Ja. Kannst du ihn finden?«

»Hier gibt es einen in Berlin, hat ein restaurante in Schöneberg. Was habt ihr denn über den herausgefunden? Das ist ein großer Fisch.«

»Noch nicht sehr viel und beweisen kann ich gar nichts.« Und dann erzählte Grabowski das Wenige, das er von der Morelli-Geschichte erfahren hatte. Immobilien-Anlagen mit zweifelhaftem Kapital und undurchsichtigen Gesellschaften, wahrscheinlich Mafiagelder. Morelli sollte offenbar nur als Strohmann dienen, denn eigenes Geld hatte er kaum, vielmehr hohe Schulden von dem Erwerb und der Renovierung seines eigenen Lokals. Aber Morelli hatte entweder die Verträge frisiert und die Kapitalien auf sich umgeleitet, wollte also ausgerechnet die Mafia betrügen, oder er war aus dem Geschäft ausgestiegen und drohte, die Verbindungen offenzulegen. Er war also in jedem Falle ein Mafia-Verräter.

»Morelli bekam eine schreckliche Warnung, als seine Tochter entführt und vergewaltigt wurde. Und zwar von einem Deutschen mit russischem Hintergrund. Und es kommt noch schöner. Nämlich, der Anwalt, der für Morelli die Notariatsdinge erledigen sollte, ist ermordet worden. Und möglicherweise ist da wieder dieser Deutsch-Russe mit dabei gewesen. Was mich aber etwas stutzig macht: Ich habe noch nie gehört, dass die Mafia mit Deutschen zusammenarbeitet.«

»Das ist es doch. Das kommt jetzt häufiger vor, die neueste Masche. Das habe ich doch schon euren Leuten in Wiesbaden erklärt, aber die haben mir das nicht glauben wollen.«

»Weil wir bisher solche Fälle nicht hatten. Wenigstens ist mir davon nichts bekannt, aber ich bin kein Mafia-Spezialist.«

»Aber das riecht nach Gaetano Brunetti, ist ganz dessen Handschrift. Wir haben ihm noch nie etwas nachweisen können, der ist uns bisher immer durch die Lappen gegangen. Aber wir haben ihn schon lange im Visier, dass er einer der obersten Leute in Deutschland ist. Der arbeitet mehr im Stillen. Hat nichts direkt mit Drogen und sonstigen Aktivitäten zu tun, der ist eher so etwas wie ein Vermögensverwalter, Geldwäscher, er organisiert die Finanzanlagen. Ein sehr gefährlicher Kerl, eine richtige Spinne, die mörderisch zubeißen kann. Sein Rezept ist, dass er nie mit Mafia-Leuten umgeben ist, sondern sich für seine Aufträge immer Leute anheuert, die nichts wissen und die nicht zur Familie gehören.«

»Es könnte also sein, dass er sich einen Mann fürs Grobe angeheuert hat?«

»Was ist das Grobe?«

»Die brutalen Dinge. Einschüchterung. Mord, wenn es sein muss.«

»Verstehe. Zumindest sieht es Brunetti ähnlich, der schreckt vor nichts zurück. Wenn ihr den zur Strecke bringt, dann habt ihr große Verdienste erworben. Das ist mehr wert, als diese Duisburger Mafia-Morde aufzuklären. Da ging es nur um eine Familien-Auseinandersetzung. Das war – wie sagt ihr? – ein Betriebsunfall, Konkurrenz in der eigenen Familie. Aber Brunetti? Das ist ein Boss der oberen Kategorie. Den würde ich auch gerne fangen.«

»So weit sind wir noch nicht.«

»Nur Mut! Wenn ich dir helfen kann – jederzeit. Komm doch einfach zu uns, ich zeige dir, was wir zu Brunetti alles gesammelt haben. Schicken kann ich dir das nicht, das geht nur offiziell. Aber ich kann dir alles zeigen. Da sind wir hier nicht so zimperlich.«

»Du kennst das Wort zimperlich?«

»Ein sehr schönes Wort. Ist das altdeutsch? Das hat einen schönen Rhythmus, solche Worte kann ich mir gut merken.«

»Domenico, ich bewundere dein exzellentes Deutsch. Wenn ich nur halb so viel Italienisch könnte, wäre ich schon sehr glücklich.«

»Ah, das kannst du immer noch lernen. Italienisch ist nicht schwer. Außerdem habe ich eine deutsche Mutter, die zu Hause immer mit uns Deutsch gesprochen hat, wenn der Vater nicht dabei war. Aber im Ernst: Lass dich ein halbes Jahr zu uns nach Mailand abkommandieren, als Verbindungsmann zur DIA, anschließend sprichst du fließend Italienisch.«

»Was ist denn DIA?«

»Direzione Investigativa Antimafia. Die gibt es in jeder größeren italienischen Stadt. Wir könnten jemanden wie dich gut brauchen. Du würdest dich bei uns sehr wohl fühlen.«

»Das glaube ich dir gerne.«

»Oder komm einmal zu Besuch. Und noch eins: Du kannst mich immer hier anrufen. Vor allem, wenn du etwas über Leute wie Brunetti herausfinden willst.«

»Danke, Domenico, danke.«

»Ciao, Wolfgang, ciao. Auf baldiges Wiedersehen.«

»Ciao. Auf bald.«

*

Eine Stunde später, nachdem Tritschler die Berichte gelesen hatte, kam er in Grabowskis Büro und sagte:

»Ausgezeichnet.«

»Das sagst du immer.« Es klang leicht gereizt und Grabowski, der es noch im Aussprechen selbst bemerkt hatte, nahm sich vor, sich besser unter Kontrolle zu halten. Er hatte Tritschler nichts vorzuwerfen, auch wenn er manchmal anderer Ansicht war als er.

»Nein, wirklich! Das ist saubere Arbeit. Die Autokollision mit Hübner ist damit bestens abgeklärt und Krasnow wird wohl der Fahrer von dem Patrol gewesen sein.«

»Aber entscheidend ist, was daraus folgt.«

»Das ist in der Tat die Frage. Was hat er noch alles auf dem Kerbholz? Hast du noch anderes herausgefunden? Bei dem geht es wohl immer um Autos. War da nicht in seinem Vorstrafenregister schon einmal etwas mit Autos-Verschieben in den Libanon? Aber diese ganze Morelli-Geschichte passt da nicht hinein. Das ist alles nur vom Hörensagen, direkte Zeugen gibt es nicht. Ich will nicht sagen, dass nichts dran ist, aber das müsste erst noch aufgeklärt werden. Und was soll Krasnow damit zu tun haben? Der ist doch kein Italiener, hat doch nichts mit der Mafia zu tun.«

»Aber immerhin wissen wir, dass Hübner für Morelli tätig war.«

»Wissen ist wohl zu viel gesagt. Möglicherweise war es so. Aber viel weiter werden wir damit nicht kommen. Morelli ist nicht greifbar und Hübner ist tot. Und die Mafia ist nur ein schöner Begriff für eine ziemlich hässliche Krake, von der wir nicht einmal wissen, wo wir sie suchen sollen. Im Übrigen kann das genauso gut ’ndrangheta sein wie Camorra oder ähnliche Organisationen. Das ist ein ganz weites Feld.«

Das war ein allzu nüchterner Befund. Grabowski war überzeugt davon, schon sehr viel weiter zu sein, und wollte sich nicht entmutigen lassen. Direkt widersprechen konnte er nicht, er wusste selbst, dass noch vieles zu untermauern war, bevor die Konstruktion tragfähig werden konnte. Aber er musste wissen, wie viel Rückhalt er bei Tritschler fand. Und deshalb wiederholte er:

»Entscheidend ist, was aus all dem folgt.«

»Wir müssen das noch mit Haebler besprechen, aber ich denke, wir sollten Krasnow festnehmen. Und dann werden wir ihn in die Mangel nehmen.«

Grabowski sah erstaunt auf, damit hatte er nicht gerechnet. Tritschler hatte sofort erkannt, dass eine nachgewiesene Vergewaltigung genug Anlass für eine Festnahme bedeutete. Und er gab damit Grabowski die Möglichkeit, Krasnow auch mit allem anderen, was er herausgefunden hatte, auf den Zahn zu fühlen. Vielleicht war er nicht sehr überzeugt von der Substanz der Ergebnisse, die Grabowski in seinen Berichten niedergeschrieben hatte, aber Tritschler gab ihm die Chance nachzuhaken und die Befunde zu unterfüttern.

»Mit Haebler habe ich schon gesprochen. Ich war nämlich am Freitag, als du in Hamburg warst, mit ihm am Tatort und wir haben den ganzen Vorgang noch einmal durchgesprochen, auch anhand der Fotos, die damals gemacht wurden. Haebler ist inzwischen auch davon überzeugt, dass Krasnow das Mädchen mit dem Patrol verschleppt und dann vergewaltigt hat. Das Problem ist nur, dass das Opfer untergetaucht und für einen Prozess vielleicht nicht erreichbar ist. Es wird also auf Indizien ankommen, das ist bei einem solchen Fall immer ein Manko.«

»Gibt es denn DNA-Spuren? Spermien oder Ähnliches?«

»Soviel ich weiß, nicht. Aber die Beweise, die wir haben, reichen aus.«

»Also Festnahme morgen. In der Wohnung oder am Arbeitsplatz. Das scheint ein ziemlicher Bulle zu sein, da sollten wir auf Nummer sicher gehen. Ich denke, vier Mann und ein entsprechendes Fahrzeug. Die Leute in Offenburg müssen natürlich auch informiert werden. Wenn Haebler das nicht selbst machen will – es ist ja eigentlich sein Ressort –, solltest du das in die Hand nehmen, du kennst Krasnow und seine Wohnung und unsere dortigen Leute auch.«

Fünfter Teil

XXXI.

10. Juni, Dienstag

Es regnete in Strömen, als sie in der kleinen Nebenstraße mit den einfachen Reihenhäuschen anhielten. Grabowski kam das sehr gelegen. Zu dritt drängten sie sich vor der schlichten Haustür, die nicht einmal ein Vordach hatte, Mayer neben Grabowski, Hauser dahinter, alle drei in Zivil und mit Regenmänteln, von denen das Wasser herabrann. Erst nach mehrfachem Klingeln wurde die Haustür aufgemacht von dem sichtlich überraschten kleinen Krasnow-Bruder. Offenbar hatte er noch im Bett gelegen und sich nur schnell etwas übergezogen, die Haare waren noch schlafverwirrt und das ohnehin blasse Gesicht unfrisch, das Hemd nicht einmal ordentlich in die Hose gesteckt.

»Sie haben nicht mit uns gerechnet?«, fragte Grabowski scheinheilig. Er hatte mit den Kollegen ausgemacht, dass er diesmal das Wort führen werde.

»Nnnein«, stotterte der Jüngling, der vielleicht 19 Jahre alt war und dem zur robusten Statur seines älteren Bruders noch viel fehlte. Er hatte weichere Gesichtszüge, wirkte nicht so sportlich durchtrainiert, fast sogar ein bisschen schwächlich, aber das konnte auch täuschen, dennoch war die Ähnlichkeit unverkennbar, jedenfalls ausgeprägter als auf dem undeutlichen Radarfoto. Grabowski sah ihn erst jetzt mit Aufmerksamkeit an.

»Tut uns leid«, log Grabowski, »wir hätten uns ankündigen sollen, aber Ihre Telefonnummer habe ich nicht gefunden.«

»Ich wohne hier bei meinen Eltern«, murmelte Viktor Krasnow, dessen Vorname ein noch uneingelöstes Versprechen an die Zukunft war.

»Und das Wetter konnten wir uns auch nicht aussuchen. Wir werden ja klitschnass hier draußen, können wir nicht wenigstens ins Trockene hereinkommen?«

Viktor war diese Frage, die eigentlich keine war, nicht einmal eine Bitte, sondern eine dringende Aufforderung, äußerst unangenehm. Dass er sie am liebsten abgelehnt hätte, war augenscheinlich, aber so viel Beherrschung brachte er in seinem unausgeschlafen-verwirrten Zustand nicht auf. Grabowski pflegte das für sich die ›Überrumpelung durch das Faktische‹ zu nennen und musste innerlich grinsen. In einer eher unwillkürlichen Reaktion öffnete Viktor die Tür einen Spalt breit weiter, ohne allerdings Platz zu machen. Aber Grabowski nutzte das aus und drängte herein, an Viktor vorbei in den engen Hausflur, und Mayer und Hauser taten es ihm nach.

»Ist doch ein klein wenig angenehmer hier drinnen.«

Viktor sah verlegen drein, raffte sich endlich auf, als er bemerkte, wie der Boden von den tropfenden Mänteln nass wurde, und sagte schließlich resignierend:

»Dann gehen wir eben nach oben in mein Zimmer.«

Das Häuschen hatte einen äußerst schmalen Grundriss, im Erdgeschoss gab es nur die Küche und ein Wohnzimmer, darüber ein Bad und ein Schlafzimmer. So stapften sie eine schmale Treppe hoch bis in den ausgebauten Dachspitz, wo sich Viktors kleine Kammer, und eine weitere, befand, eng und mit schrägen, holzvertäfelten Wänden, aber man hätte sie dennoch gemütlicher ausstatten können, als sie war. Nur spärlich eingerichtet, hatte sie eigentlich nur ein Bett und einen eingebauten Schrank, die beide unter die Schräge geklemmt waren, einen Stuhl und einen schmalen Tisch unter dem Fenster. Auf dem Boden stand eine billige HiFi-Kompaktanlage mit einem aufgeplusterten Design, daneben lag eine E-Gitarre in weißem Lack mit silbrig glänzenden Knöpfen.

Viktor trat ans ungemachte Bett und zog die Decke darüber. Grabowski entledigte sich seines nassen Mantels, die anderen ebenso, und Viktor murmelte ärgerlich:

»Vor der Tür ist ein Haken.«

Die drei setzten sich aufs Bett, eine andere Möglichkeit gab es nicht, und Viktor auf den Stuhl. Die Gelegenheit, ein paar Fragen im Stehen und eher knapp beantworten zu können, war vorbei und Viktor fügte sich verdrossen den Umständen. Statt möglichst schnell zur Sache zu kommen, fing Grabowski auch noch plaudernd an:

»Spielen Sie Gitarre?«

»Nur gelegentlich.«

»Ein schönes Instrument. Und Sie begleiten zu CDs?«

Viktor antwortete nicht, das Gerede war ihm offenbar peinlich.

»Sie wohnen also noch bei Ihren Eltern?«

»Ja«, antwortete er kurz, in der Hoffnung, das Gespräch abkürzen zu können.

»Aber sie scheinen gerade nicht da zu sein?«

»Sind beim Einkaufen.«

»Das macht nichts. Uns genügt es, mit Ihnen zu reden. Von Ihren Eltern wollen wir gar nichts. Sie wissen, warum wir gekommen sind?«

»Nein. Oder doch. Ich nehme an, wegen dem Auto.«

»… des Autos.« Viktor schaute irritiert auf. »Nun ja. Ihre Eltern wissen wohl nichts von der Sache?«

»Nein. Wieso?«

»Hätte ja sein können, wenn Sie hier mit einem fremden Auto herumfahren.«

»Das war mein Bruder und der lässt sich hier nicht blicken.«

»Ach, so sind die Verhältnisse. Hat der keinen Kontakt mehr zu Ihren Eltern?«

»Nein.«

»Erzählen Sie mal! Das hat doch sicher Gründe?«

Viktor schwieg beharrlich und Grabowski kostete dieses Schweigen lange aus.

»Ich kombiniere mal«, fing er wieder in einer gemütlichen Nick-Knatterton-Melodie an, »dass Ihr Bruder und Ihr Vater sich nicht gut vertragen. Die haben wohl unterschiedliche Lebensansichten, was man auch verstehen kann. Hier sieht alles recht ordentlich aus, zwar einfach, aber bieder und rechtschaffen. Und Ihr Bruder ist vielleicht von diesem Wege etwas abgekommen, deshalb wird auch Ihr Kontakt zu ihm nicht so gerne gesehen. Ist es so?«

»Kann man sagen.«

»Dann sind Sie vielleicht ganz froh, dass Ihre Eltern gerade nicht da sind? Denn Polizei müsste denen doch sehr übel aufstoßen, kann ich mir denken, vor allem, wenn sie zu ihnen ins Haus kommt.«

»Das gibt Zoff und ich hoffe, Sie sind wieder weg, bevor sie zurück sind.«

»Richtig Zoff?«

»Der Alte schlägt mich windelweich, da kennt er nichts.«

»O ha! Dann sollten wir uns also beeilen. Wenn Sie unsere Fragen einigermaßen zufriedenstellend beantworten können, sind wir vielleicht auch rechtzeitig fertig. Dann brauchen Ihre Eltern gar nichts von unserem Besuch zu merken. Das kommt also allein auf Sie an.«

Mayer, der am Kopfende des Bettes kauerte, rutschte etwas unruhig hin und her, offenbar saß er nicht sehr bequem.

»Sie sind also auf diesem Foto erkennbar, das am 29. November aufgenommen worden ist. Wo waren Sie da unterwegs?«

»Weiß ich nicht mehr. Ist schon lange her.«

»Sie waren mit Ihrem Bruder zusammen und er saß auch am Steuer. Ich will Ihnen etwas auf die Sprünge helfen: Das Foto ist in Hügelsheim entstanden, das ist gleich beim Baden-Airport. Was haben Sie denn dort gemacht?«

»Weiß ich nicht. Herumgefahren.«

»Das ist zu wenig. Dass Sie am Flughafen waren, müssten Sie doch noch wissen.«

»Nee.«

»Nun ja, war doch sicher auch nicht das einzige Mal, dass Sie mit Ihrem Bruder zusammen waren. Ohne dass Ihre Eltern davon wissen durften.«

»Ich besuche ihn manchmal.«

»Das haben wir gemerkt, da haben wir Sie auch schon angetroffen. Ich meine: Sie fahren öfters mal mit ihm zusammen im Auto?«

»Kann schon sein, wenn er zur Waschstraße muss oder so.«

»Mir geht es aber nur um diesen Nissan Patrol.«

»Der muss mit verschiedenen Wagen herumfahren, auch Probefahrten und Überführungen, da begleite ich ihn manchmal.«

»Aber mit diesem Nissan war er öfters unterwegs.«

»Da kann ich mich nicht mehr erinnern.«

»Nun mal halblang. Seit mindestens einem halben Jahr fährt Ihr Bruder mit diesem Auto und Sie sind nicht nur dieses eine Mal dabei gewesen. Wir haben da noch einige andere Daten, die wir Ihnen nachweisen können. Dieses Auto war in diesem halben Jahr insgesamt mindestens 1.465 Kilometer unterwegs – ganz schön viel.«

Viktor schwieg und Grabowski sah ihn bohrend und unnachgiebig an. Es wurde ein quälend langwieriges Schweigen. Mayer rutschte wieder auf seinem unbequemen Sitz hin und her. Viktor bemühte sich, nicht hinzusehen, aber sein Blick, der auf Grabowski gerichtet war, flackerte etwas.

»Was denn noch?«

»Oh. Genügt das nicht? Ich will wissen, wo Sie überall herumgefahren sind.«

»Sag ich doch. Weiß ich nicht mehr.«

»Dann will ich mal Ihr Gedächtnis auffrischen. Kennen Sie das Restaurant ›Da Giovanni‹? Das liegt südlich von Lahr an der Bundesstraße.«

Viktors Augen zuckten einen Moment, aber er tat so, als würde er nachdenken.

»Der Name kommt mir nicht bekannt vor.«

»Mir geht es auch nicht um den Namen, sondern um das Restaurant.«

»Kann ich so nicht sagen. Wenn ich es sehen würde, wüsste ich, ob ich da schon einmal gewesen bin.«

»Nun gut. Aber Sie waren mit dem Wagen auch in Freiburg?«

»Nein, nie. Das würde ich wissen.« Das kam so plötzlich herausprustend, wie aus der Pistole geschossen, ganz im Gegensatz zu seinen sonstigen so zögerlichen und hingemurmelten Antworten.

»Da scheinen Sie sich sehr sicher zu sein. Ich bin mir aber auch sehr sicher, weil ich es Ihnen beweisen kann. Aber das lassen wir jetzt.« Nach einer längeren Pause, in der ihn Grabowski unnachsichtig beobachtete, fuhr er fort: »Kann es sein, dass Sie sich auf dem Baden-Airport mit einem Italiener getroffen haben?«

Viktor schwieg mit neugierig irritierter Miene.

»Ich kann Ihnen auch den Namen verraten, Brunetti, Gaetano Brunetti. Er hat sich nämlich dort mit Ihnen getroffen, mit Ihnen und Ihrem Bruder. Das müsste Ihnen noch erinnerlich sein.«

»Das ist doch alles Scheiße. Ich weiß nichts und kann dazu nichts sagen.«

»Oh, doch. Sie wissen eine ganze Menge. Und wir werden Ihnen so viel Zeit lassen, bis Sie sich wieder erinnern. Selbst wenn Ihre Eltern inzwischen nach Hause kommen sollten. Keine schönen Aussichten.«

Mayer hielt es nicht mehr aus. Er stand auf, drehte sich um und hob die Matratze an. Dann fasste er nach einem länglichen Gegenstand, der in luftgepolsterter Folie eingewickelt war.

»Kein Wunder, dass ich schlecht sitze. Was ist das denn?«

»Geben Sie her, das gehört da nicht hin.«

Viktor griff nach dem Päckchen und wollte es wegziehen. Seine Bewegungen waren ein wenig zu hektisch, seine Stimme eine Spur zu aufgeregt. Jetzt schaltete sich auch Grabowski ein:

»Lassen Sie mal sehen, ich bin auch neugierig.«

Mayer gab ihm schnell, an Viktor vorbei, das Bündel und Grabowski machte es sich in aller Ruhe bequem, bevor er es öffnete.

»Sie können sich ruhig wieder hinsetzen«, sagte er zu Viktor, der nervös herumstand. »Ich will mir das nur kurz ansehen.«

Grabowski wickelte einen länglichen schwarzen Gegenstand aus, sah ihn kurz an und schlug ihn ruhig wieder ein, ohne ihn aus der Hand zu geben.

»Was ist das denn?«, fragte er hinterfotzig.

»Nichts. Nur ein Metallbolzen aus dem Werkzeugkasten«, antwortete Viktor schnell, in der Hoffnung, das Ding sofort wiederzubekommen und das Thema wechseln zu können.

»Komisch. Ist innen nämlich hohl. Wo haben Sie das denn her?«

»Gefunden.«

»Zufällig bei Ihrem Bruder?«

»Nee. Glaub' ich nicht.«

»Oder lag das etwa in dem Nissan?«

»Kann sein.«

»So langsam scheint Ihre Erinnerung an dieses Fahrzeug wiederzukehren. Wie lange haben Sie dies Ding hier denn schon?«

»Nicht so lange. Weiß ich nicht. Ich wusste nicht, wo ich es hintun sollte, und da habe ich es wohl unter der Matratze vergessen.«

»Das glaube ich Ihnen aufs Wort. Da haben Sie wahrscheinlich mit keinem Wort gelogen. So langsam nähern wir uns etwas an.«

Wenn Viktor aber gedacht haben sollte, nun wäre er aus dem Schneider, dann hatte er seine Karten nicht genau genug durchgerechnet. Denn Grabowski sagte nun ganz ruhig, fast mit mitleidvoller Stimme:

»Ich finde es hier doch etwas ungemütlich. Und wir sollten uns in aller Ruhe noch ein bisschen weiterunterhalten. Sie müssen leider mitkommen, trotz des Regens.«

Er sah nicht einmal zu Viktor auf, als wolle er ihm die Schmach seiner erschrockenen Miene ersparen. Mit einem Protest schien er nicht zu rechnen und wenn Viktor nur einen Augenblick daran gedacht haben sollte, so war er schon vorbei, denn selbst zur Verblüffung von Mayer und Hauser ergab sich Viktor ohne Murren in sein offenbar unvermeidliches Schicksal. Grabowski hatte alles mit unbezweifelbarer Autorität im Griff. Er stand auf, ging vor die Tür, griff sich seinen Mantel und steckte das Päckchen ein. Seine beiden Kollegen standen ebenfalls auf, ließen Viktor jedoch nicht aus den Augen. Grabowski reichte ihnen ihre noch nassen Mäntel und sagte dabei zu Viktor:

»Sie sollten sich warm anziehen. Übrigens, Sie sind doch schon volljährig?«

Viktor nickte.

»Und einen Führerschein haben Sie auch schon?«

Viktor nickte wieder.

»Fahren lassen kann ich Sie natürlich nicht. Aber wenn Sie Ihren Eltern eine kurze Notiz hinterlassen wollen, wo Sie sind, habe ich nichts dagegen. Nicht, dass die sich Sorgen machen.«

Mayer kicherte vor sich hin. Grabowskis eigenartiger Humor gefiel ihm.

Viktor murmelte nur: »Brauche ich nicht.«

Sie nahmen ihn in die Mitte und traten vors Haus. Der Regen hatte etwas nachgelassen, aber noch nicht aufgehört. Viktor sollte im Fond des Autos in der Mitte sitzen, Hauser setzte sich rechts neben ihn. Bevor Mayer und Grabowski auf der linken Seite einstiegen, flüsterte Grabowski zu Mayer:

»Ein Schalldämpfer. Mensch, Mayer, dass Sie so einen gefühlvollen Hintern haben. Danach habe ich schon lange gesucht. Alles Weitere später. Wir fahren jetzt zu seinem Bruder, den nehmen wir auch mit, aber in getrennten Fahrzeugen. Nur soll er sehen, dass wir diesen hier auch abführen. Kontakt dürfen die allerdings keinen haben.«

Dann stieg Grabowski hinten links zu und Mayer setzte sich ans Lenkrad und fuhr zu Krasnows Wohnung. Als sie in dem Stadtteil angekommen waren, hielt er an der nächstgelegenen Straßenecke dicht hinter einem geparkten grauen VW-Bus. Grabowski stieg aus und ging zu den Kollegen, die auf ihn gewartet hatten.

»Der ist nicht in seiner Wohnung.«

»Das ist schon in Ordnung, dann wird er bei seiner Arbeitsstelle sein. Ich fahre hier mit euch, du kannst dich hinten in den anderen Wagen setzen – neben seinen Bruder, den nehmen wir auch mit. Die beiden dürfen aber keinen Kontakt miteinander haben. Krasnow kommt dann ins Amtsgericht in U-Haft, den hier nehmen wir mit ins Präsidium. Wir fahren voraus, die anderen dahinter.«

In dieser Formation fuhren sie zum Gebrauchtwagenmarkt und stellten sich direkt vor die Einfahrt. Grabowski stieg mit einem jüngeren Kollegen aus und ging auf das Gelände. Sie sahen die bullige Gestalt von Peter Krasnow mit dem runden Schädel und der Stoppelfrisur schon von Weitem. Er hatte sie nicht bemerkt, als sie von hinten neben ihn traten, und Grabowski sagte:

»Herr Krasnow, wir hätten noch einige Fragen an Sie.«

Er drehte sich arglos um, erkannte Grabowski und meinte:

»Wenn's sein muss, bitte.«

»Aber nicht hier im Regen.«

»Wir können da reingehen«, und er deutete auf das barackenartige Gebäude an der Seite.

»Auch nicht da. Sie müssen schon mitkommen.«

Krasnow gab ein wütendes »Heij?« von sich.

»Allerdings. Machen Sie keine Sperenzchen. Wir sind noch mehr.« Grabowski deutete auf den VW-Bus in der Einfahrt. Krasnows ganzer muskulöser Körper spannte sich, wurde größer, er sah sich um, als suche er nach einer Fluchtmöglichkeit, in einem winzigen Moment mochten ganze Szenarien von Befreiungsversuchen durch sein Gehirn rattern. Grabowski war es nicht entgangen, er war alarmiert und würde sofort loshechten, wenn der junge Mann davonspringen sollte. Aber zwischen all den Autos, die hier abgestellt waren, gab es keinen direkten Weg und ein so massiger Körper, wie der von Krasnow, war nicht wendig genug, hakenschlagend wie ein Feldhase zu entkommen. Außerdem war das ganze Gelände umzäunt, und zur Straße hin gab es keine Chance, dort warteten drei weitere Polizisten. All dies waren die Abschätzungen eines Augenblicks, dann sackte Krasnow mit einem Male in sich zusammen, eine nur angedeutete Bewegung des Aufgebens und der Resignation. Er sah schließlich Grabowski mit einem Blick an, der diesem sagte, dass er aufgebe. Er hatte seine Situation erkannt.

Es nieselte noch immer, ein grauer und trister Tag, der jetzt noch zusätzlich die Stimmung dämpfte.

»Sie können noch Ihrem Chef Bescheid sagen, wenn Sie wollen.«

Krasnow drehte sich langsam und missmutig um zu der anderen Ecke, wo zwei Leute neben einem Fahrzeug standen, das sie gerade begutachteten.

»He, Chef, muss mal eben fort für ein Stündchen!«, brüllte er hinüber.

»Das kann aber länger dauern«, murmelte Grabowski.

»Ist doch mir egal!«, bellte Krasnow zurück. Dann nahmen sie ihn in die Mitte und gingen auf den VW-Bus zu, vor dem jetzt zwei der Polizisten auf ihn warteten.

»In dem anderen Auto sitzt Ihr Bruder. Dem können Sie noch mal zuwinken. Den werden Sie nämlich längere Zeit nicht wiedersehen.«

»He, was soll das denn? Wollt ihr mich verarschen?«

Doch Krasnow sah tatsächlich zu dem anderen Fahrzeug, konnte aber wahrscheinlich nichts erkennen, weil die Scheiben beschlagen waren. Als wäre dies ein Ablenkungsmanöver gewesen, wurde er plötzlich von den beiden Beamten herumgerissen und, mit dem Gesicht zum Bus, an den Wagen gedrückt und abgetastet.

»Ist nur eine Vorsichtsmaßnahme«, kommentierte Grabowski dieses Geschehen mit ruhiger Stimme, »Spielzeug müssen wir Ihnen nämlich abnehmen, das werden Sie verstehen. Handys übrigens auch, das ist nun mal so in unserem Verkehrsbetrieb. Sie bekommen darüber natürlich eine Quittung.«

Krasnow mahlte wütend mit den Unterkiefern, aber er fügte sich der Prozedur, sogar wortlos. Das Handy wanderte zu Grabowski, eine Waffe hatte er nicht, nicht einmal ein Messer. Und schon drängten sie ihn in den VW-Bus und fuhren schnell davon. Krasnow saß brütend zwischen zwei Polizisten auf der hintersten Rückbank.

XXXII.

Dienstag, 10. Juni

Haebler hatte sich seit Montagmittag in sämtliche Spurenakten vertieft und die meiste Zeit in Grabowskis Büro verbracht. Dass er am Verhör von Peter Krasnow beteiligt sein würde, stand außer Frage, denn die Sexualdelikte waren sein Ressort. Er selbst hatte im Februar die Untersuchungen geleitet, jetzt würde er zum ersten Male dem Täter gegenübertreten, der sich wie eine Bestie verhalten hatte und ein Mensch von rohester Gewalt sein musste. Wohl war ihm nicht dabei, trotz der Befriedigung, ein solches Monster aus dem Verkehr ziehen zu können. Vor ihm lagen ganze Stapel von Schnellheftern und Akten über die Mordfälle Legrand und Hübner, in die er sich eingearbeitet hatte. Mit einem besonderen Komplex hatte er sich zuletzt ausführlich beschäftigt und der betraf den Nissan Patrol, der anscheinend überall auftauchte und ein Verbindungsglied zwischen den verschiedenen Tatbereichen zu sein schien.

Plötzlich stürmte Grabowski ins Zimmer und rief:

»Wir haben ihn und noch ein unerwartetes Mitbringsel dazu.«

Noch bevor Haebler etwas sagen konnte, war schon Tritschler hinzugetreten, der Grabowski durch seine offene Tür über den Gang laufen gesehen hatte.

»Ich habe sein Brüderchen auch gleich mitgebracht.« Tritschler runzelte die Stirn. »Und weißt du, warum? Bei dem sind wir nämlich zuerst vorbeigefahren, wollten den eigentlich nur etwas gesprächig machen. Und was finden wir da? Wonach ich schon immer suchen wollte.« Er sah bedeutungsvoll auf Tritschler. »Hatte der doch tatsächlich unter seiner Matratze den Schalldämpfer. Maier hat draufgesessen und das fühlte sich irgendwie komisch an und dann zog er das Ding hervor.«

Tritschler ließ sich seine Überraschung nicht anmerken und rief geschäftsmäßig aus: »Ausgezeichnet. Der muss gleich ins Labor und untersucht werden.«

»Ich habe natürlich dafür gesorgt, dass die Brüder keinerlei Kontakt bekommen. Ein Blick von Krasnow und der kleine Bruder sagt kein Wort mehr. Für die beiden brauchen wir eine völlig getrennte Unterbringung.«

Gemeinsam besprachen sie das weitere Vorgehen. Peter Krasnow sollte in Haeblers Bereich verhört werden, Viktor Krasnow hier von Grabowski, selbstverständlich sollten auch einige Assistenten dabei sein. Tritschler würde sich ebenfalls in die Vernehmungen einschalten.

Haebler begann sehr ruhig, war aber entschlossen, Peter Krasnow sehr bald mit den zentralen Taten zu konfrontieren.

»Bei Ihnen wurde der Autoschlüssel für den Nissan Patrol gefunden. Wie lange hatten Sie den schon?«

»Weiß ich nicht.«

»Wie ist er denn in Ihren Besitz gekommen?«

»Kann ich mich nicht erinnern. Ich habe immer einen Haufen Schlüssel von all den Fahrzeugen, die ich betreue. Da muss er dabei gewesen sein.«

»Aber Sie haben ihn extra aufbewahrt. Er lag in Ihrem Küchenschrank.«

»Na und?«

»Am 29. November war er auch schon bei Ihnen, da entstand nämlich das Radarfoto. Sie haben sich ja selbst darauf erkannt.«

»Kann sein.«

»Und bis 2. Juni sind Sie also mit dem Patrol herumgefahren?«

»Kann mich nicht erinnern.«

»Nur Sie hatten den Autoschlüssel und sind damit insgesamt 1.465 Kilometer unterwegs gewesen. Mehr als ein halbes Jahr. Ich nehme an, dass Sie sich mit der Zeit noch etwas genauer erinnern werden. Ich kann Ihnen jetzt schon sagen, dass es uns um alle 1.465 Kilometer geht, über die wollen wir lückenlos Auskunft haben.«

»Ich weiß gar nicht, was Sie mit diesem Auto haben. Einmal bin ich damit herumgefahren, war wohl eine Probefahrt, und da bin ich geblitzt worden. Das ist alles.«

»Das war vielleicht der Anfang, Ihr Bruder war übrigens auch dabei, darauf werden wir noch zurückkommen. Mich interessiert jetzt aber erst einmal ein anderes Ereignis. Sie waren am 19. Februar südlich von Lahr auf der B 3.«

»Wie kommen Sie denn darauf?«

»In der Nähe einer Bushaltestelle haben Sie um die Mittagszeit gewartet. Dort ist eine Schülerin aus dem Bus ausgestiegen, um von dort aus nach Hause zu laufen. Sie haben das Mädchen ins Auto gezogen und verschleppt.«

»Seid ihr verrückt geworden? Was wollen Sie mir denn da in die Schuhe schieben?« Krasnow war erregt aufgesprungen und baute sich drohend vor Haebler auf, wurde aber sofort von den kräftigen Armen zweier Polizisten zurückgerissen und unsanft auf seinen Stuhl gedrückt.

»Nur ruhig. Wenn Sie uns hier Theater machen, werden Sie gleich abgeführt und können erst einmal ein paar Tage in der Zelle schmoren. Zur Abkühlung. Ich dachte, es interessiert Sie, was wir Ihnen vorwerfen?«

»Nee, nicht die Bohne. Das ist Scheiße, was Sie da reden, nichts als Scheiße.«

»Scheußlich wäre richtiger. Sie können auch gleich darauf antworten, wenn Sie mich nur kurz ausreden lassen würden.«

»Nein, will ich nicht. Ich will hier raus, das mache ich nicht mit.«

»Sachte, sachte. Die Zelle ist auch nicht gemütlicher. Sie sind also mit der Schülerin etwa zwei Kilometer weit gefahren, teilweise auf einem Feldweg, zu einer ziemlich abgelegenen Stelle mit einer Weggabelung. Übrigens kann ich Ihnen davon Fotos zeigen, vielleicht erinnern Sie sich dann besser. Sind ziemlich gute Aufnahmen. Nicht so verschwommen wie bei dem Radarblitz.«

»Was denn? Fotos?«, stotterte Krasnow. Er war offenbar völlig perplex und glotzte mit weit aufgerissenen Augen auf Haebler.

»Sie müssen mich nicht so anstarren. Habe ich etwa was Falsches gesagt? Sie waren doch dabei, Sie müssen es doch genauer wissen. Deshalb frage ich Sie doch.«

»Wollt ihr mich verarschen? Heij! Wo bin ich denn?«

»Bei der Kripo Freiburg, Abteilung Sexualdelikte, damit da kein Irrtum aufkommt.«

Krasnow stierte eine Weile vor sich hin, ohne etwas zu äußern.

»Können wir fortfahren?«, fragte Haebler kühl, nachdem er ihm einige Zeit gelassen hatte.

»Ihr wollt mir was andrehen, das lasse ich mir nicht gefallen. Ich sage gar nichts mehr.«

»Dann zeige ich Ihnen auch nicht die Fotos. Ganz einfach.« Haebler streckte sich auf seinem Stuhl aus und blickte scheinbar gelangweilt auf Krasnow. Es fehlte nur noch, dass er Däumchen drehte, aber nach so viel schauspielerischem Einsatz war ihm nicht zumute. Er ließ ihn schmoren, aber Krasnow blieb unnachgiebig. Nach langem Warten versuchte es Haebler noch einmal:

»Können wir jetzt wieder zurückkehren? Mich würde interessieren, wieso Sie gerade an dieser Stelle auf den Bus gewartet haben.«

Krasnow sah jetzt seinerseits gelangweilt im Raum umher, offenbar hatte er sich wieder besser im Griff.

»Ich habe Sie etwas gefragt, antworten Sie gefälligst.«

»Nee, die Kacke stinkt mir. Ich sag nichts mehr.«

»Ihre vulgäre Ausdrucksweise wird Ihnen auch nichts nützen. Abführen!«

Noch ehe er sich versah, rissen ihn die beiden Polizisten vom Stuhl hoch und hatten ihm auch schon Handschellen ums Gelenk klicken lassen. Krasnow wollte wütend werden und sich wehren, da rief ihm der eine zu:

»Mach bloß keinen Mucks, sonst kriegst du die Fessel an den Rücken. Wir haben noch Steigerungsmöglichkeiten.«

Mit einem verächtlich kalten Blick, doch ohne weiteren Widerstand, ließ sich Krasnow abführen.

*

Zur gleichen Zeit hatte sich Grabowski den jüngeren Bruder vorgenommen. Er war entschlossen, erst einmal nur ein bisschen zu stochern, um Viktor Krasnow zu verunsichern, Andeutungen, die ihm zeigen sollten, dass man schon einiges wisse. Aber er wollte behutsam vorgehen, einen lockeren Gesprächston versuchen, um ihn überhaupt zum Reden zu bringen. Denn, dass er von der Angst vor seinem älteren

Bruder beherrscht wurde, stand außer Frage. Kein Wort hatten sie miteinander wechseln können. Aber Viktor hatte immerhin durch die Autoscheibe beobachten können, wie auch sein Bruder abgeführt und in einem VW-Bus fortgefahren wurde, das sollte ihm zu denken geben.

Grabowski stand noch, als er gleich zu Beginn in strengem Ton sagte:

»Ihren Bruder werden Sie so schnell nicht wiedersehen. Er ist in einem anderen Haus untergebracht und das wird auch so bleiben. Mit ihm Kontakt aufzunehmen, haben Sie keine Chance. Dies nur zur Klarstellung.«

Dann setzte er sich an den Tisch, Viktor Krasnow gegenüber, und sah ihn so entspannt und aufmunternd an, als habe er ihn gerade in einer Kneipe getroffen.

»Woher haben Sie eigentlich den Trick mit dem Nummernschild?«

»Nummernschild?«

»Naja, diesen gefalteten Pappdeckel darüberzulegen? Der fliegt nach der nächsten Kurve dann irgendwie davon, braucht man sich nicht mehr drum zu kümmern. Den kannte ich noch gar nicht.«

Viktor Krasnow konnte ein kleines Grinsen nicht unterdrücken.

»War wohl Ihre Erfindung? Sie scheinen ziemlich helle zu sein. Ich wette, Ihr Bruder wäre nicht darauf gekommen.«

»Kann sein.« Nach einigem Nachdenken fügte er hinzu: »Wieso?«

»Bei dem ist der Grips wohl eher in die Arme gerutscht. Scheint mir ein ziemlicher Muskelprotz zu sein, aber etwas hohl im Kopf. Mich wundert, dass Sie sich dem haben anschließen wollen. Aber das wird wohl jetzt vorbei sein.«

»Hm?«

»Weil wir den wohl einbuchten müssen.« Viktor zuckte kaum sichtbar zusammen. »Haben Sie eigentlich eine Ausbildung? Lehre oder so?«

»Nee.«

»Warum denn nicht?«

»Hab keine Lehrstelle gefunden.«

»Das verstehe ich nicht, bei Ihrer Intelligenz müsste das doch ein Leichtes sein. Und was machen Sie stattdessen?«

»Nichts Besonderes.«

»Das ist aber nicht sehr einfallsreich. Irgendwann müssen Sie doch einmal von zu Hause fort und auf eigenen Füßen stehen. Bei so einem strengen Vater halten Sie es noch immer aus?«

»Was soll ich denn machen? Hab doch kein Geld.«

»Aber Ihr Bruder steckt Ihnen doch sicher manchmal etwas zu, wenn Sie mit dem unterwegs sind.«

»Selten.«

»Aber immer öfters, kann ich mir nicht anders vorstellen. Sie sind oft mit ihm zusammen?«

»Nööh.«

»Wird ja von Ihren Eltern auch nicht so gerne gesehen. Aber oft ist relativ.«

»Wie meinen Sie das?«

»Ich habe den Eindruck, dass Sie immer dabei waren, wenn Ihr Bruder mit dem Patrol unterwegs war.«

»Weiß ich nicht.«

»Ob immer, können Sie auch gar nicht wissen, da muss ich Ihnen recht geben. Und das waren dann immer Ausflüge in die Gegend? Mal hierhin, mal dorthin, einfach den Motor ein bisschen aufheulen lassen? Ein schöner Wagen ist das, würde mir auch gefallen. Man sitzt ziemlich hoch oben und er zieht auch ganz schön ab.«

»Meinen Sie wegen dem Radarfoto? Wollen Sie darauf hinaus?«

»Ach, nein. Das ist doch eine Bagatelle. Einmal Pech gehabt, das kommt in den besten Familien vor. Oder seid ihr öfter geblitzt worden?«

»Weiß ich nicht.«

»Wie lang wart ihr denn im Allgemeinen unterwegs bei diesen Ausflügen? Nur so eine kleine Probefahrt um die Häuser herum kann es nicht gewesen sein.«

»Wann?«

»Ganz allgemein bei diesen Fahrten ins Blaue.«

»Weiß ich nicht mehr.«

»Wird auch verschieden gewesen sein, mal kürzer, mal weiter. Aber mich interessiert im Augenblick nur eine Fahrt, nämlich die zum Baden-Airport, als ihr geblitzt wurdet. Ihr wart mehrfach am Flughafen?«

»Hm?« In Viktors unartikulierter Gebärde lag mehr Staunen als Frage.

»Ja, doch. Aber mich interessiert vorerst nur dieses eine Mal, am 29. November. Ihr habt also dort gefrühstückt? Oder gab es immer ein Frühstück, wenn ihr dort wart?«

»Natürlich nicht.«

»Aber am 29. November. Muss ein ziemlich umfangreiches Frühstück gewesen sein.«

»Woher wollen Sie denn das wissen?«

»Weil ihr schon gegen acht dort wart und bis fast halb zwölf geblieben seid – und kurz danach geblitzt wurdet.« Victor kam aus dem Staunen nicht mehr heraus. Er wusste nicht mehr, ob ihm hier Fragen gestellt wurden oder die Beobachtungen einer ganzen Armada unsichtbarer Spitzel vorgehalten wurden. »Ich nehme mal an, dass ihr dabei auch einen Sekt getrunken habt. Aber keine Sorge, das will ich

Ihnen nicht vorhalten, Sie waren schließlich nicht der Fahrer. Ihr Bruder ist auch sonst immer gefahren?«

»Ja.« Das war ihm, wenn auch sehr leise, einfach so herausgerutscht und er biss sich deutlich sichtbar auf die Lippen.

»Mich interessiert, wer noch bei diesem Frühstück dabei war. Es war mindestens einer, wenn nicht zwei.«

»Weiß ich nicht.«

»Wissen Sie das nicht mehr? Oder nur, weil Sie die Leute nicht kannten?«

Viktor schwieg, jetzt war er auf der Hut.

»Wahrscheinlich ging das auch mehr Ihren Bruder an. Kann schon sein, dass die mit Ihnen nicht so viel geredet haben. Aber ganz unbekannt kann zumindest der eine Ihnen nicht gewesen sein, denn den haben Sie mehrfach dort gesehen. Wahrscheinlich hat er seinen Namen nicht gesagt. Ist auch egal, denn ich weiß seinen Namen. Brunetti hieß er. Bei Ihrem Bruder haben Sie den Namen auch nie gehört?«

»Nein.«

»Kann es sein, dass er wegen Gebrauchtwagen kam? Wollte er Autos von Ihrem Bruder kaufen?«

»Vielleicht.« Wieder war ihm eine unvorsichtige Antwort herausgeschlüpft. Schnell fügte er hinzu: »Weiß ich nicht.«

»Ich kann mir auch vorstellen, dass die beiden zwischendurch einmal hinausgegangen sind, auf den Vorplatz oder so, um ungestört reden zu können. Sie ging das alles auch nichts an. War es so?«

»Kann sein, weiß ich nicht mehr.«

»Jedenfalls, an diesen Brunetti erinnern Sie sich. Immerhin. – Jetzt aber etwas ganz anderes, nochmals wegen dieses Nummernschilds. Warum haben Sie denn diesen Pappendeckel daraufgelegt?«

»Nur so.«

»Aus Jux und Tollerei? Mag sein, obwohl es ein komischer Jux ist. Aber immerhin erinnern Sie sich daran.«

»Nein, nicht richtig.«

»Da kann ich Ihnen weiterhelfen. Das war eine steil abschüssige Straße, auch noch kurvig. Und Ihr Bruder hat ein anderes Auto leicht touchiert. Es gab dann eine kleine Auseinandersetzung mit dem Fahrer des anderen Wagens und Ihr Bruder hat dessen Kotflügel wieder zurechtgebogen. Dann sind Sie weitergefahren, nachdem Sie die Pappe auf das Kennzeichen gelegt haben. Genauer gesagt: Ihr Bruder ist gefahren. Hat er Sie eigentlich nie ans Steuer gelassen?«

»Nein.«

»Warum denn nicht? Sie hatten doch auch schon einen Führerschein.«

»Da müssen Sie ihn fragen.«

»Ich merke schon, alle meine Fragen müsste ich eher Ihrem Bruder stellen. Werde ich auch noch tun.«

In diesem Moment steckte Haebler seinen Kopf zur Tür herein und sah Grabowski fragend an. Er antwortete:

»Ich komme gleich.«

Darauf wandte sich Grabowski wieder an Viktor Krasnow:

»Nur eines: Wissen Sie denn noch, wo das gewesen sein könnte mit dem Nummernschild?«

»Keine Ahnung.«

»Ich frage nur deshalb, weil Sie heute Morgen sagten, Sie seien nie in Freiburg gewesen.«

»Na und? Stimmt auch.«

»Das war aber zufällig in Freiburg, oben am Lorettoberg. Können Sie dazu etwas sagen?«

»Nein.«

»Denken Sie mal darüber nach, vielleicht fällt Ihnen dazu noch etwas ein. Ich komme gleich wieder.«

Haebler stand mit Tritschler zusammen auf dem Flur und wartete auf Grabowski, gemeinsam gingen sie in Tritschlers Büro.

»Mit Peter Krasnow werden wir noch ziemlich Arbeit haben. Der lässt nichts heraus. Ich habe ihn direkt auf die Sache im Februar angesprochen, aber er streitet alles ab und will sich überhaupt nicht äußern. Ich habe ihn wieder abführen lassen.«

»Das Spielchen werden wir wohl noch öfter haben. Wir werden ihn immer wieder holen und wieder abführen müssen, das wird ihn zwar wütend machen, aber auch mürbe. Und jedes Mal werden wir ihn mit etwas anderem konfrontieren, bis er ganz kirre wird. Tut mir zwar leid für unsere Leute, die immer diese Prozedur mit ihm haben.«

»Die haben ihm schon Handschellen angelegt, ich glaube, die kriegen ihn ganz gut in den Griff. Wie läuft es denn bei dir?«

»Der Viktor ist zahm. Richtig den Mund aufmachen kann er noch nicht. Aber er streitet auch nicht alles ab. Ich habe ihn bisher allerdings ziemlich geschont. Ich möchte eigentlich ganz gerne noch ein bisschen weitermachen, aber ihr solltet auch dazukommen. Haebler könnte dann später übernehmen, während ich mir vielleicht Peter Krasnow noch einmal vornehme.«

Tritschler, der bisher geschwiegen hatte, meinte:

»Sollten wir nicht die Vernehmung aufzeichnen? Als Grundlage fürs Protokoll?«

»Könnte nützlich sein, klar. Bisher habe ich nur Lockerungsübungen mit ihm gemacht. Immerhin hat er einiges bestätigt, was wir schon wissen. Aber die härteren Sachen habe ich noch nicht angesprochen. Ich will ihm unbedingt die Möglichkeit lassen, sich von seinem Bruder zu distanzieren. Und das ist auch seine Chance, das muss er begreifen.«

*

Die Vernehmung von Viktor Krasnow ging weiter, doch jetzt wurde ein Aufnahmegerät eingeschaltet:

»Ich möchte nochmals zurückkommen auf das, was wir bis jetzt besprochen haben. Diesen komischen Trick mit dem geknickten Pappdeckel über dem Nummernschild – haben Sie den eigentlich öfters benutzt?«

Viktor überlegte eine Weile, was er sagen sollte, rang sich dann zu einem »Nöh« durch.

»Also nur dieses eine Mal? War immerhin eine sehr clevere Idee. Und Sie wissen nicht mehr, wo das war?«

»Nein, keine Ahnung.«

»Aber ich habe Ihnen doch schon gesagt, auch wenn Sie sich nicht mehr erinnern – obwohl ich mir das eigentlich nicht vorstellen kann –, das war in Freiburg am Lorettoberg, Kapellenweg, und ist bestens bezeugt.«

»Nein, ich war noch nie in Freiburg.«

»Ja, das haben Sie gesagt, nur stimmt es nicht. Können wir das abhaken? Sie erinnern sich an die Sache, wissen allerdings nicht mehr, wo das war? Können wir das so festhalten?«

Viktor Krasnow war offenbar schon etwas müde oder zu mürbe, um zu widersprechen. Oder es war ihm zu belanglos. Jedenfalls murmelte er nur:

»Von mir aus.«

»Dann gehen wir nochmals auf den Baden-Airport, die Situation am 29. November. Sie sind also morgens gegen acht mit Ihrem Bruder dort hingefahren, haben dann ein ausgiebiges Frühstück gehabt, bei dem noch mindestens ein Mann dazugekommen ist, der gerade erst gelandet war. Der Name ist Ihnen nicht bekannt geworden, sagten Sie. Ich sagte Ihnen bereits, dass er Brunetti hieß. Aber da muss man doch annehmen, dass Sie oder Ihr Bruder mit dem regelrecht verabredet waren?«

»Wieso?«

»Sie sind doch extra wegen dieses Frühstücks mit Brunetti dorthin gefahren? Am Ende des Frühstücks musste Brunetti nämlich wieder zurück in seinen Flieger und Sie sind nach Hause gefahren. Ihr Bruder war von dem Gespräch offenbar so animiert, dass er prompt zu schnell gefahren und geblitzt worden ist. Also irgendwie geplant war das Frühstück schon. Halten Sie es für möglich, dass es um Autogeschäfte Ihres Bruders ging?«

»Kann sein, weiß ich nicht. Die sind zwischendurch längere Zeit draußen gewesen.«

»Richtig, das hatten wir schon besprochen. Und dieser Brunetti war allein gekommen?«

»Ja.«

»Haben Sie ihn bei dieser Gelegenheit zum ersten Mal gesehen?«

»Ja.«

»Sie waren nun allerdings öfters mit Ihrem Bruder auf dem Baden-Airport. War das allgemein so ein Ausflugsziel von Ihnen?«

»So oft waren wir da nicht.«

»Aber zwei-, dreimal muss es schon gewesen sein.«

»Kann sein.«

»Und jedes Mal haben Sie sich mit Brunetti getroffen?«

»Warum wollen Sie denn das alles ausgerechnet von mir wissen? Fragen Sie ihn doch selbst.«

»Das werden wir auch tun. Aber da Sie nun gerade da sind, kann ich Sie doch auch danach fragen. Übrigens, so wichtig ist das alles nicht. Auf mein eigentliches Thema komme ich gleich. Deshalb nur kurz: Wie oft haben Sie Brunetti noch getroffen? Einmal? Zweimal? Dreimal?«

»Höchstens zweimal.«

»Na gut, schließen wir das erst einmal ab. Kommen wir also zu diesem komischen Metallteil, das unter Ihrer Matratze gelegen hat. Wissen Sie, was das ist?« Viktor wurde merklich etwas aufmerksamer, auch wenn er sich bemühte, es nicht zu zeigen.

»Nööh.«

»Und wo haben Sie das gefunden? Sie sagten, das habe in dem Patrol gelegen.«

»Kann sein.«

»Und da haben Sie es mitgenommen? Wann war das denn?«

»Weiß ich nicht mehr.«

»Oder hat Ihr Bruder Ihnen das gegeben?«

»Nein, nein. Das hat da herumgelegen.«

Grabowski schien nicht sehr befriedigt von dieser Antwort. Er musterte sein Gegenüber und entschloss sich zu einem überraschenden Themenwechsel:

»Jetzt noch einmal zu Ihren Freiburg-Ausflügen. Das eine Mal war das mit der kleinen Kollision, wo Sie Ihr Pappdeckel-Spielchen veranstaltet haben, das ist schon geklärt. Aber davor waren Sie schon einmal in Freiburg.«

»Überhaupt nie war ich in Freiburg, wie kommen Sie denn darauf?«

»Doch, doch. Zweimal hintereinander und später noch ein drittes Mal.«

»Häääh?«

»Das erste Mal haben Sie sich mit den Örtlichkeiten am Kapellenweg vertraut gemacht, beim zweiten Mal war dann der Blechschaden. Übrigens haben wir Spuren davon sowohl an dem Patrol gefunden als natürlich auch an dem Mercedes, ganz eindeutige Spuren. Es ist also ziemlich belanglos, ob Sie das abstreiten oder nicht.«

»Ich war aber nicht in Freiburg.«

»Jetzt erstaunen Sie mich aber, dass Sie uns solchen Unsinn verkaufen wollen. Sie haben doch gehört, dass wir das alles schon wissen, warum streiten Sie es dann noch ab? Das hat wirklich keinen Sinn. Dass Sie Ihren Bruder schützen wollen, kann ich ja verstehen. Der hängt schon ziemlich dick drin, der kommt nicht so billig davon. Aber Sie waren vermutlich nur Mitläufer. Er hat Sie doch in den ganzen Schlamassel mit hereingerissen. Sie haben den Patrol doch nicht geklaut, Sie hatten doch gar keine Gelegenheit dazu. Sie sind doch nicht auf die Idee gekommen, dem Hübner sein Auto zu demolieren. Ihr Bruder hat Sie dazu mitgenommen, er war auch der Fahrer. Wir wissen diese Dinge ganz genau, haben auch Beweise dafür. Wenn Sie gestehen, dabei gewesen zu sein, dann kommen Sie noch einigermaßen glimpflich davon. Ihren Bruder können Sie nicht herauspauken. Auch nicht durch Verleugnen oder Schweigen.«

»Ich sage gar nichts mehr.«

»Na, das können Sie sich nochmals überlegen. Sie haben viel Zeit dafür. Abführen. Tut mir leid für Sie, ich dachte, Sie seien vernünftiger.«

*

»Mann, oh Mann. Wo hast du denn alle diese Details her? Wer ist denn dieser Brunetti?« Tritschler konnte sein Erstaunen nicht verbergen. Grabowski antwortete sehr gelassen:

»Du hast mir doch diese Passagierlisten gegeben. Da gab es einen Brunetti und der ist mir aufgefallen, weil er am 29. November morgens um 7.45 Uhr, aus Berlin-Tegel kommend, gelandet und um 11.40 Uhr wieder nach Berlin zurückgeflogen ist. In diesen vier Stunden – wenn man das Ein- und Auschecken abzieht, sogar nur knapp über drei Stunden – konnte er sich eigentlich nur am Flughafen oder in unmittelbarer Nähe aufgehalten haben. Nur, warum? Wohl offensichtlich, um sich mit irgendwem zu treffen, welchen Grund hätte es sonst geben sollen. Und gerade um die Zeit seines Abfluges war die Sache mit dem Radarblitz, da war also auch Krasnow vom Flughafen aufgebrochen. Da lag es doch nahe, dass diese beiden zuvor in Verbindung standen. Und deshalb habe ich mir diesen Brunetti etwas genauer angeschaut.«

»Ausgezeichnet, Grabowski. Und wo hast du etwas über ihn gefunden?«

»Ich habe einen Bekannten bei der Kripo in Mailand, den ich voriges Jahr beim Bundeskriminalamt kennengelernt habe. Der ist beim Anti-Mafia-Referat. Und da habe ich ihn ein bisschen ausgequetscht.« Und dann erzählte er, was er über Brunetti erfahren hatte.

»Das ist aber ein Stich ins Wespennest«, meinte Haebler, »da müssen wir uns warm anziehen.«

»In der Tat, das ist ein heißes Eisen«, sagte Grabowski. »Aber wenn wir davor zurückschrecken würden, hätten wir unseren Beruf verfehlt.«

»Da kann es aber um vieles gegangen sein – zwischen

Krasnow und diesem Brunetti«, meinte Tritschler nachdenklich. »Den Trüffel rieche ich noch nicht.«

»Deshalb ist mir der Viktor so wichtig und deshalb habe ich ihn bisher auch mit Samthandschuhen angefasst. Vielleicht führt er uns noch an die dunklen Stellen.«

»Meinst du denn, dass er etwas weiß?«

»Bisher war er jedenfalls schon ganz hilfreich.«

»Aber für U-Haft reicht das nicht. Spätestens morgen müssen wir den wieder laufen lassen.«

»Um Gottes willen, nein, auf gar keinen Fall. Vergiss nicht, dass wir bei ihm einen Teil der Tatwaffe gefunden haben. Wie das bei ihm gelandet ist, ist noch völlig ungeklärt. So lange müssen wir den auf jeden Fall behalten. Und was inzwischen noch dazu kommt, werden wir sehen.«

»Dann geh ich jetzt zum Richter für den Haftbefehl. Ihr müsst leider ohne mich weitermachen.«

Nachdem Tritschler einige Papiere zusammengerafft hatte und eilig verschwunden war, murmelte Grabowski:

»Warum hat Tritschler es denn plötzlich so eilig?«

»Weil es schon bald 18 Uhr ist, da findet er beim Gericht höchstens noch eine Notbesetzung. Außerdem …«, Haebler schaute bedeutungsvoll auf, bevor er fortfuhr, »wusstest du nicht, dass seine Frau heute Geburtstag hat? Sie wird, glaube ich, 50. Da kommt vermutlich die ganze Verwandtschaft zusammen.«

»Stimmt. Davon hat er mir schon vor einigen Tagen erzählt, habe ich völlig vergessen. Aber ohne die Anwesenheit Tritschlers würde ich mir Krasnow nicht noch einmal kommen lassen, da muss er unbedingt dabei sein. Lass uns das auf morgen verschieben, vielleicht hat sich Krasnow bis dahin etwas beruhigt. Ist mir ganz recht so.«

XXXIII.

Mittwoch, 11. Juni

Aber Peter Krasnow blieb auch am Mittwochmorgen renitent. Er weigerte sich, irgendwelche Aussagen zu machen, und wurde nur grob und unflätig. Tritschler kam später hinzu, er hatte noch mit dem Kripochef gesprochen und ihm den letzten Stand der Dinge geschildert. Er wirkte etwas grau und unausgeschlafen, wahrscheinlich hatte die Geburtstagsfeier sich lange hingezogen.

»Wir haben Zeit«, hatte Grabowski ohne jede Spur von Nervosität gesagt und ruhig hinzugefügt, »wir werden uns dann erst einmal mit Ihrem Brüderchen ein bisschen unterhalten. Der ist etwas höflicher als Sie.«

Krasnow schien gut verstanden zu haben, was damit gemeint war, denn er zischte, während er weggeführt wurde:

»Ihr Schweine!«

Als sein Bruder wieder vorgeführt wurde, blickte Grabowski aufmunternd in die Runde und sah insbesondere auf Tritschler, bevor er begann:

»Viktor, haben Sie denn wenigstens ein kleines Frühstück bekommen? So arg bequem und komfortabel ist es nicht bei uns, aber an einem Kaffee soll es nicht fehlen.«

Viktor, der die Nacht behelfsmäßig auf der harten Pritsche einer Ausnüchterungszelle verbracht und sicher nicht gut geschlafen hatte, weil einiges über sein ungewisses Schicksal zu bedenken war, sah erstaunt auf und sagte dann unbefangen:

»Ein Kaffee wäre gut.«

Auf eine Handbewegung hin ging der einzig anwesende Polizist hinaus und kam nach etwa zwei Minuten mit insgesamt fünf Pappbechern auf einem kleinen Tablett zurück, für jeden einen. Grabowski und Viktor saßen sich an einem Tisch direkt gegenüber, seitwärts und etwas im Hintergrund, aber so, dass sie beide im Blick haben konnten, hatten Haebler und Tritschler Platz genommen, der Polizist hatte seinen Stuhl neben der Tür und seinen Kaffeebecher auf das Fenstersims gestellt.

Zunächst ging es um das Verhältnis der beiden Brüder untereinander und zu ihren Eltern. Peter Krasnow, dreieinhalb Jahre älter als Viktor, war schon früh seinen Eltern entglitten und hatte sich einer jugendlichen Diebesbande angeschlossen, weswegen er bereits zwei Jahre im Jugendknast gesessen hatte. Da gab es nicht viel zu verbergen, das alles war schließlich polizeibekannt. Viktor zeigte sich zwar nicht sonderlich gesprächig, schilderte in seinen dürren Worten jedoch einigermaßen ausführlich die unerfreuliche Familiensituation. Nachdem der Vater mit seinem Ältesten gescheitert war, versuchte er mit äußerster Strenge, bei der er selbst vor Gewalt nicht zurückschreckte, den Jüngeren unter Kontrolle zu halten. Noch einmal sollte ihm das Scheitern seiner Autorität nicht passieren, so hatte er sich die Übersiedlung seiner Familie aus den maroden russischen Verhältnissen der 90er-Jahre ins gelobte Land Deutschland nicht vorgestellt.

Je mehr Grabowski an Einzelheiten erfuhr – und er nahm sich viel Zeit dafür –, umso deutlicher schälte sich heraus, dass der eher schmächtige und blasse Viktor, der an Intelligenz seinem Bruder jedoch weit überlegen war, mit Bewunderung und Neid auf seinen älteren Bruder sah, der offensichtlich immer über Geld verfügte, schnelle und beeindruckende Autos fuhr und sich von niemandem etwas sagen ließ. Er war schon immer der Stärkere gewesen, der Rücksichtslose und Gefürchtete, und Viktor genoss seinen Schutz und seine Stärke. Und natürlich steckte Peter ihm auch immer etwas zu. Das wollte Grabowski zwar genauer wissen, aber dünnlippig ließ Viktor nur heraus, dass er ihm sein Taschengeld etwas aufgebessert habe, ohne genaue Summen zu nennen.

Als Viktor, trotz eines einigermaßen guten Realschulabschlusses, keine Lehrstelle fand und frustriert zu Hause herumhing, wurde der Einfluss des Älteren größer, der jetzt mit seinem unabhängigen und leichtsinnigen Leben lockte. Dessen Anstellung in einem Gebrauchtwagenhandel brachte ihn mit vielen zwielichtigen Leuten in Kontakt. Was für Geschäfte sich darüber hinaus anbahnten, konnte Viktor nicht sagen. Dass seinem Bruder Hehlerei vorgeworfen wurde, davon hatte er gehört. Aber er wandte sogleich ein, dass es nie mehr zu einer Verurteilung gekommen sei, also könne so viel nicht dran sein. Auf seinen Bruder ließ er offenbar nicht gerne etwas kommen. Dass er vor Kurzem in eine Schlägerei in einer Disco verwickelt war, erklärte er so:

»Da wollte ihm einer dumm kommen und das wollte er nicht auf sich sitzen lassen.«

Ob er den Einsatz von roher Gewalt für richtig halte, beantwortete er lapidar:

»Nein, ich wüsste was Klügeres.«

Als ihm vorgehalten wurde, dass sein Bruder offenbar auch schon Zeugen unter Druck gesetzt und beeinflusst hatte und es dabei wohl auch um Androhung massiver Gewalt gegangen sei, meinte er, das sei alles nur Gerede. Peter sehe nun einmal ziemlich bullig und stark aus und das wirke auf manche Leute etwas einschüchternd.

Ob er denn auch manchmal Angst vor seinem Bruder habe, wollte Grabowski wissen. Viktor sah an Grabowski vorbei. Es schien, als wolle er nicht antworten. Auf einmal sah er aus wie ein kleiner, verstörter Schulbub, als er fast unmerklich nickte.

Haebler machte Grabowski unbemerkt ein Zeichen, aber der ließ sich nicht unterbrechen und wollte von Viktor wissen, ob er denn nicht befürchte, von seinem Bruder in schlimme Sachen hineingezogen zu werden, wenn er so oft mit ihm zusammen sei. Bei Viktor war ein leichtes Flackern in den Augen zu sehen. Und Grabowski fuhr fort, man könne ruhig sagen, dass Peter Krasnow ein ziemlich brutaler Typ sei, der vor nichts zurückschrecke. Bisher sei es ihm außer den Diebereien noch immer gelungen, sich aus allem herauszuwinden, jedenfalls sei er nie mehr vor Gericht gekommen, aber das habe gar nichts zu sagen. Allmählich werde es nämlich eng. Viktor riss die Augen auf und starrte auf Grabowski.

So schnell werde er seinen Bruder nicht mehr zu Gesicht bekommen, es sei denn im Gerichtssaal. Der sei weg vom Fenster und im Übrigen ein ganz, ganz mieser Kerl, vor allem, weil er Viktor schon in so vieles hineingerissen habe, was dieser allein niemals unternommen hätte. Viktor schaute fragend, als wisse er nicht, wovon die Rede sei, aber es wirkte gekünstelt, man merkte ihm eine zunehmende Verunsicherung an.

»Wie war das denn mit dem kleinen Mädchen an der Bushaltestelle?«

Viktor fuhr zusammen, als habe es irgendwo in der Nähe einen lauten Knall gegeben. Grabowski winkte Haebler zu, der sich nun mit seinem Stuhl ebenso an den Tisch setzte und, weit vorgebeugt, in Viktors Gesicht schaute. Er ließ ihn nicht aus den Augen, was den Jungen noch mehr verwirrte. Der sah nun vor sich auf die Tischplatte, als läse er dort irgendwelche Zeichen. Schließlich bebten seine Schultern und er ließ ein deutliches Schluchzen hören. Es hatte ihn übermannt, er hatte nicht an sich halten können, seine Widerstände hatten versagt.

»Sie müssen uns alles erzählen, von Anfang bis Ende«, erklärte Haebler, »vorher lassen wir nicht locker. Das muss jetzt sein, und Sie wissen es auch. Es gibt keinen anderen Weg. Wir kennen ohnehin das Meiste schon.«

Er sprach einfühlsam, aber bestimmt, und ließ den Jungen nicht aus den Augen. Der hatte sich längst wieder im Griff, zu einem richtigen Weinen war es nicht gekommen, doch er konnte seine tiefe Beschämung nicht verbergen. Erst nach langem Schweigen hatte er nach und nach preisgegeben, was sich abgespielt hatte, und zunehmend gab er es auch auf, seinen Bruder in Schutz nehmen zu wollen. Je länger er sprach, schien sogar Wut auf ihn aufzukommen, am Ende wirkte er erschüttert von dem, was geschehen war und wozu er gezwungen worden war.

Als das Mädchen aus dem Schulbus ausgestiegen war – allein – und der Bus weitergefahren, ging Peter Krasnow über die Straße auf das Mädchen zu. Von einem Denkzettel hatte er gesprochen und einer Abreibung und Viktor hatte sich nicht allzu viel gedacht, obwohl er ein mulmiges Gefühl hatte. Peter hatte die Halbwüchsige, die vielleicht 14 Jahre alt war, so genau konnte er das nicht abschätzen, gegriffen und ihr den Mund zugehalten. Dann hatte er sie, während sie zappelte und sich wehrte, zum Auto gebracht und auf den Rücksitz geworfen. Viktor sollte sich ebenso nach hinten setzen und ihr den Mund zuhalten, ihre Schreierei gehe ihm auf die Nerven. Sie war ziemlich schnell ruhig geworden, geradezu erstarrt und hatte sich nicht mehr gerührt. So fuhren sie eine kleine Straße hoch in die Hügel, dann bog Peter ab und hielt an einem Feldweg an. Sie stiegen aus und Peter zog die völlig Verstörte aus dem Auto und stieß sie auf den Boden, wo sie wimmernd liegenblieb. Dann stellte er sich vor sie hin und öffnete seine Hose. Viktor stand entsetzt daneben, wagte aber nicht, etwas zu sagen, obwohl er ahnte, was jetzt passieren würde. Peter kniete nieder, hielt dem Mädchen mit einer Hand den Mund zu und riss ihm mit der anderen die Kleider vom Leib. Viktor wandte sich ab und ging ein paar Schritte zur Seite. Er hörte seinen Bruder keuchen und dazwischen jammervolle Töne des Mädchens. Später kam sein Bruder auf ihn zu, während er sich die Hose zuknöpfte, und fauchte: »Los! Jetzt du!« Viktor schüttelte den Kopf und wollte sich abwenden. Da packte ihn sein Bruder am Arm und schrie: »Los jetzt! Feige Sau! Du auch!« Und schon holte er aus, warf ihn dann aber nur zu Boden. Er fiel neben das Mädchen und sah hilflos zu seinem Bruder auf. »Wird's bald, du Schlappschwanz?«, schrie der. Darauf warf Viktor sich auf das Mädchen, das ihn mit weit aufgerissenen Augen ansah, und presste es an sich. Aber zu mehr war er nicht in der Lage, fühlte sich kotzelend, bis er mit einem Male spürte, wie die junge Frau unter ihm die Besinnung verlor und die völlige Verspannung sich in weiche, fast gummiartige Schlaffheit auflöste. Er ließ sie los und sagte zu seinem Bruder:

»Die ist ohnmächtig geworden.«

Der murmelte nur etwas wie: »Die kommt schon wieder zu sich. Lass sie liegen.« Und dann fuhren sie weg, nach Offenburg, und stellten den Wagen in die Tiefgarage. Auf dem Rückweg hatten die Brüder nichts gesprochen, kein Wort.

All dies hatte er stockend zugegeben, nicht in fortlaufenden Worten, sondern immer wieder in Schweigen verfallend und durch hartnäckiges Fragen von Haebler herausgefordert. Dennoch schien Viktor erleichtert, vielleicht in dem Glauben, das Verhör sei damit zu Ende. Doch nun schaltete sich Grabowski wieder ein und fragte, was sein Bruder denn mit dem Denkzettel gemeint habe. Etwas pampig, weil er doch alles gesagt hatte und nun in Ruhe gelassen werden wollte, antwortete Viktor:

»Weiß ich doch nicht. Wenn Sie es genau wissen wollen, er hat gesagt: ›Die braucht einen Denkzettel, diese miese Schlampe.‹«

»Kannte er denn das Mädchen?«

»Nee, glaube nicht.«

»Ein Ihnen beiden völlig unbekanntes Mädchen?« Grabowski redete nicht weiter, entsetzt von dieser Ungeheuerlichkeit. Eine lähmende Stille breitete sich aus, bis Viktor plötzlich ganz leise murmelte:

»Kann ich jetzt gehen?«

»Nein!«, brüllte Grabowski, erschrocken über seine eigene Lautstärke. Er fuhr dann leiser, aber mit schneidender Schärfe in der Stimme fort:

»Jetzt geht es erst los. Wir haben noch viele Fragen und die werden Sie uns erst beantworten.« Nach einer längeren Pause kam er mit leiser Stimme erneut auf das Thema: »Es war also eine Strafaktion? Habe ich das richtig verstanden? Und Ihr Bruder wollte, dass Sie sich daran beteiligen?«

Viktor sackte auf seinem Stuhl wieder zusammen, blickte

auf die Tischplatte, als wolle er die Holzmaserungen zählen, und sagte nichts.

Grabowski sah sich das eine Weile an und forderte dann streng:

»Ich höre!«

Schließlich räusperte sich Viktor und sagte:

»Er hatte immer irgendwelche Dinge zu erledigen. Ich weiß nicht, worum es ging.«

»Und trotzdem sind Sie mitgefahren, waren dabei und haben sich mitschuldig gemacht, obwohl Sie keine Ahnung hatten?«

Viktor wurde wieder weich, das spürte man. Er musste sich mühsam beherrschen, um nicht loszuheulen.

»Ich wollte doch auch dazugehören«, murmelte er mit weinerlicher Stimme.

»Eben, das ist es ja. Sie haben sich von Ihrem Bruder in all dies hineinziehen lassen und mitgemacht, nur um dazuzugehören. Sie wollten wie er werden, ihm nachfolgen auf seinen ganzen kriminellen Wegen, auch so viel Geld haben wie er. Er war Ihr Vorbild und deshalb meinten Sie, bei all dem mitmachen zu müssen. Und deshalb haben Sie auch an dieser bewusst provozierten Autokollision mit Herrn von Hübner teilgenommen. Wussten Sie überhaupt, wer das war?«

Ein fast gehauchtes »Nein« folgte.

»Eine besondere Mutprobe war das aber nicht. Erst sind Sie ihm mit Absicht in sein Auto hinten hereingefahren, dann haben Sie sich hämisch grinsend aus dem Staub gemacht. Sie haben sogar gestern noch gelacht, als ich Sie darauf angesprochen habe. Sie dachten wahrscheinlich, das sei ein kleiner, gelungener Scherz gewesen. War es aber nicht.«

Noch einmal versuchte Viktor zu bitten:

»Sehe ich ja ein. Kann ich jetzt gehen?«

»Oh, nein«, erwiderte Grabowski, »jetzt kommt nämlich die Hauptsache.«

Viktor rutschte auf seinem Stuhl herum. Vielleicht hatte er tatsächlich gedacht, alles sei überstanden. Verwirrt blickte er in die Runde. Die Gesichter der Beamten um ihn herum waren undurchdringlich.

»Was ist in der Nacht geschehen, als nicht nur Herr von Hübner, sondern auch noch Legrand erschossen wurde? Oben am Lorettoberg?«

Grabowskis Stimme war sehr leise, fast zitterte sie. Viktor stöhnte auf.

Auch das noch!, mochte ihm durch den Kopf gehen, während er mutlos und resignierend zusammensackte. Er hatte den Kopf auf eine Hand gestützt und schien nachzudenken. Nach einer Weile blickte er kurz zu Grabowski auf, voller Angst, dann überkreuzte er beide Arme auf dem Tisch, beugte den Rücken und ließ den Kopf auf die Brust fallen, eine kraftlose und gebrochene Haltung des Elends und der Ausweglosigkeit.

Schließlich setzte er sich gerade hin, sah Grabowski an und schien bereit, sich dem Unvermeidlichen auszuliefern. Auch jetzt konnte er nicht flüssig berichten, aber er bemühte sich immerhin um Genauigkeit, korrigierte und präzisierte mehrfach und gab sich Mühe, die Ereignisse ohne Rücksichten oder Beschönigungen deutlich werden zu lassen. Je mehr Bereitschaft er erkennen ließ, kein Detail auszulassen, umso mehr nahm sich Grabowski zurück und stellte kaum noch Fragen. Mit gebannter Aufmerksamkeit hörten die anderen im Raum seinem Geständnis zu.

In der Dunkelheit waren sie losgefahren, Peter hatte Viktor abgeholt.

Viel hatten sie nicht geredet, Peter hatte von einer unangenehmen Sache gesprochen, die zu erledigen sei, später etwas von einer kleinen Mutprobe gemurmelt. »Es wird jetzt Zeit, wenn du dazugehören willst.« Viktor hatte nichts weiter gefragt, Peter konnte das nämlich nicht leiden.

Nachdem sie etwa eine halbe Stunde auf der Autobahn gefahren waren, hatten sie an einem Parkplatz gehalten. Kein anderes Fahrzeug stand da, sie waren ganz allein. Peter, der ein schwarzes Blouson trug, griff in die Tasche und zog sich dünne Baumwollhandschuhe an. Auch Viktor gab er welche und bedeutete ihm, sie ebenso überzustreifen. Dann zog er eine Pistole heraus.

»Hast du so etwas schon mal in der Hand gehabt?«

»Nein.«

»Ich erklär's dir.«

Anschließend hatte Peter ihm die Funktionsweise gezeigt, war schließlich ausgestiegen und gemeinsam waren sie zwischen die Büsche am Rande des Parkplatzes gegangen. Peter drückte Viktor die Pistole in Hand und fragte:

»Wie fühlt sich das an?«

»Gut.«

»Dann probiere mal. Kannst auch abdrücken, ist nicht geladen.« Er zeigte, wie man gut zielt, den richtigen Moment abwartet, bis die Hand ruhig ist. »Da musst du kaltblütig und völlig unaufgeregt sein, dann ist es ganz einfach.« Viktor hatte sich vertraut gemacht mit dem Gegenstand, hatte das Gewicht in der Hand gespürt, später auf Bäume gezielt, auch das Hochreißen der Waffe kurz geübt und den Zeitpunkt bis zum Abdrücken und Auslösen.

Nachdem Peter die Pistole wieder eingesteckt hatte, waren sie bis Freiburg weitergefahren, hatten auf der Rückseite des Lorettoberges geparkt, so weit es ging von der nächsten Laterne entfernt. Die Straße war abschüssig und Peter hatte die Räder so eingeschlagen, dass er schnell aus der Parklücke herausfahren konnte. Er war sehr ruhig und hatte alles im Auge. Lässig und so selbstverständlich, als wohnten sie hier, waren sie zum Gartentor gegangen, das nicht abgeschlossen war, hatten dann den Weg genommen, der hinten ums Haus herum in den tieferen Teil des Gartens führte, und zwischen Büschen und Bäumen sich umgesehen. Eine bemooste Steintreppe führte hinauf zur rückwärtigen Terrasse der Villa, die nun schräg über ihnen lag. Das Terrassenzimmer war noch erleuchtet. Auch aus fernen Villen, die zwischen den Bäumen zu erkennen waren, schien Licht, vor allem in einem großen Haus, das weiter unten im Gelände lag, war alles erleuchtet. Von dort hörte man auch Musik durch die geschlossenen Fenster, wummernde Bässe und schrille Musikfetzen, gut hörbar und doch nicht übermäßig laut, die Bäume verschluckten einiges.

Peter hatte den Schalldämpfer auf die Pistole geschraubt und das Magazin eingelegt. Dann gab er Viktor die Waffe.

»Ich gebe dir ein Zeichen, nicht vorher«, flüsterte er.

So warteten sie eine endlose Zeit, wie es Viktor schien, während nach und nach verschiedene Lichter in den verstreut liegenden Villen gelöscht wurden. Der Partylärm ging ungestört weiter. Reglos und mit nachlassender Aufmerksamkeit harrten sie im Schutz der Dunkelheit und der hochgewachsenen Sträucher aus, gut verborgen, da sie beide, wie meist, schwarz gekleidet waren, mit schwarzen Hosen und T-Shirts und einer ebenso schwarzen Jacke darüber.

Auch die dünnen Handschuhe hatten sie sich übergestreift. Dunkle, nahezu unsichtbare Gestalten.

Mit einem Male wurde schräg über ihnen die Terrassentür geöffnet und ein groß gewachsener, sehr schlanker älterer Mann trat heraus, offenbar nur, um Luft zu schöpfen. Er trat vor, so dass er von der Steinbrüstung fast verdeckt war, stand dort eine Weile und schien dem fernen Lärm der Musik zu lauschen, ging hin und her und schritt schließlich gemächlich die Steintreppe hinab in den Garten. Etwa auf zwei, drei Meter kam er ihnen nahe und entfernte sich dann einige Schritte weiter bis zu einer Stelle, wo er zwischen den Bäumen auf die erleuchtete Villa mit den Partygeräuschen blicken konnte. Viktor war jetzt aufs Äußerste angespannt. Sein Bruder stand etwa zwei Meter entfernt zwischen den Büschen verborgen. Plötzlich hörte er das leise Knacken eines Zweiges. Er wusste instinktiv, dass dies das Zeichen war. Im gleichen Augenblick drehte der Mann vor ihm sich um, bedächtig und ohne Angst, es war eher wie eine unwillkürliche Bewegung nach einem Tier, das in der Dunkelheit ohnehin nicht zu sehen sein würde. Viktor zielte und drückte ab. Von dem Rückschlag der Pistole war Viktor nicht so überrascht wie von dem leisen Ploff, das sie als Geräusch gab. Zugleich zuckte das Gesicht des Mannes weg und er stürzte um, fiel fast lautlos zu Boden und regte sich nicht mehr.

Während Viktor noch wie angewurzelt dastand und den Arm langsam sinken ließ, trat Peter vor und ging zu dem Toten. Viktor war wie betäubt, dann begann das Zittern in seiner Hand. Eine Weile stand er noch da, dann bewegte er sich mit schweren Beinen vorwärts und trat auf seinen Bruder zu. Der nahm ihm die Pistole ab, drückte sie dem Toten in die rechte Hand und drückte noch einmal ab. Mit einem gedämpften Plopp ging der Schuss los und schlug direkt in den Boden.

Plötzlich sah Peter Krasnow unten vor der erleuchteten Villa einen Mann, der sich, offenbar vom Geräusch erschrocken, umsah und dann eilig den Garten hinaufschritt und ihnen entgegenzukommen drohte.

Peter überlegte einen kurzen Augenblick, riss die Pistole hoch und schoss. Der Mann fiel um und zugleich hörte man ein splitterndes Geräusch aus den Bäumen dort unten. Der Mann stöhnte, aber man konnte ihn auf die Entfernung in der Dunkelheit nicht gut erkennen. Peter Krasnow schraubte den Schalldämpfer ab und warf die Pistole neben dem alten Mann, den Viktor erschossen hatte, auf den Boden, dann winkte er seinem Bruder und leise, aber schnell, zogen sie sich zurück. Verborgen hinter der Steintreppe, sahen sie sich noch einmal um, ob irgendwo Leute kämen, aber es blieb alles ruhig, niemand war zu sehen, keine Stimme war zu hören.

Auf leisen Sohlen ihrer weichen Sportschuhe schlichen sie hinter dem Haus vorbei, erreichten das Gartentor und gingen die wenigen Meter auf der Straße ohne sich umzusehen bis zum Auto mit solcher Selbstverständlichkeit, als gehörten sie in diese Gegend. Sie stiegen ein und fuhren los, doch Peter schaltete das Licht erst ein, als die Straße weiter unten eine scharfe Kurve nach rechts genommen hatte. Viktor saß im Auto, das Zittern in den Händen begann wieder. Er zog die Handschuhe aus und warf sie vor sich auf die Ablage. Peter Krasnow nahm sie während des Fahrens mit der rechten Hand und stopfte sie in seine Jackentasche.

*

Es gab keine Fragen mehr. Alle erhoben sich, zuletzt auch Viktor Krasnow, der sich ängstlich umblickte. Grabowski nahm ihn am Arm, fast begütigend und mitleidig, übergab ihn dem Wachtmeister und sagte leise zu ihm:

»In die U-Haft. Und auf dem Rückweg bringt den anderen Krasnow.«

XXXIV.

Mittwoch, 11. Juni

Nach dem Verhör von Viktor Krasnow saßen alle im Sitzungssaal zusammen, auch die von der SOKO, die nicht am Verhör teilgenommen hatten. Selbst der Chef der Kripo war gekommen und hatte sich unauffällig hinten an den großen Hufeisentisch gesetzt. Es gab wenig Zweifel an der Richtigkeit der Aussagen, aber vieles würde nun genauestens recherchiert werden müssen, um beweiskräftig zu werden. Zwar würde es bald eine genaue Mitschrift des Verhörs geben, aber schon jetzt machten sich viele Notizen für die weitere Arbeit. Tritschler moderierte die Besprechung souverän, wobei er keineswegs unterschlug, dass die wesentlichen Impulse von Grabowski gekommen waren. Und gerade durch diese Aufrichtigkeit wuchs vor allem das Ansehen Tritschlers.

Nach dem Ende der Sitzung ging Grabowski noch einmal in sein Büro, er wollte einige Minuten allein sein, bevor das nächste Verhör begann. Auf dem Display seiner Telefonanlage sah er, dass Elfi angerufen hatte. Er überlegte kurz, dann drückte er auf die Anruftaste. Bevor er ihr Ansagesprüchlein zu Ende gehört hatte, sagte er:

»Ich bin's. Ich habe nur kurz Zeit, wir sind mitten im Verhör.«

»Entschuldige, wenn ich dich störe. Ich wollte nur fragen, wie es mit dem Konzert ist, ob du kommst.«

»Habe ich ganz vergessen. Und im Augenblick kann ich das gar nicht sagen, ich weiß nicht, wie lang das hier geht.«

»Schade. Heißt das, dass ich die Karte weitergeben soll? Oder was soll ich machen?«

»Ehrlich gesagt würde ich gerne kommen. Und nach so einem Tag wäre es eine gute Ablenkung. Aber ich weiß wirklich nicht, wie lange es hier noch dauert. Was soll ich sagen? Ich würde dich so gerne sehen, ich habe Sehnsucht nach dir.«

»Dann lasse ich die Karte auf deinen Namen an der Kasse zurücklegen. Vielleicht kannst du später noch kommen.«

»Irgendwie. Ich versuche es.«

»Geht es dir gut?«

»Nicht ohne dich. Doch. Es ist alles ein bisschen aufregend hier. Wir haben die Täter und auch ein Geständnis. Aber, pst!«

»Zu Hübner?«

»Ja. Aber ich kann jetzt darüber nichts sagen.«

»Musst du auch nicht. Mach's gut, ich drücke dir die Daumen. Und wenn es klappt, sehen wir uns noch.«

»Du bist so lieb. Ich bemühe mich. Ciao, du.«

»Auf später.«

*

Als Peter Krasnow von zwei Polizisten in das Verhörzimmer hereingeführt wurde, war sonst noch niemand im Raum. Die Handschellen wurden ihm abgenommen, dann wurde er auf einen Stuhl am Tisch dirigiert und musste warten, immer beäugt von den beiden Wachtmeistern. Mit seiner massigen Figur machte er sich breit und trommelte großspurig mit den Fingern auf den Tisch. Einige Minuten vergingen.

»Wenn niemand kommt, kann ich ja wieder gehen!«, polterte er los.

»Ruhe!«, brüllte einer der Polizisten.

Krasnow schien nervös, setzte sich eines um das andere Mal anders hin, drehte sich um und inspizierte den Raum, aber außer einer Anzahl Stühle war nichts zu sehen. Dann rieb er an seinen Fingern, ließ sie einzeln knacken.

Endlich ging die Tür auf und Haebler und Grabowski kamen herein, hinter ihnen folgten Tritschler, der Chef der Kripo und ein Assistent, die letzten drei hatte Peter Krasnow noch nie gesehen. Sie alle sahen ihn undurchdringlich an, verteilten sich dann im Raum und setzten sich seitlich und hinter ihn, nur Grabowski nahm vor ihm am Tisch Platz. Eine äußerst ungemütliche Sitzverteilung, Krasnow hätte lieber alle im Blick gehabt. Dann begann Grabowski ohne jede Vorbereitung:

»Wie lange kennen Sie Brunetti?«

Krasnow mochte mit vielem gerechnet haben, aber nicht mit dieser Frage.

»Hm? Wer ist denn das?«

»Ein Italiener, wie man vermuten kann, lebt in Berlin.«

»Nie gehört, keine Ahnung.«

»Um Ihnen auf die Sprünge zu helfen: Sie haben sich mit ihm mehrfach am Baden-Airport getroffen.«

Krasnow tat so, als müsse er nachdenken, aber er war ein schlechter Schauspieler. Wahrscheinlich suchte er fieberhaft nach der Rolle, die er spielen sollte, denn auf seiner fleischigen Stirn bildeten sich erste kleine Schweißperlen. Dann zeigte er etwas wie plötzliche Erinnerung:

»Ach, der. Ich weiß, wen Sie meinen. Nein, richtig kennen tu' ich den nicht. Sein Flieger hatte sich wohl verspätet und er musste warten. Da hat er sich beim Frühstück zu uns an den Tisch gesetzt und wir haben geplaudert. Wie Italiener so sind. Das ist alles.«

Für Krasnows sonst so wortkarge und schroffe Art war diese Äußerung von auffallender Weitschweifigkeit. Wollte er nur Zeit gewinnen? Aber Grabowski ließ sie ihm nicht und stieß sofort nach:

»Sie waren doch verabredet?«

Schon etwas abwehrender antwortete Krasnow:

»Kann man so nicht sagen.« Er wollte noch etwas hinzufügen, wurde aber gleich unterbrochen:

»...oder haben auf ihn gewartet. Morgens um acht. Worum ging es da?«

Krasnow sah plötzlich auf. Ihm mochte dämmern, dass er so nicht weiterkam. Nach einer längeren Pause sagte er nur:

»Geschäfte.«

»Aber nicht mit Autos. Brunetti handelt nicht mit Autos.«

Noch ehe Krasnow sich dazu etwas überlegen konnte, sagte Grabowski:

»Warum haben Sie Hübner erschossen?«

Krasnow versteinerte. Dann brach es aus ihm heraus:

»Ich doch nicht. Das war nicht ich.«

»Nein, stimmt. Sie haben Ihren Bruder dazu angestiftet und standen daneben. Aber Sie haben ihm die Waffe gegeben.«

Krasnows Kopf schwoll puterrot an, das Blut ließ die Adern an der Schläfe pulsieren. Wütend fauchte er:

»Hat er gepfiffen?«

»Wir haben ihm nur vorgehalten, was wir ohnehin schon wussten.«

»Scheißkerl!«

»Das hilft Ihnen nichts. Denn Sie haben Legrand erschossen.«

In Krasnows Gesicht bildeten sich neue Schweißperlen. In ihm arbeitete es, die Anstrengung war ihm anzusehen. Grabowski wartete ab. Schließlich behauptete Krasnow:

»Das war doch nur Notwehr.«

»So? Ein unbewaffneter Mann im anderen Grundstück? Der nur irgendein Geräusch gehört hat und nachsehen wollte? Und Sie schießen den einfach nieder? Das soll Notwehr sein?« Grabowski ließ seine Worte einige Zeit wirken, dann fragte er unvermittelt:

»Warum musste Hübner sterben?«

Krasnow schwieg. Wahrscheinlich begriff er langsam, dass er verloren hatte.

»Sie hatten es schon länger auf Hübner abgesehen. Deshalb sind Sie ihm auch absichtlich hinten in sein Auto reingefahren.«

»Das war nur eine Warnung.« Krasnow war dies ganz beiläufig herausgerutscht. Im gleichen Moment schien er diesen Fehler schon gemerkt zu haben, er plusterte sich auf, als könne er ihn dadurch in Vergessenheit bringen, und schrie:

»Ich verweigere die Aussage!«

Grabowski runzelte die Stirne und sagte nach einer Weile trocken:

»Das können Sie gar nicht. Höchstens, wenn Sie sich selbst belasten würden.« Dem verwirrten Krasnow, der diesen Juristenquark nicht verstand, schob er noch nach: »Sie können sich bestenfalls noch entlasten, wenn Sie offen mit uns reden. Dass Sie Legrand erschossen haben, wissen wir bereits, ebenso, wie Sie Ihren Bruder angestiftet haben, Hübner umzubringen. Aber warum? Kannten Sie Hübner?«

»Nein.«

»Von wem hatten Sie also den Auftrag?«

Krasnow schwieg und machte den Eindruck, als wolle er gar nichts mehr sagen. Aber noch gab Grabowski nicht nach.

»Hübner kannten Sie nicht und er musste dennoch sterben. Das Mädchen an der Bushaltestelle kannten Sie auch nicht und es wurde von Ihnen entführt und brutal vergewaltigt. Sie haben in dem Zusammenhang von einem Denkzettel gesprochen. Das ging also nicht von Ihnen aus? Wer hat Sie dafür bezahlt?«

Krasnow saß völlig verpanzert da. Das waren vielleicht zu viele Sätze auf einmal, zu viel Schlussfolgerung, man sollte ihn nicht überfordern. Aber irgendwo musste es doch eine schwache Stelle geben. Irgendetwas musste ihn doch zum Sprechen bringen. Grabowski bohrte weiter:

»Und Ihrem Bruder haben Sie das ganze Leben versaut. Den haben Sie nämlich auch auf dem Gewissen.«

Keine Reaktion.

»Sie haben bei Hübner einen Selbstmord vortäuschen wollen. Deshalb haben Sie die Pistole in seiner Hand noch einmal abgedrückt und die Waffe dann liegen lassen. Das war nicht auf Ihrem Mist gewachsen. So schlau sind Sie nicht. Wer hat Ihnen das beigebracht?«

Krasnow sah erstaunt auf, schwieg aber weiter.

»Und woher hatten Sie die Pistole?«

Es war nichts aus ihm herauszubringen.

»Wo die Waffe herkommt, werden wir schon noch herauskriegen, und dann haben wir auch die Hintermänner. Das ist nur eine Frage der Zeit.«

Grabowski hatte das mehr vor sich hin gesprochen. Dann aber wandte er sich wieder Krasnow zu:

»Sie haben ohnehin nichts davon, wenn Sie versuchen, irgendjemanden zu decken. Sie gehen für 20 Jahre ins Gefängnis für dies alles, nein, das reicht nicht, da kommt sogar lebenslänglich heraus.« Er machte eine lange Pause und fuhr dann überdeutlich fort: »Und der, der Sie dazu angestiftet hat, soll frei herumlaufen? Sie spielen für andere den Idioten und halten den Kopf hin? Und das alles für ein paar lumpige Kröten? Merken Sie denn nicht, dass Sie dabei selbst der Betrogene sind? Wie viel haben Sie denn dafür bekommen?«

Krasnow sah seinem Befrager jetzt unverwandt in die Augen. Er wirkte stumpf und gleichgültig. Mit einem Male brummelte er:

»50.000.«

»Und von wem?«

Wieder blieb Krasnow stumm.

»Waren das die Geschäfte, die Sie mit Brunetti hatten?«

Ein Ja kam ihm nicht über die Lippen, aber schließlich nickte er einmal kurz.

Viel mehr war aus ihm nicht herauszubekommen – fürs Erste. Aber das Wichtigste hatte er damit zugegeben. Er würde jetzt in seiner Zelle schmoren. Und während die Ermittlungen weiterliefen, würde er immer wieder zum Verhör geholt, um mit weiteren Einzelheiten konfrontiert zu werden, wochenlang, monatelang, wenn es nötig sein würde.

XXXV.

Mittwoch, 11. Juni

Grabowski war erst zum Ende der Pause ins Konzerthaus gekommen. Zum Glück saß noch jemand an der Abendkasse, so dass er seine hinterlegte Eintrittskarte in Empfang nehmen konnte. Gerade zum dritten Klingelzeichen hatte er seinen Platz neben Elfi gefunden, die ihn erwartungsvoll ansah. Er sagte nichts, drückte ihr nur kurz den Arm und nahm dann, während bereits der Auftrittsbeifall für die Musiker aufbrandete, das Programmheft in die Hand, um sich zu orientieren, was ihn erwartete. Zunächst ein Fagottkonzert von Rosetti, bei dem die bekanntermaßen problematische Akustik des riesigen, langgezogenen Saales sich besonders ungünstig auswirkte. Von dem Solisten war streckenweise kaum etwas zu hören, aber augenscheinlich war es ein sehr virtuoses Stück, soviel man der Fingerfertigkeit und dem Gesichtsausdruck des Solisten beim Blasansatz entnehmen konnte. Grabowski war noch in keiner sehr aufnahmefähigen Stimmung und fand wenig Zugang zu dem, was er hörte. So überließ er sich Gedanken, wie absurd es sei, ein solches Werk, das sicher für einen eher intimen Rahmen konzipiert war, vor 2.000 Zuhörern darzubieten. Ein Barockorchester, das sich originaler Instrumente und historischer Spielweise rühmte, war in diesem riesigen Saal eindeutig fehl am Platze.

Danach gab es noch eine Haydn-Sinfonie, die mit ihrem wuchtigen symphonischen Anspruch schon eher den Raum zu füllen vermochte. ›La Passione‹ hieß das Werk, das ebenso von schwarzdüsteren Gedanken durchzogen war wie von einer wilden Leidenschaftlichkeit der eher unfrohen Art. Es war eine Musik, die durchaus Grabowskis Stimmung entsprach nach diesem aufwühlenden Tag. Doch nach einem langen Adagio-Satz zu Beginn wurde er im schnellen zweiten Satz so sehr mitgerissen von einer stürmischen Musik voller Überraschungen, dass er sich zunehmend von seinen schweren Gedanken lösen konnte und sich mehr und mehr nur noch der Musik und ihren Eigengesetzlichkeiten überließ, vom Freiburger Barockorchester mit hinreißendem Temperament gespielt.

*

Jetzt saß er mit Elfi in einer Weinstube in der Eisenbahnstraße und stürzte sich hungrig auf einen Käseteller, denn den ganzen Tag über hatte es nicht einmal zu einer richtigen Pause gereicht. Allmählich hatte er etwas Abstand gewonnen von den Krasnow-Brüdern, wenngleich er noch immer das Bedürfnis hatte zu reden und dabei seine Gedanken zu ordnen. Keine Einzelheiten mehr, davon hatte er den ganzen Tag ausreichend gehört, und sie waren schauderhaft genug selbst für einen erfahrenen und abgebrühten Kriminalisten wie ihn. Doch es gab vielerlei andere Aspekte, die ihn an diesem Fall beschäftigten. Er sah sich um, doch da war niemand, von dem er den Eindruck haben musste, dass er sich mit langen Ohren für ihn interessieren könnte.

»Die letzten Tage waren ziemlich nervenaufreibend, aber immerhin nicht vergebens. Wir haben sogar ein veritables Geständnis im Kasten und dazu noch ein zweites, wenigstens angedeutetes, an dem noch ein bisschen weitergebosselt werden muss. Immerhin. Aber vorhin beim Konzert waren es auch die ersten Minuten, dass ich einmal zum Verschnaufen gekommen bin.«

»Du bist sicher hundemüde.«

»Das nicht einmal. Aber die Anspannung lässt wenigstens etwas nach. Diese Musik hat mir gutgetan.«

»Das kann ich mir vorstellen. Und ihr habt das wirklich zu Ende bringen können? Den Durchbruch geschafft?«

»Kann man sagen.«

Sie schaute ihn bewundernd an und legte ihre Hand auf seine. »Jetzt bist du aber froh?«

Er sah sie nachdenklich an. Dann nahm er einen Schluck vom Gutedel und sagte:

»Erleichtert bin ich nicht, auch wenn der Mord an Hübner aufgeklärt ist und der an Legrand ebenso. Es war ein entscheidender Tag. Wir wissen, wie es geschehen ist, und ein bisschen auch, warum. Aber da kommt noch eine Menge Arbeit auf uns zu.«

»Immerhin ist es ein großer Erfolg – vor allem für dich. Wenn ich das richtig mitbekommen habe, warst du derjenige, der den richtigen Riecher hatte. Und du warst hartnäckig genug, dich nicht beirren zu lassen. Nun sei doch auch ein wenig froh darüber.«

»Bin ich durchaus. Aber dennoch ist es erst der Anfang unserer Arbeit. Wir tappen nicht mehr im Nebel, ja, das kann man sagen, aber der Berg ist noch vor uns. Mittlerweile sehen wir ihn, müssen ihn aber noch bezwingen. Und das ist die größere Etappe.«

Nachdem sie sich zugeprostet hatten, stieß sie noch einmal nach: »Entwischen können sie nicht mehr und ein Geständnis habt ihr auch, was willst du mehr?«

»Nach Hurra schreien ist mir noch nicht zumute, selbst wenn morgen in der Zeitung steht, die Morde seien aufgeklärt. Das hört sich prima an, ist aber nur die halbe Wahrheit. Weißt du, in einem klassischen Krimi wäre die

Sache jetzt abgeschlossen. Da geht es immer nur um die Frage: Wer war's? Und am Ende muss die Handschelle klicken. Ein vergnügliches Spiel, bei dem der Mord nur der Auslöser ist für mehr oder weniger viel kriminalistischen Scharfsinn und bestenfalls psychologisches Gespür. Inzwischen ist das etwas altmodisch geworden, heutzutage will man mehr Action, also Explosionen, durch die Luft wirbelnde Autos, gigantischen Feuerzauber, letztlich Terror und Grauen. Aber das ist nur Kinorealität, hat mit der Wirklichkeit wenig zu tun. Beim Thriller geht es nicht um die Aufklärung, sondern um die Vorführung der mörderischen Scheußlichkeiten, die Nahaufnahme des Verbrechens und des Schocks. Um den Wettlauf mit dem Bösen, das in die Kamera grinst. Was daran unterhaltsam sein soll, weiß ich nicht, wahrscheinlich nur das Surreale daran. Aber das alles ist ja nur Fiktion, teuflisch ausgedachter Spaß. In unserer Realität sieht es allerdings ganz anders aus. Kriminalalltag eben, für einen Außenstehenden langweilige Puzzlearbeit. Schon die Fälle, um die es geht, sind meist weniger spektakulär zubereitet. Selbst wenn es irgendwann zu einem Geständnis kommt, ist das nur die eine Hälfte, und noch nicht einmal die entscheidende, bessere ist geschafft. Das Geständnis könnte ja falsch sein, das kommt tatsächlich vor, oder vor Gericht wird alles widerrufen. Wir müssen also weiter alle Spuren verfolgen, Indizien und Beweise liefern, unwiderlegbare Kausalitäten begründen, das hat viel mehr mit technischen Wissenschaften zu tun und ist doch der Kern der Kriminalistik. Darüber wird kaum geredet, obwohl es den größten Teil unserer Arbeit ausmacht. Abgeschlossen ist alles erst mit dem Gerichtsurteil der letzten Instanz und das kann Jahre dauern. Erst dann zeigt sich der ganze Erfolg.

Bis dahin bleibt alles eine Zitterpartie. Und in diesem Fall ganz besonders.«

»Warum denn das?«

»Wegen des Drahtziehers der ganzen Geschichte. Denn der, den wir jetzt haben, ist nichts anderes als ein Berufskiller, der für Geld jeden Job erledigen würde. Und der andere ist ein unselbstständiges, verführtes Würstchen, das da mit hineingezogen wurde. Diese beiden unschädlich zu machen, war zwar sehr befriedigend, aber es war verhältnismäßig leichtes Spiel. Aber die Auftraggeber im Hintergrund haben wir noch nicht, das wird um einiges schwieriger. Einen kennen wir zwar auch, aber noch kriegen wir ihn nicht zu fassen. Auch ihm müssen wir lückenlos nachweisen können, wie er beteiligt war, was er getan hat. Dass wir es wissen, genügt nicht, das muss auch mit wissenschaftlicher Präzision aufgeklärt werden, mathematisch genau, wenn du so willst. Und das sind Leute, die wenig Spuren hinterlassen und anderswo noch weit umfangreicher tätig sind. Da müssen ganz andere mit ran, das schaffen wir hier in Freiburg nicht allein. Das kann lange dauern.«

Elfi sah ihn ratlos an. Nach ihrem Verständnis gab es heute durchaus Anlass zur Freude über einen Erfolg, der wenigstens einen Abend lang alles Weitere überstrahlen durfte. Einmal innehalten und glücklich genießen, war das so schwer? Aber vielleicht war die Anspannung noch zu groß. Grabowski musste erst Abstand gewinnen, indem er darüber sprach und sich dadurch Luft verschaffte. Schweigen ist wie Atem anhalten, dachte sie, das hält man nicht lange aus und deshalb würde es ihre Aufgabe sein, zuzuhören und darauf einzugehen, auch wenn sie sich jetzt lieber über anderes unterhalten hätte.

Grabowski beugte sich nun ganz nahe an Elfis Ohr und sprach sehr leise.

»Im Umkreis der Mafia-Leute triffst du nur auf eisernes Schweigen, da hat nie jemand auch nur irgendetwas gesehen oder gehört. Es hat schon seinen Grund, warum die Kollegen in Italien sich so schwer damit tun. Und wir erst, wir hier in Freiburg haben gar keine Erfahrung mit solchen Leuten.«

»Hat es denn mit der Mafia zu tun? Das kann ich mir kaum vorstellen, dass ausgerechnet Hübner …«

»Das hat er wahrscheinlich selbst nicht gemerkt, wie er da hereingezogen wurde. Morelli hat ihm das eingebrockt. Morelli, den er nur deshalb kannte, weil er bei ihm immer essen gegangen ist, solange der noch sein Lokal hier in Freiburg hatte. Und gutmütig, wie Hübner offenbar war, hat er ihm bei irgendwelchen Immobilien-Geschäften geholfen, auf freundschaftlicher Basis, wie das eben so ist unter guten Bekannten. Gefälligkeiten mit der Überprüfung irgendwelcher Verträge oder so Ähnliches. Und natürlich hat er nicht gemerkt, dass Morelli mit der Mafia verbunden war, wie auch immer im Detail. Als Morelli ausstieg und abgetaucht ist, wurde die Mafia nervös. Morelli war schließlich in ihren Augen ein Verräter. Und deshalb ließen sie Hübner umbringen, weil er ihnen ein zu hohes Risiko darstellte. Er hatte doch dem Verräter geholfen und dabei einige Namen und internationale Verbindungen erfahren, die auf keinen Fall bekannt werden durften. Auch wenn er zunächst von dem ganzen mafiösen Hintergrund nichts ahnte, wäre er schlussendlich zum entscheidenden Zeugen für diese Machenschaften geworden. Das wurde denen brandheiß, nachdem Morelli verschwunden war. Hübner war ein ganz seriöser Mensch, der keine krummen Touren gedeckt hätte, sobald er sie erkannt hätte. Und schon gar nicht, nachdem er erfahren hätte, wie diese Leute mit Morelli und seiner Familie umgegangen sind. Dem mussten sie zuvorkommen.«

Elfi fragte ungläubig: »Das könnt ihr alles nachweisen?«

»Das ist der Hintergrund. Aber die Einzelheiten fehlen noch. Einstweilen müssen wir das alles ohne Morelli aufklären, und selbst wenn wir ihn irgendwo finden sollten, wird er aus Angst vermutlich schweigen. Wir wissen dies alles, aber trotzdem ist es bestenfalls die ungenaue Skizze einer Landkarte. Vor Gericht müssen die Berge aber noch einmal erstiegen werden, damit alle Beteiligten sich mit eigenen Augen überzeugen können, dass es sie tatsächlich gibt und wie man sie bezwingen kann. Morelli wird als Führer nicht zur Verfügung stehen. Und deshalb müssen wir jetzt diese Karte mit allen Einzelheiten ausarbeiten und nichts darf fehlen oder falsch eingezeichnet sein.«

Elfi hätte jetzt wirklich sehr viel lieber das Thema gewechselt, aber sie spürte, dass ihn ihr Desinteresse arg enttäuscht hätte. Nur um irgendetwas zu sagen und damit auf ihn einzugehen, fragte sie:

»Dieser Morelli ist wirklich nirgends zu finden?«

»Ich mache mir da vorläufig keine allzu große Hoffnung, obwohl er den Kernpunkt der ganzen Geschichte bildet. Das macht die Arbeit allerdings um einiges schwieriger. Dabei sind wir auf ihn nur indirekt und durch einige Zufälle gestoßen.«

»Immerhin.«

»Aber ich weiß auch, was Graber dazu beigetragen hat. Im Grunde hat er uns erst die Augen geöffnet. Ich finde, dass er sich die Belohnung reichlich verdient hat.«

»Was denn für eine Belohnung?«

»Da ist eine ziemlich große Summe ausgesetzt für Hinweise, die zur Ergreifung der Täter …«

Elfi blickte ihn erschrocken an. »Du wirst doch nicht? Das musst du Graber aber erst fragen. Ich glaube nicht, dass er damit einverstanden wäre, so wie ich ihn kenne.« Nach einer Weile fügte sie noch an: »Brauchen könnte er es, aber trotzdem wird er sich nicht darauf einlassen. Du musst bedenken, er ist Anwalt, das bringt ihn in ein ganz schiefes Licht. Er ist Strafverteidiger, da arbeitet man nicht mit den Strafverfolgungsbehörden zusammen. Da untergräbt man doch nicht das Vertrauensverhältnis, das seine Mandanten zu ihm haben. Das ist eine ganz prinzipielle Frage.«

Grabowski musste grinsen.

»Man merkt, dass du auch einmal Jura studiert hast. Aber hier war er nicht als Anwalt tätig, soviel ich weiß, hatte er von niemandem ein Mandat. Wenn du so willst, war er nichts anderes als ein engagierter Staatsbürger.«

»Er will sicher da nicht weiter hineingezogen werden. Du hast ihm selbst versprochen, dass er nicht einmal als Zeuge benannt werden darf. Erinnere dich daran.«

»Natürlich werde ich das zuerst mit ihm besprechen, bevor ich es vorschlage, und ohne sein Einverständnis wird sein Name nicht fallen. Das steht für mich außer Frage. Aber wenigstens für mich steht fest und da will ich mich auch nicht mit fremden Federn schmücken: Von ihm kommt immerhin die ganze Morelli-Geschichte, der er selbst nachgegangen ist. Und dann hat er sie an mich weitergegeben. Ohne ihn würde ich immer noch im Dunklen herumtappen, das waren schon die entscheidenden Hinweise. Also, verdient hätte er die Belohnung. Aber darüber brauchen wir jetzt nicht zu reden. Du hast auch deinen Anteil an diesem Erfolg.«

»Ich? Wieso?«

»Naja. Wie soll ich das sagen? Du hast mir ein paar wichtige Inspirationen gegeben. Ein guter Riecher allein nützt nichts, er muss auch die Spur finden, und das habe ich auch dir zu verdanken. Ich weiß schon, was ich an dir habe, und will es wenigstens auch sagen.«

»Das geht, glaube ich, auf ein anderes Konto. Lass uns erst einmal anstoßen – auf den Erfolg.«

»Lieber auf dich, der Erfolg muss erst noch kommen.«

Nachdem Grabowski dem Wein auf der Zunge noch eine Weile nachgeschlotzt hatte, fügte er noch an:

»Wenn wir Morelli nicht finden und deshalb nicht zu einer Aussage bringen können, wird es ziemlich eng, das wird noch eine ganz eigene Geschichte. Aber darüber sollten wir jetzt nicht weiter reden, nicht an diesem Ort.«

Grabowski gab sich einen Ruck, setzte sich aufrecht hin und sagte fröhlich:

»Wir haben uns noch gar nicht über das Konzert unterhalten. Ich konnte wirklich nicht früher kommen. Was habe ich denn eigentlich verpasst?«

»Im ersten Teil gab es nur italienische Arien.«

»Wirklich? Ich weiß nicht, ob mir der Sinn danach gestanden hätte. Ich glaube, darauf konnte ich ganz gut verzichten.«

»Aber sie waren super gesungen. Bravourös. Und alle von Mozart.«

ENDE

Weitere Krimis finden Sie auf den folgenden Seiten und im Internet: www.gmeiner-verlag.de

Eva-Maria Bast
Tulpentanz
978-3-8392-1413-8

»Der zweite Fall für Strobehn und Tuleit – Hochspannung zwischen Aalen und dem Bodensee!«

Leonhard Bux, der junge Geliebte der Firmenchefin Helena Eichenhaun, wird am Bodenseeufer tot aufgefunden. Zeitgleich verschwindet in Aalen die Pfeife des Spions – eines Wahrzeichens der Stadt. Gibt es einen Zusammenhang zwischen den Fällen? Alexandra Tuleit und Kommissar Ole Strobehn enthüllen eine unglaubliche Geschichte, die tief in die Vergangenheit führt. War Leonhard nicht der, für den er sich ausgab? Wer ist der Maulwurf, der Helenas Firma fast in den Ruin trieb? Und dann gibt es noch eine Leiche …

Unsere Lesermagazine

2 x jährlich das Neueste aus der Gmeiner-Bibliothek

24 x 35 cm, 32 S., farbig; inkl. Büchermagazin »nicht nur« für Frauen

10 x 18 cm, 16 S., farbig

Alle Lesermagazine erhalten Sie in Ihrer Buchhandlung oder unter www.gmeiner-verlag.de.

GmeinerNewsletter

Neues aus der Welt der Gmeiner-Romane

Haben Sie schon unsere GmeinerNewsletter abonniert?

Monatlich erhalten Sie per E-Mail aktuelle Informationen aus der Welt der Krimis, der historischen Romane und der Frauenromane: Buchtipps, Berichte über Autoren und ihre Arbeit, Veranstaltungshinweise, neue Literaturseiten im Internet und interessante Neuigkeiten.

Die Anmeldung zu den GmeinerNewslettern ist ganz einfach. Direkt auf der Homepage des Gmeiner-Verlags (www.gmeiner-verlag.de) finden Sie das entsprechende Anmeldeformular.

Ihre Meinung ist gefragt!

Mitmachen und gewinnen

Wir möchten Ihnen mit unseren Romanen immer beste Unterhaltung bieten. Sie können uns dabei unterstützen, indem Sie uns Ihre Meinung zu den Gmeiner-Romanen sagen! Senden Sie eine E-Mail an gewinnspiel@gmeiner-verlag.de und teilen Sie uns mit, welches Buch Sie gelesen haben und wie es Ihnen gefallen hat. Alle Einsendungen nehmen automatisch am großen Jahresgewinnspiel mit attraktiven Buchpreisen teil.

GMEINER

Wir machen's spannend